大鱼

有爱的青春陪伴者

飘摇

飘摇

秦方好

QIN
FANGHAO

著

花山文艺出版社

河北·石家庄

图书在版编目（CIP）数据

飘摇 / 秦方好著. -- 石家庄 ： 花山文艺出版社，
2024.6
ISBN 978-7-5511-7111-3

Ⅰ. ①飘… Ⅱ. ①秦… Ⅲ. ①长篇小说－中国－当代
Ⅳ. ①I247.5

中国国家版本馆CIP数据核字(2024)第017173号

书　　名：**飘　摇**
　　　　　PIAOYAO

著　　者：秦方好
───────────────────────────

责任编辑：林艳辉

特约编辑：年　年

封面设计：刘　艳

内文设计：唐卉婷

图片绘制：葛生GS

美术编辑：陈　淼

出版发行：花山文艺出版社（邮政编码：050061）

　　　　　（河北省石家庄市友谊北大街330号）

销售热线：0311-88643299/96

印　　刷：长沙鸿发印务实业有限公司

经　　销：新华书店

开　　本：880mm×1230mm 1/32

印　　张：11.5

字　　数：449千字

版　　次：2024年6月第1版

　　　　　2024年6月第1次印刷

书　　号：ISBN 978-7-5511-7111-3

定　　价：45.80元
───────────────────────────

目录 /contents

第一章
雨天·重逢　001

第二章
故地·重游　030

第三章
十年·思绪　048

第四章
野草·飘摇　069

第五章
拧巴·逃离　093

第六章
承认·喜欢　114

第七章
年少·旧梦　139

第八章
普通·情侣　175

第九章
现实·沮丧　217

目录

第十章
分手·风波 239

第十一章
全新·人生 265

番外一
婚礼 291

番外二
身世 304

番外三
少年残影 312

番外四
蜜月旅行 317

番外五
怀孕日记 327

番外六
平凡的浪漫 340

番外七
普通女孩儿
的人生剧本 347

/contents

第一章
雨天·重逢

天气入秋，安城下了场瓢泼大雨，空气里残余的那点儿暑气瞬间烟消云散，渗出阵阵凉意。

城南边一所少儿音乐学校一如既往地热闹，楼上是学琴练琴的孩子们，此外还有等孩子的家长。即使在这样恶劣的天气里，他们仍风雨无阻地送孩子来上课。

两个年轻男人站在窗前，望着外面连成线的雨滴，心情并未受天气影响，悠闲地聊着天。

"人一多，你这儿布局的劣势就出来了。"其中穿着浅蓝色衬衫的男人说。

"我是拉小提琴的，又不是做室内设计的。"头发有点儿卷的男人撇了撇嘴，"你品位那么好，给点儿意见？"

"专业的事交给专业的人做吧，请个设计师。"穿衬衫的男人淡淡说道，"装修期间学生怎么办？"

"去两个分校上课。"

"旧乐器也都处理了？"穿着衬衫的男人哼笑一声，"王老板可真是财大气粗。"

"就处理了十几架电钢琴……你不提这事，我差点儿忘了。"小卷毛男对着外面叫了一声，"小赵！"

"王哥，什么事？"小赵探了半个头进来。

"207教室那电钢琴怎么还在？"

"卖出去了，只是买家一直没来拿。"小赵说。

那个被叫"王哥"的男人理了理他的头发，皱眉道："赶紧联系，让今天来拿走。"

"得令，王哥。"

王哥的同伴瞧向外面，眉一皱："今天这么大雨，你让人家来合适吗？"

"有什么不合适的，五百块钱在闲鱼上买电钢琴还讨价还价的人，能是什么人？这种人哥们儿见多了，无非就是想拖一拖，我能免费给他送过去，做梦吧。他要是诚心要，一会儿就来了，不诚心的话，我正好卖给别人。"

穿衬衫的男人摇了摇头，没再说话。

接到电话的时候，叶梓刚出高铁站。

叶梓身材比例极好，一米七的个儿，伫立在那儿就赏心悦目。别人都裹上了风衣，她偏偏穿了件露腰的小上衣和阔腿牛仔裤，整个人细挑纤瘦，腰间没有一丝赘肉。来往的人路过她身边时，总会看上一眼。

这样好看、高挑的一个美女，在灰蒙蒙的环境里显得格外亮眼。

只是她不像看上去那么自如。

叶梓拖着两个沉重的行李箱，还没带伞。两手都不得空，她手忙脚乱地翻出手机，接通后，传来一个陌生的男声。

"叶先生吗？"

叶梓迟疑了片刻："打错了吧。"

"是你买的琴吗？"

"对，是我。"她突然间想起来，为了避免个人信息外泄，收件人她都写的是"叶先生"。

"你今天有空过来拿吗？"

叶梓半个月前在闲鱼上买了架二手电钢琴，可她人不在安城，跟卖家约好，她到了之后去自取。

叶梓翻了个白眼，这卖家是真不近人情，这么大的雨，怎么过去拿啊？

她抬头看了眼天气："今天恐怕不行，明天行吗？"

对方也不跟她磨叽："我还是退钱给你吧。"

没带伞、行李重已经够烦的了，她蹿上来一股火气："一天都等不了？"

电话里的声音不客气："你这人……这边有的是人问价，这么便宜出给你，你十天半个月不见人，也不太合适吧？我们这儿要装修了，放不下了，要的话今天就过来拿走。"

听着没有转圜的余地。

不过对方并未虚言，价格确实是便宜。

叶梓犹豫了片刻，问："什么时候？"

"现在能过来吗？"那边的人顿了下，"我们四点半就下班了。"

她看了眼时间，已经是下午三点多。

叶梓觉得这人真是得寸进尺，可那琴实在又新还便宜，她是真想要，便咬了咬牙说："好。"

那头的人也不含糊，说了个"行"字就挂了电话，几秒后，发过来条短信，上面是取琴地址。

虽说最终达成了一致，叶梓却憋了一肚子的气。

叶梓站定，在出站口的屋檐下仰头看了一会儿，雨没有变小的迹象。

对方给的地址是一家少儿音乐培训机构，在音乐学院附近，转一趟地铁就能直达。

叶梓一路排队买地铁票，过安检，折腾了半天，总算踏进了地铁车厢。叶梓个子虽高，体型却单薄，跷起二郎腿，只占了半个座儿的面积。

她累极了，顾不得什么形象，肩膀垮着，头抵在座椅靠背，才有了片刻放松。

叶梓到约定地点时看了眼手机，已经五点了。

她抬头一看门脸：泰格少儿音乐学校。

已经过了四点半，这儿自然没有关门，门口的牌子上赫然印着营业时间，到晚上九点。

"我来拿琴。"叶梓进去，对着前台看手机的一个小伙儿说。

小赵还未抬头，脸上已经预备好了不耐烦的表情，可跟叶梓目光撞上时，情绪不自觉地缩了回去。

叶梓从头到脚都是湿的，身侧还放着两个大行李箱。

这地方离地铁口只有两百米的路，可惜雨势不见小，叶梓只走了这么一小截儿，身上就被浇了个透。

看着眼前这位美女，小赵有几丝心虚，觉得自己在电话里凶神恶煞的模样实在是有失风度。

"琴在二楼，跟我来吧。"

"行李先放这儿，别给我弄丢了。"

"可以，可以。"小赵主动起身，殷勤地帮叶梓把行李箱推到前台下面。

叶梓跟着小赵上了二楼。

"你真是刚从外地回来的？"上楼的时候，小赵问她。

不然呢？

叶梓抹了一把头发，没吭声。小赵的声音跟电话里的男声对得上号，叶梓也扯着一副冷冷的表情。

小赵也不觉得冷场，接着问："那你一会儿怎么运回去？电钢琴不轻呢，你还有那么多行李。"

叶梓心想我都淋成这样了，现在说这些屁话有什么用。

"货拉拉。"

小赵讪讪地笑："噢，现在这些服务是挺方便的哈。"

二楼被隔成了很多个玻璃房间，大部分都空着，其中两间房里有老师正给孩子上一对一的小提琴课。

叶梓四下打量着，这儿的隔音做得真不错，她在外面几乎听不到里面乐器的声音。

再往前走，是一间办公室，不透明，但门开了条不宽不窄的缝儿。

叶梓看到里面站了两个高个子男人，面对面聊天。

其中一个人穿了一身黑，头发卷得像泰迪；另一个身穿浅蓝色衬衫，手腕处露出一截手表，骨肉匀停的手就那么随意搭着，悠闲且松弛。

小赵冲着办公室里喊了一嗓子："王哥，买琴的人来了。"

里面的人并没出来，只是应了一声："直接去 207。"

"叶小姐，这边。"小赵给叶梓指了个方向。

叶梓跟着小赵进了办公室旁边的教室。教室角落里放着一架电钢琴，上面随便铺了条防尘绒布。

小赵絮絮叨叨说这琴只用了几个月，原价五千多，琴架单卖都不便宜，又说底下的琴架得用螺丝刀拆，转身就去找工具了。

说了那么多，叶梓一概没听进去。她拿掉防尘的盖布，给琴插上电，手指在琴键上敲了几下。

听见这边的琴声，旁边的办公室门打开，从里面探了个卷毛头出来，声音不大不小，带了点儿不耐烦："哎哎哎，那边上课呢，能不能把门关上？"

叶梓没听见，接着弹了一组音阶。

卷毛直接从办公室里走过来："琴是好的，别试了，就五百块钱你还想……"

话说到一半，一个窈窕的身影映入眼帘，他的音量自动减弱了。

跟美女说话要客气，是他的行为准则。

叶梓听见声音，回头看了一眼，对方倒先愣住了。

半晌后。

"小……小叶子？"

叶梓顺着那头卷毛往下看，他面容俊俏，这样夸张的发型竟然也能跟他的脸完美适配。

她没认出他："你是谁啊？"

对方一点儿也不觉得尴尬，自报家门："我王永璞啊！"

眼前这张脸终于跟记忆中的某个人对上了号。

"还真是你！好几年没见了，也太巧了吧。"王永璞语气夸张，眼睛却滴溜溜地打量着她。

"我来……帮朋友拿琴。"叶梓下意识地说谎。

"你变化真是大，还好我眼力不错……"

王永璞这样热情，其实他们一点儿也不熟。他们从前在同一个家属院里住过，王永璞比她大了几岁，她初中没毕业的时候，王永璞都上大学了，根本不是同龄人，也没在一起玩过。

这人跟记忆里一点儿没变，油腔滑调的样子，仗着自己家里有几个臭钱，好像做什么都理所当然似的。

王永璞自然不会主动接茬电钢琴的事，毕竟是他催促着买家在雨天来拿琴，这般不厚道，他自然要让自己脸上好看些。

他很会应付这种场面，自顾自跑去隔壁办公室拉了个人来，嘴上不停地念叨："你绝对猜不到我碰见谁了！"

一会儿，穿浅蓝色衬衫的男人被王永璞半推半就着到了教室门口。

"庆川，你还记得小叶子吗？"

目光相撞，叶梓一眼就认出了他。

孟庆川跟王永璞样貌不分上下，都是身材顶好的长腿帅哥，却完全是两种风格。

王永璞身上套着潮牌卫衣，而孟庆川穿着衬衫，线条精壮硬朗。一个是玩心重的富二代，另一个举手投足间都是精英做派。

孟庆川黑漆漆的眼眸落在叶梓身上，抬了点儿眉，似是有些意外："她就是你说的那个买家？"

那个"五百块钱在闲鱼上买电钢琴还讨价还价"的买家。

叶梓有点儿恍惚。她不确定他说这句话，到底是否认出了她。

不可否认的是，她一头湿发，跟浸了水的海带似的贴在头上，还穿了件不合季节的衣服，对比孟庆川和王永璞精致整洁的样子，简直惨不忍睹。

王永璞点头："对啊，网络一线牵，牵来的居然是熟人！"

叶梓说："我帮我朋友来拿的。"

孟庆川颇有玩味地说："那你朋友可真不够意思，这种天气还让你来。"

看来是认出来了。

王永璞瞪了他一眼，让他别说了。

叶梓瞧见孟庆川的表情，看她好像跟看猴似的，不知怎么的就觉得受到了轻视。就王永璞这张嘴，谁知道在背后编排了她些什么。

她忽然就有点儿后悔了。

她没头脑地丢了句"琴我不要了"，拔腿就要往外走。

"怎么了呢，别走啊，小叶子。"王永璞叫她。

"不是说有很多人问价吗，你爱给谁给谁吧。"叶梓出了门，在楼梯上噔噔噔地走，孟庆川和王永璞跟着她下楼。

她从前台桌子底下扯她的行李箱，不料滑轮跟什么卡住了。

有点儿尴尬。

两个男人就在不远处看着，她憋红了脸，跟箱子较上劲儿了。她用力扯了几下，一声巨响，箱子倒是拽出来了，丢了个轮子。

她抬眼，瞥见孟庆川脸上划过一丝无奈的笑。

听见这声巨响，小赵拎着工具箱跑下来，看见他们仨杵在那儿。

叶梓这一下，搞坏了两样东西——行李箱没了轮子，前台桌子的板材也裂了条缝儿。

王永璞脸歪了一下，很快调整过来："没事没事，我这儿正好要装修，迟早都要砸，这台子我一直都觉得丑……"

小赵心想这是什么状况，他的王哥之前对这个买家态度可不这样。他猫着腰在楼梯拐角处观察，不敢往前。

王永璞打破尴尬："琴的钱退给你，哥哥给你送家里去。"

叶梓自知理亏，也不急着走了，说："我自己找车拉走，不用退钱，也不用帮忙。"

外面的雨还没停，王永璞问孟庆川："开车送一下？"

见孟庆川没反应，王永璞又用胳膊肘戳了戳他："跟你说话呢，听见没？"

"嗯。"孟庆川轻飘飘地答应，歪着头往楼梯拐角看去，"别愣着了，拆琴去。"

小赵赶紧跑上楼。

叶梓走也不是，留下也不是。

王永璞拉住她："我们一会儿开车送你。"

孟庆川摇头叹气，这小子倒是挺会借花献佛。

王永璞看着已经坏了的行李箱，问她："从哪儿回来的？"

"北京。"

"想起来了。"他拍手，回头问孟庆川，"你就是在北京上的大学，对吧？"

孟庆川抬眉，语气平常道："我怎么知道。"

王永璞努力想调节一下尴尬的气氛，不承想孟庆川这家伙今天到底是怎么回事？不帮忙就算了，还拆台，索性不再问了。

小赵手脚利索，不到十分钟，他就把拆的琴架和琴搬了下来。

孟庆川上前两步，搭了把手。

小赵小声问："川哥，什么情况？"

孟庆川一笑："熟人。"

他掏出一把车钥匙摁了下，外面一辆 SUV 的后备厢抬了起来。

小赵跟了王永璞好几年，知道王永璞有固定的圈子，玩得好的朋友基本都见过，只有这个姑娘面生，而且跟他们这帮人的路数好像不太一样。

他嘟囔："还从来没见过呢。"

三个男人一起把叶梓的所有东西都放进后备厢。

叶梓想自己上手，却听见孟庆川的声音："别再把我的车划了。"

她看了孟庆川一眼，退到一边。

几分钟后，三个人坐进车里，孟庆川开车，王永璞坐副驾。

上车时叶梓接了个电话，是好友徐茜打来的。

徐茜是叶梓在北京的合租室友，本来在北京过得很安稳，不料两个月前被公司派驻到安城，要在安城待一年半。

那时叶梓听到了裁员百分之四十的风声，便打起了离开北京的念头。两人一拍即合，徐茜先来安城租好房子，叶梓后脚就到，继续在安城做室友。

孟庆川跟王永璞在前排坐着，等叶梓打完电话。

"不用来接我，我马上就到了……一会儿到楼下我给你发消息，你下来帮我搬一下东西。"

大概是电话那头的人问她怎么回来的，她面不改色道："叫了个专车。"

孟庆川："……"

王永璞："……"

孟庆川问："地址？"

叶梓报了街道名和小区名。

车里迎来一阵短暂的沉默。

那个小区位于老城区，那一片都是八九十年代的"老破小"，原来的住户基本都搬离了，租户居多，社区环境比较差。

看来她现在过得不怎么样。

叶梓不知道前面两个人为什么不说话。房子是徐茜实地看的，叶梓只看了几眼照片就定下来了，她今天也是第一次去。

挂了电话，看王永璞不再找话说，她就一直看着车窗外。雨停了，整个城市都湿漉漉的。

熟悉又陌生的街景在眼前闪过，叶梓有点儿恍惚。

时隔六年，又见故城。

二十分钟后，车子停在一个老小区门口。

叶梓大老远就看见徐茜，素面朝天，裹了件驼色风衣，下半身是睡裤。她明明跟徐茜说五分钟之后再下来，没想到徐茜下得这么快。

车子刚停稳，叶梓先蹿了下去，急着去后备厢拿东西。

孟庆川跟王永璞也下车帮忙。

徐茜左看看右看看，觉得不太对劲儿，这两个男人也不像是专车司机。

"你怎么穿这么少啊？"徐茜摸了摸叶梓的胳膊，衣服潮潮的，"冷不冷？"

"不冷。"叶梓一身的鸡皮疙瘩，只是嘴硬。

说完，她伸手就去提自己的箱子，结果正好跟孟庆川的手碰在了一起。

手腕一热。

"我自己来吧。"她说。

孟庆川真就退到一边，不再帮忙。

徐茜看见电钢琴时有点儿诧异："这也是你的？"

叶梓点头。

刚才还说帮朋友拿呢，这会儿又变成她自己的了。

孟庆川饶有兴致地盯着她，她只当没看见。

叶梓坚持要自己搬东西上楼，徐茜也指着一个窗户说："就在二楼，挺方便的。"

老小区没什么景观，在小区门口就能直直看见单元门口停放着的电动车，一览无余。

叶梓跟徐茜跑了两趟，就搬完了所有东西。

孟庆川和王永璞一左一右上了车。

叶梓站在副驾那侧，对着车里的人说："谢谢啊。"

王永璞：“客气什么。改天一起吃饭啊，小叶子，咱们院里那些小伙伴都可想你了……”

叶梓没接茬儿。

“走了。”孟庆川朝叶梓抬了抬下巴，开走了。

车窗升上去，王永璞气不过：“你今天怎么回事，就我一个人长嘴了是吧？说了那么多，你也不搭两句腔，真够尴尬的。”

“你也知道尴尬，就不能少说几句。”

“我这不是怕冷场嘛。”王永璞双手环抱在胸前，“咱俩有那么拿不出手吗？好歹也是两个风姿绰约的绝色美男，她说我们是专车？”

换了别人，恨不得攀关系呢，她倒好，躲他们俩跟躲苍蝇似的。

孟庆川倒没在意这个，反正叶梓说谎跟吃家常便饭一样。前面说琴是帮朋友拿的，紧接着被戳穿也脸不红心不跳，也不知道她心里是怎么想的。

“可能瞧不上咱们吧。”孟庆川说。

“她有什么瞧不上咱们的，我又没惹过她。”王永璞翻着眼睛回想，“你惹过她？”

孟庆川清了清嗓子：“没。”

“她变化挺大啊，以前那发型，我现在都记忆犹新。又是绿毛又是爆炸头的，挺非主流的。”王永璞比了个夸张的手势，补了一句，“还好她长得好看。”

“你好意思说人家。”孟庆川瞥向王永璞的一头卷毛。

“你别看我，我烫头是为了增加发量。”

“我怎么觉得没变呢。”孟庆川嘲讽道，又把话题扯了回去。

“也是，以前就觉着她劲儿劲儿的。”王永璞撇着嘴说，“说实话，咱们比她大，我都不太敢招惹她。她朝李思逸踢过一脚你记得吗，我看见她就不由自主地紧张。”

“那是因为李思逸叫她——”孟庆川说到一半，又不往下说了。

“看她住的那地方，估计过得不怎么好。”王永璞好像没听见似的，突然叹了口气，说着说着就唱起来了，“哎呀，我说命运呀……”

孟庆川被他聒得脑仁疼。

正好遇着红灯，孟庆川一条胳膊搭在方向盘上，看着前边将暗未暗的天际，若有所思。

搬东西搞得手脏脏的，叶梓进屋直奔卫生间洗手、擦头发。

“两间卧室都朝南，里面那间留给你。”

叶梓“嗯”了一声，随后出来在房子里转了一圈。

这房子是二十世纪九十年代的老公房，六十平方米的小两室，装修也老旧，简陋得很。好在家具什么都有，不用她们重新买。

叶梓走进自己那间卧室，里面空空的，只有一张床和一个衣柜。徐茜提前打扫过了，还算干净。

"这窗帘不能要了。"徐茜跟着走进来，"其他家具还能凑合用。"

叶梓凑近一看，那块被称作窗帘的布块上全是油污和灰尘，看不出原来的颜色。

徐茜接着说："这房子有点儿老，不过好处是格局还不错，生活方便，物业费一年只要两百块。"

"挺好的。"叶梓没再做什么评价。

她不挑，她真觉得挺好的，环境跟在北京时差不多，价钱只有北京房租的三分之一。

天地之大，有个容身之处就好。

叶梓把行李箱推进房间，开始收拾东西。

徐茜倚在门口，有一搭没一搭地跟她聊着。

"你找的那工作怎么样啊？"

叶梓二流大学二流专业毕业，进不了大公司，在北京时，在一家不知名的广告公司做商务 AE，说通俗点儿就是催款的。回安城找工作时，她电话面试了几家广告公司，发现安城这边的公司多数规模不大，分工没那么细，她也不细究，最终选了薪水最高的一家。

"小公司，三十来个人，听 HR 说做的都是政府客户。"叶梓从箱子底抽了床单和枕套出来甩到床上，"有五险没一金，不过给的薪资还行。"

"哪天入职？"

"后天，周一。"

"叫什么？我给你在天眼查上看看，保险一点儿。"

"伍拾传媒。"

徐茜手指在屏幕上飞快地划拉着。

叶梓看她半晌不说话，以为有什么问题，直起身问："看出什么没？"

"这破 APP 怎么还要充会员才能看完整信息！"徐茜用力戳了几下屏幕，仿佛只要手劲儿够大就能点进去似的。

"行了行了，只要钱能一分不少发到我口袋里就行。"

聊完了工作，徐茜靠在门口不走，盯着忙前忙后的叶梓。

两年前在找房时，徐茜是有些看不惯这个女孩儿的。徐茜觉得叶梓性格有些古怪，眉眼间都透着孤僻冷漠的劲儿。

徐茜跟中介说好，她先住下，有价格合适的房子就要立刻搬走。

就在她们做室友的第三个月，徐茜有天下班晚，回小区时被小流氓言语调戏，正好碰上叶梓倒垃圾，叶梓一记飞踢踹在小流氓命根子上，小流氓惨叫着落荒而逃。

徐茜惊诧叶梓的这股狠劲儿。

这一住就住了两年。

她对叶梓充满了好奇。

比如，叶梓很好看，不像是没有桃花的样子，可她没有社交，也不谈恋爱。

比如，她说自己是安城人，可她从没提过自己的家人，春节也不曾回过安城。

这困惑了徐茜一段时间，但她很快就不再放在心上。

因为成年人相处需要界限感。

在界限感和分寸感方面，叶梓可以得满分。

她从不过问和干涉室友任何事，一开始会觉得她古怪，时间久了，会发现她并不是一个难相处的人。

徐茜觉得，有这么一个室友也挺好。

可今天这事……

叶梓回到安城的第一天，就有两个颜值"顶天"的男人送她回来，好像还是老相识的样子。

徐茜还记得，那是一辆 Q7。

她的好奇心又卷土重来。尽管她知道叶梓可能不会说，她还是试探着问："叶梓，今天送你回来的那两个人是谁啊？"

那两个人是谁？还能有谁，天之骄子孟公子和王公子呗。

叶梓停下手里的动作，想了想该怎么组织语言。

徐茜以为她不愿意，赶紧说："我就随便问问，你不想说可以不说。"

叶梓耸肩，觉得也没什么不能说的："我们以前在同一个家属院住。"

徐茜"哦"了一声："青梅竹马啊。"

"不是，他们比我大好几岁。"

"那也算是从小玩到大的哥哥了？"

叶梓摇头："也不是。"

"他们俩是干什么的？"

"不知道。"叶梓又摇头，"我跟他们好多年没见了，也没交集。"

徐茜没再问下去，叶梓好像并没把那两个男人的出现放在心上。她继续追着问，倒像是有心打探人家隐私似的。

不过，她觉得那两个人都挺不错的，有种骨子里透出来的优雅矜贵。尤其是卷毛那个，怎么会有男人头发烫卷还那么好看呢？颇有浪子和艺术家结合的气质，跟从日剧里走出来的男主角似的。搬东西的时候，他还特意帮了她一把，很体贴。

她想起公司那些中层和高层，个个拿着高薪和股权，也算是有钱人了吧，可没有一个人有这样的气质。

她心里感叹，这人跟人还是不一样。

奔波一整天，叶梓精疲力竭，东西只收拾了一半，她就倒在刚铺好的床上睡着了。

她做了个梦，梦里她又回到那个熟悉的院子里，孟庆川就跟她面对面站着，身上是一件印了字母的白色短袖。

孟庆川手始终背在身后，好像有什么东西要给她，而她直到醒来都没看到。

也许是前一天淋了点儿雨，叶梓睡到接近中午才醒来，头昏昏沉沉的。

昨晚那梦仍印在脑子里，叶梓又想起昨天孟庆川穿着衬衫的样子，心想这人好像没怎么变。

她打开房间门，不见徐茜的身影。

徐茜在自己房间里，听见响动，提高了声音说："你醒啦？桌上有面包、牛奶。"

"不想吃。"叶梓揉了揉鼻子，"我好像有点儿感冒。"

她跑去徐茜门口望了望，徐茜正盘腿坐在床上，在电脑上敲些什么。

徐茜的工作是典型的"996"，周末加班是常事。

她问："又加班？"

"嗯，领导太烦人。"徐茜抬头招手，"过来，让我看看你发烧没。"

叶梓走过去，徐茜抬手覆在她的额头上，又摸了摸自己的额头。

"好像没发烧。"

"就是鼻子有点儿堵。"叶梓点头。

"你等一会儿，我弄完这个思维导图就给你买药去。"

"又不是什么大病，我自己去，正好下楼熟悉熟悉周围环境。"

洗漱完，叶梓对着镜子端详自己的脸，有点儿病恹恹的。

为了让自己看起来有精神点儿，她描了眉毛，抹了口红，最后用口红在两颊点了点，再用手掌晕开。

脸色一下子就红润了。

叶梓在门口换鞋，徐茜看她只穿了件单卫衣，喊住她："你多穿点儿，别再着凉了。"

叶梓指着外面的大太阳："今天外面天气很好。"

"那也不行，"徐茜跳下床，"你把我的风衣套在外面。"

"真没事，我这卫衣是加绒的。"叶梓翻起衣服下摆给徐茜看。

"好吧，出了门往右走几百米就有家药店。"

"知道，知道。"

叶梓拉开门，门口正好站了一个人，做出准备敲门的姿势。

她们两人一起愣在屋里。

来者是位颜值个子都不错的男人，跟昨天那两位似乎年纪差不多，这位戴了副金丝框眼镜，看起来温文儒雅。

徐茜下意识地觉得这人是来找叶梓的。

一起在北京住了两年，从来没见叶梓跟异性有过什么接触，可一到安城，一天就来了仨。这冲击着实有点儿大。

徐茜不知道是不是扎进了叶梓的"男人窝"，一时间不知是该做出什么反应。

叶梓果然认识。

她一愣："你怎么来了？"

那男人听她声音齆齆的，盯着她："感冒了？"

叶梓没说话。

男人无奈地笑道："不让我进去？"

叶梓侧身，让出个空儿："哦，进来吧。"

徐茜也往后退了一步。

叶梓跟他们二人介绍对方："这是叶宸，这是我室友。"

"你好，我是叶梓的哥哥。"叶宸主动伸出右手，礼貌微笑道。

徐茜愣愣地伸手："你好，我叫徐茜，叶梓的室友。"

她从不知道叶梓有个哥哥。她看了看两人，五官似乎是有些相像。

房子本来就小，站了三个人，一下子就显得拥挤。这兄妹俩个子都高，客厅的光都被挡了一半。

徐茜赶紧退回自己房间。

叶宸在客厅环视了一圈，问："你就住这儿啊？"

叶梓反问："住这儿怎么了？"

"我又没说什么，你急什么。"

"你就是嫌这儿破呗，我还不知道你。"叶梓靠窗站着，不知从哪儿摸到一截儿塑料绳，在手上缠了一圈又一圈。

"哪个是你房间？"

叶梓朝里面那间扬了扬下巴。

叶宸走过去，发现行李箱还摊开在地上，根本没处下脚，他就在门口探了探。房间朝南，采光倒是不错，就是简陋了些。

他走出来，一言不发坐在沙发上，然后轻轻叹了口气。

叶梓看了他一眼。

那沙发是房东的，原本丑丑的暗紫色，上面有些脏。还好徐茜新买了块"ins风"的布盖在上面，否则叶宸肯定不会坐的。

"你怎么回来也不跟我说一声？"

"我没说你不是也知道了。"叶梓专注绕手上的塑料绳，"谁这么大嘴巴？王永璞，还是孟庆川？"

"什么时候回来的？"叶宸也不回答她的问题，只顾问自己的。

"昨天。"叶梓冷笑了一声，"都知道了，还问什么啊。"

"工作呢，工作现在是什么情况？"

"北京的辞了，这边的已经找好了。"

"还是广告公司吗？"

"不告诉你。"叶梓像个赌气的小孩子一般，末了又补了句，"免得你去单位找我。"

徐茜感觉叶梓好像吃了枪药，叶宸说一句，她就呛毛。而叶宸好像没什么情绪，一点儿也不生气。

这对兄妹的相处模式还真是让人捉摸不透。

"最近有时间的话，要回家一趟吗？"

叶梓就知道他前面铺垫了那么多，就是为了说这句话。

"不回。"

"就吃顿饭，也不回吗？"

她随手把塑料绳一扔："免谈。"

气氛凝固了一会儿。

"那跟我吃顿饭，总行吧？"

叶梓站直身子，耸肩道："可以啊，只吃饭不讲话行不行？"

徐茜暗叹叶宸的定力和脾气，叶梓话已经说成这样，他的脸却不曾皱半分。

过了会儿，叶宸不疾不徐地说："下周带你去渭城。"

叶梓委屈了一瞬，又藏起表情。

叶宸："现在能去吃饭了吧？"

叶梓走到门口，手放在门把手上："好意我领了，饭也跟你吃，只是渭城我自己去，以后你也别来了。"

叶宸没说好也没说不好，站起来理了理衣服，看向徐茜："一起？"

徐茜摆手："我就不去了，我还要加班。"

这兄妹俩出了门，徐茜在客厅窗台上往下看。叶梓跟叶宸一前一后地走着，好像互相不认识似的。

徐茜托着腮帮子，浮想联翩。

叶梓这是跟家里闹别扭了？

她从前只当叶梓跟自己一样，都是普通家庭里走出来的孩子，到大城市找机会，挤出租屋，工作攒钱。

她学历好、薪水高，在吃穿用度上节约一点儿，总有一天能攒出个北京的小房子来。

她一度觉得叶梓也许是个身世坎坷的姑娘，有些心疼叶梓，逢年过节总让家里寄来双份的东西，好让叶梓不那么孤单。

可从昨天到今天，这三个男人的出现彻底颠覆了她的观念。

这三个人三种风格，无论是穿衣打扮还是举止言谈，都颇讲究，俨然有钱公子的样子，好像来自她遥不可及的世界。

看来她是真的灰姑娘，而叶梓是流落民间的公主。

想着想着，瞥见一抹熟悉的深灰色。

徐茜定睛一看，这不是昨天那辆 Q7 吗。

叶梓走到小区门口，发现路边停了辆灰色的车，好像有点儿眼熟。

走近一看，车窗开着，驾驶位上正是孟庆川。

他换了件浅灰色的衬衫，侧脸锋利干净。

怎么又是他？这人是没有正经工作，到处给人当司机？

"上车，愣着干吗？"叶宸拉开副驾驶的车门，回头看她，"跟庆川哥哥打招呼。"

叶梓自顾自钻进车里："昨天见过了。"

又是同样的车，同样的位置。

"你怎么不开车？"叶梓问叶宸。

"上周追尾了，在 4S 店修着呢。"

"撞得可真是时候。"叶梓嘲讽了一句。

往前开了一小段，叶宸看见一家药店，下车去买感冒药。

叶梓降下后排车窗玻璃，托腮盯着车窗外。

孟庆川从后视镜里看着她，她穿了件粉色卫衣，看起来青春靓丽，像颗水蜜桃。不同于昨天的狼狈，今天她化了淡妆，梳了个松松的丸子头，有几缕碎发散在脸颊旁，只是眼睛露出些疲惫。

她长开了，不像以前似的，总是一副不符合自己年纪的打扮。她也比以前瘦多了，一个人在外面这么多年，到底是不容易。

孟庆川恍神，这都多少年啦？

叶梓不知道跟孟庆川说什么，一直在看外面，不料，她面前的车窗玻璃缓缓升上去了。

是孟庆川在前排操作的。

叶梓又摁了下降，孟庆川故意跟她作对似的，又把车窗玻璃升了上去。

三个来回之后。

孟庆川："你不是感冒了吗，不能吹风。"

叶梓："今天又没风。"

"车开起来就有了。"

她怎么感冒的他不知道吗？

叶梓憋了口气，正要问是不是他告的密时，叶宸回来了，手里拎了个透明塑料袋，里面装着白绿相间的药盒。

这场小孩子赌气一般的角逐暂时按下了停止键。

两人的眼神相遇在后视镜中，她好像看见孟庆川勾了下嘴角。

叶梓眉一横，他笑什么？

他们驱车进了一栋写字楼的地库。

停好车后，孟庆川打了个电话，过一会儿对方发来个二维码，刷了码才能上电梯。

叶梓跟着他们上到二十多层，电梯口已经有服务生候着，领他们一行三人进了个包间。

包间里装修雅致有格调，靠窗一张不大的圆桌，外面沙发、小茶几一应俱全，有专门的传菜口，私密性极好。

叶梓环顾四周，没看到这家店的招牌，最后在餐具上发现 logo，才知道这是一家私房菜馆。

已经入秋，房间里的冷气仍开得很足。点菜前，孟庆川叫服务生关掉了空调。

看这环境，价格不菲是肯定的。

反正也不会是她付钱，叶梓心安理得地坐下，用遥控器点着餐桌旁的小电视。

孟庆川跟叶宸一人一本菜单看着，时而问问叶梓的意见。

菜上得很快，每道菜分量不大但精致考究，食材大多是叶梓爱吃的，荤素搭配得当，还有叶梓独一份的瑶柱海鲜粥。

叶梓没吃早饭，胃里本就空空的，加上鼻子堵得难受，头昏脑涨。她一口一口往嘴里送粥，也不插嘴，只管听叶宸跟孟庆川有一搭没一搭地聊着。

叶宸在音乐学院当老师，两个人聊的都是学校和演出的事。

叶梓还听见他们说起王永璞那个培训机构。好像真的要装修了，她昨天去的时候，感觉还挺新的。她弄坏前台的事，大概也不会被计较。

吃到一半，叶宸问孟庆川："听说你要相亲？"

叶梓动作滞了一滞，勺子跟碗碰出清脆声响。

她心想，这人都二十八岁了吧，怎么还是单身。

孟庆川眉毛拧成一股："怎么都传到你那儿去了？我妈说的？"

叶宸点头："上周在学校碰见了，她跟我提了一句。"

孟庆川无奈："她嘴可真够快的。"

叶宸问："什么人啊？"

孟庆川放下筷子："她没跟你说是谁？"

"没说。"叶宸摊开手，"难不成我认识？"

孟庆川喝了口水，下巴朝叶宸一扬："你同事，相蕊。"

叶宸停筷想了想："没听过这号人。"

孟庆川提醒："舞蹈系的。"

"舞蹈系跟我们管弦系不在一个校区，来了几批新老师，都不怎么熟。"叶宸摇头道，好像是真不认识，"你见了吗？"

孟庆川："最近没时间，再说吧。"

叶宸挠了挠耳朵，像是自言自语："阿姨怎么也不告诉我，虽然不认识，但帮忙打听还是方便的。"

叶梓低头在吃，耳朵可一直没闲着。她抬起头看了叶宸一眼，竟看不出这位哥是不是装的。

她呛了句："人家告诉你了，你截和了怎么办？"

孟庆川笑了一下。

叶宸停了一会儿才明白叶梓在说什么，干笑着说："你把我想成什么人了。"

隔了一会儿，叶宸大概是觉得尴尬，换了跟叶梓聊，没话找话。

"你跟你那室友什么时候认识的，知根知底吗，就住在一起？"

"我们在北京一起住了两年了，熟得很。"叶梓头也没抬地说。

"那人家怎么跟你回来了？"

"公司派过来的。"

"你们那房子，好多东西都得换。床垫不太行，窗帘太旧，门锁也老了，都换吧。"

"嗯。"叶梓随口答应。

吃舒服了，没那么难受了，她就挺顺毛的。

叶宸知道她嘴上答应，其实根本不会去，便说："一会儿吃完饭，跟我去商场买个新床垫。"

孟庆川在一旁搭腔："你不是说下午回学校？"

叶宸："哎呀，我忘了。"

孟庆川面无表情地夹菜，说："你要不要去医院看看？记忆力减退成这个样子。"

叶梓趁势赶紧说："我后面没时间，我明天要上班了。"

叶宸拿起手机划拉了几下："给你转了点儿钱，你跟你室友一起去。"

叶梓手机屏幕亮起，显示银行卡转入一万元。

吃完饭，叶宸要回学校，在半路下了车。

孟庆川看叶梓在后排不动，问她："坐前面来？"

叶梓"哦"了一声，从车上下来，拉开副驾驶的门。

系安全带的时候，她听见旁边人说话的声音。

"真把我当专车了？"

这人怎么这么记仇？不是他开车载这个载那个的吗？

她咬了咬后槽牙，说："没有。"

路过一家家居商场时，孟庆川又问她："买床垫吗？"

"不买。"

叶宸转给她那一万，她刚才就顺手转回去了。

之后一路无话，孟庆川打开电台听广播。

他的衬衫袖子卷到小臂处，叶梓余光看见他结实的手臂，视线一路往下，最后落在他的手上。

骨节分明的手握着方向盘，又好看，又有男人味。

叶梓想起从前他弹钢琴的样子。

那时在老家属院里，跟孟庆川同龄的有四五个男孩儿，每人都从小学一样乐器。

王永璞跟叶宸学小提琴，孟庆川和李思逸学的是钢琴。

这么多年过去，王永璞开少儿音乐培训学校，叶宸在音乐学院教书，也不知道他现在的工作是否跟音乐有关。

她看得太专注，以至于手机响的时候，她吓了一跳。

她接起来，"喂"了几声，也不知道是谁的信号不好，电话那头的声音特别小。按了免提，才能勉强听到一点儿。

孟庆川默默关上广播。

车上一安静，电话里的声音突然又正常了："是叶梓吗？我是伍拾传媒的 HR，想跟你确认一下，明早九点入职，你这边 OK 吗？"

身边那人好像动了动。

叶梓赶紧关了免提，对着电话说："我是，可以的。"

电话那头的人说："最近有几个要入职的新员工拿了 offer（录取通知）又临时反悔，我就是跟你确认一下。"

"好，明早我会按时到。"

挂了电话，车里一片沉寂。

叶梓觉得不自在，其实这通电话的内容，她不太愿意让孟庆川听见。

"你明早上班？"

"嗯。"她往左边一瞥，语气有点儿嘲讽，"这公司该不会是你或者你什么哥们儿开的吧。"

"不是。"

叶梓心里暗暗长吁了口气。

"怎么想到回来了？"

"不想漂了，就回来了。"她没说自己是被裁员的，挺没面子的。

"在北京这些年，怎么样啊？"

"就那样。"

孟庆川朝她这边扫了一眼，她正低头看手机，也不知道跟谁在聊天。

便问她："那时候怎么想到换手机号的？"

冷不丁换了问题，叶梓答得不大利索："那、那时候移动有活动，就直接换了。"

大学毕业的时候，叶梓换掉了手机号，没告诉任何人。

"中间我去过几次北京，没有你的联系方式，也不知道你在哪儿。"

她没接话，望向车窗外。

过了十字路口，右前方是个大商场，刚开业不久，外立面上是各个品牌的巨幅海报，其中某个最近"风"很大的奶茶品牌也在其中。

听说这家的草莓包特别好吃，她从小就喜欢吃草莓，除了草莓本身，什么草莓冰激凌啦、草莓牛奶啦，带草莓味的任何东西她都喜欢。

这家奶茶的草莓包不便宜，点杯喝的再吃个面包，就奔一百块去了，她到现在也没舍得尝过。

眼睛就那么多望了两眼招牌，她忽然听见身边人问："要给你室友带点儿吃的吗？"

"嗯？"

红灯变成绿灯，车子平稳起步。

过了路口，孟庆川打右转向，变到最右边车道，直接进了商场的停车场。

从负一层进商场，老远就看见有一条长长的队。

到跟前一看，果然是那家奶茶店。

"喝这个吗？"孟庆川站在队伍外问她。

她摇了摇头。

"想吃这个面包？"他又指着海报上粉粉的面包。

叶梓用奇怪的眼神看了一眼孟庆川，这人好像知道她在想什么似的。

孟庆川看她没拒绝，就直接走到队尾去了。

排队的大多是情侣，成双成对地黏在一起。

孟庆川让叶梓去一旁的椅子上休息，他一个人排队。

叶梓缩在椅子上，偷偷从背后看他。他个子高，身材也不错，站得笔挺，一眼望过去，在人堆里最显眼，很多路过的人回头看他。

二十八岁了，依然年轻英俊。跟从前一样。

其间他接了个电话，表情严肃，可能是在说工作。不过排队的事也没落下，队伍每动一下，他就跟着往前挪几步。

十几分钟后，孟庆川拎着两个纸袋出现在叶梓面前，发现她正盯着某处发呆。顺着她的眼神看过去，是某个精装 loft 公寓的一个外展点，置业顾问在给来往的顾客发宣传单。

叶梓提前发现了孟庆川，回过神来，紧接着又看见了他手上的纸袋——孟庆川把店里所有带草莓味的东西都点了一遍。

这种新兴起的网红店，包装都精致繁复，一个个包装好，就装了满满两个纸袋。

叶梓愣了一秒，就听见孟庆川说："不自己拿着？"

她接过来拿在手上，也看不出是高兴还是不高兴。

她脑子里没由来地冒出孟庆川十年前的样子，同样的人、同样的话、相似的场景。

那时他还是个大男孩的样子，头发比现在短得多，利落、阳光。而现在，他长相没怎么变，只是比从前多了几分成熟和稳重的味道。

看样子孟庆川是请她吃的，她也一路没提钱的事。

她觉得这场景好熟悉，好像从前就是这样。他给什么，总是一副理所当然的样子，让她接着，她就得接着。

孟庆川送她到小区门口。

下车前，叶梓两只手塞得满满当当，又是面包又是感冒药。

他手松松地搭在方向盘上："早高峰现在还是挺堵的，你上班提前看好路线。"

她说了句"知道了"，孟庆川没再说什么，直接开走了。

深灰色的车子混入车流，很快就不见了。

回到家，徐茜盘腿靠在沙发上，笔记本在茶几上放着。电脑里有人说话的声音，好像在开线上会。

叶梓把纸袋推到徐茜面前，用口型说她带了好吃的。

"没事，你正常说话，我麦克风是关着的。"

"怎么还在加班啊？"

一些"内部评估""击穿""对齐需求"之类行业黑话从电脑里蹦出来。徐茜无奈，说了句"装相"。

徐茜扒开纸袋，眼里放光："哇，这家好贵的，你哥给你买的？"

叶梓眼睛转了转："嗯。"

她回房间挑了几件衣服，让徐茜帮忙拿主意。

"明天上班穿哪件合适？"

徐茜指了指一件棕色衬衫和黑色高领打底衫："这两件叠穿肯定好看。"她突然想起了点儿什么，跑进房间，拿了个购物袋出来。

上面印着 BURBERRY 的字样。

打开袋子，里面是个盒子，再打开，又有一层防尘袋。

最里面，躺了个黑色菱格的小包。

"你明天不是第一天上班嘛，背这个去。"徐茜拎着那个小包的链条，递给叶梓。

"你什么时候买的？"叶梓惊讶道。

"去年年会抽到的，我才舍不得买。"徐茜又抬了下手，"听说要一万多。"

"你们公司这么有钱？"叶梓终于对互联网大厂有了具体的认识。

"我这还只是个四等奖，一等奖是清空购物车，封顶十万。"徐茜嚼着面包，嘴里含混不清地说。

"我不要。"

"我可没说送你啊，借你。第一天上班，背着去撑撑场面。"

好说歹说，拉扯了一会儿，徐茜终于把那小羊皮包挂在了叶梓身上。

叶梓换好衣服在镜子前转了一圈，还挺搭的。

徐茜在背后盯着她："真羡慕你。"

也不知是羡慕她穿这一身好看，还是有别的意思，叶梓无所谓地笑了笑。

晚上躺在床上，看到桌子上空了的面包盒子，叶梓才后知后觉，回想自己今天的表现，是不是有点儿不知趣。

孟庆川拉着她跑了大半天，又是请吃饭又是排队买面包，最后还送她回来。从头到尾，她都没跟孟庆川说过一个"谢"字。

脑子里又响起孟庆川在车上说的那句话——

"中间我去过几次北京，没有你的联系方式，也不知道你在哪儿。"

这么多年过去了，过去那点儿交集，都淡得咂不出味儿了。

可她还是失眠了。

他去北京找过她？

他没明说，她也不愿意往深想。谁知道是真的还是假的，他只说去过北京，没准儿是去玩或者出差的，谁知道是不是专门去找她的。

翻来覆去在床上捣鼓了几圈，她扯着被子逼自己睡了。

第二天一早，叶梓早起化了妆，出门时，发现门口停了一辆深灰色的车，心冷不丁地一动。

结果发现不是孟庆川的车，又暗自觉得自己真是想多了。

叶梓上班路线公交车可以直达，小区门口就有个公交站，方便是方便，只是路程有点儿绕。

等上了公交车才发现，她低估了安城的早高峰。原本半个小时的车程，走了快一个小时。她到新公司的写字楼楼下时，已经迟到了二十分钟。

她按电梯上了七楼，左拐，看到了一扇玻璃门，门口是前台，背后的墙上射灯洒在两个大字上：伍拾。

是这儿没错。

玻璃门需要指纹识别才能打开，而前台空荡荡的。叶梓贴着玻璃往里看了几眼，里面是一片开放办公区域，能看到的地方都没人。

叶梓给 HR 打了个电话，不一会儿，从里面匆匆走出个女人来。

叶梓今天穿了双粗跟切尔西靴，比平时还要高几厘米。

对方仰头看着她，热情得好像早就认识一样："你这么高啊？"

有的人就是有这种魔力，跟这种人说话，她永远都不会让场冷下来。

"我叫赵珺，人事行政主管。"

她们迎面碰上个脖子上挂着耳机的男孩儿，男孩儿捧了个冒热气的杯子，叫了声"珺姐"，眼神却在叶梓身上打转。

之所以说他是男孩儿，是因为他确实长了张稚气未脱的脸，一件套头帽衫，跟学生没什么区别。

珺姐拍着叶梓的肩膀，跟那男孩儿说："这是你们部门新员工，一会儿你带着她熟悉熟悉环境。"

"好嘞。"

叶梓跟着赵珺到人事行政办公室。赵珺拿出几份合同跟协议，叶梓拿出学历证明和体检报告，双方互换资料。

叶梓一边签合同，眼睛一边往办公区溜。

赵珺好像知道她在想什么，说："昨晚客户那边有个大型活动，好多同事都去支援，算加班，今天可以晚来。"

叶梓"噢"了一声，接着填表。

"带自己电脑了吗？"

"没有。"叶梓抬头，"我看给我发的邮件上说，公司会提供。"

"是会提供，但自己带电脑，每个月有两百元的补助，你自己考虑。"赵珺捧着一杯咖啡，笑眯眯地说。

"那我明天带来吧。"

"没问题。"赵珺甩过来一张纸，"把电脑补助申请表填一下就行。"

接近十点，公司才开始陆陆续续来人。

叶梓签完所有合同，录了门禁指纹，赵珺动作利落地整理好纸张，带她到两排办公桌中间。

叶梓抬眼，头顶悬空挂了块精心设计过的牌子，一面印了几个手绘头像，另一面印着"事业二部"。

两排办公位里，零零散散坐了三四个人，不是在喝咖啡，就是在化妆，一眼望过去，没一个在正经工作。

刚才那男孩儿就坐在中间，正戴着大耳机，晃啊晃的。他的椅子跟其他人的都不一样，是一把电竞椅，比周围高出一截儿。

赵珺给叶梓指了个空位："你的办公位。"说完，又拍了拍那男孩儿椅子靠背，"带带新人。"

男孩儿摘掉耳机，站起来一笑："你好，我叫方思哲。"

叶梓点头："叶梓。"

方思哲领着叶梓在公司走了一圈儿，带着她认识同事，熟悉环境。

"咱们公司不大，人也不多，不过该有的都有。"

一圈儿下来，茶水间、会议室、职能部门办公室，基本上都清楚了。

"公司除了职能部门，一共有三个业务部门。一部负责银行和保险客户，三部负责快消品，咱们是事业二部，主要做两个客户，一个是音乐厅，一个是高新区。"

方思哲看出叶梓的表情一言难尽，便问："是不是觉得有点儿散漫？"

叶梓笑了一下，没否认。

"其实业务部门挺忙的，老大看大家辛苦，对大家在其他方面就没那么严格。别小看这些人，咱们公司卧虎藏龙呢，不然怎么拿得到这么好的客户。"

叶梓心想，得了吧，还卧虎藏龙？她总算知道为什么拿到 offer 的员工要跑路了。

方思哲掏出手机，亮出来个二维码："加个微信？我拉你进工作群。"

叶梓扫了码，等待通过。

叶梓的微信头像是一片有五官的手绘小树叶，可可爱爱的，是她北京的插画师同事专门为她画的。方思哲看到，冷不丁地问了句："哎，你多大？"

"问这个干吗？"叶梓有些戒备。

方思哲抬头，撞上叶梓不满的目光："这有什么不能说的。"

"那你先说你多大。"

方思哲停下动作："我二十四岁啊。你呢？"

"一样。"

方思哲无声笑了下，看不出来，这姑娘有点儿冲。

叶梓一下子进了五个群。

伍拾传媒内部总群、事业二部内部群、伍拾＆音乐厅工作交流群……每个群里还都在不停地往外蹦消息，看得她眼花。

大家看到群里进新人的提示，方思哲又发了条这是新同事，大家便排着队发各种"欢迎"的表情包。

"我要在群里说话吗？"叶梓摊着手机问方思哲。

"内部群可以回，工作群先别说话，群里有甲方领导，那领导不太好惹。"

叶梓在内部群里发了个"谢谢"的表情包。

过了一会儿，空着的工位陆陆续续有了人，方思哲张口闭口提的老大，也现身了。

朱少华，人称"华哥"，伍拾传媒的总经理。

华哥特别瘦，也特别高，像跟电线杆。因为高又衬得他很瘦，又因为瘦，显得更高。他穿着白衬衫运动鞋，背着黑色双肩包，脸上戴了副茶色眼镜。整个人沾着些社会气。

叶梓曾经在电话面试的时候听过他的声音，现在看到真人，冲击还是有点儿大。

华哥一来，公司突然就变得忙碌了。他的办公室就在叶梓工位正对面，叶梓抬头就看见三四个人候在门口，手里都拿着文件，等他签字确认。

签完字，赵珺小跑着过来，让叶梓跟她一起去华哥办公室。

"朱总，这是半个月前电话面试的叶梓。"

华哥抬头，眼神透过茶色镜片，落在叶梓的脸上："北京回来的那个，对吧？"

叶梓点点头："对。"

"行，知道了。"华哥跟她说，"把 Fiona（菲奥娜）给我叫进来。"

赵珺按住叶梓的肩膀："我去叫。"

片刻后，刚才在工位上化妆的女孩儿推门进来。

"叶梓，Fiona。"华哥冲她们二人说，"Fiona 是音乐厅项目的客户经理，经验很丰富，以后她带你。"

Fiona 主动对叶梓露出个得体的微笑："你好啊，叶梓。"

华哥对 Fiona 说："下午你是不是要去客户那儿开会？带上叶梓，互相认识一下。"

Fiona 点头："好的，领导。"

下午四点，Fiona 才过来叫叶梓。客户那里离公司不远，Fiona 开了她的粉色甲壳虫，叶梓坐副驾。

Fiona 的眼睛比商场里的仪器还精准，用余光扫了眼叶梓的包，就知道了大概价格。再观察一番叶梓的穿搭，除了那个包，从头到脚没有一件大牌。

Fiona 不屑地笑了一下。她心想，又是个没钱又爱装的。

叶梓倒没注意身边人的心思，她的感冒还没完全好，而车里的香薰味道太浓，弄得她想吐。

"你从北京回来的？"

"嗯。"

"以前也是在乙方？"

"嗯。"

"都做过哪些客户？"

叶梓回想了一番，说了几款快消品的名字。她以前的公司在业内排不上号，但服务过的客户，还是有点儿知名度的。

"看你话不多啊，以前是怎么跟客户沟通的呢？"

这句话挺冒犯的，就好像故意要给叶梓一个下马威似的。

叶梓眯着眼看了一眼 Fiona，对方的脸上却带着笑意，猜不透到底是什么意思。

"我们以前公司大，我只负责商务。"叶梓没有表情地说，"合同不出错，监控做好，回款按时到账就行了。"

"这个客户可能跟你以前接触过的客户都不太一样。"

叶梓忍着烦躁，说："我知道，是政府项目。"

Fiona 笑着摇头："还是不一样。"

叶梓转头看外面。

过一会儿，旁边又飘来一句："一下子也说不清楚，慢慢了解吧。"

车程十来分钟，停车场只对内部人员开放，保安认识 Fiona，大老远就给她抬了杆。

下了车，眼前是一栋气派的仿古建筑。

"办公区在这边。"Fiona 指着建筑物的方向。

走进那幢建筑物，叶梓环顾四周，从外面看明明是古典样式的建筑，内里的装修却充满现代艺术气息。

一楼大厅有三层挑高，气派、空旷，一盏音符吊灯从三层落下来。

Fiona 轻车熟路，带着叶梓在建筑里来回穿梭。走上一个旋转楼梯，她们来到一个会议室。

会议室的门是玻璃的，在外面就听见里面有说笑声。透过玻璃门，叶梓看到里面坐了五六个人，全是女孩儿，一人抱了台笔记本电脑。

Fiona 推门而入，有人喊了一声："Fiona，你来啦！"

Fiona 声音发嗲："你都没出来迎接我，一看就不想我。"

Fiona 早就跟她们混熟了，进会议室先打哈哈。

寒暄了半天，有女孩儿冲叶梓努了努嘴："你也不介绍一下？"

Fiona 才跟会议室里的几个人介绍："哦，差点儿忘了。这是我的新同事叶梓，以后她也会参与到日常工作的对接。"

一个女孩儿做惊讶状："难道 Fiona 你要升职了？"

Fiona 摆手，脸上却是难掩的喜色："哪有哪有。"

Fiona 掏出手机点了几下，往群里扔了两个文件。

她对其中一个女孩儿说："工作月报发你了，你先看看，有修改再说。"

那女孩儿伸出手，比了个"OK"。

Fiona 把车钥匙拍在桌子上，坐下来："我那单点合同流程怎么还没走完？再拖我在华哥那儿没法儿交代了。"

"我的好姐姐，真没办法，预算卡得死，只能到明年一月了。"

Fiona 一算时间，拖到明年一月可就没奖金了。

她反问："不是能走特批吗？"

"五万以下才能走特批，我们老板难说话，你又不是不知道。"

Fiona 撩了撩头发，眼睛往上飘："我怎么没觉得你们老板难说话。"

"等你当上老板娘，我们催流程就没这么难了。"

Fiona 让她们别瞎说。

几个女孩儿笑成一团。

这间屋子里哪里有开会的氛围，只提了几句有关工作的事，剩下的时间都在闲聊。

叶梓不想加入她们的谈话，只能转着头四下看了看。

她转过头往门口看时，门忽然被人推开。

女孩儿们的说话声瞬间自动停下。

推门的是个年轻男人，他说："你们声音小点儿，大老远就听见了。"

Fiona 的脸一下子变得通红。

年轻男人身后，还站了一个穿着衬衫西裤的男人，那轮廓有点儿熟悉。

叶梓抬眼，正好撞进男人的眼里。他紧紧盯着她，漆黑的眼眸深邃难测。

她呼吸一紧。

还没反应过来，那两个人已经走了。

其中一个女孩儿小声嘟囔："怎么说曹操曹操就到……"

"刚才那一屋子人干吗呢？"往前走了好久，孟庆川突然问身边的人。

推门的年轻男人是孟庆川的助理，叫庄鑫，是个刚毕业的学生。小伙子机灵能干，孟庆川愿意用他。

"伍拾那边的人来开会，估计那个 Fiona 一会儿又要来你这儿催流程。"

"他们的付款不是正常走的吗？"

孟庆川是有些看不上伍拾这家公司的，吃资源饭的，活儿干得勉强看得过眼，催款却催得紧。公司是小作坊式的，老板也流里流气，跟音乐厅的调子不搭，也不知道是怎么跟集团搭上线的。

"上个月有笔单点合同，今年预算不够，付款节点推到明年一月了。"庄鑫提醒道。

"上流程了？我没看到。"

庄鑫摇头："没，Fiona 想走特批，我让内部先压一压。"

"好。"孟庆川挠了挠眉毛，"她要是来找我，就说我在忙。"

Fiona 擅长社交，人也伶俐，在工作上尝到一些甜头。只不过有人吃她那一套，有人不吃。孟庆川觉得她心思有点儿过多了。

"好的，川总。"

"刚里面还有个没见过的，谁啊？"孟庆川刹住脚步，深深地看着庄鑫。

庄鑫挠头，他压根儿就没注意会议室里都有谁，说："这个……我还真不知道，应该也是伍拾那边的同事吧，我回头跟她们打探打探。"

这时，孟庆川手机来了一条消息，眉头皱了皱。庄鑫察觉到他表情有变化，识趣地后退了半步。

"算了，不重要。"孟庆川说完，往办公室去了。

他回到办公室，来回踱步，心烦意乱。

他母亲戴芳刚发来微信，说之前介绍给他的那个相亲对象今天正好去音乐厅附近办事，让他主动约人家出来吃饭。

忘了是什么时候，他跟对方互相加了微信，一句话没说过。时间久了，那个只看过一眼的头像就沉了下去，怎么翻都翻不到。

戴芳大概知道孟庆川对这事的态度，便给他发了对方的微信名片，顺便下了个命令，让他不管怎样，都得见一见再说。

玻璃门合上，叶梓脑子有点儿转不过来，甚至有些吃惊。

怎么走到哪儿都能碰见他？

她指着门外："刚才那是谁？"

"老板的助理。"

"我说穿正装的那个。"

"老板啊，川总。"Fiona 答道。

Fiona 狐疑地盯着她："怎么了？"

她发怔："没什么。"

川总。

不用她接着往下问，一切都明了了。孟庆川出现在这里，出乎她的意料，好像又在情理之中。

"你们老板今天是要见什么人吗？穿得那么正式。"Fiona 下巴往外一扬。

"好像早上有大客户来。"一个女孩儿说。

"在我见过的男人里，他的身材算最绝的。"Fiona 盯着自己的美甲，漫不经心地说。

"别光说啊，付出点儿行动行不行？"

"什么行动？"Fiona 装傻。

"你不是我们内部员工，又没什么禁忌。"那个女孩儿嬉皮笑脸，戳了戳 Fiona 的胳膊。

"什么呀……"Fiona 笑着去打那个女孩儿的手。

这种玩笑像是经常开，Fiona 也像是很享受的样子，一点儿没有避讳的意思。

叶梓低头发愣。

昨天在车里，他明明听见了 HR 给她打的电话，为什么一句话都没说？

还是说，他就等着在这里碰见她，看她的笑话？

过了会儿，Fiona 在叶梓面前打了个响指："走，带你认识地方。"

她们俩从会议室里出来，在走廊里大老远看见庄鑫的身影。

Fiona 快步走到他前面截住他。

"Fiona，开完会了？"

"还没，出来转转。"Fiona 凑近庄鑫，"员工卡带了没，我们新同事第一次来，请她喝杯咖啡？"

庄鑫看着叶梓，礼貌微笑："没问题，这边请。"

Fiona 好像不打算跟他们一道，她问庄鑫："川总在办公室吗？有个流程我要跟他确认一下。"

"在，不过他在电话会议。"庄鑫的语气疏离而官方。

"噢……"Fiona 语气里滑过一丝失望，转而手指一勾，"那喝咖啡也算我一个吧。"

在去咖啡馆的路上，庄鑫多打量了叶梓几眼。

这女孩儿虽不如 Fiona 打扮得张扬，但也是个美女，怪不得老板能在人堆里一眼发现她。

音乐厅内部有自己的咖啡馆，就在一楼的角落，是一间黑胶唱片店和咖啡馆的结合体，装修复古又有格调，叶梓进去也忍不住暗暗惊叹。

内部员工享受三折优惠，庄鑫用员工卡点了单，陪她们一起坐着等。

"什么时候能喝上川总的咖啡呢？每次催流程去找他，他嘴上答应得好好的，一次也没请过。"Fiona 假装不满。

"川总太忙了，他自己都没时间来喝咖啡。"庄鑫滴水不漏地回答。

"听说这间店的创意是川总想出来的。"

"是，川总品位没得挑。"

川总……

叶梓转头去看货架上的唱片，思绪又飘走了。

Fiona 盯着她："叶梓，你想什么呢？"

在咖啡馆磨了一会儿，就快到下班时间了。

看样子 Fiona 没打算回公司，她心不在焉地摩挲着手里的纸杯，问庄鑫："川总电话会开多久？"

"不知道。"庄鑫耸了耸肩，"他不出来，我也不敢去打扰他。"

Fiona 又看了眼时间，抓起自己的车钥匙，站起来说："我还有点儿事，叶梓你自己打车哦。"扔下叶梓就跑了。

庄鑫跟叶梓不熟，也没什么可聊，打过招呼后也离开了。

孟庆川从楼上下来，正好看见叶梓捧了杯咖啡，在一楼大厅站着。

一楼大厅角落放了架三角钢琴，叶梓就站在旁边，眼神被那架钢琴吸引，有意无意地看着。

他抬了抬眉毛，嘴角勾起一丝不易察觉的表情。

他不动声色地走到叶梓身边："你同事没告诉你回去的路？"

身边猛然间有声音，吓了叶梓一跳。

这人跟她说话的时候，多是问句，居高临下的。

叶梓瞥了他一眼，没说话。

"好喝吗，拿谁的卡刷的？"

用员工卡刷的咖啡，标签上会打出员工的名字。孟庆川透过她修长的手指间，看到标签上庄鑫的名字。

叶梓故意说："不好喝。"

"那是你没点对，下次我请你喝。"

叶梓忍不住往他身上溜了几眼。

今天他穿了衬衫西裤，这身装束比之前见他时要正式，又是另一副模样。他整个人干净清爽，这一身衬得他英挺又俊朗。

叶梓问他："你是不是早就知道伍拾传媒跟你们合作？"

"是。"

"那你昨天为什么没告诉我？"

"你们公司那么多项目，我怎么知道你会分到哪个项目。"

叶梓狐疑地看了他一眼，没再接着问下去。

孟庆川笑看着她："没有别的想问了吗？"

叶梓没出声。

过了会儿，他又问她："不想问问我这些年过得怎么样吗？"

"我看你过得挺好的。"

叶梓说完，特别倔地转了个身，走到外面去了。

孟庆川看着细长的身影噔噔噔地走出去，无声笑了下，转身去停车场。这姑娘样子变乖了，脾气却还是跟以前一样，又狠又倔。

走了几步，迎面碰上王永璞。

"你怎么来了？"孟庆川脚下一个急刹车。

"我怎么不能来？回老东家看看总可以吧。"王永璞嬉皮笑脸的，"停车系统还没删我的车牌号呢，直接就开进来了。"

"明儿就让综合部的人把你车牌号删了。"孟庆川抬腿就要走。

"别呀，我过来找你吃个饭，赏脸吗？"王永璞拦着他。

孟庆川说："今天有事。"

"你能有什么事？"

"相亲。"

王永璞绕着他转了一圈："真的假的？跟谁啊？"

"你又不认识，打听那么多。"

王永璞笑了："怪不得今天穿得人模狗样的。"

孟庆川懒得跟他浪费嘴皮子。

"你也该谈恋爱了。"王永璞手放在他的肩膀上，煞有介事地拍了拍，"你这么多年都单身，是不是心里一直有人啊？"

鬼使神差地，孟庆川往大厅外看了一眼。

这个点儿不好打车，离最近的公交站也有段距离，叶梓还在路边张望着。她身形单薄，身上棕色的衬衫，跟秋天傍晚的色彩还挺相配。

不明艳，却楚楚动人。

"滚蛋，别瞎猜。"孟庆川拨开王永璞的手。

"你也没时间，叶宸也没时间。我怎么这么孤独啊？"王永璞哀号道。

他这人就爱热闹，爱往人堆里挤，不管做什么，总得拉上哥们儿。

"那儿不还有个熟人吗？"孟庆川下巴朝外扬了扬。

王永璞顺着他说的方向看过去。

"嘿，这不是小叶子吗？"

第二章
故地·重游

"她怎么在这儿？"

孟庆川挠了挠眉毛，答非所问："不送一下？"

王永璞最爱凑热闹，指哪儿打哪儿，说着话就往叶梓的方向去了："送送送，当然要送。"

叶梓在路边站了十多分钟，愣是一辆空车都没等到。

有人在她拍她肩膀时，她以为孟庆川又折返回来了，刚拿出一个没好气的眼神，回头发现竟然是卷毛王永璞。

"小叶子，你在这儿干吗呢？"王永璞惊喜道。

"打车。"

王永璞其实是想问她为什么会在音乐厅，可叶梓这回答也没错。

"这个点儿不好打车，你回家吗，我送你。"

"不用了，谢谢。"叶梓打开手机地图，找附近的公交站点。

王永璞又说："附近没有直达你那边的公交车，得走一千米才有。"

"你怎么知道？"

"我以前在这儿上班啊，周围都是我的地盘。"王永璞指了指她身后的音乐厅。

他又接着说："要不我开车送你到最近的公交站？走过去不近呢。"

叶梓半信半疑，犹豫了一秒。王永璞看她没拒绝，就当她默认了，拉着她就往停车场走。

王永璞的车是宝蓝色的，一排看过去，就他的车颜色最亮。叶梓只认识保时捷的车标，型号她不知道。

走过去才发现，他的保时捷跟孟庆川的车并排停着。

孟庆川正靠着车头玩手机，看他们过来了，转身上了自己的车。

看着灰色的车驶出停车场，叶梓心头一动。

她问："他让你送我的？"

王永璞为了衬托自己的高大形象，一摆手："怎么可能？当然是我主动提出来的，咱们都老熟人了，必须得送啊……"

叶梓扭头拧向另一边，任凭王永璞自己叭叭。

车上路，王永璞看叶梓一直望着车窗外，跟她搭话："小叶子，你怎么来音乐厅啦？找庆川玩？"

叶梓看着外面："过来开会。"

"你来这儿开会？你才回来就上班了？"

"嗯。"

"什么单位啊？"

"广告公司。"

"我还以为……"王永璞没接着说下去，又问，"怎么想到去广告公司了？"

"没门槛。"

王永璞识趣地没接话。

他知道叶梓从前学习成绩一般，高考超常发挥过了二本线，然后就跑去北京了。

叶梓忽然主动找他说话："你以前真在音乐厅工作？"

"骗你干吗。"

"你在音乐厅是干什么的？"

"拉小提琴的。"

他的语气让人猜不出来真假。

"那你和孟庆川以前是同事？"

"也算也不算，交集不多，他是负责音乐厅整体运营的，我在交响乐团。"

叶梓不懂这两者有什么区别。

她没接着问，王永璞已经猜到她有疑惑，就解释给她听："这么说吧，他是坐办公室的，做管理，我是在乐团里演奏的，算演员。"

"那你为什么不干了？"叶梓记得他是跟叶宸一样，从小就学小提琴。

"当不上首席啊。"

王永璞开始絮絮叨叨地说他们交响乐团的KPI考核有多严格，首席的综合考量是多维的，不光看琴技，还看学历、资历，甚至细到考勤。

他说有乐团里有人看不惯他，处处打压他，总给他使绊子。后来他一怒之下离开乐团，自己开少儿培训学校去了。

最后，他总结陈词："此处不留爷，自有留爷处，处处不留爷，爷干个体户。"

王永璞说话七分真三分假，总爱夸大事实。

叶梓心想，可能是输在你这头卷毛上了。

"他不是老板嘛，没给你开后门？"

"我们有严格机制的，关系好也没用。"王永璞说，"他是子公司的负责人，但是上面还有省文化集团呢。"

王永璞扫了她一眼，接着说："怎么，没想到他是你甲方？你放心，庆川看着欠欠的，其实人挺好的，肯定会照顾你。"

叶梓看了眼外面，感觉走了不止一点几千米，就问："是不是开过了？怎么还没到公交车站？"

"你都上来了我还能把你扔在公交站？那还是人吗？"王永璞说，"哥哥把你送到家。"

叶梓没再说话。

外面车流涌动，往前看，一片红色的尾灯。

堵车了。

隔了一会儿，王永璞问："小叶子，你是不是跟孟庆川有过什么？"

叶梓心里一惊，反问道："有过什么？"

"我不知道啊，总觉得你不太待见他。"

"没有。"

其实她心里说的是，你们几个我都不待见。

王永璞好像不说话整个人都很难受似的，拼了命地想给他的好兄弟挽回点儿形象。

"你庆川哥还是很厉害的，他胆子大，敢创新实践。现在音乐厅这么厉害，就是他一手带起来的。你知道吗，一开始音乐厅不是这个模式……"

叶梓手机振动好几下。

她打开看，方思哲给她发了两条消息，让她赶紧在工作群里改备注。

她回：怎么了？

方思哲：看工作群。

早上加的那些群她都屏蔽了，每个群都有一堆消息。

她一看，内部群里全是艾特她的。

孟庆川在工作群里发了灵魂三连问：群里没备注的是谁？负责什么工作的？知不知道规矩？

叶梓仔细翻了翻，所有人在群里都是"公司名＋职位＋姓名"格式的名字。没备注的就她一人。

叶梓沉思了一会儿，然后飞快地打字，问方思哲：至于嘛，这种事值得放在群里说？

方思哲：我早上就跟你说过，甲方这个川总不好惹。趁他没说别的之前，赶紧改吧。

叶梓按照其他人的格式改了自己的备注。

她盯着那个群，没人再说什么。

方思哲又发了条：也怪我，忘提醒你了。

她回复：没事。

过了会儿，Fiona也私发了一条消息给她：川总不常在群里说话，一说话就表示事态很严重了，以后注意一下。

车子在红灯前停下，王永璞看叶梓盯着手机，快把屏幕戳穿了，伸脖子过来："怎么了？"

叶梓把屏幕转到王永璞眼前："你的好兄弟在工作群里'照顾'我呢。"

王永璞这么快被打脸，讪讪笑着："这人有病。我跟你说，他今晚相亲去了，如果能成，让你将来的嫂子好好治他！"

叶梓愣了下。

相亲？这人不是说最近忙没时间嘛，这么快就见了？

一家高档西餐厅里，孟庆川和相蕊面对面坐着。

孟庆川特意挑了离音乐学院近的一家餐厅。

相蕊淡妆，梳了简单的马尾，头发乌黑顺滑，没有一丝凌乱。练舞蹈的人体态气质不一般，相蕊不是特别漂亮的美女，打眼看上去却温婉出众。

孟庆川："加了好友之后一直没有联系你，我得说声抱歉。"

相蕊："应该是我说抱歉才对，学校一直挺忙的，今天也是正好来这附近帮学生看演出用的服装。"

"我一朋友也在你们学校当老师，是挺辛苦的，理解。"

"是吗？这么巧。"

寒暄几句后，孟庆川礼貌将菜单推了一份给她："先看看吃点儿什么。"

相蕊翻了几页，手上的动作慢下来。

孟庆川察觉到了，抬眼问："没有喜欢的？"

"孟先生，有些话我想先说，可能有些冒犯。"

"但说无妨。"

"我今天来……主要是被家里人催怕了，其实我自己并不是很急。"相蕊脸上带着歉意，"还没点餐，如果你介意的话……"

"谢谢你的坦诚。"孟庆川心里忽然一松。

他接着笑道："但饭还是要吃的。"

相蕊也笑了。

开门见山地把话摊开说了，两个人反而放松了。相蕊有朋友做舞蹈团，正好想咨询一下音乐厅的场地租赁和票务代理。两个人借机会聊了一些工作相关的话题。

跟相蕊吃饭时，孟庆川时不时瞥一眼手机，划开看看群里有没有消息。

相蕊是聪明人，既然彼此都没意思，只当交个朋友，在恰当的时候结束了这次饭局。

吃完饭，孟庆川要送她回去。相蕊本来推辞了一番，但孟庆川坚持要送。

他待人做事绅士周到，不会因为相亲不成就丢了礼数。

送走相蕊后，孟庆川坐在车里，盯着手机发呆。想了一会儿，他给王永璞打了个电话。

接通后，王永璞那边特别吵："相亲结束了？"

"嗯。"

"怎么样？"

"没看上。"

"谁没看上谁？"

"都没看上。"

王永璞知道孟庆川压根儿没有相亲的心思，哈哈哈笑了半天，说了一句"活该"。

"你干吗呢？"孟庆川故意问。

"我正跟小叶子和她室友在夜市吃饭呢。"

"啊？"

"啊什么啊，人家为了感谢我，请我吃的。"王永璞突然想起来点儿什么，"对了，我说你抽什么风？"

"怎么了？"

"小叶子家里什么情况你又不是不知道，姑娘怪可怜的。现在工作碰到了，你不照顾着点儿也就算了，犯什么浑啊。"王永璞着急挂电话，"我要回去吃饭了，跟你说的话你记着啊。"

孟庆川顿了顿，没什么情绪地说："行，知道了。"

他也不知道自己在抽什么风。

一时间，他觉得自己的情商好像回到了很多年前。

他知道这么做挺没必要也挺没意思，群里没做备注的还能有谁，他心知肚明。他平时从来不看那个群，日常工作都是下面的人在处理，他也不用时时盯着。

见了这几面，她对他不冷不热的。他在她那儿总是受挫，就忍不住跟她较劲儿。他不想承认自己心里有股隐隐的期待，没准儿叶梓一生气，会加好友来质问他。

挂了电话，他再去看群里，叶梓的微信备注已经改了，并没有在群里回复，也没有加他好友。

只有 Fiona 在群里给了一条话术满分的回复。

夜里有点儿凉。

孟庆川收起手机，一个人走了会儿。

一片泛黄的叶子飘下来，正好落入他的掌心，吹过一阵风，又飘走了。

王永璞挂了电话，从路边回到一张绿色的塑料桌前，对面坐着叶梓和徐茜。

他搓了搓手，语气兴奋："嘿，这板筋看着真不错！"

叶梓跟徐茜合租的这个小区在老城区，晚上特别热闹，街对面有一块空地，白天是停车场，到了晚上就是夜市，灯火通明的，烤肉、涮锅什么都有。

这顿饭不是叶梓要请他的。他们到门口时，正好碰见徐茜下班回来，徐茜问叶梓吃饭没，跟王永璞客气了一句，没想到这人顺水推舟，直接跟来了。

王永璞冲叶梓晃了晃手机："我刚才说了庆川几句，以后他肯定不敢对你怎么着了。"

叶梓扯了下嘴角，心里想的是他爱怎么着怎么着，他又不是自己的领导，

工资是华哥发又不是他发。

"你别不信啊,他说知道了。"

叶梓抬眼看他:"我又没说不信。"

徐茜左看看,右看看:"怎么了?"

叶梓:"倒霉。"

还是不知所云。

"小叶子在气头上呢。小叶子今天第一天上班,我哥们儿是她甲方,"王永璞靠近徐茜,有点儿幸灾乐祸,"前两天你见过的那个。"

徐茜脱口而出:"那个开 Q7 的?"

叶梓也觉得这事太过凑巧,无奈地点头。

"对对对,就是他。"

徐茜第二次见这位卷毛帅哥,看他一副浪子样儿,没想到挺周到,又是帮她递筷子,又是主动用开水帮她烫餐具,看她挨着过道人来人往,还主动跟她换了位置。

她本来觉得自己是外人,做好了埋头吃的准备,可叶梓只顾着撸串,王永璞怕冷落了她,倒跟她聊起来了。

"你们俩怎么认识的?"王永璞往嘴里扔了颗花生米。

"在北京认识的,也是合租。"徐茜一字一句地回答。

"那你怎么也来安城了呢?"

"公司调动,派过来了。"

王永璞一笑,举起手里的玻璃汽水瓶:"都是缘分。"

叶梓继续嚼着嘴里的东西,闷闷地想,也不知道这几次意外见到孟庆川,算不算缘分。

徐茜看叶梓无动于衷,本来放上桌子的手,又缩了回去。没想到被王永璞看在眼里,他冲她手边的瓶子努努嘴,示意要跟她碰杯。

两个玻璃瓶碰撞在一起,发出清脆的声响。徐茜吸了一口橙色汽水,脸颊泛起两朵红晕。

王永璞瞥了一眼叶梓,摇了摇头,悄悄跟徐茜说:"小叶子什么都好,就是有点儿倔。"

"她挺好的,了解她的人才知道。"徐茜赶紧说。

王永璞露出大白牙坏笑:"你知道小叶子十年前什么样吗?"

徐茜摇摇头,托着下巴做出期待的表情。

"我能说吗?"

叶梓飞过去一个眼神。现在说无异于在雷区里蹦迪,王永璞知道分寸。

他抬了抬眉毛,说:"行行行,不说了。"

隔了两天,叶梓又跟着 Fiona 去音乐厅开了一次会。

Fiona 说这次开会有新活动要筹备，川总可能也在，特意叮嘱她少说话，免得再惹川总生气。

结果开会没见到孟庆川，庄鑫倒是在，跟她们这群姑娘坐在一间会议室里。在她们看来，庄鑫无异于老板的间谍，开会的氛围明显没有上次欢乐。

讨论了一会儿工作，大家都展露出一些疲态。

Fiona 问庄鑫："川总在吗？"

"川总在见客户。"

"我那流程还没走，我得问问川总啊。"Fiona 伸了个懒腰，意欲往外走，"正好出去走走。"

"我会记得帮你去催。"庄鑫用不置可否的语气说，"还要喝咖啡吗，Fiona？"

Fiona 没好气地回了句："不喝不喝。"

"叶梓，你呢？"庄鑫转而问叶梓。

叶梓没料到他会问自己，也摆摆手说她不喝。

庄鑫却微笑，用眼神示意她一起出去。

她看懂了，迷迷糊糊地跟着庄鑫走出会议室。

庄鑫边走边说："叶梓，川总请你下班后去他办公室一趟。坐直梯上三楼，左手边第一间办公室。"

"下班后？"

"对，上班时间川总不处理私事。"

"他找我有什么事？"

"川总应该会亲自跟你说。"

叶梓还想问，可庄鑫脸上只写了四个字：无可奉告。

该不会是要找她道歉吧？

叶梓出去之后，会议室里的氛围忽然就变了。毕竟都是一群猴精猴精的人，庄鑫传递给叶梓的眼神谁都没错过。

庄鑫叫叶梓出去，就等同于孟庆川叫她出去。立刻有人跳出来说，前几天看到叶梓跟孟庆川在一楼大厅说话。即使只是说话，经人传出口也必然要被添油加醋一番。再加上叶梓不改群里微信备注的事，凑到一起，在其他人眼里，就成了吸引川总注意的举动。

过了会儿，庄鑫和叶梓回来了，他们买了咖啡，还给 Fiona 带了一杯。

所有人都一副看好戏的表情。

Fiona 瞟了叶梓几眼，眉毛拧在一起，咬着下唇。她不明白，只来过一次，叶梓怎么就搭上川总了？

下班后，叶梓第一个站起来，所有人的目光都在她身上，她就那么不管不顾地推开门走了出去。

有人想跟着看看她去哪儿，被庄鑫拖住，跟剩下所有人叮嘱了几句话，

出来后，走廊里已没有半个人影。

上三楼，出电梯，叶梓正好迎面碰上孟庆川跟一个女人在电梯口。

女人一身素色连衣裙，头发在脑后绾了个温婉的髻，从容且舒服。

叶梓打量了一眼，不是一眼惊艳的类型，长相、身材、表情，看上去都淡淡的，却胜在气质，散发着若有似无的美。

看样子是孟庆川送那个女人出来。

孟庆川看到叶梓，大大方方地说了句："来了？你先进去等我。"说完，给她指了个门。

孟庆川跟那女人好像还有些什么话要说。

杵在他们两个人中间不太合适，叶梓犹犹豫豫地踏进了办公室。进门前的最后一秒，她听见孟庆川叫那个女人"相老师"。

她觉得有些耳熟，突然记起来，孟庆川好像有个做舞蹈老师的相亲对象。

一瞬间觉得什么都对上了。

这就是他见的"客户"？叶梓冷笑了一声，这人还挺会装的。

孟庆川办公室不大，装修简约，办公桌、会客沙发、茶几、书柜。

只是每样家具都别具一格，有设计感且充满巧思，书柜里有唱片，还有些精巧的摆件，踏进来会觉得跟平常办公室不大一样。

书柜最显眼的地方摆了架小钢琴，叶梓走近细看，才发现是乐高拼的，里面零部件什么的一应俱全，琴盖和琴谱架还能翻起来，又精细，又逼真。

她俯身端详了一会儿，回过神来，孟庆川不知什么时候已经进来了，只是一直没说话。叶梓看见他，有些无所适从。

孟庆川笑了笑，转身拿了瓶矿泉水，递过来。

叶梓没接："找我什么事？"

"听叶宸说，你这周末要去渭城。"他提起了跟工作毫不相关的另一件事。

叶梓眼睛看着别处："不一定。"

"不一定是去还是不去？"

"没想好。去的话也是我自己去，我认识路。"

跟叶梓说话其实很累，因为她永远不会跟你说实话，探不到她的真实想法。

孟庆川知道她又在诓人，只管说自己的："叶宸周末没法儿送你去渭城了，学校要开会，不准请假的那种。"

叶梓："你怎么知道？"

"中午刚从他们学校过来。"

叶梓又想起刚才那个女人，怪不得他往音乐学院跑，见相亲对象去了呗。

这个男人怎么变得心口不一的，前脚说没时间相亲，后脚就跑去跟人家吃饭，一面在下属面前伪装正派，一面工作时间谈恋爱。

"想什么呢？"孟庆川一只手插口袋，懒懒地靠在办公桌上，另一只手掌撑着桌子边缘，男人味十足。

他还穿着正装，衬衫和西裤颜色都有变，明显是换了一身。

"我周末正好要去渭城，顺路带你。"末了，他又补上一句，"跟叶宸说过了。"

"你去渭城干吗？"

"工作上的事。"

叶梓听了都觉得扯。

音乐厅的工作都是跟交响乐有关的，有什么工作是要去渭城那个小县城做的？

"渭城我可以自己搭大巴去，那边现在也通高铁了……"

孟庆川听她自己在那儿念念叨叨，觉得有点儿好笑，打断她："手机打开。"

叶梓发现这人根本就没听自己说话，抬起头来，有点儿震惊的表情。

手上还是乖乖解锁了手机。

孟庆川又说："加我微信好友。"

叶梓停下动作，用奇怪的眼神看了他一眼，好像在说"凭什么"。

孟庆川看出她在想什么："不然出发前怎么联系你？"

已经到添加好友的界面了，只差临门一脚，她手上动作停了下来。孟庆川走到她身边，自然地从她手里拿过手机，流畅地操作着。

片刻后，他把手机还给叶梓："等我消息。"

"就这事？"

"嗯，就这事。"

叶梓觉得怪怪的，又说不上来哪里怪。

"那我走了？"

看叶梓有些迟疑，孟庆川问："要我送你？"

"不要不要。"

叶梓赶紧跑了。

从办公室里出来，她才反应过来，明明几句话就能说完，明明就在一个群里，他直接加她就好，有必要搞得这么迂回吗？

孟庆川盯着叶梓的微信头像，一片小小的、可爱的卡通叶子。他放大那张图片，看了好一会儿，没意识到自己的嘴角已经勾起来了。

当天，叶梓并没有等到孟庆川的消息。

第二天也没有。

周六就要出发了，到了周五晚，孟庆川还是什么都没说。

叶梓躺在床上划拉着手机，打开微信，又关上，过会儿又打开。

最后，她终于意识到自己似乎在刻意等什么。

这人怎么回事？费劲叫她去办公室，当面加了微信，现在又一句话不说。

她打开聊天界面，打了"还去不去"，删掉，又打"我不去了"，再删掉。反复几次后，她把手机扔到头旁。

烦死了，不管了。

不出两秒，手机振出了很响的声音。

孟庆川发来消息：明早七点下楼。

叶梓握着手机，心想这也太早了。

孟庆川像是有读心术似的，接着发了条：早点儿走，下午我还有事。

就扯吧。

叶梓"喊"一声，还是调了周六早晨六点半的闹钟。

第二天一早，叶梓忍着困意爬起来，背了个双肩包，轻手轻脚地出门了。

到楼下，深灰色的Q7在路边停着。

也不知道这人什么时候来的。

叶梓拉开车门，看见孟庆川的手正松松地搭在方向盘上。

他今天穿得很休闲，身上是件烟灰色的卫衣，领口露出一点儿里面的打底T恤，倒是有了很多年前那个少年的一点儿影子。

"早。"孟庆川打招呼道。

"你什么时候来的？"

"刚到。"

"哦。"

叶梓坐上副驾，想把背包卸下来，结果背包肩带缠上了衣服的帽子，她整个人以一个奇怪的姿势扭着。

她盲目地扯帽子，反而抻到了筋骨，肩胛骨猛地疼了一下。

她刚收回手，忽然间，脖子后面一热。孟庆川伸手过来，帮她把背包摘下来，理好帽子。指尖划过她的耳垂，温热的触感留在皮肤上，她觉得耳后有点儿烧。

做完这些，孟庆川问："吃早饭了吗？"

"没有。"

"下车，先吃早饭。"

她有种被耍了的感觉。

这人怎么回事？不是他说要早点儿走吗？

"不走吗？"叶梓看他。

"雾太大，上高速不安全。"

孟庆川说完就下了车。说这话的时候，语气还是那副公事公办的态度。

叶梓透过挡风玻璃，往前面看了看，能见度确实不高。

孟庆川下去等了有半分钟，看叶梓不下来，从车后面绕了一圈，打开叶梓这边的车门："下车。"

"我不饿，你自己去吃吧。"叶梓别过脸，枕在座椅上。

"这是你家楼下，你带路。"

"你不识字？"

"请别人吃夜市可以，请我吃早饭就不行？"孟庆川一手撑着车门，幽幽地看着她。

这有什么好比的？

王永璞看着吊儿郎当的，起码嘴里说出来的都是漂亮话。哪像他，冷冰冰的，让人猜不出情绪来，没准儿还会突然抽个什么风。

就这么僵持了一会儿，叶梓感觉旁边靠过来个人影，她以为孟庆川要强行抱她，一时间整个身子都不知道该怎么摆了。

结果他只是帮她解开安全带卡扣。

叶梓身上一松，脸上有点儿挂不住。

她听见孟庆川说："三个小时的路呢，吃点儿吧。"

语气柔和了点儿。

叶梓看了他一眼，跟他进了路边一家早餐铺子。

周末早起的人不多，店里就他们两个人。

包子、豆浆、油条，说是让她请，他还是不声不响地付了钱。

回到车上，雾散了些，他们才出发。

开了一段后，孟庆川开口问她："琴的钱，王永璞退给你没？"

"不知道。"叶梓看着窗外。

"你看一下。"孟庆川坚持着。

叶梓点开闲鱼，发现卖家已经关闭了交易，钱也早就回到她账户了。

"退了。"

"琴呢，弹了吗？"

"还没。"

"需要谱子吗？我那儿还有不少以前的谱子。"

"不需要。"

"给你买的那些草莓味面包吃了吗？"

"吃了。"

"好吃吗？"

"还行。"

孟庆川就这么没话找话地挑了些话题，他问一句，叶梓答一句，总让他没办法将这对话进行下去。

一路上，都是有来无回，不痛不痒。

问来问去，好像总是问不到重点，总是绕开某些话，顾左右而言他。

孟庆川似乎变得有些烦躁，眉头一蹙："你多说几个字会怎样？"

这下叶梓彻底不说话了。

孟庆川看了眼高速上的提示牌，还有不到十千米有个服务区。他专心开了一段路，快到的时候，打了把方向，朝服务区开进去。

车还没停稳，叶梓手就急着搭车门。她说："我要去洗手间。"

孟庆川扯住她的手腕，用了挺大力气。他认真盯着叶梓，盯得她有点儿害怕。

"叶梓，我们六年没见了。我不知道你这些年在哪儿，都经历了些什么事。你当初一声招呼不打就走了，现在又一声招呼不打地回来，我担心你，有很多问题想问你，这不都很正常吗？你为什么总是躲我呢？你跟我连一句话都不愿意多说？"

叶梓其实很怕有些话摊开了说。

对方不摊开，她就可以说谎、装糊涂、蒙混过关，甚至逃跑，这是她一直以来的惯用套路。她习惯把自己包裹得严严实实的，以至于已经很久没有人跟她说过真心话了。

可现在，旁边这个人门儿清，逼着她直面这些问题。

"你对我态度有多好，还想让我跟你掏心掏肺？"

叶梓撇着嘴，眼睛湿漉漉的，委屈、愤怒……里面有很多说不清的东西。

孟庆川看着她，忽然就心软了。他有点儿后悔，也不想承认，看见叶梓劲儿劲儿的样子，他也不由自主地拿出一副冷漠的面孔来。

他松开她的手腕，那地方已经有了一圈红。

叶梓太倔了，倔得他已经忘了她是这么瘦弱的一个人，根本承受不住他那么大的力气。

他眼睛转而看着前方，说："你去洗手间吧，我等你。"

叶梓沉默不语地推开车门，去洗手间里站了一会儿，仔细回想着孟庆川说的话。

她气鼓鼓地想，他又是谁，凭什么让她多说话？已经在跟舞蹈老师相亲了，又假惺惺地在她面前关心她。再说了，他在工作群里给她难堪，她都没拿出来说呢，他倒好，倒打一耙，什么玩意儿？

在人来人往的洗手间待了一会儿，用凉水冲了冲手腕，又做了几个深呼吸，她才回到车上。

车里的气压仍然很低。孟庆川不再刻意跟她讲话，就这么沉默地开着车。

不知过了多久，他往右边扫了一眼。

叶梓已经睡着了，睡得很熟。几缕碎发搭在她的脸颊，睡着了还轻轻皱着眉。

忽然间，孟庆川的心像是被什么凿了一下。

"快到了。"睡梦中，叶梓听见孟庆川柔声提醒道。

她睁开眼，茫然地四下看了看，才清醒过来。孟庆川开车很稳，这一路上她睡得很沉。她看了眼手机，已经接近中午了。

鉴于在服务区的不愉快，她一句话也没跟孟庆川说。

眼前是渭城的收费站。

离开收费站后，几分钟就到了渭城县城。

孟庆川开到一个十字路口，很自然地变到最左边的车道上，准备左转。她才想起来从一开始就没跟他说过目的地是哪儿。

她记得这条路，但她不知道孟庆川也记得。她没想到他记忆力这么好，而他们只在十年前来过一次。

离目的地越来越近，她又害怕了。

孟庆川感觉出叶梓的异常，问她怎么了。

"我不想去了。"

"那去哪儿？"

"哪儿也不想去。"

面对叶梓突如其来的变卦，孟庆川沉默了一会儿，说："那先去酒店吧，放东西。"

"好。"

县城变化很大，叶梓在车上看见了一家德克士，还看到几家连锁快捷酒店。以前县城里都没有。

孟庆川先沿路找了家饭馆，两个人简单吃了顿饭，又驱车到一家老牌的酒店，开了相邻两个标间。

酒店里面挺干净的，就是装修风格还停留在上世纪，暗沉沉的。

叶梓刷卡进门，放下包，拉开窗纱，怔住了。

透过窗户，她能清清楚楚地看见一栋居民楼，不远不近，距离刚好。居民楼是老式的砖混结构，似乎已经没了住户，暗红色的外墙漆已经脱落得七七八八，看上去伤痕累累。

她定定地站在窗前，仿佛看见了她十四岁以前的时光。

过了几分钟，身后响起敲门声。

叶梓听见孟庆川的声音说："叶梓，是我。"

她有些激动地打开门，孟庆川站在门口。

"房间怎么样？"

"挺好的。"

"开车有点儿累，我先去睡一会儿。你也休息一下。"孟庆川准备离开。

"哎——"

孟庆川看向她。

叶梓本想说点儿什么，却临时改了口："没什么，你去睡吧。"

孟庆川其实不累，只是胸闷，感觉里面积压了很多东西，翻来覆去，睡不着，也不安生。

躺了二十来分钟，他坐起来，去隔壁敲叶梓的门。

没人应声。

他以为叶梓睡着了，提高嗓门儿又叫了几声，酒店清洁工在旁边休息间探出头来，说看见那屋子里的女孩儿出门了。

他冲到前台，问有没有监控。

前台还是刚才帮他们登记入住的年轻小伙儿，扬起下巴："不是在那儿嘛。"

一回头，孟庆川看见叶梓正背着她的双肩包，跟路边一个出租车司机攀谈。

他气不打一处来，快步走到出租车旁边，用手拽了她一下，问："你要去哪儿？"

叶梓被他吓得一激灵，差点儿踩空，摔下马路牙子。

孟庆川伸手捞了她一把，把她扯了回来。

两个人就那么僵持在那儿，出租车司机看好戏似的，点了根烟悠悠地抽着。

孟庆川不想让司机得逞，拉着叶梓往前走了一段，松开手："我开了三个小时车，不是为了被你耍得团团转的。"

他的声音很平静，但叶梓看得出他是真的生气了，在努力压制火气，便抿着嘴不吭声。

孟庆川盯着她："说话。"

叶梓声音弱弱地说了句话。她不占理，倔倔的气焰下去一大半。

孟庆川没听清，又问了一遍："什么？"

"我没有耍你……"

"那你到底要干什么？"

"我就是想去……"

"去哪儿？"

叶梓说了个三个字的地名。

孟庆川自然听都没听过。

"想去那儿为什么不跟我说呢？"

叶梓低头绞着手指："路有点儿不好走。"

孟庆川觉得头有点儿太猛，跟她较劲实在太费神。

他不知道她到底要做什么，却也没多问，只说："你认识路吗？"

叶梓有些紧张："应该认识。"

孟庆川摸出车钥匙，叹了口气说："指路吧。"

叶梓凭记忆给孟庆川指方向，出县城，走了二十多分钟盘山公路，路过一个不大不小的镇子……最后，他们进入一条坑坑洼洼的村道，两边全都是耕地和果园。

村道上路不太平整，颠得厉害，尘土飞扬，他们跟在一台拖拉机后面，提不上速度。

一路上，孟庆川几乎没怎么说过话。只是看着路况越来越差，他脸上的表情越凝重。

叶梓认出了周围的景，赶紧说："快到了。"

话里带着一丝讨好的意味。她觉得这样好像能缓解一点儿孟庆川不悦的心情。

几分钟后，她指着右前方说："就是那儿。"

孟庆川在路边停好车，叶梓先是看了看他的脸色，又有些迫不及待。

"你先下，我把车再往路边靠靠。"

叶梓赶紧推开车门下去，还带上了她的双肩包。

孟庆川下车，先闻到拖拉机刺鼻的柴油味，又迎着风吃了一嘴土。环顾四周，是普通得不能再普通的农村样貌。

他不知道叶梓来这儿要做什么。

看到叶梓的背影，孟庆川跟过去。

面前是个苹果园，这一路上都是一模一样的苹果园。

矮矮的土墙里，果园一片狼藉，跟周围修剪整齐的园子对比鲜明，很明显荒废已久。那些果树肆意生长着，树的枝丫已经跟周围的树缠在一起。

果园的门是用很多块木板钉成的，还插了很多带刺的枣树枝，没有锁，只用一根锈住的铁丝拴着。

"我以前总在这一片摘狗尾巴草玩。"或许是察觉出了孟庆川的不解，叶梓主动开口说了句话。

"在这里玩？"孟庆川不可置信。

"嗯。"叶梓低头摆弄着门上的铁丝。

"这是哪儿？你对这儿很熟？"

"我家。"

"你不是在渭城县城长大的吗？"

"是在县城长大的。在老家村子里还有几亩果园，农忙的时候还是会跟着爸妈回来。"

"你别弄了，我来吧。"

孟庆川上前试了一下，铁丝缠得时间太久了，徒手很难弄开。

平时健身是一点儿没落下，到了这儿一身的力气没地方使，连根铁丝都弄不开，孟庆川急出了一身薄汗。

"有工具应该可以……"

叶梓这句话点醒了孟庆川，他跑去后备厢找了半天，拿来一把钳子，三两下剪断了铁丝，心里暗暗舒了口气。

铁丝一断，叶梓就急着推开那扇木板门进去。

孟庆川跟在她身后。透过凌乱的树枝，他隐约看到果园深处，有块墓碑，后面是隆起的土包。

他心里一紧，好像瞬间就明白，叶梓为什么要来这儿了。

叶梓在北方一个叫渭城的小县城长大，父母在县里的果汁厂工作。她父母都是厂里的技术员，家庭普通，生活平淡。

关于童年，她记得他们一家三口住在一栋暗红色的筒子楼里，父母经常从厂里带浓缩果汁回家，那个家里总是飘着果汁的香味。

她记得，一开始不知道浓缩果汁要兑水喝，偷喝了半桶，上吐下泻了一天一夜。

她记得老家村子里的果园，爷爷奶奶去世得早，父母平时除了工作，还得不时回乡下打理果园。他们在给果树剪枝套袋的时候，她就在果园周围跑来跑去，折些野花野草玩。

她还记得，有一对夫妇来过家里几次。他们只要一来，爸妈就把她拉出来，让她叫人。爸妈说，这是大伯，这是大伯母。

叶梓忽闪着自己的大眼睛，乖乖照做，就会收到两个大红包。爸妈总是很热情，而大伯和大伯母的眼神总是飘忽不定。他们好像并不是很关心她，但每次又为了看她而来，四个大人坐在那里大眼瞪小眼，别别扭扭的。

不过这些都来自她遥远的记忆，忘了从什么时候开始，大伯和大伯母就再也没出现过。

这对夫妇的出现和消失并没有对她的生活产生影响，好像没有什么特别的。她跟所有小孩一样，平淡地长大了。

变故发生在叶梓初二的时候。

那是一个很平常的下午，体育课跑了几圈操之后就自由活动了，叶梓跟同学在操场上打羽毛球。

班主任跟体育老师火急火燎地找过来，让她赶紧回教室一趟。

在教室里，她见到了她曾经叫大伯和伯母的那一对夫妇。

他们样貌变了，变老了，叶梓还是一眼认出了他们。

叶峰跟梁燕两口子见到叶梓，有些吃惊。叶梓那时不过才十四岁，个子却已经蹿得老高，比旁边的班主任还高出一头。

班主任让她叫人。

她抬眼看他们，不明白是什么情况，嘴上没动。

他们没跟叶梓说太多，只说她父母有点儿事要忙，要先接她去安城住一段时间。

叶梓被几个大人堵在空荡荡的教室里，觉得不大舒服。她心里隐隐不安，这群大人好像有什么事瞒着她。

她说："我爸妈呢？我要给我爸妈打电话。"

她还说："不说为什么，我哪儿也不去。"

她问的每个问题，几个大人默契地沉默着，给不出答案。班主任和体育老师面面相觑，来回说着没什么实质内容的车轱辘话。

僵持不下，梁燕忽然抬起脸，说了句："你这孩子怎么一点儿也不懂事。"

叶梓抬眼看着梁燕，那双眼睛跟她的一模一样，里面没有任何情绪，看得她浑身发寒。

叶梓面无表情地说："你们从小就把我给了别人，还嫌我不懂事。"

几个大人语塞，甚至有些讶异。

她早就知道，她从一开始就知道。

她从小就是心里很能藏事的一个小孩儿。

渭城是人情社会，小地方传话快，同学邻居都知道叶梓不是这家亲生的。这是个公开的秘密，也不知道他们从哪儿听来的。

这些人见面笑嘻嘻，看不顺眼了，总会暗地里嘀咕一句"这爸妈不要的，就是没什么教养"。小孩子之间有了争执，一定会有嘴长的说叶梓亲生爸妈不要她了。

这些话叶梓没少听到过。

大人们总是自作聪明，觉得小孩儿什么都不懂，觉得自己能瞒天过海。

不知这句话是否戳到了梁燕痛处，她突然捂着脸，直接走出教室，留下几个男人劝叶梓。

最后叶梓也没得到一个想要的回答，当然，也没能回家看一眼。她收拾好书包，就被叶峰和梁燕带上一辆车。

县城的景色倒退，城市的样貌袭来，她莫名有种感觉，一种很难再回去的感觉。

从他们下车开始，风就没停过。一阵阵的风带起一阵阵的黄土，一会儿吹进人的眼睛里，一会儿吹进人的嘴里。

太阳不知什么时候从乌云里冒了出来，就这么直直地晒下来。太阳能照到的地方干热，照不到的地方又有些冷。

这地方的天气，像极了叶梓的脾气。

果园的墙都不高，在周围的园子里，也能看到零星的墓碑。

坟墓上长出了一棵小小的树苗，也不知是什么品种，细细一枝，轻轻在风中摆动。

叶梓轻轻用手指拂过墓碑，拂掉上面的蜘蛛网和枯叶。

"我想在这儿待一会儿，可以吗？"叶梓转头问。

孟庆川点点头。

她坐了下来，就那么不管不顾地坐在了干裂的地上，双手环抱着小腿，直勾勾地盯着墓碑上的两个人名。风拂过她的脸，吹得她眼睛生疼。

孟庆川盯着她单薄的身影。她的侧脸跟叶宸几乎一模一样，却有着被命运辜负的弧线。

过去他总觉得，叶梓就是个矛盾结合体，清冷，又带着股韧劲。上一秒好像什么都豁得出去，下一秒又变得脆弱易碎。

而当他站在这一片陌生的果园里，看到未曾想象的景象时，才发现，他对她的了解实在是太少。

他环顾四周，这是她长大的地方。

他只知道叶家有个小女儿，从小在渭城养着，十多岁的时候被叶峰和梁燕夫妇接回了安城，却不知在这样一个村子，这样一个果园里，沉睡着叶梓遥远的童年记忆。

不知过了多久，叶梓才动了动。大概太长时间保持同一个姿势，她起身时没站稳，差点儿摔倒。

孟庆川眼疾手快，上前捞了一把，稳稳地扶住她。

隔着衣袖的布料，男人手掌的温度传递过来。

她身上沾了很多土，扯着裤子拍了拍。

孟庆川帮她拍胳膊上的尘土。拍完，他没松开她的胳膊，而是定定地看着她。她没有化妆，脸庞清透干净，眼角还带着泪痕。

想了想什么，他顺手把她带进怀里，轻轻拢住她。

叶梓没有拒绝，也没有实实在在靠在孟庆川的身上，但还是能感受到男人结实的胸膛。孟庆川的衣服好像是刚洗过，一阵清新的味道钻进她的鼻子里。

这味道很熟悉，她不知道是洗衣粉的味道，还是孟庆川自己身上独特的味道，好像这么多年从来都没改变过，让她有安全感，也让她鼻酸。

叶梓原本是没打算来果园这里的，十年了，她一次也不敢来。

只是当她在宾馆房间里，看到窗外那栋熟悉的、让她近乡情怯的老楼时，临时改变了主意。

"酒店是你专门订的，是吗？"叶梓问他。

从酒店的房间里正好能看到她原来的家，不近不远，让她心里有了不少安慰。

孟庆川办事还是周到。

"嗯。"孟庆川的声音从耳边传来。

他不知该说些什么能安慰到她，只能轻轻拍着她的肩。

"你千万不要觉得我可怜。"叶梓转头，脸别到另一边，他正好看不到自己的表情。

她偷偷抹了抹泪。

"对不起……"孟庆川轻声说。

"我只是很想他们。"

第三章
十年·思绪

孟庆川和叶梓准备启程回县城时已经是傍晚，一整天的奔波，两个人又累又饿。

孟庆川甚至有点儿晕。太阳其实不大，只是这果园里都是低矮的树，他们全都暴露在太阳下，晒了一下午，还是有些遭受不住。

车里没吃的，只有后备厢放了一包矿泉水，两个人回到车上，先各自灌了几大口。

叶梓嗓子早就冒烟了，喝得有点儿急，呛住了，猛烈地咳了几下。

孟庆川拧上自己的瓶盖，手轻轻拍着叶梓的后背，帮她顺气。

"慢点儿。"孟庆川说。

叶梓被呛得满脸通红。

孟庆川有很多疑问想要解开，又不知从哪里开始。

沉默了一会儿，他开口："你怎么知道就是这儿？"

叶梓明白他是什么意思，平静地回答："猜的。"

可能是怕他又误会，她补了句："家里有地或者有果园的，去世后都在自家地里。我们这儿小地方，那时候也不发达，不兴公墓。"

"后事是谁料理的？"

"应该是亲戚们吧，我不清楚。"

"以前怎么不说？"

"说了也没用。"

确实，那时他们不过是十多岁的孩子，对于很多事都能为力。

叶梓扭过头，不再看他。

孟庆川心里生出些愧疚，为他对她的误解，也为自己早上说的那些伤人的话。

他没再问下去，而是说："我休息十分钟再出发，好吗？"

山路不好走，他担心自己没什么精神，直接出发有点儿危险。

叶梓很老实地点点头。

孟庆川放平座椅，靠着闭目养神。很多思绪，扰得他心里乱乱的。

过了一会儿，他觉得状态回来一些的时候，睁开眼，扫一眼右边。以为叶梓已经睡了，没想到她醒着，一直望着车窗外。

天边的晚霞很美，这里的云层层叠叠的，大半个天都被染成粉红色，有点儿波澜壮阔的意思。在城市里，很难看到这样质朴的天空。

孟庆川看着叶梓的侧脸，思绪往回飘了十年。

他想起第一次见到她的场景。

竟然已经十年了。

那时孟庆川还在上高三，他跟哥们儿王永璞、叶宸都住在音乐学院附中家属院。他们几个年纪一样大，父母都是附中的文化课老师。

有这样的环境熏陶，院子里的家长都有这种默契，无论孩子未来走不走音乐这条路，从小学乐器总是没错的。

他们几个也不例外，每人都学了一样乐器。

叶宸跟王永璞学的是小提琴，孟庆川学的是钢琴。几个人从小到大就没分开过，从玩泥巴的年纪开始混在一块儿，一起考上音乐学院附中初中部，再一起升到高中部。

王永璞和叶宸小时候是真的恨小提琴，假期一练琴就是七八个小时，小小年纪，谁都没那个定力。

孟庆川在弹钢琴上算是有天分，虽说也偷懒，但至少不厌烦。

他们几个人，长相各有各的特色，个个都长得帅气、英俊、阳光。等到几个人都十七八岁的时候，身高长起来了，人也长开了，三个英俊、阳光的小伙子一起出现，旁人很难不看上一眼。

有天放学回家，孟庆川一进院子，就看到李思逸跟佟瑶凑在一起，有说有笑。

看到孟庆川，李思逸冲他招了招手，很兴奋的样子。

家属院里他们三个关系最好，另外还有两个同龄人，李思逸和佟瑶。佟瑶是这几个同龄孩子里唯一的女孩儿，小时候学了几年钢琴，实在没兴趣，后来放弃了，上了普通中学。

李思逸跟孟庆川是钢琴班同学，明里暗里总爱跟孟庆川比。

孟庆川不爱跟他有交集，手插着口袋，懒懒散散地站着，脚下没动："怎么了？"

李思逸神秘一笑："大新闻！特大新闻！"

又是无聊的八卦。

孟庆川拔腿准备走："没兴趣。"

李思逸不在意他的态度，只想把事情搞大，让更多人知道，说："叶宸他爸，领回来个私生女！"

泼脏水泼到自己哥们儿头上，孟庆川不高兴了。他脸一沉，连带着语气也不客气："别瞎说。"

佟瑶帮腔："是真的，人已经在叶宸家了，我俩都看见了。"

孟庆川眉头一皱："李思逸，管好你的嘴。"

"你这人怎么这么搞笑，不信你自己去问叶宸……"李思逸满不在乎地笑着。

孟庆川直接撂下书包，上前揪住李思逸的衣领。孟庆川比李思逸高，身材也比他结实，自然占上风。

　　孟庆川红着眼，从牙缝儿里挤出几个字："管、好、你、的、嘴。"

　　李思逸刚要抢开孟庆川的手，没想到孟庆川自己先松了手，他没站稳，往后趔趄两步，摔坐在地上。

　　有女孩儿在场，李思逸面子上有点儿挂不住，没再跟孟庆川起肢体上的冲突，嘴上却一直没停，撂了几句狠话。

　　孟庆川讥讽地笑笑，转身走了。

　　接下来的几天，叶宸一直没来上学。孟庆川虽然不信那些没影的话，但这样很反常。

　　过了一个礼拜，叶宸主动出现在他练琴房门口。

　　一个星期没见，叶宸好像很疲惫，表情生硬地笑了下："一起回家？"

　　"走。"

　　回家路上，叶宸一直心不在焉。走到一半，他忽然停下："你也听说了吧？"

　　孟庆川知道他指的是什么，也没装傻，轻轻点头。

　　叶宸做出一副无所谓的样子："他们都怎么说的？"

　　孟庆川双手插兜，坦坦荡荡道："别人怎么说无所谓，我只信你说的。你愿意说就说，不愿意说也没什么。"

　　叶宸低头踢着地上的小石子，苦笑一声："我爸妈从渭城接来个女孩儿，说是妹妹。"

　　孟庆川："以前没提过？"

　　叶宸摇头："没。"

　　孟庆川在他脸上看到一丝茫然和不知所措。

　　"我妈说，当年生下她，罚款会罚得厉害，就把她送到渭城的远房亲戚家养着了。

　　"她这段时间一直把自己关在房间里，我也只看过她几眼，跟我长得几乎一模一样。

　　"她今年十四，按理说是我四岁那年出生的，可我竟然一点儿记忆都没有。

　　"我真的有点儿不认识我爸妈了，这么大的事，竟然能瞒我这么多年。快高考了，这都叫什么事啊！"

　　…………

　　两个少年站在马路边，叶宸有一搭没一搭地说着，一直到太阳落山才回到家属院。

　　"你爸妈今天是不是有晚自习？"叶宸忽然问。

　　孟庆川点头。

　　"我能去你家待一会儿吗？"

　　"走吧。"

叶宸不想回家。他不是因为家里多了个人不自在，他只是没想好，要怎么跟父母相处。

孟庆川家在三楼，掏钥匙时，他感觉有些异样，无意识地往上瞥了一眼，发现通往四楼的楼梯上坐了个人。

"谁？"孟庆川警惕地问了一句。

没得到回应，声控灯亮了起来。

片刻后，身边的叶宸往上走了两级台阶，仰着头问："你怎么在这儿？"

楼梯上的那个人噌地站起来，脚步又急又快，就要下楼。走到两个男孩儿面前，被叶宸伸手拦住。

在楼道昏暗的灯光下，孟庆川模糊地看到一张女孩儿的脸。

一张干净、清冽的脸。她跟叶宸长得确实很像，五官比叶宸更秀气，脸庞更稚嫩，怎么看都是个小孩子，只有那眼神有点儿劲儿。

她身上背了个小包，一副要逃走的架势。

叶宸扯着她的胳膊："吃饭了吗？爸妈知道你跑出来了吗？"

她什么也不说，只想挣脱叶宸。

"我们一起回家，好吗？"叶宸用哄小孩儿的语气说。

她还是不说话，试图扳开叶宸的手。

他们三人个子都不低，楼梯间一下子变得十分拥挤，就那样僵持着。

最后，孟庆川打开门，说："要不，带她进来？"

"叶梓，这是庆川哥哥，我们去他家玩一会儿，晚上再一起回家，好不好？"

孟庆川拧着眉毛，心想这叶宸是真没有哄人的天赋，眼前的女孩儿已经十四岁了，不是听不懂话的小孩子，难怪她会有抵触心理。

孟庆川说："你是不是想去渭城？"

叶梓忽而安静下来，盯着他，听他讲。

他声音里没什么情绪，接着说："现在天黑了，没大巴了，就算出去，现在也回不去。"

叶梓虽然仍保持着警惕，看样子还是听进去了。

"要是想回，先进来，我俩给你想办法。"

孟庆川说话时很冷静，不是哄人的语气。他先闪身进了屋子里，从鞋柜拿出两双拖鞋，放在门口的脚垫上。

叶梓不安地看着他们两人，犹豫了片刻，跟着进去了。

这套房子的格局跟叶家一样，一百五十多个平方米，只是装修风格完全不同。沙发后是一面墙的书柜，旁边还放了一架钢琴。

一进门，孟庆川先从叶梓手里拿过她的包，叶梓急着去抢。

"给你挂起来。"孟庆川指了指玄关旁边的衣架，"你别害怕，随便坐。"

叶梓坐在沙发上，身体挺得板直，时时保持警惕，像一头受惊的小鹿。

叶梓在安城的家待了一周多，不肯吃饭，不肯出门，不肯说话。

就在一个小时前，叶峰和梁燕终于松口，说了实话：她的养父母在高速上出了车祸，没抢救过来，去世了。

其实这些天，她已经猜出来几分。她预感父母出了什么事，暗自做了许多次心理建设。可真正确认了事实时，她的心好像还是不可控制地碎成了很多块儿，有种深深的无力感。

一句轻飘飘的交代，就试图抹掉她过去十四年的时光。

她不知道渭城的家现在怎样了，也不知道父母的后事要怎么料理，只觉得在这个陌生的"家"里，太过窒息。下午趁叶峰和梁燕不注意，她背着包跑了出来。

跑出来后才发现，她根本不知道要怎么回渭城。

叶宸在她旁边坐下，说："你看这样行不行，我跟庆川哥哥明天还要上学，因为我俩快高考了，等高考完，我们俩带你回渭城，好吗？"

他们并不知道叶梓在渭城的家出了什么事，以为叶梓只是不适应安城的生活，想回去而已。

叶梓垂着眼，感到了一丝迷茫，还有一丝绝望。

眼前的两个男孩儿虽然比她大很多，也比她懂得多，但他们似乎并不能帮到忙。

他们没法儿对她的经历感同身受，说的话也像是在哄她。

"吃饭了吗？"孟庆川问叶梓。

叶梓不说话。

其实叶宸也没听过她说话。

孟庆川不等她的回复，直接安排："我煮面，一起吃点儿。"

孟庆川在厨房里忙活了一阵，找出挂面，扔了点儿青菜，又加了三个蛋，做了三碗清汤面。

叶宸没什么做饭经验，笨手笨脚的，看着孟庆川忙活，只能帮忙递个调味料什么的。

全都煮好之后，叶宸自告奋勇要盛出来。

孟庆川不放心，在一旁守着。

"你在这儿盯着我干吗，盯着我妹去。"

孟庆川一步三回头地从厨房出来，发现沙发上没有叶梓的人影。

他心一慌，紧接着在钢琴旁边看到了她。

她不知什么时候已经换好了鞋，包也抱在怀里。

她站在钢琴边发呆，一根手指正放在琴键上，但没有按下去。

"喜欢吗？可以试着弹。"

叶梓听到背后有人说话，如同惊弓之鸟，直接打开门跑了出去。

孟庆川听见响动，从厨房里出来，只见叶宸在门口，单脚跳着穿鞋："又跑了！"

两个男孩儿对视一眼，赶紧冲下楼。

刚跑到院子里，就发现叶峰拽着叶梓的胳膊，两个人僵持在院子里。

孟庆川跟叶宸不约而同地刹住脚步。

眼前的叶峰，脸上有着从来没有过的表情。有愤怒，有疲惫，有无奈……在叶峰旁边，他们看到叶梓脸上清晰而触目惊心的手印，还有从眼尾横出去的泪痕。她眼神清冽，又带着韧劲儿。

"叶叔叔……"

"爸……"

叶峰头发有些凌乱，喘着粗气。平时文质彬彬的父亲好像换了一副面孔，叶宸想要问些什么，又好像说不出话来。

叶梓脸颊火辣辣的，不是疼，而是麻、是眩晕，半边脸几乎都不是自己的了。她抬眸，正好跟孟庆川对上视线。

这让她感到耻辱。

听到别人说她没教养，说她是私生女，她都不曾有过这样的感受。

她很快挪开眼神。

孟庆川的视线却仍在她身上。

一阵喧闹声传来，李思逸和王永璞抱着篮球走进院子。

王永璞看到他的两个好哥们儿，扔下身边人就跑了过来。他不清楚发生了什么，嬉皮笑脸地凑到孟庆川身边："你们干吗呢？"

站在这几个人中间，他才后知后觉地察觉到气氛不太对。叶家父子俩，还有一个没见过的女孩儿。他用口型问"什么情况"，孟庆川没搭理他。

叶峰面无表情地对叶宸说："回家。"

也不知道从哪里冒出来的想法，孟庆川叫住他们，语气淡淡地道："叶叔叔，等一下。"

所有人都看向孟庆川。

"我跟你说句话。"孟庆川盯着叶梓，旁若无人的，"可以吗？"

孟庆川轻轻握着叶梓另一条胳膊，叶峰半信半疑地松开了手。

他拉着叶梓走到一旁，压低了声音说："我可以带你回渭城。"

他接着补了一句："不过要等一段时间，不会太久的，你也别再乱跑了。"

叶梓看了他一眼，眼里闪过一丝疑惑。他脸上没有表情，甚至没有看她。

她没答应，也没拒绝，只是收起性子，乖乖跟着叶峰上楼了。

叶宸神奇地看了看孟庆川，像是想知道孟庆川究竟说了什么。

他们几个上了楼，脚步声很快消失了，声控灯灭掉。

孟庆川还直直地盯着门洞。

他也不知道自己为什么会跟叶梓说这些话，明明他们只是第一次见面。

几秒后，他的后背被球砸了一下。

他回头，李思逸站在他身后，笑嘻嘻的，正用手接住弹回的篮球。

李思逸笑道："这村姑可算是被治了。"

孟庆川盯着李思逸："你再扔一个试试。"

"犯病了吧你。"李思逸不以为意，又朝孟庆川扔了球。

这次，被孟庆川稳稳地接住。

李思逸做了个"来"的手势："球还我啊。"

上次的不愉快还没彻底消除，孟庆川又被惹火了。

孟庆川抬头，做了个"闭嘴"的手势："嘴巴放干净点儿。"

李思逸嘴角挂起一抹嘲讽的笑："怎么，为个村姑还动上真情了？不至于吧？"

王永璞左看看右看看。他这些天去了北京，找有名的小提琴演奏家指导上课，他还不知道到底发生了什么。

他察觉孟庆川不对劲，先摁住："有话好好说啊，兄弟，怎么回事？"

孟庆川用力把球砸向李思逸，李思逸虽然接住了球，但也被巨大的力量所冲击，后退了几步。

李思逸扔掉球和书包，上来就跟孟庆川扭作一团。孟庆川也揪着李思逸的衣领，毫不示弱。

这下两个人彻底撕破了脸皮。

王永璞看两人表情不像是开玩笑，赶紧上前拉架。

李思逸打不过孟庆川，本想逗能一下，没想到孟庆川动真格的。他面子上下不来，体力又不是对手，正好王永璞在中间横着，他顺势就松了手。

李思逸走后，王永璞替孟庆川拍着后背的土印子："怎么了你？今儿脾气怎么这么大？"

他也不知道自己怎么了。

这架倒也不是为谁打的，他就是想教训李思逸。

孟庆川直接往回走："走了。"

王永璞追上来："李思逸就是嘴贱，别跟他一般见识。"

孟庆川："别烦我。"

王永璞摸不着头脑："今天都怎么了，吃炸药了吗……"

走到一半，孟庆川刹住脚步，回头问："你什么时候回来的？"

王永璞换上笑脸："今天刚回来。"

还有不到一个月就是艺考专业课初试，三个多月后是高考，身边的同学都忙了起来。有人四处找名师辅导专业课，有的人恶补文化课。

王永璞想冲一冲中央音乐学院，家里给他找了个国外的小提琴老师上提升课，每节课四十分钟，七千块。

孟庆川："有效果吗？"

"还行吧，英语听力提高不少。"王永璞痛心疾首道，"这老师只管演奏，小三门还得找别的老师辅导。全都是白花花的银子啊，将来不当个大师都对不起这些人民币！"

孟庆川表情松了松，似有似无地笑了一下。他拍了下王永璞的肩膀："好好考，你没问题的。"

王永璞点头："这次考完，我得赶紧补一补文化课了，我可没你那么厉害。"

孟庆川的母亲戴芳是数学老师，父亲孟子良是音乐老师，也是知名的钢琴演奏家，孟庆川在音乐和学习方面都有着异于常人的天赋，在附中这一届里，专业和文化课都是最好的学生。

各回各家前，王永璞几次欲言又止，最终还是迂回地说了句："现在很关键，你可别被什么事情影响了。"

孟庆川玩笑似的望着他："什么意思啊？"

"就……就……"王永璞涨红了脸，也想不出合适的表达，"别因为谈恋爱耽误了考试。"

谈恋爱？孟庆川不知道王永璞对自己有什么误会。

"李思逸不是说，你动心什么的，我还以为你恋爱了……"

孟庆川觉得王永璞的脑子简直有泡，什么话都能信。

孟庆川问："李思逸都跟你说什么了？"

"什么也没说，我俩走到大门口才碰见的。"

"别信他说的那些乱七八糟的话，知道了吗？"

王永璞伸手搭在他肩上："哥们儿，现在就我一个人蒙在鼓里呢，你也不打算跟我说？刚才那到底怎么回事？"

"刚那是叶宸的妹妹。"

孟庆川说完，王永璞愣住了："他哪儿来的妹妹，表妹？堂妹？"

"他亲妹。"

"真的假的？"

"不信算了。"

"我信我信，家家有本难念的经，我懂。"王永璞追上来，"我刚瞄了几眼，她跟叶宸是挺像的。"

孟庆川知道他纯粹是为了附和自己，没说什么。

"他们家基因是真好啊，她才几岁，就那么大的个子……"王永璞又开始说个不停，"她叫什么啊？多大了？以前怎么没见过？"

"不知道。"孟庆川不耐烦地甩了句话，头也不回地走了。

回到家，孟庆川对着三碗面发呆，抬起头，正好看到钢琴，他想起叶梓在钢琴旁想要触碰又收回的手。

回想起来，他有点儿后悔。

他都跟叶梓承诺了些什么啊？

艺考专业课初试近在眼前，还有几个月就要高考了，专业课要加强，文化课要复习，哪儿有时间带她去渭城？他们今天才见第一面，他头脑发热跟她说那些干什么？是看不惯叶叔叔，还是想逞英雄？

他不想承认看到叶梓的眼神，激发了他内心深处的保护欲。

不过那叶梓，全家人都拿她没办法，她倒挺听他的话。

自从那天起，叶梓没有再往外跑过。

她知道，她大概是回不去了。另外，她有点儿相信孟庆川，他说那些话时的表情，不像是哄着她玩的。

叶峰和梁燕看叶梓情绪稳定了，给她办了转学。又过了一周，她才肯出门。

初到安城的学校，叶梓很不适应。

她在渭城的时候，老师上课都是普通话夹杂着方言，下了课，同学之间更是一水儿的方言。谁要在小县城讲普通话，那才是异类，别人准说你土狗学着洋狗叫。老师不好意思说，学生们更不好意思说。

叶梓上课不回答问题，下课也不跟同学交流，独来独往的，格格不入。

她原本不是个沉默寡言的人。她在渭城有家、有朋友，那里的生活不比大城市，可她从不觉得自己缺什么。

但在这里，她比任何时候都要孤单。

上了一段时间学，叶梓对家到学校的路线已经很熟悉。周边有什么，她也大概知道。有一天放学，她特意绕了一小段路，走到音乐学院附中门口。

听说家属院的孩子们都在这里上学，叶宸也在这里。里面走出来的男孩儿女孩儿，个个都自信阳光。

叶梓站在学校门口观察了一会儿。保安查得很严，进出都要看学生证。

站了一会儿，她要离开，被人从身后叫住。

她回头，孟庆川就在不远处。

孟庆川大老远就看到一个女孩儿的身影，她没穿附中校服，在人群中很显眼。女孩儿个子高、身形瘦，有些弱不禁风，走近发现这人他认识。

"你怎么在这儿？"

叶梓眼神飘忽不定，嘴里吐出两个字："路过。"

这是叶梓第一次在他面前讲话，两个人都有点儿意外。

"想进去？"

叶梓心里一惊，这个人怎么总是能准确地猜到她在想什么。

她摇头，口是心非地说："谁想进去。"

说完，她抬脚准备离开。

"最近快高考了，进出查得严，等高考完，可以带人进去看。"

"这跟我有什么关系。"

孟庆川不知道自己怎么又说出这种不着调的承诺。

而且，他发现这女孩儿有点儿不知好歹。

他摇摇头，轻笑了下，还没问要不要一起回家，叶梓就自己跑走了。

她一边跑，一边看天边的夕阳，只觉得脚步轻快。

她记得那个黄昏，特别美特别美。

他们在回程的路上，叶梓看时间不早了，忽然想起了什么。

"你下午不是还有工作？"

孟庆川专心开车，回答她："今天没时间了，明天再去。"

"其实你根本就没有工作吧。"

孟庆川哼笑了一声："那我跑这么大老远，是为了什么啊。"

是为了什么呢？

叶梓没这么自信说"是为了我"，但她心里想没准儿真的是呢。

十年前他就为了她来过一次，十年后为什么不行？

不过，这些话叶梓没说出口，她自己都觉得太自作多情了。

孟庆川开车沉稳，在盘山路上，车子速度并不很快。叶梓打开车窗，清爽的风迎面吹来，吹散了她阴郁的心情。

这些年，她就像一片孤零零的叶子，在命运的翻云覆雨手下，飘摇着。一直没回来看父母，是她多年的一个心结。而今天，那种沉重的情绪，似乎从身上抽离了一部分出去。

她一直想念却又不敢靠近的那个地方，终于有人陪她一起来了。

孟庆川扫了眼右手边，女孩儿的侧脸和毛茸茸的脑袋，被路灯照成了橘色，清透而温暖。

已经开出去十多分钟了，叶梓忽然说了句："今天……谢谢你。"

孟庆川有些意外，安静片刻后回："不客气。"

一来一回，最简单的礼貌用语，好像溶解掉了他们之间某些坚硬的东西。叶梓像是不常说这三个字，还有点儿不好意思。

过了会儿，孟庆川问："想听歌吗？"

叶梓点头。

孟庆川打开车上的广播。现在他们不在安城境内，只能收到一些全省的交通广播，在播路况信息。

他冲置物格努了努嘴："手机在这里面，你自己找个歌单。"

就这么毫无保留地把手机交到她手上。

手机没贴膜，也没有壳，但机身没有一点儿磕碰划痕，跟新的似的。

叶梓打开他的音乐软件，里面他收藏的分类挺杂的，有古典乐，也有流行音乐和摇滚音乐。

看没什么动静，孟庆川瞥了一眼右边："还没找到？"

"没。"

"你看看我的歌单。"

"看了，没有喜欢的。"叶梓嘴硬道。

"往最下面翻。"

叶梓往下划拉了几下，到底了，她的眼睛定格在《我的野蛮女友》电影原声带的歌单上。

手机已经自动连了车里的播放器，过了会儿，《I Believe（我相信）》熟悉的旋律在车里播放起来。

孟庆川嘴角勾起一抹不易察觉的笑。

相比起早上剑拔弩张的气氛，现在两个人的关系缓和多了。

关系缓和了，就能有一搭没一搭地聊上那么几句。

"听说以前王永璞也在音乐厅。"

"他跟你说的？"

叶梓点头："他说他当不上首席，就出去自己单干了。"

"他倒挺愿意跟你聊。"孟庆川的话里听不出情绪，"他还跟你说什么了？"

"他说你在工作上会照顾我，过了几分钟你就在群里给我难堪。"

"……"

孟庆川像是吃了一记闷拳。

想不到叶梓还挺记仇。

之后，车里一直播放着歌单里的歌，他听了太多次，每一首都很熟悉。播到《卡农》时，他欲言又止，最后什么也没说。

"一会儿吃什么，你有推荐吗？"中午那顿饭是他随便找的馆子，晚饭他想让熟悉这里的叶梓做主。

"我记得有个叫宏福的家常菜馆，不知道还在不在。"

"行，一会儿过去看看。"

十年过去，县城的规划也发生了很多变化。按叶梓指的路到了地方，别说饭馆在不了，原先那排楼都被拆了，变成了一个不大不小的广场。

孟庆川指着街对面说："是不是那个？"

叶梓回头，对面有一栋十几层的楼，楼体上有几个大字——"宏福大酒店"。

他们两人走进宏福大酒店，这里装潢华丽、高档现代，很难跟当初那个小小的家常菜馆联系在一起。

一楼大厅里分了很多小桌，几乎都坐满了。

服务员领着他们到一张四人桌前，看菜单时，大堂经理走过来，对叶梓说："我看你有点儿面熟。"

叶梓抬头，也认出了对方。

是当初宏福家常菜的服务员。叶梓记得当时她还是个比自己大不了几岁的女孩儿，现在的她，身上是西装一步裙，胸口别着经理的牌子，老成干练，讲话爽快。

她们不知道彼此的名字，却还记得对方多年前的样子。

天翻地覆的变化。无论是地方，还是人。

"真的是你！你有些年头没来过了。"大堂经理换了方言，语气里尽是惊喜。

她记得叶梓，一是因为个子高，二是因为漂亮。

"我去外地了。"

"我记得啊，你们一家三口总是在周末来，对吧？"

见叶梓笑容滞了一下，大堂经理赶紧改了口："你看看菜单，我们现在的味道绝对不比以前差。"

叶梓开玩笑："你们这儿现在这么豪华，我恐怕都吃不起了。"

"怎么可能，我现在有权限，给你打七折，饮料赠送。"

叶梓说话时，也用的是方言。

孟庆川饶有兴趣地看着她。她现在的状态，跟在安城完全是两个人，放松、自在。

大堂经理往孟庆川身上溜了一眼："你都谈男朋友了？真是一表人才，男才女貌。"

叶梓埋头看菜单："他不是我男朋友。"

其实从大堂经理的话语间，能听出她文化水平并不高，人却聪明爽朗，什么话都敢接。孟庆川觉得挺有意思，就没反驳，还冲她笑了一下。

没想到，大堂经理像是接到了什么暗号一样，对孟庆川挤了挤眼，面带自信说："现在不是，不代表以后不是，你们两个，从长相到身高，都特别般配……"

叶梓点了招牌菜，孟庆川又添了两道菜。

大堂经理送了一扎果汁，转身忙去了。

"想不到你人气还挺高。"

"别瞎说。"

"怎么瞎说了？"

"你们都瞎说。"

孟庆川哼笑了一声。

吃完饭，两个人一起回酒店。

到房间门口，各自掏出房卡时，孟庆川问："明天你跟我一起吗？"

叶梓愣了一瞬，想起他是在说工作的事，便说："不去。"

"不用觉得不方便，只有我一个。"

叶梓蹙眉，心想谁觉得不方便了。

一直到这个时候，叶梓还以为孟庆川在瞎扯，没想到他真有工作。

"你真有工作？"

"不然呢？"孟庆川用说正事的口吻，"跟你们接下来的工作也有关，你最好跟我一起。"

"又要早起？明早有雾吗？"

"不用，明天多睡会儿。"说完，孟庆川推开房门，进了隔壁房间。

第二天一早，叶梓定了七点的闹钟，前一天耽误了孟庆川的事，她还是有点儿不好意思。

她洗漱完，左等右等，发现手机一直没动静。她自己下楼，刚到大门口，就被人从身后叫住。

她回头，孟庆川正坐在休息区的沙发上。他换了身衣服，深色夹克，里面是一件白色 T 恤，整个人清爽帅气。

"又想跑哪儿去？"

叶梓脸一变："我没想跑。"满脸写着"不要以小人之心度君子之腹"。

孟庆川无声笑笑："走吧，吃早饭。"

吃完饭，两人坐在车上，孟庆川看手机查路线。

过了将近十分钟，叶梓终于忍不住问他："要去哪儿？"

"正在找。"

"找什么？"

孟庆川抬头："找景点。"

叶梓有种被耍了的感觉。

"这就是你说的工作？逛景点？"

"嗯。"孟庆川没在意她话里的情绪，慢条斯理地说，"年底乐团跟文化旅游局有个活动，往年只在票上做广告，今年我想把乐团搬到大自然，做个自然系列的交响音乐会。"

孟庆川一直想让乐团有更多样的表演呈现，扩大影响力。毕竟集团对他也有 KPI 考核，每年票房压力不算小。古典乐发烧友就那么多，想让更多大众走进音乐厅，还是需要花点心思。

原来是真误会他了。

叶梓心想小提琴什么的还好带，钢琴竖琴和打击乐什么的，运过来都费劲儿。"那些乐器怎么运过来啊？尤其是钢琴，那么重。"

孟庆川挠了挠眉毛，目光仍在手机上："这些不是你操心的事。"

过了会儿，他发现身边的人不出声，看了一眼。

叶梓双手盘在胸前装睡。

一大早的，刚起来，哪里困？明显是被他刚才的那句话气到了。

翻脸比翻书还快。

孟庆川暗笑，他查到几个渭城周边标志性的景点，一个自然森林公园，一个不大的古镇，还有两个人工湖景区。

他换了温和的口气："你选一下？"

给了台阶，叶梓不好不下，她看了一会儿，指着古镇说："这里不是古镇，

是我小时候他们修的，没什么意思，其他几个还行吧。"

最后筛选出来一个地点，他们直接驱车去了自然森林公园。

说是考察场地，叶梓以为只走个过场，没想到孟庆川带着她，从景区门口一路往山上走。

"还要上去？"叶梓有点儿走不动了。

山不算高，叶梓还是体力不支了。爬上来都这么累，乐器怎么可能运得上来？

"不上去怎么知道山顶有没有空间。"

"我小时候上去过，山顶很大很平，还有一个湖呢，办音乐会足够了……"叶梓俯下身，双手撑在膝盖上。

话还没说完，孟庆川主动握住她一只手。

叶梓身子一僵，自动闭了嘴。

孟庆川的手很大很暖，甚至有点儿烫。她一言不发地跟在他身后，手、脖子、脸都被烫得红红的。

走了一小段，孟庆川接了个电话，两个人自然而然地松开了手。叶梓看着他讲电话的侧影，忽然觉得浑身都燥燥的。

正值秋天，山上的风景很好看，树叶有黄的红的，染了满山。有很多周末出来游玩的家庭，有人野营，有人烤肉，还有一群老年人穿得很鲜艳，在跳舞。

"怎么样？可以了吧？"叶梓赶紧找了个石墩子坐下，还喘着粗气。

"挺好的，适合搞文化活动。"孟庆川看着那一堆老年人。

"这儿可以吗？"

"我定不了。"

叶梓眼睛瞪了老圆。

孟庆川挨着她坐下，不紧不慢地说："还要报上去给旅游局审核。"

她总是被他弄得像坐过山车，上一秒还在脸红，下一秒就想骂人。

"那你骗我上来？"

"担心你心情不好，想让你放松放松。"孟庆川拍了拍她的肩膀，起身往前走了两步，"不领情就算了。"

肩头一热又一空。

得，她的脸又跟熟了似的。

晚上，孟庆川送叶梓到小区门口。

走进小区，叶梓回头看了一眼，灰色的车还停在那儿，只是车玻璃没有摇下来，看不清孟庆川在干什么。

他们之间好像有了点儿变化，说不上来，但她脚步轻快，走楼梯时，两阶两阶跨着上，走得飞快。

推开门，徐茜在沙发上正襟危坐，敷了面膜、手膜，还有……蒸汽发膜。

"回来了？"徐茜脸上绷着面膜，嘴只能张一半。

"你这是在干吗？"

"变精致。"

"你恋爱了？"

"不谈恋爱，就不能变精致了吗？大厂打工妹也有追求美的权利。"徐茜自嘲道。

叶梓冲她伸了个大拇指。

叶梓周六晚上没回来，在外面过的夜，这是她们合租以来的第一次。徐茜好奇，却也不好深问些什么。

徐茜看着她忙活的身影，试探着问："你这两天忙什么去了？"

"工作上的事，去考察了个活动场地。"叶梓大言不惭地说。

这么说也不算扯谎。

"Q7 送你回来的？"

"你怎么知道？"

"猜的。"

叶梓耸耸肩，转身进了房间。

她在房间里换睡衣，徐茜伸着脖子，提高声音问："你跟 Q7，是不是有点儿什么？"

叶梓衣服脱了一半，胳膊架在头顶，愣住了，随后说："我跟他能有什么。"

"我看他好像对你有点儿意思。"

房间里没再发出什么声音。

过了会儿，叶梓穿着睡衣出来，才接着刚才的话："我怎么没看出来。"

"那他为什么总是送你回来？"

叶梓用开玩笑的口气说："王永璞也送过我，你怎么不说他喜欢我？"

徐茜一摆手，很老到地说："你跟他没火花。"

男女感情的第一步，也是最重要的一步，就是是否能擦出火花，也就是一瞬的事。自己能感觉得到，旁人也看得出来。

但叶梓矢口否认："我跟他们谁都没火花。"

徐茜是真佩服叶梓，这姑娘是一点儿都不虚荣，不像她，一辆 Q7、一辆保时捷就足以让她咋舌，反而衬得她没见过世面，俗。

徐茜摘下手膜，两只手来回搓："你为什么不喜欢？因为他是你的甲方？"

叶梓："不是。"

"那为什么？"

"他比我大好多呢。"

"好多是几岁？"

"四岁。"

"四岁也能叫事儿？"

徐茜拍案而起就差给他俩指婚了，叶梓没发现平时安安静静的徐茜比她还有主意。

刚到安城的时候，她才十四岁，转到班里时念初二。周围的小男生才刚刚开始变声，模样行为还是什么都不懂的小屁孩儿。

而孟庆川、王永璞他们那时十八岁，都要上大学了，更帅气、更成熟，举手投足间就比小屁孩儿要稳重得多。

十四岁和十八岁的差距，曾经很大。

那个时候，初二的学生对高三大哥哥，只有崇拜和仰望。

那二十四岁和二十八岁呢？

孟庆川身材保持得很好，容貌也不曾有过变化，又有少年的精神气，又有成熟男人的韵味。现在的他们，差距也许没那么大。

徐茜在一旁煽风点火："我觉得可以试试。你们以前就认识，他长得帅，你也好看，为什么不可以？"

叶梓听了，兀自发呆。

这些年她一次恋爱也没谈过，也不是没有过追求者，只是最后那些人都受不了她古怪的脾气，主动放弃了。

她像一只刺猬，没有人能真正靠近她，也没有人能真正了解她。

有时候，她会想起很多年前的少年时光，那段人生最灰暗的日子里，是有孟庆川的身影的。

可回想起那时候，她瘦得跟排骨似的，跟家属院长大的那些孩子格格不入，好像也没有什么吸引人的地方。

想到这些，她有点儿失落。

跟徐茜聊了几句，叶梓就回房间躺着了。

时间还早，只是这两天来回走了不少路，有点儿累。

躺下了，又睡不着了。

叶梓在床上翻来覆去，回头看见了角落里的电钢琴。

从回来那天开始，就一直忙，也没来得及找谱子。她心血来潮地坐在电钢琴前，思前想后，凭记忆弹了一首曲子。

很长时间没弹了，也没有乐谱，她只记得一部分。

刚弹了开头几个音，徐茜就听出来了，她兴奋地跑到叶梓房间门口："哇，你会弹《卡农》哦。"

在很久很久以前，她看过一部叫《我的野蛮女友》的电影，里面印象最深刻的一个片段，就是全智贤在台上弹钢琴，车太贤送上一枝玫瑰的场景。

叶梓有点儿不好意思，弹了一会儿就停下了。

徐茜："怎么不弹了？"

"没谱子，后面记不住了。"

徐茜走进来，在琴键上敲了两个音："我发现对你了解还是少，以前都不知道你会弹钢琴。你学过？"

"学过一点儿，瞎弹着玩的。"

叶梓没有正儿八经地上过课，她的钢琴老师教她的时候，手腕受伤骨折了，她算是半自学的。

"你弹钢琴的样子真的特别好看，肯定能把 Q7 迷得五迷三道的。"徐茜在她肩头轻轻推了一把。

"人家才是专业的，我这都是小儿科。"叶梓的脸微微红。

"你们几个都懂音乐啊？那天跟咱们一起吃夜市的那个王……王什么来着……"

"王永璞？"

"对，就是他，他是不是也搞音乐？"

"嗯，他以前在乐团，现在自己开了个音乐培训机构。"

"什么机构？我现在学还来得及吗？"

"少儿的。"

徐茜"噢"了一声，想说点儿什么，又不好意思接着问，只能心不在焉地扔了句："你这些朋友真的挺不错的。"

叶梓觉得徐茜最近好像有些变化，说不上来的那种。但她没追问，她的注意力被手机的消息提示音吸引了去。

她打开一看，是孟庆川发来的：到家了，早点儿睡。

报平安式的内容。

盯着那条消息，她不知道该回什么。

她回想这两天跟孟庆川在一起的种种，莫名有心跳加速的感觉。

要不是徐茜点了一下，她还真想不了这么深。

对一个人的感觉还真是此一时彼一时，现在想想，就连在车里的争吵、肢体上的拉扯也好像变成了暧昧的信号。

重新躺在床上，叶梓举起左胳膊，来来回回地看，被孟庆川用力抓着的地方已经没了红色印记。想到孟庆川握着她的手，还有他轻轻抱着自己的样子，感觉还是那么真实。他手心还有身上都暖暖的，那温度好像还没消失，反而越来越烫，从她身上烧到了脸上。

她的手一直停在跟孟庆川的聊天界面，打了删，删了又打。最后她点进孟庆川的头像，打算先翻看一下他的朋友圈。

他的朋友圈很简洁，没什么额外信息能让她捕捉的。上面显示近一个月的内容，一共只发了两条，都是跟工作有关的。

叶梓点开其中一条链接，是一篇交响音乐节开幕的新闻稿，里面有几张现场配图，孟庆川跟市委宣传部的领导站在一起，为这场活动站台。并排站的十几个人里，她一眼就看到了孟庆川。

照片里的孟庆川身姿挺拔，英俊帅气。

忽然间，叶梓扫见两行字，那场活动的承办方还有安城音乐学院。

音乐学院？怎么这么熟呢……

脑子里咯噔一下，她才发现，她忽略了最重要的一点。

孟庆川现在有相亲对象，而且进展似乎不错。

回想起从孟庆川办公室里出来的那个女人，那个舞蹈老师，她刚才的一切愉悦情绪戛然而止。

他到底几个意思？那边有相亲对象，这边还跟她发这种界限不明的消息。

她把手机扔在枕头边，用被子捂住脑袋，强迫自己别再瞎想。

没可能，别多想。这是叶梓最后的结论。

周末过去，新的一周波澜不惊地开始了。

叶梓见识过周一早上的堵车盛况，干脆早起了四十分钟，结果提前到了，公司只有打扫卫生的阿姨在。

前一晚到大半夜还瞪着眼睡不着，她困得不成人形，趴在工位上补眠。

Fiona 端了一杯冰美式款款走到办公位上，看见叶梓趴在桌子上，从鼻子里哼了一声。

周一早晨是各种例会，大家都不太忙，开完公司的例会，接着开部门的例会，晃一晃，一早上时间就过去了。

接近中午的时候，叶梓回头，发现 Fiona 在收拾东西，像是要出去。

正好两个人对上目光。

Fiona 面露尴尬的神情，语气生硬地说："我要去音乐厅开会，不过今天这个会你不去也行。"

叶梓"哦"了一声。

"那边也是临时通知的，我对项目整体情况比较了解，其他的回来我们内部沟通。"

群里根本没有任何消息，肯定又是 Fiona 私下里跟甲方沟通的。

叶梓跟孟庆川的互动扑朔迷离，Fiona 跟甲方的姑娘们关系好，都看不透叶梓的来头，有点儿防着她，有些时候叶梓没法儿介入工作。

比如去音乐厅开会，华哥不在，Fiona 就不带叶梓。

叶梓耸耸肩，表示没问题，接着目光回到自己电脑屏幕上。

她才不要上赶着去见孟庆川。

Fiona 反而有些惊讶，站在原地愣了一下。

有人用胳膊肘撞 Fiona："她怎么了？"

"谁知道，一大早就拉个脸，谁欠她的似的……"Fiona 拎起车钥匙跟包，踩着高跟鞋往公司外面走。

孟庆川路过公司母婴室时，听见几个人说话的声音。

里面像是有 Fiona。

下午才跟乙方开会，她怎么早上就来了？

孟庆川抬了下眉毛，放慢脚步。

"我现在有点儿摸不透她，她上下班都挤公交车，可是她背的包，都得一万多呢。"Fiona 的声音传出来。

"假的吧？"

"不像，我仔细看过了。"

"虚荣呗，没准儿人家就是不吃不喝攒几个月，就为买一个包，这种人多了去了。"

"谁知道啊。那叶梓成天拽得二五八万的，说是以前做商务 AE 的，我跟她基础沟通都有困难。"Fiona 的声音懒懒的。

"上次她来开会，我就觉得她古怪。"

"你懂什么，人家这叫扮猪吃老虎……"

听到别人这么评价叶梓，孟庆川皱了皱眉。

他打开跟叶梓的聊天界面，打了几个字，顿了下，又删掉。

下午，孟庆川特地下楼，推开会议室的门，只有 Fiona 在，不见叶梓。

会议室里众人都没料到他会来，有点儿慌神。

"川总。"Fiona 站起来，语调上扬。

孟庆川悠悠地走进去，抽了把椅子坐下。

"别看我，你们接着开。"

Fiona 讪讪地笑着："我们就是简单对一下本周工作，都开完了。"

"嗯……"孟庆川摸着下巴，"那再跟我说说吧。"

孟庆川从不过问周例会这样的日常工作，Fiona 倒是没料到，但她很快调整了表情，往会议室的大屏幕上投了个幻灯片，对着 PPT 一项一项汇报。

她工作能力没什么问题，声音爽朗，逻辑清晰，内容明了。

最后，PPT 定格在一页的"谢谢聆听"上。

孟庆川沉默地盯着屏幕，所有人都屏气凝神，不敢说话。

他冷不丁地问："项目组其他人呢？"

"嗯？"Fiona 没料到他问这个，怔了一下。

过了一会儿，他说："乐团跟文化旅游局要办个联合活动，时间大概在元旦前，规模和需求让冯娜发你，下周过来提报。"

Fiona 反应很快，手指在笔记本键盘上打字打得飞起，顺便抽出眼神，对孟庆川点点头。

孟庆川站起来，敲了敲桌面："这个活动很重要，下次开会，项目组所有人必须都在场。"

说到底这也只是一项普通工作，Fiona 不知孟庆川为什么要搞这么大阵仗。不过 Fiona 还是多了个心眼儿，拉上了华哥。

这是 Fiona 一向的做派，也是她做多年客户经理的灵敏判断。有华哥坐镇，就算最后甲方不满意，也不全是她的"锅"。

项目组的人筹备了一个礼拜，浩浩荡荡地到了音乐厅。

孟庆川身着正装走进会议室，有人小声议论他的身材。

孟庆川的长相是有些文气和少年感的，身材却不单薄，他平时应该在健身，穿着衬衫也能看出他精壮的身形。

一个多星期没见，他们也没再联系过。

叶梓跟他对上视线，不自然地捋了下头发。

华哥在的场合，其他人是不用怎么说话的。

方思哲跟叶梓挨着坐，有一搭没一搭地小声聊天。

手机振动。

孟庆川给她发了条消息：**开完会到停车场，在车上等你。**

他们之间的上条消息，还是一周多以前孟庆川发的，她一直没回。

叶梓抬眸，发现孟庆川正目不转睛地盯着她。

搞什么？

她锁上手机，顺手放在面前。

过了会儿，孟庆川又发来一条：**不好打车，送你回家。**

叶梓还是没回。

她分明看见孟庆川蹙了下眉。

孟庆川：**有话要问你。**

叶梓回了句：**问吧。**

孟庆川：**要当面问。**

方思哲用手肘轻轻撞她："你别老玩手机，川总看你好几眼了。"

她关上屏幕。

过了会儿，方思哲小声问："你一会儿怎么走？"

她不想去停车场见孟庆川，也不想跟方思哲一起。

于是她瞎扯了句："我要回公司一趟，有东西落在办公室了。"

"我也回公司。"方思哲冲她露出一排白牙，"我摩托车在公司楼下停着，正好能一起走。"

叶梓一愣，没想到瞎猫撞上死耗子。

开完会，大家分开各自回家。叶梓不顾孟庆川灼灼的目光，跟方思哲一起走了。

公司跟音乐厅的距离不远，打车也就是个起步价的距离，叶梓跟方思哲打算走回去。

"你住哪儿？一会儿我骑车送你？"

"我住得远，不麻烦你。"

方思哲正要说不用对他这么防备，马路边有辆车按了几下喇叭。

见他们没反应，又摁了几下。

"那车有病吧，一个劲儿鸣笛。"方思哲说。

叶梓看过去，熟悉的深灰色。

她心头一缩。

车窗降下来，孟庆川身子朝前倾，冲他们招手。

"糟了，是川总……"方思哲撞了撞叶梓的胳膊。

"你们去哪儿？"孟庆川问。

迫于甲方的威严，方思哲走过去，说："我……我们？"

"嗯。"

"我们回公司。"

"上车，送你们。"

方思哲回头看了眼叶梓。

叶梓跟黏在原地了似的，一动不动。

"叶梓，川总说要送我们回公司。"

"你随便，我自己走。"

她犯什么浑？

方思哲面露难色，回头看一眼叶梓，又看一眼孟庆川。

他现在跟被这两个人放在火上烤似的。

"川总，这……"

"没关系，你们继续。"孟庆川面无表情地升起车窗。

只见车子加速驶离路边。

方思哲拍了下脑门儿，连说了几声"完了"。

想起那张冷冰冰的脸，他觉得叶梓彻底上孟庆川的黑名单了。

秋天的凉意钻进叶梓衣服里，她心情忽然间就低落了下来。

她顺手拦了辆出租车，一屁股坐进去。

方思哲惊叫："你怎么了？不回公司了？"

"不回了，你自己去吧。"她补了句，"不好意思。"

"那你的东西怎么办？"

"不拿了。"叶梓跟司机说了地址，"师傅，走吧。"

今天运气不好，一路堵车。

走到一半，计价器上的数字跳得太快，叶梓半路下车又转公交车，到家时天已经黑透了。

天气渐凉，依旧冲不淡人们吃夜宵的热情，街边来来往往的人很多，夜市的塑料桌椅都摆到人行道上了。

叶梓埋头穿过人群，走进小区，远远看见楼下好像站了个人，还穿着白衬衫。

孟庆川双手插着西裤口袋，直直望着她。

叶梓放慢脚步。

小区里没有路灯，漆黑一片，她看不清孟庆川脸上的表情。

她走到他面前，两个人面对面站着，谁也没说话。

孟庆川眼神冷冷的。

"跑什么？"

这句话一出口，之前在渭城好不容易建立起来的和平，又没了。

楼里有个住户路过，以为是情侣吵架，眼睛溜溜地往他俩身上瞅，都上到楼梯拐弯处了，还伸长了脖子看他们，八卦得跟什么似的。

搞笑，她回自己家，他倒问她跑什么？

"这是我家楼下。"

"刚才是怎么回事？"

风很大，叶梓看着远处说："什么怎么回事。"

她柔软干净的脸上出现了故作坚硬的表情，还闪过一丝说谎的慌乱。

孟庆川笑一笑，这女孩儿还真是十几年如一日地没变过，外表像刺猬，好不容易理顺了她的刺，里面还有个敲不开的核。

"谁又惹你了？"

"谁都没惹我。"她依旧没看他，"我不想坐你的车行不行，同事会误会，还以为我傍大款。"

"傍大款"这三个字一出来，叶梓自己都为自己脸红，太土了。

孟庆川没想到是这个答案，被气笑了："你同事这么抬举我？"

"那是我没见过世面。"

孟庆川双手叉腰，看了眼别的地方，好像这样才能顺气。片刻后，他又问："上周给你发消息，怎么没回？"

"睡着了，第二天又忘了。"

"是吗？"孟庆川忽而笑一声，"我发过去之后，看见'对方正在输入'了。"

这人怎么这样？

"我不记得了，可能忙别的事。"

孟庆川又问："周例会为什么没来？"

叶梓奇怪地看了他一眼："今天不是来开会了嘛。"

孟庆川："要不是我叫你们全组过来，你是不是以后都不打算来开会了？"

"你好大的权力，当然可以把我们都差遣来差遣去的。"

孟庆川提醒道："我是让你留意着点儿，别被人卖了还不知道。"

一阵风吹过，有点儿冷，叶梓只穿了件针织衫，她搓了搓胳膊："你要说的就这个？"

她动的时候，身侧有什么东西闪了一下。

孟庆川看了一眼她身上背的小包。

黑色的，皮质很软，刚才闪的是包包的金属扣，他认出那是 BURBERRY 的 logo，耳边突然就响起 Fiona 的话。

"你房子的锁换了吗？"他冷不丁地问。

叶梓眉头一皱，出乎意料地"哈"了一声。

"床垫买了吗？"

"你怎么跟叶宸一样烦。"

"那就是没换。"孟庆川没意识到自己语气有些急，"叶宸不是给你钱了吗？不够？我给你。"

孟庆川掏出手机就要给她转账。

这又唱的是哪一出？

叶梓被他一连串莫名其妙的动作弄急了，摁住他的胳膊："你干吗，我不要你的钱。"

"你哥给你的钱呢？"孟庆川说完，眼睛往她背的包上瞥了一眼。

叶梓顺着他的眼神向下看，落到包上，瞬间就明白是怎么回事了。

她心头突然间涌出一股委屈。

叶宸给她的所有钱，她原封不动地还了，这包也不是她的，只是徐茜借给她背的。

她不是那种虚荣的女孩儿，但她就是不想解释。

又是拉她的手，又是张开怀抱的，原来打心眼里就看不上她。

她感觉眼泪就快要上来了，缓了缓，平复了下情绪说："你以为你是谁啊，这么颐指气使的？"

说完，她就转身要走。

孟庆川伸手捞了一把，没捞着人，正好扯到她包包的链条。

"换了别人我还不愿意管呢。"

叶梓双手紧紧捂着包，低着头："你别拉拉扯扯的，我这个包特别贵。"

弄坏了可不好跟徐茜交代。

小区外面的夜市热闹非凡，小区里却离奇地安静，外面的喧闹仿佛离他们很远。

一楼的住户啪地打开阳台上的灯，随后，防盗网后面的玻璃上出现一个人影，往外张望。

两个人心照不宣地，都不再说话。

僵持了一会儿，孟庆川看着她亮晶晶的眸子，于心不忍，松了手说："算了，你先上去吧。"

分开前，他又像想起什么似的，问："那个小男生，是不是对你有意思？"

"哪个小男生？"叶梓回头，眼神疑惑，"方思哲？"

孟庆川抬了下眉毛，表示没错。

"人家也不是小男生，他跟我一样大。"

"我看他对你挺上心的。"

叶梓烦躁地说："关你什么事。"

孟庆川一时语塞。

"你不要一边跟舞蹈老师谈恋爱，还总跑来我这里刷存在感。我又不是你的玩物，你说什么我就要做什么。"

"我怎么刷存在感了？"孟庆川问。

她不回微信，他就可以召集他们来开会；她不愿意上他的车，他就可以来她楼下等着。还有什么是他办不到的？这还不算刷存在感？

叶梓抹了下眼角。

不是她想哭的，只是眼泪不争气地自己流下来了。

是不是人长大了就变得复杂了，叶梓委屈地想。那边有相亲对象，这边还要跟她撩一下撩一下地回忆青春。她什么都没有，也玩不过他。

她从来没有这么心烦意乱过，说完就直接跑进楼里，整栋楼的声控灯都被她的脚步声弄亮了。

孟庆川仰头往楼上看，二楼东户的灯亮了，他才离开。

家里没人，徐茜大概还在公司加班。

叶梓把包里的东西一股脑全倒在床上，然后仔细检查了一下包包的外观，没什么磨损和划痕，她轻轻把包放在徐茜房间的桌子上。

孟庆川回到家，什么都没心情做，先陷在沙发里沉思了一会儿，回想叶梓说的那些话，有点儿后悔最后自己的表现。

一个包而已，他没必要搞得那么伤人。

只是他不知道该怎么跟叶梓相处了。

他们一起回渭城的那天，他看见那墓碑的时候，才发现自己一点儿了不了解她，实打实地心疼她，两个人的关系也好像缓和了一些。可不晓得她怎么了，前一天还好好的，后一天又不好了，翻脸跟翻书一样快。

晚上洗完澡，孟庆川从浴室出来，头发半干。他换上白色家居短袖和睡裤，走到书房。他的肌肉曲线在家居服下若隐若现，整个人看起来精神又清爽。

睡前看书或听唱片，是他多年的习惯。

孟庆川书房里有钢琴，有各种听音乐的设备，还做了一整面的书墙，从地上一直延伸到天花板。书架上百分之八十的书籍都跟音乐相关，乐理、乐谱、数不清的唱片，还有一些经营管理的书籍。

不过今晚他烦躁得很。

他靠着书桌，双手抱在胸前，手指在下巴摩挲着，眼神上下游移，不知该看些什么。最后，眼神停留在书架最上层，那一层只放了个紫色盒子。

正要踩梯子拿，手机振动。

他看了眼手机屏幕，接起来。

"戴老师还没睡？"

"你现在跟你妈说话怎么这么官方。"戴芳嗔怪了一声，"我睡不着。"

"怎么了，有事？"

"这不是操心你的终身大事嘛。"

孟庆川无奈一笑："就知道要绕到这儿。"

"你跟相蕊见过面了没？这么久了你也不跟我说说进度。"

"见了。"

"怎么样？"戴芳迫不及待地问。

"人挺好的，就是不合适。"孟庆川揉了揉眉头。

"你自己听听你说的这话。"

"我实事求是啊。"

"只见过一次，你就知道不合适？"戴芳试探着说，"多接触接触？"

"没用，妈。您就别操这份心了。"

戴芳又说："不让我操心，你倒是自己谈一个嘛，以前院子这几个孩子里，就数你最帅气了，如今反倒只剩你单着了……"

戴老师从前不这样，大概是年纪大了，也变得絮叨了。

孟庆川被她的话逗得哭笑不得："怎么就剩我一个人单着了？叶宸跟王永璞不是人啊？"

"他们俩跟女朋友分手了？"

"早就分了，您这都是什么时候的八卦。"

"人家两个起码也谈过恋爱，尤其是王永璞，谈了四五个了吧？你呢，每次介绍，每次都没下文。"妈妈总是有理由讲过他。

"您都知道结果，还一直介绍。"

戴芳叹了口气："你就气我吧，整天也不知道在忙什么，人也见不到。"

孟庆川说："早点儿睡，明儿下班我回家吃饭。"

第二天下班，孟庆川去超市买了些海鲜水果，开车往家去。他在外面有套自己的房子，每周都回家一趟，忙时回家吃个饭，不忙时，周末会在家里住一晚。

孟家一直没有搬家。这么些年了，院子里的孩子们都出去住了，父母那一辈的都还在，还住在音乐学院附中的老家属院。

家属院虽说是多年前的建筑，户型却是一顶一的好，户户都是南北通透

的大面积，生活方便。而且住户都是同事，互相熟识，住着也安全舒心。

前几年小区整体翻新了一下，里面的绿化和停车位也请人重新规划过了，居住体验提升了几个档次，看起来挺新挺气派的。

孟庆川弯腰在后备厢里掏东西，忽然望见一个半生半熟的身影。

天色略暗，有些看不清面孔。那人越走越近，他直起身，眯眼看了看，心里由疑惑变成震惊。

相蕊？她怎么会在这儿？

相蕊从头到脚都打扮得漂亮，化了完整的妆，大老远就看见亮闪闪的耳饰，不像之前见面那样素雅。看她手里还拎着一个精致的盒子，孟庆川第一反应是戴老师叫来的。

相蕊并没有看到他，只是似乎对这里不太熟，好像在看楼号。

装作没看见也不太好，孟庆川主动走过去打招呼。

相蕊好像压根儿没想到会碰到他，惊讶得说话都有些磕牙："你、你怎么在这儿？"

孟庆川朝面前那栋楼一指："我家在这儿。"

相蕊一愣，随后拍了拍脑门儿："哎呀，真是的，我本来知道的……怎么就忘了……挺巧的哈。"

看她有那么些手足无措，难道跟他不是一道？

"没关系。"孟庆川笑笑，低头问，"你这是……"

相蕊看了一眼手上拎的盒子，脸上出现两团红晕。她不好意思地说："我来找同事。"

孟庆川眉头一动："你同事是谁，这院儿里的我都认识。"

相蕊迟疑了片刻："叶宸。"

孟庆川愣了下。

相蕊赶紧解释："我们也是最近才认识的，前几天在学校他帮了我个忙，结果着凉病倒了，我来看看他。"

孟庆川表情舒展开："他就是上次我说的那朋友。"

"真的？那真的太巧了。"

孟庆川给她指了单元和楼层，相蕊跟他道谢，蹬着她的小猫跟鞋子去了。

孟父没在家，只有戴芳和孟庆川母子俩在家。吃完饭，孟庆川在阳台站了会儿，若有所思。

戴芳走过来，在他背上轻轻拍了一下："一回来就装深沉？"

"我爸跟谁吃饭去了？"

"你叶叔叔、李叔叔和佟叔叔。"戴芳递过来一杯蜂蜜水，"李思逸跟佟瑶要订婚了，他们几个喝酒去了。"

李思逸跟佟瑶要订婚了？去年听说他们俩恋爱了，没想到进展挺快。

不过，与他无关。

孟庆川问她："您怎么没去？"

"你不是说要回来吃饭嘛。再说我也不爱应酬，上班对着这一拨人，下了班还是这拨人，太累。"

孟庆川喝了一大口蜂蜜水，笑了笑。戴老师现在虽然唠叨，也变得怪可爱的。

他放下杯子，给叶宸发消息：在家？

叶宸：在附中家属院的家。

孟庆川回：我也回来了，方便吗？过去找你。

叶宸：你什么时候这么客气了？

孟庆川回：怕你家有人。

叶宸：麻利点儿滚过来。

孟庆川回房间取了外套，对主卧喊了声："我去找叶宸，晚点儿回来。"

叶宸一个人在家看球。

他打开门，冲孟庆川抬了抬下巴，算是打过招呼了。

"我爸妈出去吃饭了，就我一人。"

他在鞋柜找了双拖鞋扔给孟庆川，路过玄关旁的小卧室，孟庆川停下脚步。

他们两家的房子格局一样，那间小卧室离所有房间都很远，孟家把那间当客房，偶尔来了客人就住那间。

"这还是叶梓的间间吗？"孟庆川指着那间屋子说。

叶宸挠了挠头："以前是……叶梓上大学之后，我爸妈把这儿改成健身房了。"

叶宸说着推开门。

这间屋子不大，站在门口就一览无余。里面的家具早就搬空了，放了台跑步机，还有一台动感单车，角落里还堆了些杂物。

里面已经完全没有叶梓住过的痕迹。

"以前还因为这事跟我爸妈闹过一次，没用。"叶宸语气里充满无奈，"他们容不下她，她也不喜欢这个家。"

自从叶梓来安城，关于他们家的传言就没停过，什么难听的话都出来了，叶峰和梁燕脸上挂不住了。

叶梓明面上是倔，是叛逆，实际上，她打心眼里就没拿叶峰和梁燕当爸妈，嘴上也从来不叫。她心里装着的，还是小县城的养父母。亲生的又如何？到底还是养育之恩更亲近。

能把自己亲闺女生下来就送人的，心也不是一般的狠。

叶宸也是用了很久才消化，自己父母竟做得出这种事。

叶宸尽力对这个妹妹好，偷偷给叶梓零花钱，给她买好吃的。他刚工作的那两年，叶梓一个人在北京，他的工资都给叶梓交了学费。

在这个家里，叶梓对他最客气。但他知道，无论他怎么做都弥合不了叶梓心里的伤痕。

孟庆川看着这间屋子，心里被什么撞了一下。他退出来，跟叶宸回到客厅，在沙发上挨着坐。

房间里只有电视声，两个男人不约而同地沉默着。

不光那间屋子，整个家都没有叶梓的影子。

过了会儿，听见叶宸吸溜鼻子。

"感冒了？"孟庆川用肩膀撞了下叶宸。

"嗯。"叶宸声音瓮瓮的，"你怎么回来了？"

"戴老师想我了。"

叶宸从鼻子里哼笑一声，只是感冒不通气，硬生生吹了个鼻涕泡。他赶紧抽了张面巾纸。

抽纸旁边放了个精致的盒子，很眼熟。

孟庆川挠了挠脸："哎，给你说个事。"

"说。"

"给你介绍个女朋友。"

"谁？"

"相蕊。"

叶宸像看神经病似的看着他："她不是你相亲对象吗？"

"可她不是对你有意思吗？"孟庆川指着茶几上的盒子。

叶宸给了他一拳："搞什么，你怎么知道？"

"回来的时候在楼下碰见了，我给她指的路。"

叶宸解释他们之间的来龙去脉："舞蹈学院要借我们的多媒体教室，我帮忙留了钥匙，结果她不知道从哪儿知道我感冒了，非要过来当面感谢我。"

孟庆川很直接地问："你们俩，聊得来？"

"一般般。"叶宸有些不好意思，随后又坐直身体，明确表态，"我可不是那种人。"

孟庆川："行了吧你，我跟她第一次见面就说开了，没感觉，没可能。"

叶宸没说话。

孟庆川拍他的大腿，耐心劝道："缘分这东西，该把握的时候还是要把握，你别总让人家女孩子主动。"

叶宸都快不认识自己这兄弟了，不知道他葫芦里到底卖的什么药。

看叶宸表情有些许松动，孟庆川乘胜追击："这周六晚上我们有场舞蹈演出，我这儿有票，你约她去看。她最近要跟朋友做演出，可以去学学经验。"

叶宸狐疑道："你怎么什么都知道？"

孟庆川笑了："哥们儿我神通广大。"

没想到叶宸摇头，说："周六晚上我要跟叶梓吃饭。"

"换一下吧，你跟相蕊去吃饭，我替你接叶梓。"

"算了算了，不能总麻烦你，我是她哥。上次没带她去渭城，我看她有点儿情绪。"

孟庆川拍拍他的肩膀，语气不容置疑："我也是她哥。你尽管去约会，剩下的交给我，就这么定了。"

周六晚上下了小雨。

这段时间连续降温，好像一下子过渡到了冬天。出门前，叶梓翻了件呢子大衣套上了。

她在大悦城门口，撑了把透明伞，用脚尖轻轻点着面前一个小水坑。

怎么还不来？

她的脚尖点着点着，心里生出些不耐烦来。叶宸也不知道要干吗，这种天还非要叫她出来吃饭。

她转身往商场里走，打算去里面等着。没想到刚收好伞，套上商场发的塑料伞套，迎面撞上了她不想见的人。

孟庆川穿着件黑色的夹克，笔直笔直地站在她面前。

他自然地接过她手里的伞。

"叶宸呢？"叶梓手不自觉地松了。

"他有事。"孟庆川轻揽了一下她的肩膀，"走，带你吃饭。"

叶梓脸颊被风吹得红红的，整个人搞不清楚状况，皱着眉，像颗生气的苹果，怪可爱的。

"你们原本打算吃火锅是吗？"孟庆川先一步踏上扶梯。

叶梓跟在他身后，没说话。她明明是不情愿的，却还是无意识地跟着他的步伐。

孟庆川回头，发现叶梓这次换了个包，看起来很旧了，上面没有任何logo。他心头涌上来点儿说不出的滋味。

他们要去的那家火锅在商场顶层，他们一路扶梯往上，到最后一截儿时，身后忽然多了几个人，叽叽喳喳一直在说话。

身后忽然传来一个尖嗓子女声："孟庆川？"

孟庆川下意识地回头。

叶梓也跟着一起回头，映入眼帘的是一张妆面精致的脸。

这张脸熟悉又陌生。

对方的眼神在孟庆川和叶梓之间游移，先认出叶梓来，惊呼道："这不是——我的天，思逸思逸！"

她激动地用手拍着旁边男人的手臂。

是李思逸和佟瑶。这两个人刚刚订婚，从头到脚都光彩亮丽的，从首饰到手表，像是把能穿的能戴的都挂在身上了。后面还跟了一男一女，像是他们的朋友，一行四人，手上都拎得满满的，颇有暴发户的派头。

孟庆川轻轻皱了皱眉头。

最近这些年，他们几乎不来往，几年都碰不到一次，偏偏在这儿撞上了。

几个人堵在扶梯口。

李思逸笑意盈盈，语气缓而上扬："挺巧啊。"

孟庆川面无表情地说："是挺巧。"

佟瑶笑笑："你当上音乐厅老板之后都不爱理人了。"

孟庆川扯了下嘴角。

李思逸那年没考上中央音乐学院，上了安城音乐学院，毕业后，家里人给他找了份闲差。跟佟瑶一样，他现在也做着跟音乐毫不相关的工作。

过去孟庆川跟李思逸闹过不愉快，还打过架。可毕竟都是学生时期的事了，大家现在已经是成年人了，父母都还是同事，也还住在一个家属院里，彼此都留有一点儿面子。

这几秒钟时间里，佟瑶脸上的表情可谓精彩，从疑惑，再到惊诧，再到认出叶梓之后看笑话般的嘲讽。

叶梓也想起了这两个人，从前他们就总在一起。

李思逸这才看着叶梓，像是想不起她的名字似的，故意说："你是叶……"

叶梓偏不接话，冷冷地看着他。

李思逸自觉尴尬，干笑两声："叶梓是吧？太长时间没见，一下子没记起来。"

"没什么事我们就先走了。"孟庆川伸手把叶梓扯到自己身后，回头低声对她说，"走吧。"

孟庆川说话时，他们靠得很近，他的下巴几乎要挨到她的锁骨，呼出的热气喷在她耳垂，弄得她心痒痒的。

他们三步并作两步，拐了个弯，踏进火锅店。

刚坐下点菜，外面一阵喧闹，那几个人嘻嘻哈哈跟着进来了。

李思逸双手搭在孟庆川的椅背上："今天这缘分来了挡都挡不住，不拼桌都说不过去。"

孟庆川起身，坐到叶梓身边，压低声音问："要换一家吗？"

还没等叶梓回答，李思逸就指着他俩问："我说你们俩该不会是……"

他两个食指对在一起，点了几下。

佟瑶抢先用力拍了他一下："别瞎说，怎么可能呢？"

演技夸张，配合得天衣无缝，就像提前排练好的似的。

"也是。"李思逸把点单的 iPad 推到他们面前，"喜欢吃什么随便点，这家店是我干爹开的。"

叶梓觉得"干爹"从李思逸嘴里讲出来太滑稽，暗笑了一声。

孟庆川在几样大众口味的肉卷和菜前面打了对钩，又问叶梓的意见，叶梓说随便。

"叶梓，你什么时候回来的？"李思逸主动问，"听说你在北京混得不错，干吗还要回来呢？"

"你听谁说的？"叶梓歪着头问。

"就……院子里叔叔阿姨，我也就听了那么一嘴。"李思逸打算蒙混过去。

叶梓哼了一声，没再搭腔。

她知道，有很多关于她的传言，都是李思逸说出去的。

她眯起眼看李思逸，发现这人其实长得不丑，就是面相看着刻薄。这人性格张狂，越是跟他杠，他越是兴奋。

看叶梓表情不对，佟瑶赶紧推了李思逸一把，往他手里塞了个iPad："点菜点菜。"

"喝什么？"李思逸手指划拉了几下，"来点儿白酒？"

"我开车了。"孟庆川拒绝。

"帅哥，开车有什么，叫代驾不就行了。"旁边一直没说话的他们的朋友开口说。

"想吃别的吗，换一家？"孟庆川压根儿没理那个小伙，直接问叶梓。

叶梓看了他一眼，就要起身。

那小伙儿被驳了面子，小声说了句"拽什么拽"。

李思逸笑道："消消火，马睿，人家不想跟咱们一块儿吃，就让人家走吧。"这话是在激他们。

不过，孟庆川没有生气。在他眼里，李思逸就是个口无遮拦的人。

他轻笑一声，跟叶梓有条不紊地起身，穿好外套，准备离开。

不过李思逸的嘴贱，不说点儿什么就不是他了。

"你们俩在一起，孟叔叔和戴阿姨知道吗？"

孟庆川动作一滞。

"兄弟，我给你忠告。"李思逸慢悠悠地说，"跟村姑，玩玩可以，别动真感情。人家叶宸是喜当哥，你又是图什么呢？"

孟庆川最反感他提"村姑"两个字。

孟庆川在他身旁停下脚步，笑道："李思逸，有句话我跟你说了很多年，你一直记不住。"

李思逸也笑，不过是流里流气、自信的那种笑："抱歉，我还真没记住。"

忽然间，孟庆川的眼神发了狠，一脚蹬倒李思逸的椅子，他毫无防备，四仰八叉地朝后倒去。椅子一声巨响，远处吃饭的客人警惕地站起来，朝这边张望。

紧接着，孟庆川扯住他的衣领，生生把他扯得站起来，他躲闪不及，又被抡了一拳。

李思逸本来就比孟庆川低一头，又挨了一拳，感觉突然间缩下去好多。

"你愣着干吗！"李思逸冲那个叫马睿的吼了一句。

马睿冲过去扒拉孟庆川，孟庆川皱着眉头，把李思逸扔到马睿身上。

孟庆川整了整衣服："管、好、你、的、嘴。"

尽管孟庆川一开始出手利落，但这场架他没有完全占上风。

毕竟对方有四个人。

孟庆川把李思逸扔到一边，李思逸发疯一样冲上来跟他扭打在一起。他在跟李思逸挥拳时，那个叫马睿的，趁他不备，从背后踹了他一脚。

孟庆川一个趔趄，但没摔倒，他皱眉，转头又给了马睿一拳。

叶梓没见过孟庆川打架，平时一副公子哥儿的模样，怎么看都是斯斯文文的，没想到真打起来一点儿也不含糊，又准又狠，这身材没白练。

叶梓看到马睿踹了孟庆川，她急了，欺负他们人少？

她也不是吃素的，伸脚就要往马睿裤裆处踹，跟他们一起的另一个女孩儿跑过来，勒着叶梓的脖子往后拖，叶梓重心不稳，跌坐在地上。

这一摔，她正好坐到自己的背包上，链条硌得尾骨一阵钻心的疼。

他们这边动静太大，整个火锅店都混乱起来，食客看热闹，还有人拿手机录像，服务员不敢上前，都伸长了脖子。

佟瑶没参与进来，她不停地跺脚，脸色惨白，扯着嗓子尖叫："打人啦！报警！报警！"

叶梓被她聒得脑仁疼，不耐烦地说："别叫了！"

没想到刚还在装柔弱的佟瑶，上来就是一"爪子"，叶梓一闪，没被抓到脸。叶梓也不示弱，手在头顶一通乱抓，揪到几根头发，佟瑶凄厉地叫了一声。

孟庆川听见，跨过来，一把拉过叶梓，挡在他身后。

最后，李思逸所谓的干爹赶过来了，才把两拨人拉开。

李思逸抹了把嘴角，脸上露出一丝讥笑。叶梓看着他那张刻薄的脸，心想孟庆川到底是手下留情了，至少他那张脸还能看。

不过马睿就没那么幸运了，鼻子出血了，一片混乱中，蹭得满脸满身都是。

马睿嘴上不干净，还在骂骂咧咧，孟庆川压根儿不搭理他，神闲气定地整理衣服。

叶梓心里其实慌得不行。毕竟是在人家的地盘，也不知道那个干爹是什么来头，万一把闹到派出所该怎么办。

出乎意料的是，李思逸竟然轻飘飘地说了句"算了"。

几个衣着蓬乱的年轻人，都愣在原地。

原本这一架打得火热，场面都快控制不住了，他忽然就不追究了，这唱的哪出？显得他多大度似的。

佟瑶委屈地往李思逸怀里钻，眼泪花直冒，好像受了天大的委屈。

李思逸表情轻松，好像什么都没发生过，甚至一直带着笑，说了句"散了散了"，叫服务员过来归置桌椅。

孟庆川没管那么多，他揽着叶梓的肩膀，带她直直从店里出来，乘直梯，下地库。

这一架好像打热了，孟庆川浑身都冒汗，出了火锅店，他直接脱下夹克，挂在臂弯。

叶梓瞥他一眼，发现他嘴角有点儿肿，蹭了点儿血，也不知道是谁的。

"看什么。"孟庆川轻飘飘地说，甚至笑了一下。

叶梓移开眼睛，没说话。

直到坐上车，他们气儿都还没喘匀。

叶梓背的包不知被什么尖锐的东西戳了一下，到现在还没恢复原状。她长出一口气，还好提前把徐茜的包还了，不然今天这一架代价可太大了。

叶梓身上汗涔涔的，她抹了把额头的汗，又看一眼身边的人，发现他也在看自己。

她气突然不打一处来，质问道："叶宸呢？我本来是跟他吃饭的。"

到现在她都觉得不可思议。

她原本只是来跟叶宸吃一顿饭而已，不知怎的，叶宸没出现，孟庆川来了。又不知怎的，碰到了李思逸那个浑蛋，还打了一架。

"他有事。"

"他怎么总有事，全世界就他最忙。"

"他去约会了。"

叶梓眉头动了动："他恋爱了？"

孟庆川看着别处："可能快了吧。"

"要不是跟你吃这顿饭，根本不会跟人打架。"

"赶上了而已。你们约的这地方本来就有可能碰见李思逸，而且就算叶宸在，他未必比我能打。"言下之意是叶宸那斯文样，关键时刻没用。

叶梓翻了个白眼，根本就是狡辩。

"我本来可以躺在家里看剧睡觉，冒着雨跑出来吃饭，又碰上李思逸，也不知道是你们谁耍我……"

叶梓边说话，边翻下副驾上方的镜子，发现自己头发乱糟糟的，像被人狂揉了一样。她手指插进头发，梳了三两下。

无意间，手腕碰到了脖子，那里火辣辣地疼。

她抬起下巴一看，脖子上有三道淡淡的血痕，也不知是被谁的指甲划的。

"我看看。"孟庆川凑过来，伸手扶着她的下巴，仔细查看。

叶梓往后躲，他又伸了另一只手，摁住她的头，力道不大，却让她动弹不得。

地库里光线很暗，反倒衬得叶梓眼睛明亮水润。脸照旧红彤彤的，一开始是因为冷得脸红，现在是热得脸红。

车里的气氛变得不明不白。

孟庆川的睫毛几乎扫过她的下巴，她觉得有点儿热，又觉得喉咙有点儿干，不自觉咽了下口水。

喉咙滚动的声音让孟庆川顿了顿，他问："家里有碘伏吗？"

大概因为离得太近，叶梓脑子全是乱的，能感觉到他声带振动，却听不清他说什么。

"嗯？"

"碘伏。没有的话一会儿沿路买一瓶，擦擦伤口。"

"哦。"

孟庆川松手，她脸上还留着他指尖的温度。

叶梓一声不吭地系好安全带，孟庆川瞧见她破损的包，忽然说了句："对不起。"

"算了算了，反正也是他欠打。"叶梓不耐烦地摆了摆手。很多年以前，她踢过他裤裆一脚，不过瘾，今天打得挺爽。

孟庆川发动车子，刚开出地库，手机就振动个不停。地库里没信号，十几条微信消息一下子全挤进来。

他没空看手机，跟叶梓说："帮我看看消息。"

叶梓刚触到他的手机，手机开始持续振动起来。手机跟车载语音是连着的，叶梓瞄了一眼，屏幕显示来电的是"戴老师"。

孟庆川在中控屏上点了接通，那头传来急切的声音："你现在在哪儿，怎么电话一直打不通？"

"在外面，刚才没信号，怎么了？"

"你马上回家来。"

"你先说什么事。"

戴芳顿了顿，认真问："你是不是把李思逸打了？"

孟庆川笑笑，无所谓地说："他嘴怎么那么快，都多大了还玩告状。"

"你都多大了，还干打架这种幼稚的事！"

"那是他欠揍。"

戴芳那边窸窸窣窣一阵，像是换了个地方，过了半天才说话："你别那么口无遮拦的，你爸已经生气了，你现在马上回来。"

"打了就打了，我还得给我爸交代？"

戴芳急了："让你回来给人家赔礼道歉！"

孟庆川："可以啊，正好讨论一下他是怎么培养出来一个混账儿子。"

"孟庆川！"戴芳声音里带着怒意。

"行了行了，知道了。我现在还有事，晚点儿回来。"就这么挂了电话。

叶梓一直看着窗外，事不关己的样子，但明明每个字她都听见了。

"李思逸把打架的事捅到家里了。"

"我没聋。"

"……"

"嗯，回去谢罪吧。"

孟庆川笑笑，像是没听见。

隔了会儿，他说："帮我看下微信消息。"

叶梓捞起他的手机，打开微信一看，全都是叶宸和王永璞发的。

"都是你两个哥们儿发的。"

"念念看。"

"他们让你挺住。"

孟庆川勾了勾嘴角："两个神经病，还说什么了。"

叶梓往上划拉了几下，说："他俩都回家属院了，等着当你后援。"

"传得真快。"孟庆川无奈地摇头。

怪不得李思逸那么轻易就让他们走了，原来在这儿等着他呢。

"他俩还说等你处理完家里的事，一起出去吃夜宵，剩下的你自己看吧。"

"嗯。"

天已经黑了，依旧下着小雨，雨刷器每隔几秒就晃动一下。

叶梓看了眼街景，发觉是条不熟悉的路，便警惕地问："这是要去哪儿？要回你自己回，别把我往家属院带。"

"先带你吃饭。"

叶梓忽然说："不吃了，你回家吧。"

孟庆川抿着嘴唇，想了想："那买点儿吃的带上吧，出来一趟什么都没吃。"

"我们楼下什么都有。"

孟庆川被她堵得一时不知该说点儿什么，每次气氛好好的，突然就急转直下。

他烦躁地说："怎么总这样？能不能好好说话。"

然后，他听见叶梓说："什么叫我总这样，你说话态度就好了吗？明明所有事都是你擅自安排的，每次跟你在一块儿都这么糟心。"

孟庆川没吭声。

叶梓觉得自己话说重了，显得自己很没情商，毕竟李思逸话里话外都在讽刺她，孟庆川刚刚那架算是为她打的，出手的时候人家也没含糊。可她又不知道怎么往回圆，只能默默地坐着，低头抠手。

过了会儿，她发现车速比刚才快了许多。孟庆川则面无表情，专心开车。

她被吓了一跳："你要干吗？"

孟庆川笑笑："没事，送你回去。"

完了，生气了。

过了十几分钟，车子停在叶梓家楼下，没停在小区正门口，还有几百米要走。

外面还在下雨，叶梓低头找了找，发现伞不见了。她那把透明伞，应该是打架的时候落在火锅店了。

她的手刚放在车门把手上，就被孟庆川拉住胳膊。

这次他只是轻轻拉了一下，很快就放开了。

他在他那侧的车门储物格里拿了把雨伞，说："等一下。"说完就下了车。

几分钟后，他回到车上，塞给叶梓一个塑料袋。

里面装了一瓶碘伏，还有一袋医用棉球。

最后递过来的，是一把深蓝色的雨伞。

那把伞很有分量，伞柄还有精致的刻字，比她十块钱的透明伞质感好了不知多少倍。

可她没注意到递过来的伞。

她握着碘伏瓶子，正在犹豫要不要先给孟庆川的伤口用，就听见身边的人开口说："伞不用还，免得你糟心。"

叶梓撑伞下车，孟庆川又瞥到了那几道抓痕，心里生出几分愧疚来。要不是他先没控制住情绪，她也不会受伤。看着她小心翼翼地避开地上的小水坑，再看到破旧的小区门脸，他到底是心软了。车还没开出那条街，就拨了微信语音给叶梓。

刚接通，那边没说话，只有雨打在伞面的声音。

孟庆川清了清嗓子，先开口："到了吗？"

电话那边迟疑了片刻，随后听见叶梓的声音伴着雨声："还没进门。"

他当然知道，距离她下车还不到两分钟。

听他不说话，叶梓问了句："有事？"

孟庆川明明知道她不在面前，还是不自然地挠了下额头，说："没事。"

"没事打什么电话，还以为你后悔给我伞了。"叶梓顿了下，"要的话我现在给你还回来。"

孟庆川无奈一笑："不要。"

"真没事？"

"没事。"

"那我挂了？"

"碘伏记得擦，伤口别碰水。"

叶梓紧紧握着手机，没想到孟庆川说的是这个。她嗫嚅了好久，电话那头也一直耐心地等着，最后只生硬地说了句"知道了"。

孟庆川好像有话想说，可最终什么都没说。

走进单元门，叶梓收起伞，指尖摩挲着伞柄，心里有种隐隐的期待。她好像知道这份期待是什么，又不太敢往深了想。

叶梓进门，客厅灯没开，徐茜房门下面有一条光亮。她隔着门跟徐茜打了声招呼。

徐茜躺在自己房间刷手机，懒懒地答应了一声。她已经不问叶梓去哪儿了，反正不是跟她哥哥就是跟 Q7，来回都是车接车送，不用她操什么心。

叶梓倒在沙发上，甚至没力气开灯。在外面还没什么感觉，这会儿突然又累又困的，头还疼，太阳穴有根筋突突直跳。她蜷着身子，迷迷糊糊地睡着了。

过了大概半个小时，徐茜趿拉着拖鞋出来接水。打开灯，她看到叶梓一身狼狈的样子，吓了一跳，头发是乱的，衣服也是脏的。再凑近瞧，脖子上还有几道抓痕，伤口渗着血珠，触目惊心的。

她嗅了嗅，没有酒味。

这是怎么了？

"叶梓，叶梓！"徐茜用气音轻声叫叶梓。

叶梓睡得沉，没反应。

徐茜伸了根手指，测试叶梓的鼻息。也不知是心理作用还是怎的，叶梓的气息如同游丝般微弱。

徐茜吓坏了，水杯也不要了，开始晃叶梓的肩膀。

叶梓睡得迷迷糊糊，只觉得天旋地转。她勉强睁开眼睛，就看见眼前贴了张大脸，一时没反应过来这是在哪儿。

"你还好吧？"

叶梓眼神滞滞的，左看右看，然后点点头。

"我还以为你晕过去了。"徐茜长出了口气，蹲得久了，双腿一软倒坐在地上。

"没晕也快被你晃晕了。"叶梓脚往回缩了缩，让出点儿沙发空间。

徐茜不好意思地笑笑，才从地上拾起杯子。

"你这是怎么了？吓死我了。"

"打架打的。"

徐茜觉得不可思议，声音变尖："打架？跟谁打架？"

"跟一脑残。"看徐茜还在等着她往下讲，她又补了句，"有点儿复杂，那人你也不认识。"

"好吧，我以为你又跟 Q7 出去了。"

听见她提"Q7"，叶梓抿着嘴唇，溜了她一眼，问："问你个问题。"

"嗯。"

临了叶梓又反悔了："算了，也没什么可问的。"

徐茜挺聪明的，看出她想跟 Q7 有关的话题，直接拆穿她："你这人，大部分时候怪得很，有时候又很可爱。"

叶梓抬眼："你这是夸我呢，还是骂我呢？"

"夸你。"徐茜朝她扬下巴，"你要想提 Q7 就提，我又不会跟别人说。"

"谁要提，明明是你先提的，成天'Q7''Q7'的，人家有名字。"

徐茜看她不小心说了几句真心话，忍不住笑出来。

"你这还叫不喜欢，我说都说不得。"徐茜上下打量她，"你今天打架到底怎么回事，他知道吗？"

"知道，他也在。"

徐茜瞪大了眼睛。

这两个人还真是挺神奇。

肚子里有话憋不住，叶梓还是第一次有这么强的倾诉欲。她坐直盘腿，跟徐茜把今天的事大概说了一遍，不过避开了李思逸叫她"村姑"的部分，只说李思逸对她出言不逊。

"我听明白了。"徐茜扯开棉球的包装，示意她抬头，"他这一架就是为你打的。这还有什么好分析的，就是对你有意思呗。我不是早就说过让你试试。"

叶梓仰起脖子，伤口对着徐茜："他什么都没说，怎么试。"

"急什么，这种事就是得等一个契机。"

"你上次说得有火花，这次又说得有契机，怎么这么麻烦。"

"男女之间嘛，有时候很简单，有时候也很复杂。"徐茜边说边给叶梓涂碘伏，有些走神。

跟叶梓说起感情的事，徐茜头头是道，到自己身上，却是无用。

她最近挺烦的。

自从见过两次王永璞之后，她就一直忘不了这个人。她也觉得奇怪，明明不是一路人，也早就过了少女的年纪，竟然还有种心动的感觉。

只是她一直藏在心里，叶梓对感情的事也不敏感，没发觉她的单恋。

她特别羡慕叶梓，跟那几个人从小就相识，不像她，只是个局外人，只能眼巴巴地窥探他们的精彩。

过了会儿，叶梓细细回想了一下。今天其实有挺多契机的，比如孟庆川在车上看她伤口的时候，再比如下车后，他给她打电话的时候。

那么多契机，不是照样什么都没发生？再说了，他那相亲对象现在还不知道怎么回事呢。

叶梓烦躁地说："管他简单复杂，我才不玩。"

她不想承认，自己对孟庆川有点儿喜欢，又有点儿嫌弃。

主要是孟庆川不惯着她。他们两个人在一起时，他们的相处状态就像她的脾气一样不受控，时好时坏的。

她反复对自己说，她本来就不习惯亲密关系。

她只擅长把人推得远远的，却从不知道怎么把关系拉近。

孟庆川开着车在街上绕了挺久，才回的家。

到家的时候已经挺晚的了，不过如他所料，家里灯火通明。

孟庆川换上拖鞋，往里探了一眼，看父母都在客厅坐着，表情都不怎么好。

他脱下外套，挂在玄关衣架，无所谓地问了句："爸、妈，这么晚还不睡？"

明知故问。

孟子良看他吊儿郎当的样子，气不打一处来，沉默了十几秒，才缓声说："我看你是越来越长本事了。"

孟庆川一笑，没说话，坐在一旁的单人沙发上。

走近了，戴芳才发现孟庆川嘴角的伤，她心疼地盯着他。

"没事，妈。"

孟子良也看了他一眼，从鼻子里哼笑了一声。

"自己说吧，你干的好事。"

孟庆川慢条斯理地说："没什么好说的，不就是打了一架。"

孟子良尽力压着脾气问："为什么打架？"

"他欠打。"

"你——"

"您以前不是说，男孩子哪有不打架的。"

"那是什么时候说的，你现在多大了？"

父亲问什么，他就答什么："二十八。"

孟子良的耐心快被他磨没了，猛地站起来，手在他面前指了几下："李思逸马上就要办订婚宴了，你让人家挂了彩，还怎么见人？"

"关我什么事，他订婚又不是我订婚。"孟庆川轻飘飘地说。

"你这是让你老子也别要脸了是吗？"

孟庆川看向别处，没说话。

眼看着从他嘴里问不出什么有用的，孟子良做了个深呼吸，端起茶杯喝了一口，说："今天挺晚的了，你今晚就住家里，明天一早，提点儿东西去，给人家赔个礼。"

孟庆川："不去。"

孟子良气得不轻，手已经扬起来了，被戴芳用身体拦下。

"老孟，你冷静一下。"戴芳有些生气地说。

戴芳费了好大的力气，才把孟子良摁回沙发上，然后回头对孟庆川说："你跟我过来。"

孟庆川双手插口袋，跟戴芳到卧室里。

他个子很高，戴芳仰着头，心疼地看着他。她轻轻碰了碰他嘴角肿起来的地方，轻声道："挺严重的，一会儿拿冰块敷一敷。"

"没事，不疼。"孟庆川扯嘴笑了笑，还是有点儿疼，他忍住，语气轻松道，"谢谢戴老师解围，不然我今天得参与两场斗殴。"

戴芳关上卧室门，语气严肃："孟庆川，你别跟我贫。"

戴老师喊他全名，事情很严重。

"我问你，除了打架，你还有什么没交代。"

"还有什么事？"他装傻。

他怀疑李思逸把叶梓回来的事也捅到了父母这里。

自从叶梓去北京上大学之后，就再也没了音信，无论是寒暑假还是其他节假日。这个人彻底消失了，一消失就是六年。

这次她回来，无论是叶宸、孟庆川，还是王永璞，他们几个打心底还是护着她的，都没把消息透露给别人。

戴芳双手抱在胸前："相蕊跟叶宸是怎么回事？"

孟庆川松了口气，问："他们怎么了？"

"你别觉得你不说话我就什么都不知道。"

"您都知道了，还问什么。"

"你怎么一点儿也不让我省心，又是打架又不听我的话。"戴芳叹了口气，"相蕊条件多好的，怎么就让叶宸捷足先登了……"

"强扭的瓜不甜，您就放过我吧，以后别再介绍了。"孟庆川看了眼手机，"妈，王永璞跟叶宸找我还有事，我出去一趟。"

戴芳知道他在打岔，叹了口气："每次一说这事你就岔开话题。"

孟庆川转过身，盯着戴芳："戴老师，您知道我以前最欣赏您什么吗？"

"什么？"

"超凡脱俗。"

戴芳嗔怪似的看了他一眼，柔声说："明早去李思逸家一趟吧，这抬头不见低头见的，不好看。"

"我说过了，那是他欠揍。"

说完，孟庆川就取了外套，出门去了。

刚从家里出来，就看到手机有未读消息。

王永璞：结束没？

他回：结束了。

王永璞很快回过来：战况如何？

他又回：腥风血雨。

王永璞：下楼，哥们儿等你。

他下楼，拐了个弯儿，就看见两个人在花坛边蹲着，旁边放了几罐啤酒。王永璞和叶宸冲他招手。

已经不下雨了，但地还是湿的，王永璞的卷毛被大风吹得乱舞。

他本来以为是去店里喝酒消夜，没想到是在这儿。三个面容英俊、身材高大的年轻男人缩在冷风里喝酒，这场面挺新鲜。

走近，叶宸和王永璞看到他嘴角的伤，发出几个感叹词。

"你俩冷不冷？买醉呢？"

"该买醉的不是我俩。"王永璞给他扔过去一罐啤酒，痞里痞气地起哄，"来吧壮士，讲讲你的英雄事迹。"

"你少贫。"叶宸朝孟庆川扬了扬下巴，"叶梓没事吧？"

"破了点儿皮，我给买了碘伏，送她回去了。"孟庆川脚在地上空踢了一下。

叶宸："她应该不会吃亏。"

孟庆川回想起她伸脚踹人家裤裆的狠劲儿，轻笑了下："是，挺能打的。"

叶宸抬头问："你们怎么会跟李思逸打起来？"

"他贱呗。"孟庆川哼笑了一声。

他原本不是冲动的人，可自从重新遇见叶梓，他好像也被带得阴晴不定的。凡是跟叶梓有关的人和事，总是会失控。

"我记得你以前就跟李思逸打过一架，好像也是因为小叶子。"王永璞想了想，"十年前，对吧？"

叶宸皱眉："我怎么不知道。"

王永璞提醒他："当时你跟叶梓被你爸拉走了。"

"你从来不惹事，两次出手都是为了小叶子。"王永璞又转向孟庆川，开玩笑说，"说出去别人还当你喜欢小叶子，英雄救美呢。"

孟庆川缓缓拉开易拉罐的拉环，什么也没说。

他们这几个兄弟一起长大，互相最了解彼此的脾性。孟庆川眼里揉不得沙子，尤其在恋爱方面，没有就是没有。

可这次，他偏偏没急着否认。

王永璞嗅觉敏锐，察觉到点儿什么，表情突变："你们俩，不是吧？"

孟庆川笑笑，喝了口酒，什么也没说。可看他的表情，分明就是默认了。

这事可太大、太震撼了，也太出乎意料了。

"真的假的？"王永璞太激动，手里的啤酒晃出来，洒了一地。

孟庆川没说话，像是没听见。

他手里松松握着易拉罐，仰头看天空。下过雨的夜空有点儿发红，有点儿发亮。

王永璞像是浑身痒，这八卦打探不出来就难受。

他绕着孟庆川打转："你说话啊，什么时候的事儿？这么多年，还真没见你喜欢过谁。"

这话是真的。

学生时代他们三个有个特别土的外号，"三剑客"。只要他们一起在校园里出现，就是一道养眼的风景线。三个人里面，王永璞像只猴一样，叶宸身上书卷气重，最出众的，还是孟庆川。

即使是在美女帅哥如云的音乐学院附中，孟庆川也是校草级别的男神，受欢迎得紧。

他长了俊俏的脸，棱角分明却不锋利，五官周正，鼻梁高挺。最绝的是他的身材，在球场上奔跑时，露出紧致好看的小腿和脚腕，蓬勃有生气，透着一股阳光劲儿。

孟父孟子良是小有名气的钢琴演奏家，孟庆川从小在音乐方面又有天赋又有兴趣。他专业成绩在钢琴班最好，文化课成绩也拔尖。

这人浑身上下好像根本没缺点。

就是这样一个人，从小到大收过的情书也能塞满一抽屉了，他竟然一次恋爱都没谈过。

上学期间，以学业为主，尚能理解，可毕业这么多年，就没见孟庆川喜欢过什么人。

有点儿不正常。

王永璞翻了个白眼说："我看你是成心想憋死我。"

一直没讲话的叶宸冷不丁地问他："真的？"

孟庆川啜了口啤酒，"嗯"了一声。

"藏得够深的。"叶宸轻笑，"难怪你让我约相蕊去看演出，换你跟叶梓吃饭。"

"相蕊对你有点儿意思。"孟庆川用拳头轻轻撞了叶宸的肩头，"我可不全是为了私心。"

叶宸脸上没什么表情，也不知是开玩笑还是责怪："饭没吃成，还打了一架，你真行。"

"我的错。"孟庆川很真诚地说，顿了顿又说，"已经后悔了。"

"后悔什么？"

孟庆川灌完最后一口，把易拉罐捏成一团，瞄准垃圾桶掷过去："下手太轻。"

叶宸停了会儿，说："想来也是李思逸欠揍。"

"哎哎，说点儿有用的行不行。"王永璞努力挤进对话，"小叶子什么态度？"

孟庆川又不说话，故意逗他似的。

"你知道吗？"王永璞用手肘撞叶宸。

"我怎么知道。"叶宸回了句，然后也盯着孟庆川。

孟庆川手里已经重新打开一罐酒，闷头喝了口，说了句一样的："我怎么知道。"

王永璞急得在花坛边上蹿下跳的，却什么都挖不出来。

"你没跟她说过？"

孟庆川摇了摇头。

六年前本来要说的，结果她走了。

"搞了半天是你单恋啊。"王永璞啧啧道。

任谁单恋都没想到孟庆川会单恋。

他们哥儿仨在楼下站到深夜一点多，扯了些有的没的。

叶宸酒量最差，没多久就上脸，夜里温度低，冷风吹过来站都站不稳。孟庆川跟王永璞担心他感冒，好说歹说把他架了回去。

他们俩对视一眼，孟庆川问："各回各家？"

王永璞吸了吸鼻子，眼神分明是还想说点儿什么。

"不想回，去我车上坐坐？"

"成。"

两个人钻进王永璞的保时捷里。

刚坐下，王永璞就开门见山地说："刚才叶宸在，有些话不方便说。"

孟庆川静静地盯着他，等他往下说。

王永璞接着说："你对小叶子，认真的？"

"问几遍了你，复读机？"

王永璞讪讪笑着："我是真没想到你喜欢她这样的。"

孟庆川挠了挠脸，没说话。

"你爸妈肯定不同意，你想好。"

"有什么不同意的。"

"主要是她家里的情况你也知道……"王永璞欲言又止。

孟庆川当然知道。

现在又多了件棘手的事。家属院里没人知道叶梓回来了，打架时叶梓也在场，李思逸没把这个告诉父母，那小子像颗定时炸弹一样，憋着坏呢。

车里安静了一会儿，王永璞语气八卦地说："其实我早就看出来你跟小叶子怪怪的。"

"你能看出什么。"

"我看出来人家不待见你。"

孟庆川回想他们这几次相处的场景，没否认，笑说："是挺不待见的。"

"那你还喜欢，你拿得住？"

孟庆川看了他一眼，嘴角缓慢地弯出个不易察觉的弧度："关你屁事。"

王永璞被骂了也不在乎，执着八卦："说真的，从什么时候开始的？"

这个问题，孟庆川也在问自己。

他没由来地想到叶梓染了绿毛烫着爆炸头的样子，那一头非主流发型跟当时她稚嫩的脸实在是不符。

那时候，附中漂亮的女孩子很多，喜欢他的也不在少数，她们大多比叶子更漂亮，性格更好。

可提起高中时期，他最清晰的记忆，竟然都是跟叶梓有关的。他一直记得，那一头绿毛下面，是一双澄澈的眼睛。

挺荒唐的。

是从什么时候开始的，他记不清那个具体时间点了。在叶梓不告而别的这些年里，他一度以为自己放下了。可当他跟李思逸大打出手的时候，他才发现那感觉到现在竟然还没结束。从他的十八岁，一直延续到了他的二十八岁。

他不得不直面自己的内心，他是那么地耿耿于怀，又那么地忘不了她。

"我想起来了，高中有段时间，我好像确实见过你俩凑在一块儿，神神秘秘的。"王永璞好像被惊到了，定定看着他，随后边摇头边笑，"不会从那时候就开始了吧？禽兽啊你。"

孟庆川骂了句："想什么呢你。"

任谁看到一头绿毛的叶梓，都不会产生异性的冲动。

但绝对过目难忘。

"你想她的时候，脑子里的脸不会变成叶宸吗？"

"你真的有病。"

王永璞吃吃地笑："你俩要是真成了，你得管叶宸叫哥，想想就好笑。"

孟庆川也笑："我跟他各论各的。"

第二天，孟庆川醒来时，父母已经在客厅等他。

从房间出来时，他看到茶几上放了两瓶好酒。

他装作没看见，径直去了洗手间。简单洗漱了一下，刷牙时忘记有伤，嘴角狠狠痛了一下。他照镜子，肿块变成了一块棕色紫色相间的淤青。

洗漱完，孟庆川直接在玄关换鞋，也不顾孟子良在背后喊他。他就没打算道这个歉，尤其是跟李思逸。

没喊住他，父亲恼羞成怒，说了几句重话。他也没跟父亲争执，关上门就走了。

不记得从什么时候起，父亲从一个气质翩翩的钢琴家，变成了普通中年男人，身材虽尚未走形，但抽烟、喝酒、自大这些坏毛病，一样也没落下。

坐上车，系好安全带，他手搭在方向盘上，食指一下一下地敲着。

也许是前一晚回忆了太多从前的事，他这会儿心口热热的。

他决定先去叶梓那儿，尽管还不知道去了要说点儿什么。

孟庆川开车到叶梓小区门口。这段时间来了挺多次，他对路线已经很熟悉。

没下车，他先给叶梓打了个电话。

叶梓很快接起，连"喂"都没说就问："又有什么事？"

"下楼。"

"下什么楼？我没在家。"

"你在哪儿？"

叶梓利落地说了句"你管我在哪儿"，啪地把电话挂了，连反应的时间都没给他留。

孟庆川又打过去，叶梓再接起来，没说话。

他也不说话，两个人就这么默默等着。

通话时间到了三十多秒，孟庆川终于忍不住了，问："你脖子上的伤怎么样了？"

"好了，碘伏也擦了，早上已经结痂了。"叶梓连说了一大串，声音里还带着些委屈，"你能不能别再打了，打了又什么都不说，我还忙着呢。"

孟庆川直接挂了。

他锁上车，快步走进小区，上了二楼东户，敲了几下门。

隔了会儿，里面才传出一声"谁呀"。

不是叶梓的声音。

孟庆川说："我是叶梓的朋友。"

门打开，一个素颜穿家居服的女孩儿站在门里，茫然地看着他。

她说："叶梓不在家，早上出去了。"

还真不在。

孟庆川朝她礼貌地笑笑："你知道她去哪儿了吗？"

"好像去音乐学院附近，她说那儿有个什么市场，去那买几本乐谱书。"

"那地方是叫百荟吗？"

"好像是叫这个。"

百荟是个什么都卖的市场，音响、乐器，还有各种二手书。孟庆川偶尔会去那儿淘一些绝版唱片。

孟庆川点点头表示感谢。

挂掉电话，叶梓失神地站着，周围环境嘈杂，她却什么都听不见。她又想起前一晚徐茜说的那些，男女之间的火花和契机什么的。

正想着，孟庆川第三个电话又进来了。

她摁掉。

又响。

再摁掉。

再响就关机。她心想。

玩倔，没人玩得过她。

孟庆川没再打过来，而是发来一条消息：*别买了，我那儿有谱子，改天给你带过来，或者你去我那儿拿。*

奇怪，他怎么知道她在买乐谱？

紧接着，徐茜的消息也进来了：*Q7 刚来过。*

好么，还跑到家里去了。

她噼里啪啦地给孟庆川打字：*不需要，没时间。*

过了会儿，孟庆川又发来一条：*没有我，你看得懂吗？*

这一行字里，有着理所当然的，轻佻的语气在里面。

叶梓怒视着那条消息，却想不出水平相当的回复。

他说得没错。

十年前，要是没有他，她还真看不懂五线谱。

第五章
拧巴·逃离

叶梓到家时已经是黄昏时分了，她抱着一小摞书到楼下，看见孟庆川还等在那里。

天气阴了一天，这会儿突然间放晴了。天边的云透着金透着红，一束夕阳打下来，照着地面还未干的水迹，给清冷的秋天添了点儿暖意。

孟庆川就站在那阳光下，头发、脸上，也勾了一层温暖的轮廓。

像一幅画。

叶梓紧张地吞了下口水。

这人从中午等到现在？

她装作没看见，从孟庆川身边走过，尽管脚步有些不自然。

孟庆川露出个无奈的笑，不紧不慢地往前一步，拉住她的胳膊。

他怕又弄疼她，没用太大力气，叶梓侧了个身，轻轻就挣脱了。

他叫了句："叶梓。"

叶梓停下脚步，转了半个脸看他："有事吗？"

她没生气，只是有些委屈。

她真的不知道孟庆川到底想干吗，又是一遍一遍地打电话，又是大老远跑过来的，干吗总是跑来招惹她？

孟庆川盯着她，她没化妆，脸上干干净净的，眼底带着点儿劲儿，又有些不自然和慌乱。

"我看看你都买了些什么谱子。"他伸手想拿一本书。

叶梓护着怀里的书，身子往旁边一闪。

"你又跑来干吗？"

孟庆川轻飘飘地说："刷存在感。"

叶梓没料到他是这个回答，皱了皱眉，嘴半张着，说不出话的样子。

他坦诚了，她却慌了。

她嗫嚅了半天，说了句嘲讽的话："你还是到你那个舞蹈老师面前刷存在感吧。"

说完，她就后悔了，说得好像她吃醋一样。

孟庆川淡淡一笑，说："我跟她没关系。"

叶梓溜了他一眼，他脸上坦荡荡的表情。她心想，没关系还叫人家去你办公室，你就骗鬼吧。

孟庆川看她的表情，大概知道她在想什么，觉得有意思，说："我不是也叫你去过我办公室？"

叶梓羞愤地看了他一眼。

他又问："你碘伏还有吗？"

明知故问，那么一大瓶，怎么可能用得完。

叶梓蹙眉："干吗？"

孟庆川俯下身子，整张脸凑到她的面前，指了指自己嘴角的青紫色的肿块："挺疼的。"

他们之间离得太近了，近到他说出的话，呼出的热气都直直地喷在她脸上。

喷得她酥酥麻麻，心尖打战。

"门口就有药店，你不会自己买吗？"

"有点儿麻烦。"孟庆川说，"要不我上去，你帮我涂一下？"

她眨了两下眼睛，看清了孟庆川的把戏，心想擦什么药，自己忍着吧。

她说："你这都成淤青了，碘伏才不管用。"

孟庆川："是吗，那你亲一下管用吗？"

她瞪他，他反笑，笑意浓，跟变了个人似的。

装模作样的。原来平时都是假正经，这会儿看着怎么就这么痞呢？

叶梓："你耍什么流氓。"

"我怎么就耍流氓了。"孟庆川笑笑，伸手撩她的头发，"我看看你的伤口。"

叶梓拨开他的手："不要你看。"

她往后退了一步："你不要再耍我了，这样很好玩？"

"我怎么耍你了。"

"十年前就这样耍我，现在还这样耍我，你以为我会上两次当吗？"

孟庆川看着眼前的女孩儿，她又何尝不是如此。十年前就这个牛脾气，现在还是。十年前他就拿她没办法，现在还是。

"能不能别耍小脾气了。你又不是不知道我是什么想法。"

叶梓眼睛有点儿发热："你什么想法，我不知道，你又没说过。"

"你弹琴是我教的，你很多事只有我知道，我最难的时间也是你陪我一起的……我以前就喜欢你，这些年也一直没忘了你。"孟庆川停了一下，"我以为你能感觉得到的。"

一个人消失这么多年，又突然出现在他面前，还正好跟他工作有交集，这也许代表他们之间还有些缘分。

刚碰见的时候，他还为她多年前不告而别生气，本事没长多少，倔脾气一点儿也没改。

可慢慢地，这女孩儿一如从前，又让他心疼、心软了。

叶梓的心怦怦跳得厉害，都快要跳出来了。她现在不能说话，一说话就要哭出来。

孟庆川注视着她，柔声说："那你考不考虑我？"

"考虑你个头。"叶梓嘴硬道，转身抹了抹眼睛。

孟庆川也不逼她，他站直身子，语气认真地跟她说："叶梓，你如果真的很在意那个舞蹈老师，我可以告诉你，我们没有相亲，她来我办公室也只是咨询演出业务。"

孟庆川又说："我除了在你这儿刷存在感，还能去谁那儿刷。"

叶梓背对着孟庆川，手足无措地站着。

孟庆川："没关系，不着急。你慢慢想。"

说完，他就走了。他肩宽身长，步伐潇洒，让人有想从背后抱住他的冲动。

叶梓望着他的背影，脑子一片空白。

她本来兴冲冲地去淘了乐谱书，打算回家练几首曲子，现在，计划全被打乱了。

回到房间，她什么都没做，无趣地扔下那些书，躺在黑漆漆的房间里，回想孟庆川说的每一句话。

从前的那些记忆翻涌而来，她也记不清当初那些感觉，到底是真是假。

一开始，叶梓跟孟庆川一共也就见过两次，短暂且丢人。

第一次是她从家里跑出来，被孟庆川看到叶峰扇她巴掌，第二次是她偷偷跑去音乐学院门口张望，正好撞见他。

打那之后，她就没再见过孟庆川。

那段时间，叶梓在家几乎见不到叶宸。临近高考，他不是在集训，就是在学校复习，偶尔还搭飞机去外地艺考。

孟庆川大概也过着同样的生活。

她一直记挂着，孟庆川说有时间带她回渭城，还说高考后带她进音乐学院的校园里看看。时间久了不见他人影，她意识到，他可能只是说说罢了。

可他当时的眼神明明又很真诚。

在相信他和咒骂他之间反复横跳，叶梓渐渐不抱希望。

她知道自己大概没什么机会回去了，再说回去面对空荡荡冰冷冷的家，她不知道自己会做出什么事来。

她就这么安慰麻痹自己，时间久了也就过去了。

过了大概一个月，她才又一次遇见孟庆川。

目光对上的那一刻，他们两个人都愣住了。

叶梓烫了个很杀马特的发型，还染成了绿色。不是爆炸头，好像只垫了发根，不伦不类的。她的脸小，这发型衬得她像个装成熟的大头娃娃。

叶梓的第一反应是躲。

她往家跑，跑进单元楼的门洞，脚步又停下了，犹犹豫豫的。她回头看了一眼，看到他披了件外套，动作有点儿奇怪。

不承想男孩儿压根儿就没追上来，语气无奈地说了句："你跑什么？我又不追你。"

"我又不追你"，虽然知道并不是那个"追"，叶梓还是脸红了。

孟庆川皱着眉问："怎么没上学？"

叶梓低头不语。

有次别人惹急了她，她蹦了句方言的脏话，同学都背地里笑她。后来就有人轮番跑到她面前逗她，看谁还能让她说方言。

在别人眼里，她的身份、她说的话，从来都是上不了台面的、让人瞧不上的。可在这里，到底有谁瞧得上她半分？既然没人在意她，学校、成绩什么的，她也没必要在意了。

她不想去学校的时候就不去，也不请假。

孟庆川："问你话呢，怎么没去学校？"

叶梓："你不是也没去。"

孟庆川："过来。"

叶梓不情不愿地走过去。

她个子本来就高，头发炸成这样，又生生给她添了几厘米，孟庆川有种他们一样高的错觉。

孟庆川看了她一眼，这哪儿的发型师做的？审美够糟糕的。不过这发型配上她幼态的脸，有种奇奇怪怪的反差感，还……怪可爱的。

孟庆川："头发怎么成这样了？"

叶梓："我愿意。"

孟庆川哼笑一声："行吧。"

叶梓溜了一眼他，发现他左胳膊上绑着绷带和石膏。

叶梓："你怎么了？"

孟庆川："看不出来？骨折了。"

她当然看出来了，她是想问他怎么骨折的。他应该懂她的意思，但他什么都没说。

看他态度也不怎么样，叶梓也不问了。

孟庆川用下巴指了指小区里的健身器材区："过去坐坐？"

叶梓跟着过去，孟庆川坐在一个练仰卧起坐的器材上，叶梓挑了个秋千。

孟庆川发现叶梓这小女孩挺有意思的，什么都跟他对着干，他说什么她又都会照做。

坐下后，才发现他们俩其实没什么可聊的，不熟，年龄还有差距，没共同话题。

他们就这么沉默地坐着。

过了会儿，叶梓觉得实在无聊，起身准备离开。

孟庆川开口："那天我看你对钢琴还挺感兴趣的。"

叶梓静静站着，没表态。

孟庆川："想弹吗？"

依旧没得到回应。

孟庆川也站起来，做出要走的姿态："我家这会儿没人，你要想弹，可以跟我来，我教你。"

叶梓想了一会儿，跟在他身后。

之前来过一次孟庆川家，叶梓没那么紧张和拘束了。

孟庆川指着钢琴说："你自己打开，我的手不方便。"

她刚要坐在琴凳上，孟庆川又说："先别坐。"

尴尬得她满脸通红。

没想到琴凳上有个盖，是可以打开的，里面空间不小，能放好多本书。

孟庆川在很多书里挑了薄薄一本出来，叶梓看到那本书封面上印着《车尔尼钢琴初步教程》。

孟庆川对她说："现在可以坐了。"

叶梓没动。

孟庆川抬眼，发现她在发呆。

"看什么呢？"

"没看什么。"

顺着她的视线，尽头是钢琴上的节拍器。

黑色的，有着跟钢琴一样的烤漆质感。

"那是节拍器。"

叶梓没说话，孟庆川打开上面的摆杆，又转动类似发条一样的上弦器，摆杆便开始啪嗒啪嗒有节奏地摆动，拨动滑块，节奏还会变化。

叶梓眼里流露出一些新奇。

"好玩吗？"

叶梓点了点头，又问："这个贵吗？"

孟庆川想了想："不算贵，等你学会了钢琴，我送你一个。"

叶梓又看了一眼那个节拍器。

钢琴旁边有一把椅子，平时他练琴时，父亲会坐在这里检查纠正他的问题。

他坐在椅子上，问："认识五线谱吗？"

叶梓："认识。"

音乐课上学过一点儿。

孟庆川翻开那本乐谱书，摊到叶梓面前，指着一首曲子："能认识多少？"

叶梓跟看天书一样。

这怎么跟音乐老师说的不一样啊？这上面怎么还有数字和看不懂英文字母？

孟庆川大概明白了，合上书，又问："知道黑白键的区别吗？"

叶梓盯着面前的琴键，好像一直盯着就能看出答案来。

"不知道就说不知道。"

叶梓垂着眼睛："不知道。"

孟庆川："白键是全音，黑键是半音，有黑键填补，每相邻琴键之间的音程距离才是一样的，这叫'十二平均律'。白键是基本音，如果遇到降调或者升调，就会用到黑键。看谱子的时候我再具体给你讲。"

她痴痴地盯着他，这个男孩儿专注的时候真的……挺好看的。

讲了一会儿，他才让叶梓试着弹："知道哪个键是'哆'吗？"

叶梓摁了面前一个白键。对了。

钢琴琴键摁下去很沉，跟电子琴的感觉完全不一样。她努力克制住内心的激动。

孟庆川伸出右手，示范了一下指法。

叶梓看看他的手，又看看自己的手，好像没什么不一样。

他看不下去，直接握着她的手，摆成正确的形状："这样，记住没？"

手上一热，叶梓脸烧到耳后根了。

…………

叶梓半蒙半懂地听了些乐理知识，还学会了一首特别简单的曲子。

虽然她之前对这些完全不懂，但她学得特别快，就连孟庆川也有些惊讶。

那天下午，是叶梓到安城以来，过得最快的一个下午。那个下午几乎没有令她想起任何烦心事。

晚上，叶梓兴奋得睡不着，她一直特别想摸摸真正的钢琴，今天竟然有机会弹了。

在床上翻来滚去了一会儿，她起身去客厅喝水。

叶宸也没睡，正在客厅写作业，时不时地说两句话。

叶梓端着杯子，问："你跟谁说话呢？"

听见响动，叶宸摘掉耳机，抬头看到叶梓的一头绿毛，他还是觉得无法适应。

他说："跟庆川打电话。"

叶梓："怎么不在你房间打？"

叶宸："我房间信号不好。"

叶梓耸耸肩，走到客厅另一端，按下饮水机按钮。

叶宸对着耳机说了句"先挂了"，然后说："是不是吵到你睡觉了？"

叶梓："没有。你们天天见面还打电话。"

叶宸："他心情不好。"

下午不还好好的吗？

那时她还不知道手腕骨折对孟庆川来说意味着什么，她没想那么深。

"他怎么了？"

"他手腕粉碎性骨折了，艺考彻底没戏了。"

那之后过了很久，叶梓都没再见过孟庆川，也不知道他骨折好了没有。

她其实没有多少概念，因为她才念初二，"高考"对于她来说是个遥远的词，"艺考"更是个陌生的词。

她还问过叶宸一个无知的问题："艺考没戏了，不是还有高考吗？"

叶宸表示无语，用看傻子的眼神看她。

最终他什么都没说，他觉得没有说的必要，反正叶梓也不会懂。

再见到孟庆川是半个月后。那时天气转热，人们脱掉羽绒服换上单衣，好像只是一瞬间的事。

那天是一个下午，叶梓放学回家，远远看到秋千上坐了个人。

那人是背对着她的，她也不知道怎的，一眼就认出那是孟庆川，身形笔挺，轮廓好看。

叶梓放慢脚步，眼睛转了转。

那时她已经在这里生活了一段时间，她还是不跟任何人主动说话，跟刚来时的冲相比，她现在更多是沉默。

孟庆川是个例外。毕竟他主动跟她说话，还教她弹琴。

她回家是不用经过健身器材区的，但那天，鬼使神差地，她绕了一圈。

都快走到拐弯处了，孟庆川也没主动叫她。拐过弯儿，就看不到了。

她一咬牙，一狠心，转身往回走。

走到孟庆川身边，她才发现他在发呆，表情和眼神都有点儿空洞，好像有心事。

她松了口气，原来他根本没看到自己。

孟庆川穿件灰蓝色卫衣，头发有点儿长了。

手上的石膏依旧没有拆。

发觉身旁有人，孟庆川抬眼，叶梓坐在他旁边的秋千上，头上还戴了顶棒球帽，帽子下的绿毛扎了个马尾。没有爆炸头环绕，她的脸蛋完整地露出来，素净纯洁。

孟庆川朝她的帽子扬了扬下巴："怎么回事？"

叶梓指着帽子："这个？"

孟庆川点头。

叶梓："老师让戴的，说影响别的同学。"

孟庆川轻笑一声，没说话，又恢复了原来的表情。

他今天好像不是特别想说话。叶梓看了他几眼，他都没反应。她也找不到什么话题，就那么静静坐着。

孟庆川突然偏过脸来："看什么？"

叶梓："你骨折怎么还没好？"

孟庆川："又不是一天两天的事。"

叶梓："我以前也有同学骨折过，一个月就活蹦乱跳了。"

孟庆川看过来，眼神冷冷的："粉碎性骨折，能一样吗？"

她也不知道怎么突然惹得孟庆川不高兴。

气氛有点儿尴尬,她站起身来,调整了下书包带。

过了快一分钟,叶梓脸上红一阵白一阵的,想痛快骂句什么,看见他的石膏,又想到叶宸说过的话,嘴唇动了动,什么也没说。

看孟庆川没什么表示,她直接转身走了。

第二天下午,叶梓照常放学,走到校门口,看到一个熟悉的身影。

孟庆川换了件卫衣搭配牛仔裤,干净清爽。他的身形正正好,能撑起那件衣服。他在校门口很显眼,不少人都在小声讨论,这是哪里来的帅学长。

孟庆川看见叶梓,冲她招了一下手。

他来干什么?

她像没看见一样,从他身边径直走过。

孟庆川跟着她走了一段路,她一直没回头。

孟庆川伸手捞住她的胳膊:"走哪儿去?"

透过校服的衣料,他感觉到她细细的胳膊,几乎一只手就能握住。

叶梓甩开他,继续往前走。

孟庆川再拽,她又跟发疯一样甩。

她已经发过誓了,再也不要理他。

重复了几次,孟庆川叹了口气,说了句:"对不起。"

声音不大不小,叶梓正好能听见。

看她犹豫了一秒,孟庆川快步走到她面前,截住她:"听见了没。"

叶梓不耐烦地说:"没听见没听见。"

"昨天心情不好,跟你说话没注意语气。"

叶梓往前走,他就跟块膏药似的,跟在她身边。

走到一个十字路口,眼看还有五秒变红灯,叶梓想跑过去,却被人从后面扯回人行道。

孟庆川:"就这么急?"

叶梓扬起脸,认真道:"你管得着吗?"

孟庆川哼笑了一声,有些无奈:"牛脾气。"

接着他又说:"我管不着。不过我们正好顺路,那一块儿回家吧。"

等红灯的时候,叶梓忽然回头,看了一眼孟庆川,眼神奇怪。

他身上没了昨天那种沉重阴郁的情绪,整个人很放松。

孟庆川推了她一下:"看什么,绿灯了。"

叶梓快步往前走。

孟庆川小跑两步:"跟你商量个事。"

叶梓看了他一眼,眼神里带着气。

"我之前答应过你,带你回渭城。"

叶梓的嘴半张着,又合上。

看她动摇了，孟庆川说："想说什么？说吧。"

叶梓口是心非："我不去。"

孟庆川："我以为你很想去。"

叶梓嗫嚅片刻："我……"

她是很想去，可真的说要去，她又有些不知所措。

回去了，又能怎样呢？

父母去世了，不论是在渭城还是安城，她都像无根的野草，在风中飘摇着。

孟庆川又说："这周末，我带你去。"

叶梓"喊"了一声。

她不信。

高考临近，时间紧张，怎么可能挤得出时间。再说了，她消失两天，叶家另外三口人怎么可能发现不了。

孟庆川看出她的顾虑："这周末叶宸要去北京考试，你家没人。"

"你不复习了？"

空气安静了一会儿，只听孟庆川声音平静地说："一个周末而已，不影响的。"

周五晚，叶峰和梁燕带着叶宸飞去了北京，走之前，给她留了两百的伙食费。

晚上十点多，有人敲门。

叶梓一阵紧张，她关掉屋子里所有的灯，屏住呼吸贴到门上。

正要趴到猫眼上看，一个熟悉的声音响起："是我。"

叶梓长出了一口气，打开门，孟庆川站在那里。

孟庆川担心邻居听到，刻意压低了声音："明早七点在楼下等你。"

"哦。"

他往屋子里看了一眼："一个人害怕吗？"

叶梓摇摇头。

"那我走了，明天见。"

叶梓又点点头。

孟庆川难得见她乖巧的样子，轻轻笑了一声："怎么在家还戴帽子？"

叶梓一摸头，发现一直忘了摘那顶棒球帽。

"忘摘了。"

"反锁好门，早点儿睡，走了。"他用大拇指和食指捏着她的帽檐，往下轻轻一压。

十四岁正是青春萌动的年纪，她不是感觉不到，这举动实在是有些亲昵。

帽檐遮住她的眼睛，也遮住了她莫名其妙烧起来的脸。

晚上，叶梓睡不着，在床上翻来覆去"烙饼"。

其实她已经接连好几天都心神不宁了，就因为孟庆川的一句话。

她就要回渭城了。

那个魂牵梦萦的地方。

第二天一早，叶梓顶着困意下楼，哈欠连连。

孟庆川看见她这副样子，问："没睡好？"

叶梓摇头："睡得挺好的"

孟庆川无奈地笑笑。她就是这样，什么都要犟着来，眼睛都红成那样了，嘴还硬。

他领着叶梓到路边，打了辆空车，跟司机说了地址，才想起来顺口接着问："晚上睡不着想什么呢。"

"没什么。"

"回去是不是还要见你……"孟庆川顿了顿，不知该如何称呼，"你爸妈。我就不跟你上去了，到时候我订个宾馆，明天下午我们一起回就行了。"

叶梓脸僵了僵，她心想，爸妈已经不在了。

司机看到他们两个，年纪都不大，男孩大点儿，十七八岁，女孩儿怕是只有十四五岁。他有意无意地说了些车轱辘话，都是关于"读书改变命运""要听家里话"之类的。

叶梓从后视镜看了眼司机，只觉得奇怪。

…………

到了长途汽车站，孟庆川排队买票，找车，检票，一气呵成。

车站人多又杂，他还挺周到的，一路护着叶梓。叶梓呆呆地跟着他，心慌慌的，只有他特别靠得住。

真正坐上去渭城的大巴，叶梓的心更紧绷了。

要回去了。

真的要回去了。

车子发动，她开始紧张。

她其实真的很怕。她怕那间小小的房子，怕那些熟悉的家具。她怕里面还有曾经的生活气息。

司机看孟庆川手上打着石膏，特意找前排的人换了座位，让他俩坐在最前面，空间大，面前还有一块小桌板。

孟庆川背了个黑色的包，他从包两侧的网兜里拿出两盒牛奶饮料，一盒芒果味的，一盒草莓味的。

"喜欢哪个？"

叶梓指了指印着草莓的盒子。

没等他说，叶梓默默地先给芒果味的那盒扎了吸管。

车程三个多小时。

中途司机在服务区停车，放大家下去上厕所。

本以为叶梓路上会睡着，没想到她一路上都醒着。到服务区她也没下车，孟庆川下去扭了扭脖子，透过车窗，看到心事重重的叶梓。

她那颗脑袋歪歪地贴着车玻璃，有一小块皮肤被压得扁扁的。她不知在想什么，眼神茫然，没个落点。

怪可怜的。

孟庆川盯着她，心里突然冒出些念头。

乘客陆续回到车上，叶梓坐得腰疼，调整了一下坐姿。

旁边的人也回来了，他坐下，伸过一只温热的手，覆在她的左手上，轻轻握住。

叶梓的手冰冰凉凉，但软软的。

其实孟庆川握叶梓的手，并不是出于什么"歹心"，他们接触不多，他对她也没有青春期那种喜欢的感觉。

纯粹是因为看出了她的不安，想安慰她。

叶梓惊诧，闪电般地抽回了手，皱着眉看了孟庆川一眼。

孟庆川兀自笑了笑，没有再握。

重新上路。

还剩下一半的路程，司机打开车前面的小电视，放了部韩国电影。

叶梓没看过那部电影，好像是韩国人演的。小电视显示有问题，画面拉得变形了，全程看不到字幕，她也听不懂到底在说什么。

"怎么放这么老的电影。"孟庆川小声说了句。

叶梓扭头看他："你看过？"

孟庆川惊讶："你没看过？"

叶梓摇了摇头。

"《我的野蛮女友》呀，这么经典。"

叶梓还是一脸茫然。

"挺好看的，你看吧。"

叶梓没说话，津津有味地盯着那屏幕。其实不用字幕也能大致看懂这是怎样一个故事。

孟庆川没太在意，半梦半醒地眯了会儿。不知过了多久，他睁开眼，发现车上的人睡得东倒西歪。

只有叶梓依旧聚精会神地盯着小电视，嘴微微张了条缝儿。

也许是坐得太久了，她的头发有点儿毛糙。

孟庆川饶有兴趣地盯着她，即使是这样，她的眼睛依然透亮澄澈。

都没字幕，有这么吸引人吗？

他抬头看了眼，正好播到全智贤在礼堂弹钢琴的场景。

熟悉的《卡农》旋律响起，车太贤带着一枝红玫瑰走向台上。

第一个音调起，叶梓就被吸引了。

叶梓看身边人醒了，问："这是什么曲子？"

"改编的《卡农》，好听吗？"

叶梓眼睛直直地盯着电视，一直到这个片段结束，才说："好听。"

过了会儿，她又问："你会弹吗？"

孟庆川点点头。

叶梓露出羡慕的目光。

"不难的，你也可以。"孟庆川顿了顿，"回去我教你。"

看了电影，时间就过得飞快，没什么感觉，很快就到了渭城汽车站。

渭城是个小县城，汽车站也破破旧旧的，车站里面乱糟糟的，卖东西的、接人的，感觉干什么的都有。从车上下来，立刻就有几个中年妇女围过来，问他们要不要住旅馆。

叶梓很暴躁地拨开那些人的手，用方言说了几句话，那几个人转身就奔着别人去了。

孟庆川大概听懂一些，叶梓说的话里有"哎呀你们别乱碰他受伤了"。

"你知道怎么走吗？远不远？"孟庆川问。

"知道。"

"要打车吗，还是坐公交车？"

叶梓很奇怪地看了他一眼。

因为渭城县城里根本没有公交车。

渭城很小，任何地方都能步行到达，从县城一头走到另一头，只要二十来分钟。

"走一会儿就到了。"说完，叶梓看了一眼孟庆川的胳膊，"打个车也行。"

她低下头在包里翻钱，听见孟庆川的声音说："没事的，走过去吧。"

他们没带什么行李，走起来还算轻松。

叶梓多看了几眼孟庆川的黑色背包，左手打着石膏，他只能单肩背着。

他发现叶梓的目光，说了句："不重。"

刚入春，气温还不算太高。但那天是个大晴天，走了一段路，他们身上都出了一层薄汗。

孟庆川小时候经常跟着父母出去自驾游，也在一些小县城短暂停留过。渭城跟那些小县城没有任何区别，没有高楼大厦，马路也不宽，甚至没有一个像样的商场。

走着走着，孟庆川看向街对面一栋彩绘的楼。

叶梓发觉他脚步放慢，顺着他的眼神看过去，说了句："我幼儿园就在这儿上的。"

孟庆川感叹："这么巧。"

"全县就两个幼儿园。"

又过了几分钟，右手边出现一所学校。

叶梓主动说："这是我的小学。"

孟庆川说："哦。"

叶梓没得到积极的回应，觉得自己好像说得有点儿多，脸上微微变色，埋头疾走了一段路。

孟庆川赶上来："怎么又生气了？"

叶梓嘴硬："没有。"

孟庆川摇了摇头，轻笑："还说没有。"

叶梓语气略急："我说没有就没有。"

孟庆川："好吧。"

这个女孩儿其实内心挺软的。你对她好，她立刻就对你好，你稍微冷点儿，她马上就翻脸，像头不讲理的小兽。

她这副尖锐的外壳，只是为了保护自己。

走了差不多二十分钟，他们到了一栋暗红色的居民楼前。

一楼是一排门面房，开了一家小商店，门上挂了一串袋装的糖果零食。旁边还有一家药店和五金店。每家店门口都停了摩托车，这里地方小，骑摩托车和电动车更方便。

"到了吗？"孟庆川抬头看着这栋一共五层的楼房，"这里？"

叶梓点点头。

"那你上去吧。"孟庆川对她说，"来的路我都记住了，我刚看到一个宾馆，应该挺正规的，明天中午我过来等你，我们一起回去。"

叶梓瞥了一眼那些摩托车，低下头，攥着手不说话。

孟庆川歪着头看她的表情："怎么了？最晚只能中午走，下午来不及，路上要三个小时，回去天都黑了。"

叶梓扬起脸，眼里潮潮的："我不上去了。"

"啊？"孟庆川抬头看了一眼楼上，"你爸妈不在家？"

叶梓摇了摇头。

他也不知道这女孩儿摇头到底是什么意思。

"你爸妈不知道你要回来？"他尽量用柔软的语气对她说，"没关系的，就当给他们一个惊喜……"

叶梓继续摇头。

没有惊喜，不会有惊喜的，楼上根本没有人在等她。

一时间，她眼里的泪再也止不住，成股成股地往外冒。

叶梓什么都不说，孟庆川也不再追问。他搞不清状况，不得不开始安慰她。

叶梓越哭越凶，越哭越伤心。

过去这一个多月，她都是被推着走的，过得没什么实感。

站在这里的这一刻，才忽然伤心欲绝。

旧地重游，物是人非。

她还记得，就在几年前，临近春节的时候，她跟着爸妈去菜市场采购，备年货。卖鱼的那一片地上结了冰，很滑，父母不让她过去，她就在菜市场外，一家卖干货的店门前玩。

卖干货的老板认识她，跟她搭话，毕竟全县也没几个长得比她高的女孩儿。聊了一会儿，老板高兴，送了她一大包木耳。

过了十几分钟，她看到父母从菜市场里出来，把大包小包都绑在摩托车后座上，然后爸爸发动摩托，带着妈妈走了。

看到这一幕，老板说："你爸妈是不是把你忘了，快去追。"

叶梓急了，她抱着那一大袋木耳往前跑，边跑边喊"爸、妈，我在这儿"，可父母就像没听到似的。

那天街上人很多，大家都跑出来备年货。叶梓在拥挤的人群中穿梭，人人手里都拎着大包小包，她前进得很艰难。

幸好那天人很多。

卖对联的，买鞭炮的，卖砂糖橘的，都快把摊支到马路正中央了，路上也水泄不通的。摩托车的速度并不快，骑一段，他们就得停下来。

最终父母在一处斑马线停下来，那天行人根本不看红绿灯，斑马线总有人在走。

叶梓赶紧多跑了几步，总算是赶上了，她抓着摩托车后座，俯身大喘气，喉咙都要冒烟了。

父母的脸上却是惊诧："你不是在家写寒假作业吗？"

最后爸爸一拍大腿，才想起来，他们出门时也带着她。

后来每临近春节时，这件事就会被全家人拿出来，当笑话讲。

而现在他们真的把她忘在了这里，她却再也追不上了。

就当他们又一次粗心了吧。

孟庆川不知道怎么说些什么才好，他跑去商店买了两瓶水，出门时回头看了一眼，又拿了两根棒棒糖，特地挑的草莓味。

一只握着棒棒糖的手伸到面前，她正不管不顾地用袖子抹泪，刚接过来，忽然被旁边人再次握住了手。

暖流传递到她的手心，这一次，她没有甩开。

孟庆川用了一点儿力，捏了捏她的手："别哭了，我回去教你弹《卡农》。"

哄好了叶梓，他们往回走，到了一家宾馆门前。

来时孟庆川一路上都在观察，这家算是相对干净，看上去也很正规。

进门前，叶梓从包里掏出两张粉红色纸币，这是她这两天的伙食费。

孟庆川没要，进去前台要开两个房间。

前台看他们都还小，让他们叫大人一起来，孟庆川还没来得及说话，叶梓就用方言说他们就在附近住，家里停电了才出来住一晚。

孟庆川有点儿佩服她，谎话信手拈来。

前台听她的口音是本地人，两个人又不住一间房，犹豫了一会儿，还是给他们开了房间。

进了房间，叶梓躺在床上，眼泪又顺着眼角流，擦了根本没用，眼泪好像根本流不尽似的。

过了一个多小时，孟庆川来敲门。

打开门，他看到叶梓眼睛和鼻子都红通通的。

"你没事吧？"

"没事。"

叶梓回到房间里，坐在床沿上。

孟庆川跟着进去，从梳妆台下面抽出个凳子坐下。

他盯着她，她胡乱抹了把脸："看什么看。"

孟庆川犹豫了一下，问："你真的不回家了？"

"嗯。"

"行，我也不问你了，你肯定有难言之隐。"

"嗯。"

"那我们还是明天中午走吧，你早上多睡会儿。"孟庆川担心她到时候反悔，还有半天时间。

叶梓拆开一根棒棒糖，塞进嘴里，腮帮子鼓了起来。

她边吃边吸鼻子，不时还抽几下。

孟庆川也不知该不该走，随手拿了本宾馆的电话簿，翻看起来。

吃到一半，叶梓的情绪也逐渐平静下来，她忽然问孟庆川："你是不是不准备高考了？"

孟庆川怔了一下，似笑非笑地问："谁说的。"

叶梓说："你都不复习。"

孟庆川自嘲似的哼笑一声："反正已经成这样了，考不考又有什么关系。"

"你左手骨折了，又不是右手，高考还能答题，再说就算今年考不成还有明年。"

孟庆川摇头："你不懂。"

他的手腕恢复得不如预期，而且一年后还要二次手术取钢钉，今年的艺考是彻底错过了。再等一年，弹琴是否受影响，受多大影响，都是未知数。

叶梓盯着他，说："我问过叶宸了，你是钢琴班最好的学生。"

他专业课是第一，文化课也是第一，是附中钢琴班里最有实力考上中央音乐学院的人。

他无所谓地说："那又怎么样。"

"你是最好的学生，就要上最好的学校。"

说到这里，孟庆川笑笑，全然不在意似的："不提这些了。"

"你的手到底怎么弄伤的？"

孟庆川颓然转过头，站起身，准备出去："别问了，很多事你不懂。"

叶梓咔呲咔呲，咬碎了剩下的棒棒糖。

空气中忽然飘过一丝草莓的香甜。

孟庆川走到门口，手刚触碰到门把手，就听到叶梓语气认真地说了句："我没有路可走，但你不一样。

"一个梦想破灭了，还可以有新的梦想。"

孟庆川停下手上的动作，回头看叶梓。她面色平静，双眼通红，眼神让人心碎。

很难想象，这话是从一个十四岁女孩儿嘴里说出来的。

他的心莫名抽动了一下。他返回屋里，从兜里掏出一包纸巾递过去。

"擦擦。"

叶梓从里面抽了一张，擦了擦鼻子。

孟庆川看着她，觉得她跟他见过的所有女孩儿都不一样。

从小到大，他大多数时间，只跟王永璞和叶宸一起玩，接触到的女孩儿大多漂亮温柔、家境良好，还会乐器。

叶梓性格犟、脾气差，行为还奇怪，脸蛋虽然漂漂亮亮的，但她又把自己整成了一个非主流。

就这样一个倔得像头牛的女孩儿，孟庆川却总是忍不住怜惜她。

就比如，他看她想回渭城，即使自己打着石膏，也要带她坐长途车去渭城；再比如，他看到她对着钢琴发呆，就愿意带她认谱子，教她曲子。

他伸出右手，放在她头顶，温柔地揉了一下。

叶梓倔强地躲着了一下，低着头，小声说："对不起。"

孟庆川没听清她说了什么，凑近问："什么？"

"我说对不起。"叶梓声音提高了点儿，"耽误了你时间，害你白跑一趟。"

孟庆川耸耸肩："没关系。"

第二天中午，他们坐上返程大巴。

回程是另外一辆车，很奇怪，司机也放了《我的野蛮女友》，好像他们的系统里只有这一部电影似的。

车上的状况跟昨天差不多，电影算背景音，乘客都在睡觉。

叶梓又全神贯注，从头到尾看了一遍。

孟庆川哭笑不得，问她："有那么好看吗？"

叶梓乜了他一眼，视线从小电视上移开。

又不高兴了。

孟庆川这两天算是摸准了她的脾气，又用哄她的语气说："回去就教你弹《卡农》。"

女孩儿脸上立刻变成期待。

那一刻，她其实搞不清自己内心真正的期待，究竟是期待学会那首好听的曲子，还是期待有人能带着一枝花出现在她面前。

过了会儿，她想了想说："你还是先高考吧。"

回到家属院时，天还没黑，夕阳铺满了整个院子，余晖在他们周身勾出一圈淡金色的轮廓。

就这么完成了一趟她一直想却没法儿实现的旅程。

尽管没勇气踏进那个家门，她已经很知足了。

分开前，叶梓说："谢谢你。"

"谢什么。"

孟庆川觉得挺有意思，叶梓跟变了个人似的，跟他讲话又礼貌又客气。

叶梓突然问："你的手到底怎么样，多久能好？"

孟庆川顿了顿，实话实说："还有半个月拆石膏，完全康复要小半年。"

叶梓："你不要太难过了，也不要自暴自弃，今年没法儿考，还有明年呢。"

孟庆川问："你从哪儿看出我难过了？"

叶梓实话实说："我没看出来，叶宸告诉我的。"

其实也不是叶宸主动告诉她的，是她缠着叶宸问的。

孟庆川："……"

叶梓胡乱地安慰他："我知道你很厉害，叶宸每天学到那么晚，都考不了第一，但是你不一样，你当钢琴家也厉害，就算不当钢琴家，肯定能当个企业家什么的……"

她好像从来没跟谁讲过那么多话，跟孟庆川相处了几次，她特别愿意搜刮脑子里的词，跟他说好多好多话。

孟庆川被她逗笑，又揉她的绿脑袋："你这都从哪儿冒出来的奇怪想法。"

高考前那两个月，时间过得特别快。

王永璞和叶宸各通过了三所学校的考试，文化课也都过线了。

尽管手不方便，孟庆川还是答出了一个很好的成绩。

超出那年的一本线四十多分。

这对于文化课相对薄弱的艺术生来说，已经很厉害。

那年高考完，孟庆川家的气氛很凝重。

如果直接用高考分数报志愿，也能上个足够好的大学。这也意味着，他十多年的努力，就付诸东流了。

孟庆川把自己关在房间里，整整半个月的时间。他手腕恢复得不如预期，如果选择复读继续考钢琴专业，第二年的结果依然是个未知数。

暑假没结束，孟庆川就回学校复读了。

他放弃了艺术生的身份，重新备战高考。

这是个特别艰难的抉择，父母也不完全赞同。

他总是会想起在渭城小宾馆里，叶梓那个让他心碎的眼神，还有她说过的那句话。

人生还有很多条路能走。

现在他想试试看。

记忆中，那个夏天好像特别漫长，叶宸和王永璞都收到了音乐学院的录取通知书，而他只能孤军奋战。

…………

第二年，孟庆川高分考上交大，叶梓从普通初中毕业，进了一所更普通的高中。

叶梓高二的某天，孟庆川跟叶宸和王永璞语音，听说叶梓踢了李思逸的裤裆，好像踢得挺重的，还被叶峰当众扇了一个耳光。

只过了一天，叶梓放学，就在学校门口看见孟庆川。

她以为自己眼花，仔细瞧了瞧，才确定就是孟庆川。孟庆川上大学后只有寒暑假才回来，他们已经有段时间没见过了。他剪了头发，整个人清爽干净，他好像比以前更会穿衣服了，帅了不少。

叶梓那时也早就不烫染头发了，简单地扎着马尾辫，皮肤白净透亮，看着竟有几分乖巧。

她一阵欣喜，小跑着到他面前："是在等我吗？"

孟庆川"嗯"了一声。她才看清，他表情严肃，甚至像是有点儿生气。

她脸上的表情瞬间变得僵僵的："怎么了？"

孟庆川冷漠地看了她一眼，拉着她的手腕就走。

她沉默地跟在他身后，拐过一个路口，她突然开始发脾气，用力甩手，他才松开。

两个人面对面站着。

孟庆川看着她还没消肿的脸颊，先是叹了口气，过了会儿才说："你是不是疯了，叶梓。"

叶梓避开他的眼神，低头理了理袖子，明知故问："怎么了？"

孟庆川没沉住气，问："为什么要踢李思逸？"

"他欠得慌。"

"他再欠得慌，也就是嘴欠。我跟你怎么说的你都忘了吗，你是有多能耐你去教训他。"

叶梓看向别处，语气里带着些无所谓："你不是也揍过他？"

孟庆川蹙眉："我是我。你以为你有多大能耐，李思逸力气比你大多少你知不知道，你就那么往上冲？"

叶梓缓缓扬起脸，眼里带着倔劲儿："我愿意踢他就踢了，没人能管得着我，你又是谁，在这里教训我。"

孟庆川认真盯着眼前的女孩儿。

他没发现，她确实是悄悄长大了，脸庞比几年前少了些稚嫩，身形也更明显了。

孟庆川原地转了两圈，努力压着火气："我说没说过，我不在的时候，你不要理他？或者有事给我打电话，我来教训他，你就当耳旁风？你现在要做的就是好好学习，你知不知道轻重缓急？"

叶梓忍着委屈，强装硬气："你又不是我的谁，我凭什么跟你说？我以后碰见什么事都要等你来才能解决吗？"

她眼中有泪光闪过。看她委屈的样子，那一瞬间，孟庆川忽然特别后悔跟她生气，他只想好好安慰她。

他双手环抱在胸前，做了几个深呼吸，才平缓了情绪。

他转过来要摸她的脸："让我看看……"

不料，叶梓往后一闪，他没碰到她。

手僵在半空，有点儿尴尬。

"叶峰是打我耳光了，那又怎样，反正我从来没把他当爸爸，我也不觉得有什么丢人的，反正我都习惯了。我马上就十八了，考上大学我就走，我一秒钟都不想在那个破院子里待。

"你以后也不要来找我了，我不需要你居高临下教训我。"

她最终也没说为什么要踢李思逸那一脚。

说完她就跑了。

孟庆川伸手去捞，捞了个空。

她跑过斑马线，他看到她满脸都有亮晶晶的东西在闪。

那次争吵过后，他们中间也碰到过几次面，不过都是各自跟家人在一起。他们遥遥地看见了对方，但每次叶梓都扭过头，装作没看到。

他就知道，以这女孩儿的倔脾气，怎么可能主动搭理他。

孟庆川原本想，找到机会跟她道个歉，聊一聊，把之前没做完的事都做完，教她弹《卡农》，带她去想去的地方。

可时间总是对不上。他在学校时，叶梓也在上课，他放假了，她学校又在补课，一直没机会跟她单独相处，一晃又是一年多。

…………

高考完的那个暑假，叶梓一直在外面打工。她成绩一直不怎么样，家里也没人管她，没抱什么希望，她竟然破天荒地过了二本线。

报志愿时，叶梓是自己跑去网吧填的，就这么没商没量地，给自己定了个城市，北京。

收到录取通知书的第二天，她就去启程北京了。

她断掉了跟所有人的联系，孤身离开。

而孟庆川对此毫不知情。

一个普通的暑假清晨，他揉着蒙眬睡眼，拎着油条、豆浆从外面回来，正好在小区门口碰到梁燕。

梁燕脚边放了几个大纸箱，正在跟收废品的老太太算钱。

迎面碰上了，孟庆川出于礼貌，还是打了声招呼："梁阿姨。"

梁燕笑道："庆川啊，起这么早？我们家叶宸还在睡懒觉呢。"

孟庆川扯扯嘴角，敷衍笑了下，就上楼。路过时他顺便扫了一眼那些废品，发现是一些高三的教材和教辅。

一种奇怪的感觉钻进他的脑海，但他不知道到底是什么。

他回家放下早餐，又急急忙忙地跑下楼。

梁燕已经走了，只剩下卖废品的老太太在整理那几箱书。

孟庆川随手揪起一本翻了翻，翻开第一页，规规整整写着"叶梓"两个大字。

又翻了几本，都一样。

叶梓整个高中时代的书，大概都在这里了。

"小伙子，别乱动啊，这都是整好的。"

孟庆川打电话给叶宸，叶宸半梦半醒中说："叶梓？她去北京了。"

他喉咙燥燥的："她去北京干吗？"

叶宸："她报了北京的学校，拿到通知书就要去，怎么劝都劝不住，我就把我这几个月的生活费全给她了。"

孟庆川一时说不出话。

叶宸不知情地问："你怎么问起她了？"

他看着那些课本，面无表情地说："没什么，就是……好久没见过她了。"然后挂掉电话。

他又打给叶梓，手机关机。

他原本想着，来日方长，误会总能解开的。

可叶梓没给他这个机会。

她不是说说而已。

就这么不声不响地，她走了。

他蹲下身，不管不顾地在那些课本里翻腾。除了书，还翻出一些造型可爱的本子和小玩意儿。

老太太叫起来，用手势赶他："别翻乱了，走开，走开！"

孟庆川盯着那几个箱子出神："多少钱，我买了。"

最后，老太太五十块从梁燕那儿收来的书，被孟庆川花了两百块买走。

叶梓走得干干脆脆。

她不留恋这个家属院，因为在这里活得不痛快，想说的话不能说、想念的人不能念，委屈和拒绝都是拧巴的，呜呜咽咽，独自消化。

在这里，她充满了怀疑与挣扎，又恐惧自己的生活随时会发生什么巨变，日子过得冷，人也是生的。

总算辛苦长大一场，还是要图点儿什么。

踏上北上的火车时，叶梓脑中浮现出孟庆川的脸。她想起他教她弹琴的时光，还有那些争吵。好像很近，又好像很遥远。

到头来，还不是要图那些"痛"，那点"快"。

她不后悔，就算是冒失冲动，她也认了，算她活该。

没错，"活该"这个词独属于她，也概括了她过去十八年的人生：活着，就该受着。

盛夏闷热的风吹过，在她身上吹出薄汗。

他们在一个春天相遇，但春天总会过去。

车子发动的那一瞬间，她望着"安城站"几个大字，眼睛潮潮的。

她在心里默念：孟庆川，祝你以后的人生，都能春风得意。

叶梓跟 Fiona 吵了一架。

进入年尾，华哥让各个客户经理紧盯回款。

叶梓手里只有两个单项的小合同，款已经回了，工资明细发下来，却没有对应奖金。

她不知道该问谁，就跑去问了赵珺。

赵珺一听，露出见怪不怪的表情，让她去财务查一查。

不查不知道。

叶梓去财务那里拿了表格，对了一下项目情况，结果发现自己负责的合同，经办人全都签的是 Fiona 的大名。

她们两人都是客户经理，虽然 Fiona 名义上带叶梓熟悉业务，但两人跟进的合同是分开的。这就意味着，谁跟进的回款，奖金就是谁的。

而她的奖金，都发到了 Fiona 那里。

她来的时间不长，Fiona 对她什么态度，她心里门儿清。

还不都是因为孟庆川。

不带她去开会也就算了，怎么连她的奖金也要吞？

叶梓指着表格，问财务同事："这怎么回事？这两个合同都是我跟进的。"

财务同事耸耸肩："应该是你们交接上出了问题吧。"

正好那时 Fiona 也踏进财务办公室，四目相对，Fiona 有点儿心虚，眼神移开，不自然地抚了下发丝。

叶梓似笑非笑地看着 Fiona，Fiona 装作才看到叶梓："你也在啊。"

叶梓没掩饰，直接叫住她。

Fiona 声音飘飘的，语调往上扬："怎么啦？"

叶梓把表格亮在 Fiona 面前。

"回款有问题？"Fiona 拿着表格端详起来。

叶梓皱眉："这两个合同是我的，为什么上面是你的签名？"

Fiona 被叶梓戳穿，先是装作没听懂，表格拿在手上，装模作样地看了半天，"哦"了一声说："上次过来确认款项，看到这两笔款也回了，就顺便帮你签了，免得你多跑一趟。"

叶梓蹙眉，心想你倒挺会签，签的是自己的名。

她不太客气地说："这么说我还要谢谢你？"

Fiona 干笑："你想说什么？"

"这两个项目日常都是我在跟进的，下次回款不用帮我签了。"

话说得太直接，Fiona脸上有点儿挂不住。

叶梓没打算计较那些钱，就当交学费了。

她把表格还给财务同事，正准备走，就听见Fiona小声说"三百块钱也要计较"，回过头，正好看到Fiona对财务同事做着怪表情。

她心里憋了一股火，退回来跟Fiona吵了几句。

Fiona表情委屈，答非所问地辩解了几句就走了，弄得倒像叶梓无理取闹似的。

叶梓愤愤然回到工位上，不出十分钟，果不其然，就被华哥叫去办公室。

她推门进去，华哥笑着做了个手势："坐。"

华哥开门见山，先是替Fiona道了个歉，又提出了一个解决方案，让叶梓跟进Fiona手里一个单项合同，回款后算她的项目奖金。

叶梓知道那个合同。Fiona已经去催了好几次，甲方都说年前没预算了，数额比较大，也没法儿走特批。

十二月底一过，就算这钱能要回来，也没奖金了。

叶梓脸上没表情，也没说话。

朱少华觉得这女孩儿挺有意思，办事利落，也有条理，就是有点儿倔，跟同事关系处得不冷不热。

做客户口的，大多是Fiona这样的性格，能屈能伸，见什么人说什么话，有时还会利用自己的外形优势。叶梓不一样，长得漂亮，却有自己的原则，工作上的事该怎么样就怎么样。

"Fiona工作能力不错，就是……有时候爱耍点儿小手段。我已经跟她聊过了，这样吧，已经得到消息，我们马上要进个新项目。这笔款回来之后，就给你换项目。"

从华哥办公室出来，手里稀里糊涂多了个山芋，烫不烫手，还是个未知数。

叶梓在座位上咬手。

去就去，谁怕谁。就算钱要不回来，她不信孟庆川还能把她怎么着。

一冒出跟孟庆川有关的想法，她心里就怦怦乱跳，不由得又想起那天晚上他跟自己说的那些话。

叶梓听见Fiona跟几个女生凑成一堆，不知小声在说些什么。过了会儿，她听到有人提到"川总才不会给她批"，立刻又有人"嘘"。

叶梓噌地站起来，关上电脑就往外走。

方思哲问了句："怎么了？你去哪儿？"

叶梓没理他。

走到公司楼下，方思哲追出来，大老远叫她名字。

叶梓皱着眉回头，语气不大愉悦："干吗。"

方思哲边穿外套边说："我跟你一起去。"

叶梓："不用。"

方思哲："川总脾气不大好，我去了还能帮你挡一挡。"

叶梓："他脾气好不好关我什么事。"

方思哲："你忘了上次人家要开车送咱们，结果你不上车。"

叶梓怎么可能忘："没忘，我就是不想坐他的车，怎么了？"

她是去要账的，又不是去赔笑的。

方思哲露出牙齿，笑了笑："你那倔脾气，我还是看着点儿吧。"

叶梓："……"

孟庆川被集团领导临时叫了过去。

他按地址开车过去，是一家茶馆。

拨开门帘进包间，里面一个四十多岁的中年男人已经在里面了。

"张总。"

"小孟来了，坐。"

孟庆川坐在张总对面。

"最近怎么样？年底了，是不是挺忙的。"

"确实，各种事都堆到一起了。"

"你也确实辛苦。"张总看了他一眼，笑意盈盈。

不知道是什么意思。

"小孟，咱们集团有新的供应商入库，跟伍拾传媒合约到期的话，想换就换掉吧。"

孟庆川一愣，笑笑："不换了，我觉得挺好的。"

"怎么又不换了？我看你之前一直对他们印象不好。"

"合作这么久了，磨合出来了，而且他们资源比较多，换来换去也麻烦，打算接着续年框。"

张总抿了口茶："行，随你吧。如果有什么困难，可以跟我开口。"

孟庆川微微一笑："那先谢谢领导了。"

孟庆川跟张总聊了会儿有的没的，张总忽然问："小孟啊，听说准备跟旅游局搞个大活动，开始筹备了？"

"在筹备了，场地我打算放在安城和渭城之间的一个森林公园。"

张总想了想，说："这个事可能要缓一缓，放到春节后。"

孟庆川顿了下，语气平静地问："嗯？春节后还有其他安排，都是定好的。这个联合活动是春节长假的重头戏，市委宣传部和旅游局那边都挺重视的。"

"这个我知道，我知道。"张总似乎在酝酿着些什么。

孟庆川搓了搓手："年前这个时间点挺重要的，正好借这个机会，旅游局宣传城市，我们宣传古典乐。张总，毕竟我们有票房压力。"

"小孟，你先别急，你说的这些我都理解，就是……咱们内部，最近可能会有点儿变动，我今天叫你过来，也是想提前跟你透个风声。"

内部变动……

过了一会儿，门帘被掀开，又进来个人。

来者年纪看上去跟孟庆川差不多，个头挺高，面庞有棱有角，梳了个大背头，一身奢侈品牌的休闲西装，从头到脚都花了心思。

"小杨，来了。"张总站起来介绍他互相认识，"这是杨健，之前在上海做舞台剧。这是孟庆川，音乐厅的负责人。"

孟庆川一头雾水，轻轻跟对方握了握手。

杨健眼神里带了点儿傲气，露出个短暂的、礼节性的微笑。

"集团考虑把剧院独立出来，把剧场演出和乐团演出分开。"张总顿了一下，接着说，"小杨是我专门找过来的，负责剧院这边的业务，正好跟你分担票房压力。"

孟庆川轻轻眯着眼，看着眼前这只老狐狸。

现在集团只有音乐厅这一个下属公司，剧院和音乐厅的业务都是孟庆川在管理，集团这次突然插手，到底是什么目的？还有这个杨健，到底是什么来头？

孟庆川手机响了两声。他低头看了眼手机，说："张总，我这边还有点儿事。"

张总很懂地点点头："你先去忙。回头我让小杨过去，熟悉熟悉环境。"

孟庆川不动声色地应答着。

走出茶馆，孟庆川发动车子，顺手给庄鑫回了个电话："怎么了？伍拾那边来人了？"

听了会儿电话，他脸上的表情松了些，说："好，我现在回来。"

叶梓从音乐厅的财务处出来，脸垮着。

方思哲迎上去，问："不给批？"

叶梓摇了摇头。

方思哲用手拍了拍她的肩："别太在意了，他们这些流程就是很麻烦。"

叶梓说："算了，反正也没抱什么希望。"

他们离开前，庄鑫追出来，礼貌笑笑地说："川总马上就回来了，你们要不要等一会儿？"

叶梓问："他会批？"

庄鑫笑了笑："试试看呗。"

他们两人被庄鑫带到孟庆川办公室。

方思哲环视里面的装饰，感叹道："我这还是第一次来川总办公室呢。"

他看叶梓波澜不惊，挨着她坐下，说："你说，庄鑫刚才那话是什么意思？"

叶梓："我哪知道。"

方思哲："我感觉有戏，一会儿说话别太冲。"

叶梓看着方思哲，这人怎么一句话来来回回地强调，真够烦的。

过了会儿，孟庆川迈着轻快的步子回到自己办公室。

踏进去，脸上的表情僵了僵。

在会客沙发上坐着的，不只有叶梓，还有方思哲。

这小子到底怎么回事，总跟着叶梓。

方思哲正要开口，孟庆川示意他坐下："我知道，Fiona 的那个合同，对吗？"

孟庆川面无表情地说："你们催款怎么还换着来。原则上谁的项目，谁来跟进，不然今天你来，明天他来，对接混乱。"

叶梓想看他能装到什么时候，又抑制不住自己一颗心狂乱地跳。

方思哲看叶梓愣着，赶紧说："这次是我们内部安排临时变动，以后不会出现这样的问题。"

孟庆川皱着眉头想了一会儿，抬头看着方思哲："你去找庄鑫，让他发起付款流程，走特批。"

顺利得有些不可思议。

方思哲动作带着犹豫，一步三回头地走出办公室。

方思哲一走，就剩他们两人了。

孟庆川不再端着，身体放松，随意靠在办公桌上。他饶有兴趣地盯着叶梓，什么都没说。

叶梓穿了件 V 领毛衣，脖子上还能依稀看见几道抓痕。他的心揪了一下。

叶梓也不说话。这是自从孟庆川表白之后，他们第一次单独相处，她总不能自己主动提起来上次的话题，太跌份了。

孟庆川主动开口了。

跟叶梓比倔，他真的比不过。

他的下巴朝外扬了扬："伤口还疼吗？"

叶梓摇头。

"怎么又跟他一起来了？"

他用了"又"，语气里情绪明显。

"怎么就不能跟他一起来了。"

孟庆川不跟她抬杠，又问："怎么换你来了？这项目不是 Fiona 的吗？"

叶梓把 Fiona 占了她奖金的事说了一遍。

孟庆川说："我是不是早就提醒过你。"

叶梓："没有下次了。"

孟庆川："你还想有下次？"

孟庆川抬头看她，眼里有些不解。

"以后音乐厅的项目还是 Fiona 负责，我要换项目了。"叶梓说。

孟庆川没什么惊讶的，毕竟工作上的事，换项目很正常。他手里把玩着一支笔，耸耸肩表示知道了。

叶梓却酸得不行。

这人明明才那么用情至深地表白完，结果对这个消息反应又这么平淡，一点儿舍不得的感觉都没有。

孟庆川看出她情绪变化，轻挑着眉毛问："怎么了？"

"什么怎么了。"

孟庆川用笔抵着下巴，想了会儿什么，走过来，俯身歪了半头看叶梓。

一张俊俏的脸忽然凑到眼前，眼神搅得叶梓思绪乱飞。

她不自觉地往后倒，再往后，脊背已经触到沙发靠背了，没法儿动了。

"怎么又不高兴了？"

"谁不高兴了。"叶梓推了他肩膀一把。

孟庆川无奈地笑，想要摸叶梓的头，被她用胳膊拨开。

这时候，方思哲跟庄鑫回来，正好把这一幕收入眼中。

两个人在门口迟疑了一秒，对视了一眼才进来。

看孟庆川和叶梓的神态，两个人像是认识，而且关系不浅。

庄鑫一切如常，说明情况，请孟庆川签字。

方思哲表情不大自然。

叶梓用手肘撞他，用口型问"怎么了"。

方思哲看了眼孟庆川，很小声地问了句："你们两个是不是认识？"

叶梓小小地翻了个白眼，摇了摇头。

办公室就那么大，尽管方思哲用的气音，还是被孟庆川听到。他一声不响地签完字，又在线上确认流程。

确认流程的间隙，他往沙发那儿瞥了一眼。

广告公司对员工没什么着装要求，叶梓跟方思哲都穿得很休闲。

这次他的注意力在男孩儿的身上。方思哲白白净净的，穿了件墨绿色的飞行员夹克，脚上是一双限量版的球鞋，看上去比实际年龄小几岁，有点儿大男孩的感觉。

过了会儿，庄鑫过来，交代了一下他们内部流程，因为是特批，川总批过之后还要走集团流程，这个过程还需要几天。

庄鑫跟他们说："不过川总这边过了，集团那边应该也很快，我们每个月十五号是付款日，这个月十五号就能收到款项了。有问题的话我们后续再沟通。"

叶梓和方思哲起身，说了声谢谢。

时间还早，没法儿逃班，还得回公司去。

叶梓说："那我们就先回去了。"

"咔嗒"一声，孟庆川扣上笔，问了句："要送你们吗？外面挺冷的。"

几个人都愣了一愣。

方思哲看看了眼庄鑫，发现庄鑫脸上的表情很自然。

他真是佩服这哥们儿，竟然跟什么都没看到似的，用什么来形容呢？Professional（职业的）。

他又回头看叶梓，发现叶梓眼睛在看别处。

上次他们一个在车上、一个在马路上僵持着，已经让他够尴尬的了。刚才孟庆川和叶梓又是那种情形，现在他真不知道该怎么应对。

一时间，办公室的气氛有点儿诡异。

方思哲感觉又被这两个人放在火上烤了一次。

孟庆川轻笑一声，右手插进口袋，往他们几人这边走了几步，语气自然道："你们不用尴尬，我跟叶梓从小就认识。"

剩下三个人都僵了僵。

叶梓狠狠地瞪了孟庆川一眼。

这点儿眼神杀，对他造成不了什么伤害。

叶梓推了方思哲一把，不客气地说："不用送，我们自己走。"

回去的路上，方思哲脑中闪过无数想法。他不声不响地走了一会儿，扭过头看叶梓。

"想不到你挺厉害的。"

叶梓抬眸："我有什么厉害的。"

"Fiona怎么都要不回来的款，你来就管用。"

叶梓心想，你在这儿内涵谁呢，说出来的话就有点儿冲："你想说什么就直说，别在这儿阴阳怪气的。"

方思哲的脸涨得有点儿红，舌头也打结："我没别的意思，就是……那个，我意思是Fiona每次来也挺……"

"你不就想问我跟川总什么关系嘛。"

方思哲一愣，摇头又点头："不是不是，不对，确实有点儿……"

他始终带着点儿小心翼翼，看叶梓不说话，他又接着说："你要不方便说就算了。"

"谁不方便说了。"叶梓略带烦躁地说，"我跟他以前住一个院子。"

方思哲一脸没想到的样子，又转了语气："怪不得看你俩挺熟的，原来是青梅竹马。"

叶梓脸上带着点儿不情愿："也没那么熟。"

"哦。"

担心他不信，叶梓又说："他跟我哥关系好。"

说完她又后悔，画蛇添足说这些有的没的干吗。她抿着嘴唇，走得飞快。

听完这个，方思哲喜上眉梢。

他对叶梓有点儿好感，第一眼就被外形吸引的那种。只是叶梓平时说话太冲，他也还没喜欢到主动开口追的程度，最多关心关心，开个玩笑什么的。

当然，没有大胆追，也有一点儿舆论因素。他听过一些风言风语，说叶梓爱面子，浑身都是淘宝货，凑钱也要背奢侈品包。

对恋爱，方思哲还是挺现实的，虽然不愿意戴有色眼镜看人，他也挺怕碰到把自己当 ATM 的女孩儿。

方思哲家里开了本地挺有名一锅巴厂，算是有些家底，他平时喜欢搞搞游戏装备，玩玩摩托车，收藏一些限量版球鞋什么的，工作也就图个乐。

他看过叶梓入职填的表格，一直以为叶梓什么背景都没有，就是一普通家庭的孩子，没想到人家只是低调。

Fiona 以前说过，川总的父亲是个小有名气的钢琴家，跟川总从小就认识的人，想必也不是普通姑娘。

他有点儿捡到宝的感觉。

他有好多话想问，一直在脑子里组织语言。

叶梓走在前面，忽然停步。方思哲脚下没刹住，下巴磕上她的后脑勺儿。

她转过脸说："你回去可别瞎传。"

方思哲吃痛，捂着下巴摇头："不会不会。"

从音乐厅回来，叶梓就不痛快。

下班路上，她点开跟孟庆川的对话框，犹豫了好久，公交车过了四五站，才敲了几个字过去：你助理嘴巴严不严？

过了会儿，孟庆川回了个"？"。

叶梓：他不会说出去吧。

孟庆川直接把电话打了过来。

"你瞎担心什么呢。"他声音温柔地说。

叶梓嘴角向下："谁叫你擅作主张说咱俩认识的。"

"都看见了，别人又不是傻子。"

"那也不行。"

"放心吧，庄鑫嘴严着呢。"

"我不信。"八卦是人的天性，怎么可能真的跟机器一样。

孟庆川被她搞得有点儿无奈："我又没说你是我女朋友，急什么。"

叶梓语塞，脸烧得不行，羞耻和窃喜在脑中交锋。

"谁是你女朋友，脸真大。"叶梓说这话的时候，心咚咚跳得不停，又不得不硬拗出责怪的语气，"你这么一说，我回去立马传遍全公司知道吗？"

孟庆川不以为意，笑说："那也好，以后他们对你也客气点儿。"

"那别人还觉得我这笔款是因为认识你才要回来的。"

"那也是你的能耐，人脉也是重要资源，再说你不是要换项目了吗？"

叶梓愣了一下，才想起这一茬，便胡乱说："反正你以后别瞎说了。"

电话那头没声音。

叶梓追问了句："听见了没？"

孟庆川没头没脑地回了句："那你以后离那个方思哲远点儿。"

"为什么？"

"他搞媒介渠道的，追回款轮得到他吗，总跟着你乱跑什么。"

叶梓怎么听出这话里有点儿酸味。

她嘴角扬了一下，嘴上不饶人："管得着吗你。"

孟庆川无奈地笑了笑。

听着电话那头的声音，又想起他今天的样子，叶梓忽地有点儿心动。

他怎么不问自己那件事考虑得怎么样了？

他不问，她才不主动提。

听叶梓半天不说话，孟庆川问："怎么不说话了？"

公交车上传来报站的声音。

"还没到家？"

"还没到家。"叶梓说了一半，捂住嘴，"你不会又到我家楼下了吧？"

孟庆川笑说："没。"

"哦。"

是她自作多情了。

她贴着手机听了听，他那边好像环境声也不小，有点儿像她家楼下那夜市的热闹声。

她不信，又问："那你现在在哪儿？"

"我在健身房，要我现在过去？"

"不用，不用。"叶梓说。

"我这段时间会比较忙，没时间见你。"孟庆川忽然说。

"跟我说这个干吗。"她又不稀罕知道。

"等过阵子忙完了，就有时间接你下班了。"

"谁要你接，你赶紧锻炼去吧。"

挂了电话，叶梓心里空落落的。

捏着手机走到楼下，叶梓先拐去夜市打包了份炒面。

走在小区昏暗的小道上，她抬头，突然看见单元楼门洞那儿，影影绰绰地站了个人。

叶梓的心嗖地就提起来了。还说自己在健身房，明明都到这儿了。

她连走路的姿势都变得扭捏了。

走近才发现不是孟庆川，只是一个陌生男的，个头跟她差不多，没准儿还比她矮点儿，长得也不行，衣品也差。

那男的看见叶梓，眼神在她身上扫了一个来回。

叶梓送了个白眼，赶紧跑上楼。

她是有多想见他，才能把差得这么远一人看成孟庆川？

叶梓快步上楼，心里有点儿慌慌的。

楼下那陌生男人的眼神，看得她浑身不舒服。

进了门，门锁合上，屋内的温度把寒气挡在外面，让人安心不少。

叶梓一只手扶着墙，另一只手拔鞋子，拔到一半，又想起刚才跟孟庆川的那通电话，动作就自然而然愣在那儿。

徐茜听见开门声，又忽然没了响动，趿拉着拖鞋跑出来，看见叶梓，伸手在她面前打了个响指："发什么愣呢。"

叶梓抬头，傻傻笑了一下，才把另一只脚的鞋拽下来。

徐茜打量了她一番："你这是碰见什么好事了。"

"我能有什么好事。"

"还说没有，都写你脸上了。"徐茜举着杯子喝了口，"让我猜猜，肯定跟 Q7 有关。"

叶梓脱下外套，想了会儿，觉得徐茜帮她分析一下也未尝不可，便挤到徐茜身边。

不知道如何开口，她先憨憨地笑了两声。

"笑什么。"徐茜看她脸红得可疑，"你俩是不是有进展？"

叶梓也没隐瞒什么，就把孟庆川表白和下午的事说了。

"你不觉得他这样特有担当吗？"

"是吗？"叶梓皱眉思考。

"他要是一副公事公办的态度，那才叫装呢。"

叶梓抱着腿坐在沙发上："可是同事会觉得我们认识，我是在利用他行方便。"

"这算什么行方便？那笔款不是本来就应该付的吗，又没多给你钱，你倒挺会多想。"徐茜拍拍她的肩膀，"放宽心，你以前可不这样。"

叶梓想了想，也是。她转而又多问了句，她以前什么样。

徐茜列举了几项，包括但不限于，不愿意分享自己的想法、性格刚硬、凡事不会想太多。

最后，徐茜总结："反正你遇见 Q7 之后，整个人变化挺大的，变得柔软了，也容易跟人接近了。你看，谈恋爱多好。"

"我才没谈恋爱。"

徐茜笑："反正也快了。"

叶梓想说"借你吉言"，又不好意思大言不惭地讲出来，带着轻巧的步伐转回自己房间。

跟徐茜聊了会儿，才发现女孩子之间的聊天确实有趣，而她才开始享受这种乐趣。

她躺在床上，脑子里全是孟庆川在打转。

想到男人猛然凑到她眼前那一刻，心跳突然失序。

她好像是有点儿心动了，但她想象不到他们在一起之后的样子。确切地说，她想象不到自己谈恋爱的样子。

拿起手机，给孟庆川发了条消息：锻炼完了吗？

孟庆川没回。

过了会儿，她又补了条：没什么事，不用回了啊。

还是没回。

叶梓在床上翻腾了一会儿，自己给自己找借口，没准儿他在锻炼没看手机。她发过去的那两条消息就那么被晾着，有点儿尴尬。

她想起他说这段时间可能比较忙，没准儿这会儿已经忙起来了。

孟庆川在健身房待了二十多分钟就被领导一通电话叫走。

刚热完身，汗还没发出来，他还是快速去冲了个澡。出来时，头发黑漆漆湿漉漉的，衬衫西裤穿得服帖板正，整个人看起来清爽得很。衬衫袖子挽到小臂中段，手臂上搭着厚呢子外套，拎着健身包出来时，不知道有多少人伸长了脖子看。

孟庆川把健身包甩到后备厢，直接开去了领导说的那个饭局。

赶到的时候，他发现自己是最后一个到的。

集团领导层都在，还有白天在茶馆见过的杨健。他扫了一眼在座的各位，便明白这顿饭是为欢迎杨健，特意设的。

据领导介绍，杨健跟孟庆川年纪相当，在上海做过不少知名话剧，也做近些年流行的沉浸式互动剧，想法前卫，是个人才。

孟庆川眯起眼打量起来。

杨健还是白天那副打扮，只是在酒店的水晶灯之下，看着有点儿油腻显老。

杨健在饭局上确实游刃有余，敬了一圈领导，最后敬孟庆川。

酒杯相碰，杨健笑着说："本来只想在员工食堂简单吃顿饭，没想到惊动各位领导和孟兄，实在是惭愧。"

孟庆川淡淡地说："应该的，在员工食堂吃也太不像话了。"

"不不，我可早就听说了，咱们音乐厅的食堂和咖啡馆，都藏着孟兄的心思呢。"

音乐厅的食堂装修很有格调，奶咖的墙面，现代又富有设计感的吊灯，挂画和陈设都藏着心思，亮堂、大方、高雅。这些都是孟庆川的品位，甚至餐具都是孟庆川专门找人烧的。

饭吃了一半，包间里就烟雾缭绕的。

后面的一些话题，孟庆川没参与。他掏出手机，看到叶梓的消息，正要回，张总说："小孟，从下周起，小杨就正式介入剧院的工作了。他初来乍到，对这边不是很熟悉，还需要你多多支持他的工作。"

孟庆川勉强动了动嘴角。

空降兵，吃饭都是最后才通知他的。

来势汹汹，这人到底什么背景？

接下来一周，叶梓都没收到孟庆川的消息。

工作上也有了变动。

原先一直为交响乐团筹备年底的活动，莫名其妙被叫停了，大家忽然就闲了下来。

伍拾传媒的众人平时就透着懒散劲儿，逮到这种好机会，更是铆足了劲儿摸鱼。

叶梓躺在位置上，盯着工作群发呆。孟庆川在的那个群，已经整整三天没发过消息了。

方思哲滑着他的椅子过来，表情神秘："你知道咱们工作为什么突然被叫停了吗？"

叶梓摇头。

"你没听说啊？"方思哲不大相信，又提醒她，"川总没跟你说？"

"他跟我说什么。"叶梓当即拉下脸。

"我还当你们私下经常联系呢。"

叶梓给了他个白眼："跟你说了别提这事。"

"我又没跟别人提。"方思哲委屈了一秒，又说，"说正事。听说音乐厅空降了个副总，分管剧院业务。"

"所以呢？"

"音乐厅是盈利的，演出都是有票房的，原本乐团和剧院都是川总一个人管的，突然来个人切走一大块蛋糕，你说是好事还是坏事？"

叶梓用力地眨了眨眼睛。

当然是坏事，不管是谁，来切孟庆川的蛋糕，就是坏人。

没想到，第二天下午，她就见着了这个"坏人"。

华哥带着她和其他同事到音乐厅时，她才知道她的新项目就是这个。

杨健上任第一件事，就是跟所有合作方见面，从早到晚，一直到傍晚，才轮到伍拾传媒。

到他们时，众人已经等蔫了，杨健仍然神采奕奕，完全不像是连开了一天会的状态。

开会时，杨健笑眯眯的，提出的要求却很严苛——他要在三天之内，把剧院门口和沿路那些有关剧院宣传的巨幅广告都换掉，还要在一周内交上剧院业务详细的运营规划。

几乎是不可能完成的任务。

且不说设计工作量巨大，巨幅广告的打印制作周期也很长。

杨健露出个微笑："我不管你们找多少个设计师、多少家供应商，我只看结果。三天后，要看到所有广告都换掉。如果有问题，可以现在就告诉我，我换合作方。"

摸不准杨健脾性，华哥还是揽下了这些工作。

只是杨健这一句话，苦了项目组所有人。

他们突然就从摸鱼状态，变成了没日没夜加班的节奏。

叶梓联系了三家供应商，都说时间太紧，接不了这活儿，急得她一天到晚都在跟供应商吵架。

城市有规定，巨幅广告不能在白天安装，杨健又要求客户经理全程盯着，每半小时在群里汇报一次进度。

他说，客户经理要为出品负直接责任。

晚上十二点多，叶梓缩着手，盯着工人安装。过了会儿，方思哲捧了一兜暖宝宝，骑着摩托车就来了。

他自告奋勇跑来，要陪着叶梓。

"你来干吗？"

"追女孩儿嘛，总要有点儿诚意……"

风吹得呼呼的，淹没了他的声音，叶梓蹙眉问："你说什么？"

"没什么，赶紧贴暖宝宝。"

十二月的晚上，寒风刺骨。

方思哲忽然抱怨说，川总就不会这么搞。

叶梓吓了一跳，以为方思哲发现自己在想什么。

她慌慌张张地说："怎么了？"

方思哲又说，川总绝不会让大家在夜里冻着，即使需要熬夜，也会把他们内部的值班宿舍腾出一间给大家休息。

也许是夜太深了，也许是风实在太刺骨了，叶梓突然特别想孟庆川，想他似笑非笑看着她的眼神，想他暖暖的手心。

想着想着，她冷不丁打了个喷嚏。

他这些天到底去哪儿了。

这段时间，孟庆川也忙得跟陀螺似的。他被集团派去外地，做乐团运营交流讲座，每天都口干舌燥的。

很多城市的交响乐团和音乐厅，都是靠政府支持的，孟庆川接手安城音乐厅后，做了不少跨界，也拉来了可观的赞助，乐团和音乐厅开始盈利，而且票房不错。

孟庆川知道，领导派他去外地，不单单是为了交流座谈，而是为杨健大展拳脚腾出地方。

回来第一天，孟庆川从办公室出来，瞧见一行人的身影。

听庄鑫说，杨健这一周跟斗鸡似的，把剧院相关的东西换了一遍，下一步还打算重新整官网。

孟庆川不大关心杨健做了什么，他一眼从十几个人里揪出了叶梓。

这才想起这两周时间，他白天要开会，晚上要应酬，每天都疲惫不堪地回到酒店，他们聊天的次数一只手都数得清，内容也不痛不痒，干什么呢、早点儿睡之类的。

愧疚感袭来，他掏出手机，赶紧发了条：看见你了，下班等我，我送你。

没收到回复，远远见叶梓捂着嘴咳嗽了几声。

熬夜加上体力透支，叶梓病倒了。

但杨健要验收工作成果，需要项目组的所有人陪同。

孟庆川又发：感冒了？

果不其然，过了会儿，叶梓看了手机，四下找他的踪影。

她低头打字：没事不严重

连标点都没来得及打，赶紧收了手机，跟做贼似的。

孟庆川被她这副惊弓之鸟做派逗笑，无奈地打字：发烧吗？吃药了吗？请假去医院或者回去休息，别硬撑了。

消息刚发出去，一行人拐了个弯儿，往外面去了。

过了好大一会儿，才收到叶梓的消息：不碍事。

眼看着劝不动，孟庆川发了个：下班我送你回去。

想了想，他又补了个字：乖。

叶梓的脸跟熟了一样。

一个"乖"字，说得她心尖痒痒的。

她又回头，还是没看到孟庆川的人。

出神了一会儿，杨健的声音把她拉回现实："今晚还要大家辛苦一下。"

项目组的人都面如死灰。

好不容易熬了三天，大家已经准备好喘口气，没想到又是一个不眠之夜。

"我再也不说川总严苛了……"有人小声说了句。

大家从前都觉得孟庆川冷冷的，杨健来了之后，才发现孟庆川的好。

就在这时，不知谁看到了孟庆川，说了句"川总来了"。

大家齐刷刷地回头看，一个西装笔挺的男人走过来。

叶梓也看到他了，头发长长了点儿，脸好像瘦了点儿，神态清朗，步伐有力。

大家纷纷对孟庆川发出求救的眼神。

孟庆川没等到叶梓的回复，也不见这群人回来，自己追到楼下。

"杨健，忙着呢？"

"川总，你回来了。"

"刚上任就这么卖力，辛苦了。"

杨健用手来回指了一圈："这几天跟各个乙方团队互相熟悉磨合一下。这是我们的乙方，伍拾传媒的同事。"

孟庆川轻点头："已经合作几年了，都认识。"

"原来是这样。"

空气尴尬了一阵。

孟庆川问："你们这是……"

杨健面不改色道："门口这些简介和手册用太久了，我打算在一周内全部更新一下。"

孟庆川皱眉。

杨健现在指的那几块巨幅广告，是交响乐团的简介。那一张大的广告画下面，还放了有关古典乐介绍的小册子，来听音乐会的观众可以随意取阅。

明明只管剧院业务的，手这么快就伸到乐团这边了。

也不知是集团的授意，还是杨健自己的野心。

孟庆川无声地笑了笑。

他扫了眼叶梓，她脸色不大好，惨白惨白的。

孟庆川："工作量不算小。"

杨健："确实，最近大家加班加点也辛苦了。"

大家都在内心翻白眼。

"这样吧，乐团的先不更新了。"孟庆川说，"你可以先听听几场音乐会，看几场演出，再开展工作，我们内部人员看演出都是免费的。"

杨健脸上红一阵白一阵的，但很快调整过来，露出很职业的笑："应该的，应该的。"

孟庆川说："今天到六点就结束吧，大家的身体也不是铁打的，劳逸结合。"

杨健答应道："好，没问题。"

到了六点，杨健不情不愿地放他们下班。

方思哲抱着个头盔走来，兴冲冲地问叶梓："我换了新车，我送你？"

他最近好像对她特别殷勤。

叶梓浑身没劲，摆了摆手。

"那你怎么回？"

叶梓声音飖飖的，翻了个小小的白眼："打车。"

她见过方思哲的摩托车，不能说坐在上面，完全是"趴"在上面。

她都难受成这样了，再坐摩托车吹冷风，还活不活了？

下午六点天就已经黑了。

最近几天特别冷，风吹在脸上像刀子。

好不容易能准时下班，大家都忙着各自散去。

叶梓有点儿心虚，做出在路边等车的样子。在外面的人行道上兜了几圈，发现周围没有熟悉的人之后，才往停车场去。

这时，路边一辆车闪了两下大灯。

定睛一看，是孟庆川的车。

叶梓小跑了几步，拉开车门，上车。

车上空调很足，比外面暖和得多。

"在外面逛什么呢，这么冷的天。"

"担心被别人看见。"

孟庆川轻抿着嘴。

可能因为那个"乖"字发得太过突兀，两个人都不是太自然。

孟庆川看了她一会儿，她眼眸低垂，自顾自地系安全带。

车里的气氛稍稍尴尬。

看叶梓手上忙完了，他又问："这就是你的新项目？"

"嗯。"叶梓怕他误会，又补了句，"我提前也不知道。"

"听说这几天都加班到挺晚的？杨健要求不合理你们完全可以拒绝的。"

"谁让人家是至高无上的甲方爸爸。"

"以后再有这样的情况，跟我说，我出面解决。"

"哦。"

过了会儿，他说："这段时间有点儿忙，一直在外地，没回你消息。"

"没事，我也忘了。"

"没生气吧？"

"这有什么生气的。"

孟庆川盯着她的脸，她看窗外，不想跟他对视。

她其实是有点儿生气的。

她发现这人深情的时候是真让人心动，但怎么没后续了？不是说等她考虑么，现在又只字不提。过去两周，不冷不热的，她体谅他是真的忙，那今天又是怎么回事？冷不丁发个"乖"，又偃旗息鼓了，顾左右而言他。撩完就跑，太烦人了。

干吗要对她这样，欺负她没谈过恋爱吗？

看着外面的街景，心里突然生出些委屈来。

她没忍住，咳嗽了两声。

孟庆川皱着眉问："感冒多久了？"

"也就这一两天。"叶梓说完话，又用力清了清嗓子。

孟庆川不说话了，叶梓刚要看他，突然伸过来一只手，覆在她脑门儿上。

孟庆川并没用力，她却像被钉在副驾上一样，动弹不得。

他又在自己额头上试了试温度，没发烧。

还是放心不下，孟庆川摁了手刹按钮："去医院看看。"

"不去，谁感冒去医院。"

"感觉有点儿严重。"

"嗯，我吃药了。"

"吃的什么药，我看看。"

叶梓在包里摸索了一阵，拿出来一板胶囊。

吃得只剩三颗了。

孟庆川拿在手里，翻来覆去地看："吃了有用吗？感觉好点儿没？"

"应该有用吧，消炎药不都一样。"叶梓心不在焉地说。

车子开始缓缓移动。

孟庆川说："去医院化验一下。"

"不去，我回家就行。"

她不喜欢医院，每次进医院都莫名地紧张。再说了，感冒无论吃不吃药，都要扛一周。

"化验一下好对症下药。"孟庆川没刚才那么有耐心了，"没准儿吃错药了。"

"你才吃错药了。"

孟庆川苦笑："又怎么了？"

往前走了一段路，叶梓说："到了医院我也不会进去。"

车子在夜幕下飞驰，许久，才听身旁人开口："听话。"

孟庆川找了最近的一家医院，门诊已经下班了，只留了几个值班医生。

挂了号，他推着叶梓进诊室坐下。

医生是个中年男人，让她张嘴："啊——"

她受不了压舌片，啊了一半，嗓子眼又痛又恶心，舌头忍不住翘起来，干呕了两声。

医生不满地"啧"了一声："又不是小孩儿了……"

叶梓飞过去一记眼神刀。

孟庆川轻扶着她的头："用舌头抵着下颚，放松点儿。"

她照做，果然没刚才那么难受了。

"溃疡长到嗓子眼了。"医生笔下写写画画，开了化验单，"化验一下炎症。"

孟庆川跑上跑下缴费，带她去抽血。

晚上出结果要慢一些。

叶梓在等候区的椅子上等。等候区挂了个电视，没开声音，在无声播放着医院的宣传片。

呼吸困难，她咽了下口水。

喉咙一阵肿痛。

孟庆川出去了一会儿，回来时，手里拿了个保温杯，还拎了个塑料袋。

他在她身边坐下，盯着她喝了半杯水，又从塑料袋里掏出个梨。

"哪儿来的？"

"门口有个小超市。"

她乖乖吃了个梨，享受着他的周到。

靠着医院坚硬的椅子，她突然有点儿犯困。

恍惚间，头变得特别重，余光里有个厚实的肩膀，她一直没去靠。

旁边不声不响地伸过来一只手，扳着她的脑袋，摁到自己肩膀上。

叶梓靠着坚实的肩膀，脑子开始胡思乱想。

或许是生病让人脆弱，或许是真的太难受了，又或许是孟庆川按下不表的态度让她委屈。她脑子里像过电影一样，把他们之间的事回忆了一遍。

想着想着，眼泪跟开了闸似的，顺着眼角往下淌。

过了好大一会儿，孟庆川才感觉到肩头的异样。

他本以为叶梓已经睡着了，一直不敢动，斜眼看了看。

只看到半张脸，挂着水珠忽闪的睫毛，还有洇湿了的衣料。

伸手摸了摸，湿湿的一片。

他捧起她的脸，勾着手指给她擦泪。

叶梓倔强地别过脸去。

"怎么了？"孟庆川强行把她的脸扳正，面向自己。

四目相对。

"你耍我。"叶梓说。

"我没有耍你。"

"你都不好好回我微信。"

他刮了刮她的鼻子，语气认真："我错了。"

"你看不起我。"

"我怎么会看不起你？"

"你觉得我买名牌包。"叶梓撇着嘴，表情委屈，用力把眼泪往回憋，"我没有买，我哪有钱买。"

像是要把所有委屈都倒出来似的。

整个脸皱皱巴巴的，却是她的真心话。

都多久的事了，她还记着。

尖锐的外壳下，有颗比谁都容易受伤的心。

孟庆川是真喜欢她，从少年时代开始就喜欢，只是他有时不知道要怎么了解她、靠近她。

他想要这样真实的她，让他比任何时候都能看清她这个人。没有任何东西包裹伪装，想说什么就说什么。

他摩挲着她的脸："我给你买。"

她还在赌气："我不要。"

孟庆川哭笑不得，他怎么会瞧不上她，他一直忘不了她。

他拢着她窄窄的肩，慢慢把她拉进怀里，直到她的脸紧紧贴住他的胸膛。

叶梓的耳朵摩擦着他的上衣，烫得不行。

一对心跳都乱了。

医院等候区空无一人，两个人正贴得近，身体正滚烫，感觉下一秒就要发生点什么，孟庆川的手机响了。

气氛被破坏了大半。

叶梓想坐直身体，却被孟庆川用了点儿力，摁在了自己怀里。

她心安理得地靠在他身上，电话那头的说话声也能一阵一阵地传进她耳朵里。

对方说有个临时会议，需要孟庆川赶紧过去。

孟庆川皱着眉看了眼时间，声音不大地说："我这会儿不太方便，语音参会可以吗？"

正要接着听对方的回答，叶梓自己的手机也响了。

她低头一看，是叶宸打来的。

她还没站起来，孟庆川就轻拍了她的肩膀，自己起身，迈着步往走廊那边去了。

她愣愣地往他的方向望了一眼。他什么都没说，却处处是对她的照顾。

叶梓接起电话，还没来得及说"喂"，就听到叶宸自顾自地说："我快到你楼下了，你准备下楼拿东西。"

叶梓警惕："你来我楼下干吗？"

"我路过啊，顺便给你带点儿东西。"叶宸听出她声音不对劲，"你声音怎么了？生病了？"

"有点儿感冒。"

"怎么又感冒了，前不久不是刚感冒过吗？"

为什么要用"又"？叶梓语气不大客气："我什么时候感冒过。"

叶梓是真不记得自己什么时候还感冒过。

"你刚回来的时候。"

想起来了。

回安城的第一天，她被大雨淋感冒了。

"行了行了，那都多久的事了。你带什么东西？"

"学校发了张蛋糕卡，还有一些水果，我正好离你不远，给你送过来，一会儿就到。"

"我不在家。"

电话那边的人愣了一秒："还没下班？"

叶梓不情愿地说："嗯。"

正好孟庆川打完电话，走回来，用口型对她说了点儿什么。

她一心没法儿二用，看不出那口型，便捂着手机，小声问了句："什么？"

孟庆川扬下巴："谁啊？"

叶梓："叶宸。"

孟庆川："什么事？"

叶梓没回答他，自作主张地拿起手机，开始编谎："我工作上还有事，你别来了。"

叶宸问："叶梓，你跟谁在一起？"

"我没跟谁在一起啊。"

孟庆川无奈地笑笑，拿过手机说："是我，我跟叶梓在区中医院。"

听到孟庆川的声音，叶宸愣了一会儿，才说："我就知道她自己不可能去医院。"

孟庆川和叶宸讲了一会儿电话，他回头看叶梓，乖乖坐在椅子上，蔫巴巴的，时不时咳两声，再小口啜保温杯里的水。

又可怜又可爱的。

孟庆川走回来，手机还给她："跟你哥说好了，一会儿他来接你。还挺巧的。"

叶梓的情绪突然低落，一言不发。

他本来想线上参会，集团大领导都在，像是有什么紧急事要做决策，他也不能不去。

他说："叶宸估计二十多分钟就到了。"

叶梓："哦，那你走吧。"

就在这时，医生对他俩说："化验结果出来了，过来一下。"

晚上人少，不用他们自己拿单子。

进了诊室，医生正凝神看她的化验单，余光看见人影，头也不抬地问："刚才你说自己吃药了，吃的什么药？"

叶梓声音蔫蔫的："阿莫西林。"

医生眯眼，不大高兴。

"药不对症，以后别瞎吃了。"医生快速在处方单上写了几笔，"去药房取药，取了再回来，我跟你说怎么吃。"

叶梓要起身，医生抬眼说了句："你就别动了，让你男朋友去。"

孟庆川拿着处方出去了。

叶梓心乱如麻。

医生不太熟练地在系统里输入着些什么，时不时地教训她几句，让她别乱吃药。

隔了一会儿，孟庆川手上拿了些药盒进来，看起来还不少。

"口服的这两种药，一天三次。"医生用笔在药盒上写了几笔，又拿起最小的那个药盒，"这个是喷的，是缓解你喉咙里那个溃疡的，这个药不用定时定量，你难受了就喷一喷。"

孟庆川帮叶梓把东西都收好，也不知他什么时候又去了一趟车上，手里多了个纸袋，保温杯、梨还有那些药，全都装在里面。

回到等候区，孟庆川拆开最小的盒子，一个小小的塑料瓶，带了根长管。他看着小字，研究了一会儿，转头跟叶梓说："要不现在喷上吧？"

"不要。"

他追着她的眼睛，她躲开。

"那就回去让你室友帮忙喷吧。"

"你不是开会吗，快走吧。"

"你在这儿等，叶宸应该快到了。他没来你别出去，外面风大。"

"知道了。"

他用手替她整理几缕遮住眼睛的头发，说："等我今晚忙完……"

说到一半，他又觉得有点儿唐突，也不知道什么时候能忙完，连忙改了口："明天下班有什么安排？"

叶梓随口说了句："不知道。谁知道那个杨健会整什么幺蛾子，没准儿又要加班。"

"如果还难受，就请假在家休息。"

叶梓没吭声。

孟庆川也不急着走，就等她开口。

过了会儿，她才说："还有工作没弄完。"

孟庆川想了想："什么工作也没身体重要。"

"行了行了，你走吧。"叶梓看着别处。

"明天再联系，下班我接你。"

"不耽误你去健身房吗？"

孟庆川被噎得没话。虽然他生活自律，可遇到跟叶梓相关的事，他本来的日常计划都是靠边站的。

叶梓："你赶紧走吧。"

孟庆川不大放心的样子，还要说什么，又把话咽了回去。

他又回头看了一眼，才匆匆推开出去的玻璃门。

孟庆川刚离开不到五分钟，叶宸就来了。他脚下有些慌张，进来才发现根本没人。看到叶梓，他也先伸手触她的额头。

她提前拨开他的手，语气有些凶："没发烧。"

"药都带齐了？"

"齐了。"

"走。"

叶宸帮她拎袋子，顺便张开纸袋的提手，往里面看了一眼。

除了药，和一些水果，还有一个不算陌生的保温杯。

而这个杯子之前一直在孟庆川车上。

叶宸没说什么。

两个人走到车旁，他拉开后排的车门。

叶梓本来有些奇怪，但也没说什么，上了车才发现，副驾上坐了个女人。

叶宸帮叶梓关上车门，从车后绕了半圈，前排的女人转过来半张脸，跟叶梓说："你好。"

叶梓看不清她的脸，只象征性地点了点头。

"感冒严重吗？"

"不严重。"

女人说："这个季节，确实容易生病……"

这时叶宸上车，笑道："你们说什么呢？"

女人回答："随便聊聊。"

一路上，叶梓都托腮望着车窗外。路灯在一盏一盏后退，她昏昏沉沉的，却一直没睡着。

她看了看四周，心想，可能是因为叶宸这车坐着没有孟庆川的车舒服。

叶宸跟女人偶尔说一两句话，每次说完，他都会从后视镜里看一眼叶梓。

叶梓裹着衣服，一副防备的姿态，愁容满面。她完全没听前排两人的聊天内容，满脑子都是跟孟庆川抱在一起的画面。

如果没有那通电话，他是不是就会说点儿什么？她不切实际地想着。

过了会儿，车子停在小区门口。

叶梓拎着自己的纸袋下车，叶宸和女人在后备厢翻腾些什么东西。

她呆呆地等在路边，叶宸和女人过来了，两个人，两只手提得满满当当。

在路灯下，叶梓终于看清女人的脸，有点儿熟悉，但她现在被喉咙引起的痛觉困扰着，一时想不起在究竟在哪里见过。

叶宸空出一只手锁车，一边说："我们送你上去。"

不是说就一张蛋糕卡和水果什么的，怎么这么多啊。

看叶梓有些不情愿，叶宸又说："我们刚路过超市，又买了些菜和零食，你们下班早的话，可以自己在家做饭吃，别总点外卖。"

叶梓盯着那些东西发愁。

要是从前，她大可以晾着叶宸，一走了之，只是现在她有些说不出口。

并不是因为有其他人在场，是因为她好像变了，变得……柔软了？

"叶梓不愿意就算了，要不让室友下来帮忙……"女人开口想对策。

叶梓眨了眨眼睛，忽然说："算了，上去吧。"

叶宸好像被惊到了，愣了片刻，才想起迈步子。

叶梓在前面带路，走几步，回过头来问："重不重？"

叶宸也不知他这妹妹究竟是怎么了，态度居然转变这么大。他赶紧说："不重不重，不用管我们。"

楼道不宽，他们三人前后走着。上到二楼的楼梯拐角处，叶梓正好跟下面的女人对上视线。

电光石火，她认出了对方。

曾经在孟庆川办公室见过，那个音乐学院的舞蹈老师。那时女人衣着妆容都素雅，远没有现在明艳。

她不是孟庆川的相亲对象吗？怎么跟叶宸在一起？

想了太多，叶梓恍了个神，差点儿多走了半层楼。她退回来，掏出钥匙：

"你们先等一下。"

开门探头，她看见徐茜正躺在床上刷手机。看徐茜衣服穿得好好的，她便说："你在啊。"

徐茜懒懒地回了句："你感冒怎么加重了？"

"我哥来了，我让他们进来了。"

徐茜噌地从床上弹起来，赶紧照镜子，整理头发，同时庆幸没提前卸妆换睡衣。

手忙脚乱一番，看到进门的是一男一女时，她脸上露出点儿失望的表情，又伸着脖子往门外溜了一眼。

叶梓关上门，捂着嘴咳了两声："后边没人了，看什么呢。"

叶宸放下手里的东西，先跟徐茜打了声招呼："又见面了。"

徐茜勉强地笑了笑。

无措地站了一会儿，叶宸想起点什么："对了，还没介绍，这是相蕊。"

没错，就是这个名字。

他又接着说："我同事，也是我女朋友。"

相蕊温柔地笑了笑，并没有提起跟叶梓之前见过。

叶宸来这一趟，就像哆啦A梦，不停从口袋里掏各种东西出来，还把需要保鲜的肉菜和水果挑出来，跟相蕊一起放进冰箱，整理好。

走之前，他又嘱咐叶梓要按时吃药，多喝水，冬天要多穿点儿……

叶梓皱眉："你怎么这么啰唆。"

叶宸笑笑："职业病。"

他似乎还想说点儿别的，最终什么都没说。

叶宸前脚刚走，徐茜就立刻遵哥嘱，要帮叶梓喷药。

她打开小药瓶，随口问道："那个王永璞怎么没来？"

话音落，一团褐色的液体正好喷在溃疡上。

位置太接近喉咙，叶梓猛烈地咳嗽了几下。

等平静下来，她猛灌了几口水，回答道："不知道。你怎么老问他？"

"没什么，就是好奇。"徐茜举着小药瓶，"喝了那么多水，药都冲掉了，再给你喷一次。"

叶梓张大嘴，想了想，觉得好像哪儿不对劲。

今晚怎么这么多费脑子的事？偏偏在她脑子不太好使的时候冒出来。

她又闭上嘴，盯着徐茜："你不会喜欢王永璞吧？"

不然为什么总打听他？

"没有，瞎说什么，我跟他又不认识，随口问问而已，你这么较真干吗。"徐茜摆弄药瓶的动作突然笨拙起来，手上抠错了地方，不小心喷了一点儿在了她自己裤子上，"张嘴张嘴。"

答案显而易见，叶梓当下却无心追问。

人的感情真的很复杂，她不知道徐茜心动的时间点。

就像她也不知道自己心动的时间点。

夜深了，病毒一点点消磨她的意志，她又忍不住伤春悲秋。她有点儿后悔在医院时，用糟糕的情绪面对孟庆川。

想得多，就睡不着。

她一面喉咙又干又痛，一面心思又多，只能不停穿梭在客厅和卫生间之间。

水喝多了，就一直跑厕所。

折腾到晚上十二点多，她从卫生间出来时，听到徐茜很轻地叫了她一声。

她揉了揉眼睛，才判断出徐茜所站的位置。

"你还没睡？"她轻声问。

徐茜说楼下站了个人，已经很久了。

"谁啊？"

"不知道，前几天楼下有个猥琐男，在楼下连站了好几天，路过的时候一直盯着我，吓死了。"

叶梓也想起上次那个男人，她还把那人错认成了孟庆川。

孟庆川……

两个人趴在窗台上偷偷看了会儿，叶梓发现那一身衣服，还有站姿，好像有点儿熟悉。

双眼适应了黑暗的环境，就渐渐能看清一些东西。

比如楼下那个人。

她赶紧回房拿手机，发了条消息：你在我楼下？

没等来回信，孟庆川直接打电话回过来了。

叶梓接起来，有点儿紧张。

"还没睡？"

"嗯。"

"感冒好点儿没？"

"可能好点儿了……我不知道。"

"我开完会了。"

"哦。"

"这会儿上去可能不太方便。你感冒了，也别下来了。"

那他跑来干吗？

叶梓隔着玻璃看楼下那个人影。

"在医院走得太急，话还没说完，还是觉得，应该过来一趟。"

叶梓用力握手机，心跳得飞快。

"你怎么知道我没睡？"

"我不知道。"孟庆川轻笑一声，"碰运气。"

"骗子。"叶梓说。

"没你会骗。"

"呸，滚吧。"

电话两头沉默了一阵。

"我说给你买包，你不要。"孟庆川顿了一顿，"那你要什么？"

在冷空气里，他的声音沉沉的、干干的。

有点儿小性感。

"什么都不要。"

孟庆川重复问了几遍，又催促她："快点儿，挺冷的。"

叶梓不说话了。

隔了不知道多久，她听见孟庆川的声音说："那你要跟我谈恋爱吗？"

呼吸一滞。

孟庆川仰起头，凝视着她房间的窗户："要不要？"

冷白的月光，照着他黑漆漆的眸子。

尽管她知道自己这里一片漆黑，外面的人什么都看不到，她还是被盯得想躲。

他又问："到底要怎样，你才肯承认喜欢我？"

在寒冬的夜晚，她的心跳得好像全世界都听得见。

她紧张地咽了下口水，喉咙的疼痛在提醒她，这一切都是真的。

叶梓撇着嘴："是你逼我答应的。"

第七章
年少·旧梦

叶梓虽然嘴硬，但那话一出口，两人之间总算有东西落定了。

突然间确定了关系，两个人都不知道说点儿什么。

叶梓趴在窗台上，定定地盯着那人影，也不知底下的那人到底能不能看见她。

"你看得见我吗？"她在窗户上挥了挥手。

"能。"电话里孟庆川声音坚定。

"骗人。"

孟庆川也朝她挥手。

还真看得见。

孟庆川："嗓子还疼吗？"

叶梓："刚不是问过了嘛。"

孟庆川轻声笑："忘了。"

他是紧张的。

纵然见过再多大场面，在问出叶梓那句话时，他还是紧张了。

第一次表白，紧张是正常的。他安慰自己。

叶梓："年纪大了，该吃药了。"

孟庆川："是，年纪大了，需要你。"

叶梓的脸唰地就红了，喉咙好像比刚才还要燥得慌。

喝了一晚上的水，算是白喝了。

两个人都没经验，好像有很多话说，好像当下又都想不到要说什么。这次通话中间出现了好几次大段的空白，他们都紧紧攥着手机，互相对望着，最后以傻笑结束。

都说恋爱的人智商都不会太高，这就开始了？

孟庆川说："有点儿想见你。"

叶梓轻声说："要不你上来？下面怪冷的。"

孟庆川："不太方便，你室友都睡了吧。"

叶梓回头看了眼，徐茜门缝里透出一丝暗光。

想了想，她还是说："那我下来吧。"

"太冷了。"

叶梓生气："不是说你想见我吗？那你要我怎么办？"

停了一会儿，孟庆川说："多穿点儿，别着急。"

叶梓冲回房间，从衣柜里找出件厚羽绒服，又扯了条围巾。穿戴好，她又跑去洗手间照了照镜子。

她的脸可以用"惨不忍睹"来形容，整张脸没什么血色，头发乱糟糟的，好在还没变油。

喝了那么多水，嘴唇还是干的，上下唇各翘起一层嘴皮，她试着扯了扯，疼得眼泪都出来了。

万一一会儿孟庆川要亲她，会被扎到吧……她忍不住舔了下嘴唇。

在门口换鞋的时候，徐茜听见响动，隔着房门问："叶梓，是你吗？"

"是我，我出去一下。"

"这么晚了，你去哪儿？"

"……我哥有东西忘记给我了，我下楼拿一下。"叶梓拉好羽绒服的拉链，"一会儿就回来。"

拎着一串钥匙，她蹦蹦跳跳地下了楼。

她跳下最后一级台阶，一头撞进男人的怀里。

孟庆川没站在原地，跑到单元门洞口迎接她。

他用手指刮她的脸颊："慢点儿。"

叶梓的声音还是粗粗的、飖飖的，心里想的是怕他等，说出来又变成："不是开会去了吗，跑回来干吗？"

孟庆川："有些事没说清，必须回来。"

叶梓"喊"了一声。

她还要继续往外走，孟庆川说："就在这儿吧，外面有风。"

叶梓抬眸看他："你没开车？"

孟庆川抿着嘴，一副被噎住的表情："忘了。"

就这么一会儿，他智商掉线几回了。

叶梓其实也是出门时才想到他应该是开车来的。毕竟徐茜天天"Q7""Q7"地叫，总算没白叫。

"自己叫 Q7，连自己有车都不记得。"

"我叫什么？"

叶梓失色："没什么。"

孟庆川无奈，没想到自己在她们那儿落了个这代号，一时间觉得有点儿好笑。

他拉过叶梓的手，两个人一起往外走。

走了几步，叶梓"哎呀"一声，停下来："忘带手机了。"

"上去拿？"

"算了，也不用手机。"

人都在眼前了，要什么手机。

孟庆川重新握上她的手。她的手没多少肉，手指长长的，骨节也明显，可为什么捏起来还是软绵绵的？

带叶梓去渭城的时候，他们也短暂地拉过手。那时握她的手，跟现在握她的手，完全是两种感觉。

那时更多是怜惜，是愧疚，不像现在，热血都要冲上脑了。

路过窗户正下方，叶梓抬头看了眼客厅窗户。

冷白月光打在上面，窗帘没拉严实，露出一条缝儿。

还真能看见。

车子就在路边的车位上停着。

冬天没人愿意坐在外面吃，夜市也早早都收摊了。

夜深人静。

孟庆川架在驾驶位的车门边上，思考了一会儿，说："坐后面吧。"

前排中间有东西挡着，不方便。

两个人一左一右钻进后排，挨着坐下。

叶梓坐到个软乎乎的东西，伸手摸了摸。孟庆川从她腿下面抽出一张小毯子，给她盖在腿上，裹得严严实实，像穿了条及脚踝的裙子。

腿上立刻就暖暖的。

"干吗，又不冷。"叶梓左看看，右看看。

"从办公室拿的。"孟庆川帮她把边边角角掖好。

做完这些，好像该进入正题了。

孟庆川注视她的眼，潮潮的。橘黄的路灯匀了些颜色在她脸上，暖暖的、乖乖的。他捧着她的脸，指尖滚烫。

"看什么看。"叶梓被他充满情欲的眼神击败，毫无力量地说了句硬话。

"你好看。"

他的手指插，进她头发里，心尖的位置像是有股火苗，忽明忽暗，一跳一跳的，又好像随时会猛烈地烧起来。

脸离得越来越近，湿热的呼吸喷在彼此脸上，叶梓忽然低头，不好意思地说："小心传染给你。"

"没关系。"

人都到手了，就算一起感冒又如何。这么晚，又这么远跑过来，就是要把在医院没说的话说完、没做的事做完。

他扣着她的后脑勺亲过来，温热的气息覆盖住她的嘴唇。

又湿，又热，又软。

两颗心脏贴在一起，隔着厚厚的衣料也能感受到彼此狂乱的心跳。

孟庆川的攻势太猛烈，叶梓本就没什么力气，节节后退，后背快贴到车门，又被他拢回来。

从来没吻过，却一吻就上瘾，难分难解。

吻得她有点儿分不清现在的时间点了。

闭上眼，时间倒回到十几岁。

她回想起自己的少女时代，好像没有一件值得开心的事。同班女生在跟男生传字条开始接触暧昧时，她的生活发生了巨变。

养父母突然去世，又被不熟悉的亲生父母接到安城，那时她还太小，什么都改变不了。周围的人对她充满了恶意的揣测，她不相信他们，也看不起他们。

还好这些人里，有一个孟庆川。尽管他嘴上对她没什么耐心，但他是唯一真心对她的人。

那时她心动过吗？

青春萌动的年纪，她确实不切实际地幻想过，幻想他们进一步会是怎样的。但她不习惯跟任何人有亲密接触，自然只停留在想象阶段。

那时他还是院子里比她大四岁的哥哥，是校园里最受欢迎的大男孩。她那些心思，都只是痴心妄想。后来她果决地去了北京，这些想象就彻底被打碎了。

而现在，一切都真实得不像话。

这算是实现年少的梦了吗？

孟庆川的手心划过她后颈皮肤，又往下探了探，那种灼热的感觉弄得她浑身发软、心痒心慌。

只可惜，一心慌，就气短。

自从身体有症状，她都摆出一副无所谓的态度，反正吃不吃药，去不去医院，都差不多。

浑身难受了这好几天，此刻她最最厌恶感冒这个东西，也后悔没早点儿去医院。

害得她气短。

亲得天旋地转，氛围热烈，她却要做那个扫兴的，每隔一会儿就喘不过气，不得不跟孟庆川分开，呼吸几口空气。

孟庆川不怪她，担心弄得她难受了，在她唇上啄一下、啄一下的，好像不会腻似的，又亲了好多次。

…………

不知过了多久，两人抱在一起，叶梓的下巴搭在孟庆川肩窝里，像只猫。

孟庆川用手给她梳头发，饶有兴趣地观察她。那么坚硬的一个人，现在又这么柔软。

叶梓微微调整了一下姿势，说："叶宸的后排没你的车坐着舒服。"

"嗯？"孟庆川敏锐地察觉到重点，"怎么让你坐后排？"

"他副驾上有人。"叶梓坐直身体，眼神扫过他的脸，"你的那个相亲对象。"

"哦。"他表情淡定。

"他说那是他女朋友。"

"嗯，我知道。"

叶梓手指玩着他的衣领："你们怎么这么乱。"

孟庆川哭笑不得："什么就乱了。"

"真叫他截和了？"她没想到自己一语成谶。

"不算截和，人家两个也是有缘分。"

"好吧。"

孟庆川追着她的眼："不高兴了？"

"没有，你不都解释过了。"说完，叶梓低头玩手。

孟庆川："那怎么不看我？"

叶梓故意扭头："你有什么好看的。"

孟庆川掐着她的脸，又亲了一下："浑身上下最硬的就是你这张嘴。"

叶梓本想接他的话反驳，又觉得会变成荤话，只能自顾自地沉默着。

孟庆川掏出手机，看了眼时间，已经接近深夜两点。

他抚了抚她的头发，说："不早了，我送你上去。"

叶梓默默掀开腿上的小毯子。

两个人走到楼下，叶梓突然问："杨健是不是来切你蛋糕的？"

孟庆川没料到这个问题，语调往上一扬："嗯？"

随即明白过来，他点点头："是。"

叶梓的情绪又忽然低落了一点儿。

她有点儿自责，因为她现在正在为杨健工作。

孟庆川好像知道她在想什么，安慰她说："你不用多想，工作该做就做，毕竟只是日常工作，还没涉及什么。"

"他有没有在背后搞你？"

"暂时还没有。"孟庆川想了想，认真回答，"未来不知道。"

"那你怎么办？"

"努力守住我的蛋糕。"

孟庆川语气坚定，好像胜券在握。

其实他还没想好对策。

今晚早些时候，他被叫去开会，集团领导话里话外都有另外的意思，想把音乐厅和大剧院拆分开来，变成两个同等级的分公司。

这样一来，他不仅会丢掉手里的剧院业务，杨健还会跟他平起平坐。

尽管领导再三强调只是初步的想法，集团高层还都在考量，同时也要听他的意见。

孟庆川暗笑。

杨健空降来时，并没有人问他的意见。

他摩挲着叶梓的手，心想，不能再按兵不动了。

第二天早上，叶梓在闹钟响之前就醒了，意外地，一点儿困意也没有。

喉咙还是有点儿痛，但比前一晚好多了。

起床洗漱，她照了照镜子，嘴唇上的干皮也无影无踪。想起前一晚在车里，那湿软又绵长的吻，她的脸腾地就红了。

这就是谈恋爱的感觉吗？挺耽误事的，毕竟从起床到现在，她脑子里还没空想别的。

正刷牙，她听见徐茜打着哈欠出来。

徐茜公司没有打卡制度，平时这个时候是不会起的。

"你昨晚几点回来的？"徐茜半睁着眼，扒在卫生间的门框上。

牙刷猛地戳到溃疡的位置，疼得叶梓吸了口冷气。

她随口说没看时间。

"应该挺晚的，我睡着了的时候一点多了，你还没回来。"

漱完口，她让徐茜帮忙喷药。

"张嘴。"徐茜掰着她的下巴。

"溃疡小点儿没？"她问。

"嗯，小了一半。"徐茜仔细看了看，"这药挺有效果，一晚上就小了那么多。"

也许不全是药的功劳。

徐茜打开小药瓶的盖子，扶着她的下巴，漫不经心地问："昨晚不是你哥来找你吧？"

叶梓被药刺激到了喉咙，猛烈地呛了几口。

咳嗽半分钟，她反问："你怎么知道？"

徐茜笑笑："你哥怎么可能扔下女朋友，大半夜跑过来。"

叶梓挠挠头，好像是。

"再说了，你跟你哥也没那么多话说。"

前一晚两个人都要分开了，又忍不住说了会儿话，没看时间，不小心又到深夜两点多。

孟庆川送她到家门口，进门前，又摁着她的头亲了几口。

她低头掏钥匙，孟庆川四下看了看这老旧的门和墙皮都脱落的楼道，沉思了一会儿，什么都没说。

走之前，他又叮嘱她早晨起来如果太难受，就请个假。

"知道了，都说了几遍了。"

孟庆川摸摸她的脸，无奈地笑笑。

他哪里是拿她无可奈何，明明就是放纵她罢了。

"是 Q7 吧？"徐茜的声音把她的思绪拉回来。

"嗯。"

"有什么事要大半夜过来说。"徐茜扬着嘴角问，脸上挂笑。

"就……"

"表白？"

"嗯。"叶梓脸微微红。

"你答应没？"

叶梓点点头。

"我说什么来着。"徐茜喝了口水，"恭喜啊。"

叶梓没经历过这些，也不知怎么回应。

徐茜也没见过她这样娇羞的表情，忍不住逗她："晚上回来聊聊细节。"

叶梓看了眼时间："我要迟到了。"

"跑什么啊。"徐茜笑道。

"行，晚上回来再聊，还有你跟王永璞的事。"

"聊他干吗，没影的事。"

叶梓出门，埋头往公交站赶，手机在口袋里嗡嗡响个不停。

谁啊？一大早给人打电话。

她来不及看，皱着眉头，在人群中往前涌。

瞅准时机一脚跨上车，刷了卡，走到车厢后面站定。她掏出手机，发现是孟庆川给她打了个微信语音。

她回过去："干吗？"

"你跑那么快干吗？"

"嗯？"

"看你左边。"

正好是红灯，叶梓换了个方向站，看见公交车旁边停着辆眼熟的灰色车。

叶梓从小区出来时，孟庆川冲她闪了闪灯，她没看见。主城区里不能鸣笛，孟庆川又下车喊她的名字，结果叫她也叫不住。

孟庆川扶着车门苦笑，十年了，她还是跑得一溜烟地快。

叶梓惊诧："你来接我了？"

"嗯。"他就知道她会上班。

"你才睡了几个小时啊，不困吗？"

"还好，有点儿想见你。"

叶梓心里一软。

"那怎么办，我下站下车？"她伸着脖子看。孟庆川的车停在公交车的斜前方，她只能勉勉强强看到一个头的轮廓。孟庆川连剪影都这么利落好看。

"算了，我没法儿走公交车道，车也挺多的，未必能赶得上，再弄得你迟到了。"孟庆川想了想说，"下午来接你下班，晚上没事吧？"

叶梓："杨健不安排临时加班的话，就没有。"

孟庆川："行，下班等着我，可别再跑了。"

叶梓："知道了。"

叶梓从来没觉得工作日的一天这么难熬过。

下了班，她在办公室焦急地等着，看着楼下被风吹得摇摆的树枝，心里有种"名花有草"的骄傲。

她不屑跟别人分享，但等待一个人的暖意在心底钻出来，恣意生长。

孟庆川没让她等太久，刚下班二十多分钟，电话就打进来了

他言语简短："下楼。"

几分钟后，孟庆川看见叶梓跟方思哲一起从写字楼里出来，两人说了几句话，方思哲抱着头盔走了。

上车，孟庆川先问："按时吃药了吗？"

"吃了。"叶梓抬眼，"你没感冒吧。"

"免疫力哪有那么差。"孟庆川笑笑，"你刚跟别人一起出来的？没看清。"

叶梓低头系安全带，随口答："方思哲，他天天骑摩托车上下班。"

"哦。"孟庆川沉沉地回应了一句。

叶梓没听出他气压变低，又说："他那摩托车要二十多万呢，工作可能纯粹为了找点儿事做吧。"

孟庆川做了个深呼吸："走吧。"

"去哪儿？"

"到了你就知道了，很近。"

叶梓对第一次约会期待了一番，结果孟庆川先带她去附近吃了顿饭，又开车十来分钟，进了安城音乐厅的停车场。

叶梓问："来这儿干吗？"

"我要加会儿班。"孟庆川熄掉车子的火。

孟庆川捏着她的脸，亲了几下，她打他的手，他另一只手控制住她的双手，又亲了几下才放过她。

之后他若无其事地下车。

叶梓跟在他身后。

走进熟悉的大厅，孟庆川带着她朝一条没走过的通道进去。

通道里没有灯，一片漆黑，他们的脚步声在黑暗中格外清晰。

叶梓心里突然擂鼓，不知道要被带向哪里。

拐了几个弯儿，他们停下来。

"啪嗒"一声，孟庆川按了个不知哪儿的开关，头顶的射灯亮了起来。

眼前是一扇门，门是双开的，看上去很厚重，上面还有软包，有点儿像电影院那种。

"在这儿加班？"

"嗯。"

孟庆川推开门，里面仍然是一片黑。

"拉着我的手。"孟庆川说。

叶梓抓着他的手，继续往前走了一段，又踏了几阶台阶。

"你在这儿别动，我去开灯。"孟庆川轻声说。

他的手滑走，叶梓在原地站着。

过了快十分钟，还不见孟庆川回来，周围也没有任何声音，只有一些遥远的，冰冷的开关门声，甚至分不清那是真是假。

她开始觉得冷。

"孟庆川。"她叫他的名字。

四周好像很空旷。

"孟庆川！"她声音变得有些急促。

"在呢。"孟庆川温柔地说。

他的声音好像离她很远，又好像很近。

突然间，毫无防备地，她头顶上亮起一束白光，打在她面前不远处。

她这才看清，自己在站一个舞台上，底下有观众席，光打下来的地方，放着一架三角钢琴。

她怯怯地上前挪了几步，正好走进那束追光里。

孟庆川从后面一个小房间里出来，拍了拍手，额头上还有一层薄汗。

"一个灯光搞了半天。"他轻轻呼了口气，"昨天他们演出完，我让乐务的人留在这儿的。"

她才知道他说的加班是骗她的。

他从她身后推着她，坐在钢琴前："试着弹弹。"

她从不说自己有多渴望它，但眼神骗不了人。

十年前第一次见面是这样，现在还是这样。

他知道她喜欢钢琴，也有天赋，只是命运跟她开了个玩笑，她没机会像家属院其他孩子一样，从小就有机会。

两人并排坐在琴凳上。

"现在会弹的曲子还有吗？"

叶梓双手放在琴键上，轻轻敲了几个音符。

整个厅都是回响着钢琴声，吓了她一跳。

贝多芬的《G大调小奏鸣曲》，也叫《浪漫曲》。

第一个音符响起，孟庆川的心颤了一下。

钢琴入门曲目，他曾经教给她的。

这首曲子大多是学钢琴不久的小朋友弹的。

一开始还比较顺畅，弹到一半，就有些断断续续，记不清后面的音符了，她大概觉得不好意思，停了下来。她回头，发现孟庆川认真地盯着她，那眼神深深的、亮亮的。

"看我干吗？看得我都不会弹了。"

孟庆川用手指刮她的脸颊："弹得挺好的。"

"嗯，你教我的。"

"还记得？"

那是她那些日子里为数不多美好的回忆，她当然记得。

可那段时间，也是孟庆川人生最灰暗的日子。

她担心会勾起他不好的记忆，含含糊糊地说："记不太清了。"

过了会儿，孟庆川跑去控制台，把灯光调成一点一点的，像许多星星。

他弹了她一直想学的《卡农》。

音符会说话一般，慢慢流淌。

她痴痴地盯着他。他手指修长，鼻梁高挺，轮廓英俊。他认真的时候，特别迷人。

在循环往复的旋律中，她好像又回到了那辆开往渭城的大巴车上，小电视里播放着没有字幕的《我的野蛮女友》，少年带着少女，奔赴一场未知的旅程。

夜晚沉静，她已经很久经历过没有这种感动。

从音乐厅出来后，叶梓看上去心情很好。

"喜欢吗？"

叶梓点点头。

孟庆川："喜欢以后还带你来。"

两人上车坐定，孟庆川手指在方向盘上敲击了一会儿，问："你之前说，你室友是被外派过来的？"

"嗯。"

"在这边多久？"

"一年半。"叶梓随口回答，"问这个干吗？"

孟庆川接着问："到时间她就回北京了？"

"对。"听到"北京"两个字，叶梓顿了下，迟疑道，"那时你真的到北京找过我？"

孟庆川平静地回答："嗯，去之前跟叶宸旁敲侧击打听了好久，他也不知道你在哪儿。"

"哦。"叶梓愣愣的，眼底划过一抹黯然的光。

叶梓离开安城去北京的那几年，是他们都不愿意提起的几年。

孟庆川跟他从小规划的人生轨迹渐行渐远，叶梓独自漂泊他乡，受尽委屈，吃尽苦头。

孟庆川一直以为是他们那次的争吵，叶梓才去北京的。碰到这个话题，叶梓不愿意说，他自然也不强迫她。

叶梓抬眸："你刚想问什么来着？"

"你们那房子租了多久？"

"押一付三。"叶梓低头划拉手机，"你不说我都忘了，马上要交下个季度的房租了。"

孟庆川挠了挠后颈，满脑子都是老旧的门和墙皮都脱落的楼道。

"你现在住的那小区挺老的，也不太安全。"

叶梓停下手上的动作，转头看他。

"你要不要，我是说……你考不考虑搬出来住？"

"搬出来？"叶梓一愣，"什么意思？"

孟庆川看着挡风玻璃："换个离公司近点儿，环境和安保都好点儿的小区。"

"那么多人在里面住着，也没见出什么事。"

"嗯，我也就是个建议。"孟庆川发动车子。

一路上，车里氛围不大热烈。

叶梓偷偷看了孟庆川几眼，他的表情都淡淡的，看不出什么情绪。

快到的时候，她突然冒出来一句："我要是搬走了，留徐茜一个人也不太好。再说其他地方太贵了，我们自己注意点儿就行。"

孟庆川笑笑："知道了。"

叶梓语气不大愉悦地说："我反正有多大能耐租多少钱的房子。"

孟庆川扫她一眼，也不知她瞎想了什么。

下车前，孟庆川无意说了句："那个音乐会应该马上能办了。"

叶梓停下开门动作，手撑着车门问："哪个音乐？"

"在森林公园那个。"

都过去好久了，她差点儿忘了。

"不是不做了吗？"

"正在跟集团申请，应该快恢复了。"

"哦。"

孟庆川轻描淡写地说："那个森林公园离渭城近，你要是想回去，也方便。"

叶梓心头一动，又扯了下嘴角："现在是 Fiona 的项目，又不是我的了。"

"我想想办法。"

"太麻烦就算了，反正我也不想跟 Fiona 一起工作。"

叶梓说完，推开车门准备走。

"叶梓。"孟庆川叫住她。

她回头。

"过来。"

她愣一下，身子又正回来。

他看着她干净的脸庞，有点儿想吻她，又看她表情淡淡的，只伸手捏了捏，说："晚上早点儿睡。"

"知道了。"叶梓笑了一下，下车了。

孟庆川目送她进了单元门洞，脑子里想了很多。

他先是想起来叶梓跟方思哲一起下楼的场景，莫名有些不爽，又有点儿后悔提起让她搬家的事，本来今晚一切都进展挺顺利的，气氛一下子又卡在那儿，急转直下了。

上楼时，叶梓回想孟庆川那些话，还有他的表情，怎么都觉得不对劲儿，一进门就全跟徐茜倒出来了。

八卦真的是拉近人与人距离的产物，过去两年，她跟徐茜的友情在这段时间内迅速变得密切。

徐茜似笑非笑地看着她："你是真不懂还是装不懂。"

"怎么说？"

"他说那话意思肯定是让你去跟他住啊。"

是这意思？叶梓觉得不大可能，才在一起第一天，就问这个，她自认为孟庆川不是这样轻浮的人。

"应该不是，他又没直说。"

"说到那个份儿上了，你还拒绝，让人家怎么往下说。"

叶梓挠挠耳垂，是这样吗？她没谈过恋爱，她也不懂，正常情侣之间的进度该是什么样。

"这有什么，男女朋友之间，很正常。"徐茜问她，"你也不可能永远跟我住，我回北京了你怎么办？"

叶梓被噎住。

"我自己再找个一居室的。"

"你现在还能拿我当挡箭牌，我走了，他怎么舍得你在外面租房子。"徐茜问，"他自己有房子吗？"

"我不知道。"

徐茜干笑："连这都不知道，你俩扯了这么久都扯了些什么。"

"没来得及问，那我下回问问？"

"你矜持点儿，这次都拒绝了，下次又上赶着问，不大好。"

叶梓似懂非懂。

"小东西魅力挺大，把 Q7 迷得不要不要的。"徐茜笑，顺手拍了一下叶梓的屁股。

叶梓一个趔趄，尴尬地笑了一下："别瞎说。"

"你俩今天干吗去了？"

叶梓如实说了。

徐茜挑眉："他还挺会搞浪漫，我以为你们会有那方面的进展。"

都是平常的话，却说得叶梓脸红。

"才一天，急什么。"

"行，说得好像你吃过见过似的。"

那么绝的一男人，她才不信叶梓不急。

过了会儿，叶梓取了浴巾要洗澡。

徐茜又冷不丁地说："其实也不算快，你俩认识这么多年了。"

叶梓的脸唰地红了："什么不算快。"

认识这么久，徐茜还从没发现叶梓这么爱脸红。

"水到渠成，干柴烈火……你自己体验就知道了。"

"你体验过？"

徐茜叹了口气："我倒是想体验，没人带我啊。"

话赶话说到这里，叶梓想起了王永璞。

两人对上眼神，徐茜起身就走："我知道你要说什么，打住打住。"

"你跟王永璞怎么回事，聊聊呗。"

"就是我单恋，人家没准儿早都忘了我是谁。"徐茜推着叶梓进卫生间，"行了行了，都成年了，爱情没那么重要，你也别替我担心，我会自我消解的，睡一觉也许就不喜欢了。"

洗澡时，鬼使神差地，叶梓擦掉镜子上的雾气，观察自己的身体。

除了腿细细长长之外，整个人干干瘦瘦的，胸部不算小，但也仅限于能看出点儿弧线来，前不凸后不翘，好像没什么性感的本钱。

她没感情经验，但不代表对男女之事什么都不懂。

看着镜中的身体，她想起今天孟庆川坏笑着说的那些荤话，又想到之前拥抱时，孟庆川的坚实的肩膀和手臂，脑子里不由自主地想象了些画面。

正想着，徐茜从外面敲了敲卫生间的门："你手机响了两次了。"

叶梓吓了一大跳，赶紧擦干自己，裹上睡衣就跑回房间了，灰溜溜的，跟干了什么见不得人的事似的。

划开手机，显示孟庆川打了一次语音通话、一次电话。

她把手机放在床上，拨过去，两只手抖头发。

不到一秒，那头就接了。

叶梓惊讶于他接得那么快："刚才在洗澡。你到家了？"

"嗯，到了。"孟庆川说，"这周我都没时间接你上班了，明天要出个差，当天去当天回。后天早上要去集团那边聊点儿事情。"

"早上那么堵，不用送我了。"

"嗯。"

叶梓觉得过意不去，两人分开时，她态度不大好，于是语气变软了点儿，找话题："你明天去哪儿出差？"

"苏州。"

"就你一个人？"

"还有庄鑫和乐团指挥。"

"哦，那明天见不到了。"

停了一会儿，孟庆川问："想我吗？"

"就一天有什么好想的。"

尽管已经亲过了抱过了，她还不习惯说一些肉麻的话。

还有网上那些甜丝丝的称谓，什么宝贝、老公，她也叫不出口。

孟庆川也不跟她硬碰硬，又简单聊了几句，嘱咐她早点儿睡，睡前记得吃药，就挂了电话。

孟庆川从苏州回来的航班延误了。

从晚上九点多延误到十二点多，到了十二点多又说飞不了，拉着两车人去了机场酒店。

到酒店房间，他给叶梓发了条消息，叶梓说在加班。

他打电话过去："怎么还在加班？"

"杨健说春节期间要做'戏剧季'。"叶梓压低了声音说。

孟庆川人不在，杨健就开始薅着乙方加班。

他在的那个工作群里静悄悄的，杨健又拉了好几个没他的群。当然，这些都是叶梓告诉他的。

"我还不知道这事。"

"我就知道他想一出是一出，每天想法都在变，现在还没定好演出剧目，就拉着我们做方案、做筹备，完全是在内耗。为了分你的蛋糕还真是不择手段。"叶梓气鼓鼓地说了句，"我今天跟你们管儿童剧的品牌经理吵了一架。神经病，以为有杨健撑腰我就怕她？我就不做。"

孟庆川暗笑，叶梓其实天生聪明，这点在工作中体现得很清楚。预判精准，及时对客户做预期控制，都做得很好，也很专业。只是做他们这行，Fiona 那种性格的人更受欢迎，她这种脾气自然吃不开。

她这倔脾气也挺好，不让自己吃亏。

"消消气。"他站在酒店窗边，"不是不做吗，怎么还在加班？"

"现在加班做的都是推不掉的，明天要交个片子。"叶梓叹气。

"一会儿怎么回去？"

"这么晚只能打车了。"

只要不坐方思哲那小子的摩托车就行。

"注意安全，上车后给我发车牌号。"

叶梓问："你不睡觉了？"

他说："一定要发。"

第二天一落地，孟庆川就去了集团总部。

从前除了汇报工作，这是一个他几乎不会来的地方。

效率低、内斗严重，他不大喜欢来这地方，他就守着自己音乐厅那一亩三分地，钻研、经营。

自从杨健出现后，很多事不由他，得天天往这儿跑。

走到主任办公室门前，他敲了敲门。

"成主任。"

"小孟来了。"主任知道是他，热情地说，"快进来。"

主任是个五十岁出头的男人，戴着方框眼镜，祥和儒雅。

他沉沉地盯着眼前帅气的青年。

成主任是参与音乐厅改组，成立子公司运营的第一批老人。

他了解孟庆川，附中钢琴班当年最优秀的学生，却年少失意。对古典乐专业熟悉、热爱，思想开放前卫，有商业运营的头脑，敢在舞台上呈现更年轻的表演，自然是最适合接手新音乐厅的人选。

主任看他眼底带了点儿青色，给他倒了一杯水，摁着他坐在沙发上："没睡好？"

"从机场直接过来的。"孟庆川说。

"辛苦了啊。"成主任拍了拍他的肩膀。

"主任，我过来是想跟您聊聊……"

"我知道，音乐厅和剧院的事，对吧？"

孟庆川点点头。

"你这些年，从做乐团，再到跟政府合作、集团投资、成立子公司，一点点儿做出名堂，每一步我都是看着过来的，确实不容易。"成主任顿了下，接着说，"因为你本身弹钢琴，对古典乐更偏爱一些，所以对乐团业务更上心。但是这几年，看话剧、舞剧、音乐剧的人也多了，集团的考虑我相信你也能理解，把乐团和剧院业务分开，也能发展得更好。"

"我理解。这也是我未来几年的规划方向，以前的情况，乐团、剧院两手抓的话，很可能两手都落空。"

"我明白。"

"主任，既然乐团做出了成绩，我也有信心可以扛起剧院业务，我当然也需要专项人才来一起做这个事。只是我没有得到任何通知，集团直接空降了个杨健来，一来就大刀阔斧搞面子工程，现在又要直接分成两个公司，我不明白是杨健的能力确实出众，还是……"孟庆川笑了笑。

"我当然相信你有这个能力！"成主任叹了口气，"领导层现在有两种声音，我一个人说不上话。杨健是张总推荐的，你也知道。"

孟庆川点点头。

成主任抱着双臂沉思。

办公室里安静下来。

成主任的眼神透过镜片上方传递过来："杨健进来是张总亲自走的流程，听说简历丰富精彩，但我们都没有看过。"

孟庆川猛地抬眸，跟成主任对上视线……

半小时后，孟庆川走出集团大楼，给王永璞打了个电话："你是不是有同学是中戏毕业的，帮我查个人。"

王永璞听孟庆川说了一会儿，大概了解了是什么事，一口答应下来。

他坏笑道："正好中午了，你请我吃顿饭，咱们细聊？"

孟庆川："没空，饭攒着，人你先给我查着。"

王永璞："你干吗去？"

"出差给女朋友带了礼物，现在给她送过去。"

孟庆川恋爱了？王永璞的好奇心一下子被勾了起来，追问了几句。

"你跟谁谈恋爱？小叶子？"王永璞语气急切，"什么时候的事？"

"还得跟你报备？"

"作为你最好的兄弟，我总得知道细节吧。"王永璞继续逼问，"中午没时间，晚上呢？晚上一起吃饭呗。"

不顾王永璞的疑问，孟庆川问："你什么时候能给我答复？"

"最快得两三天吧。"

"那就两三天后再吃。"孟庆川说完就要挂电话。

王永璞叫喊着："你可别套路我。"

孟庆川："我怎么就套路你了？"

王永璞："在哪儿吃？现在就定下来。"

孟庆川没犹豫："我一会儿问问叶梓，看她想吃什么。"

王永璞还没反应过来，孟庆川就把电话给挂了。

刚过十二点，公司的人三三两两地下楼吃午饭。

叶梓趴在桌子上，无意识地刷着视频网站，刷一会儿就退到微信界面，生怕错过孟庆川的消息。

前一晚孟庆川说飞机延误了，早上才飞，她一早上都在等他落地的消息，一直没等到。

"吃饭去？"方思哲在她面前打了个响指。

她锁上手机屏幕："不吃，不吃。"

"怎么啦？感冒还没好？"

"差不多了。"叶梓不冷不热地说。

方思哲埋头在抽屉里翻了一下，扔给她两包阿华田。

"冲点儿热的喝，能舒服点儿。"

叶梓："阿华田治感冒？没听说过。"

方思哲："虽然不治感冒，但吃了能舒服点儿嘛。"

叶梓："省了吧。"

"那你想吃什么喝什么，我下楼给你带。"

"不要。"叶梓不知道方思哲今天怎么莫名其妙的。

方思哲扯了扯她的袖子："你今天怎么了，没精打采的。感冒了更要好好吃饭。"

"你今天怎么这么烦。"叶梓坐直身子，不客气地说。

方思哲习惯了她的说话方式，笑了笑："关心你嘛。"

"你还是别关心我了。"她换了个方向趴着，继续等消息。

过了会儿，叶梓手机振动一下。她跳起来，直接往外面走。

按电梯的时候，方思哲从公司玻璃门里跟出来，用口型说"等等我"。

叶梓赶紧钻进电梯，摁了好几下"关"的按钮。

从写字楼里出来，她远远看见一个高挑笔直的身影。

虽然只一天没见，但她确实有些想他。

往孟庆川的方向走了几步，她又板起脸。明明可以下飞机就发消息的，害她担心了一早上。

走近才看见他眼底淡淡的青色，她那点儿不高兴一下子就消散了，只剩下心疼。

她问："怎么没回去休息？"

孟庆川伸手捏她的脸，反问她："怎么不高兴？"

"没有。"

"板着个脸，还说没有。"

"谁让你下了飞机也不跟我说一声。"

孟庆川带着歉意笑了笑："太忙了，下次不会忘了。"

站了会儿，叶梓问："吃饭了吗？"

孟庆川摇摇头。

叶梓说："一起吃。"

孟庆川轻轻揽她的肩："这附近你比较熟，你来定吧。"

附近大多是卖快餐的小饭馆，这个时间点，店内都挤得满满当当。叶梓不想跟其他人挤，带孟庆川多走了一段路，找了一家湘菜馆。

坐下点完菜，两个人面对面地坐着。

孟庆川看着叶梓，尽管他脸上很疲惫，还是漫着笑意。

叶梓问："昨晚没睡觉吗，黑眼圈这么重？"

孟庆川揉了揉太阳穴："去酒店耽误了好久，早上起得早，没睡几个小时，下飞机直接去集团找成主任了。"

"那你还来找我。"

"想见你了。"

叶梓脸上发烫，嘴上还在硬："就一天而已……"

孟庆川看着她，语调上扬："你不想我？"

叶梓："不想。"

孟庆川："我怎么觉得你挺想的。"

叶梓："才没有。"

孟庆川知道她的脾性，从来不轻易表露心里真实的想法。

他没说什么，只是笑笑，掌心摊开："手机拿来。"

叶梓嘴上问"干吗"，手上乖乖地把手机递过去。

她心想，这人干什么总是不直接说，神神秘秘的。

孟庆川拿着两部手机边划边说："对了，过几天要跟王永璞吃个饭。"

"哦，你去呗。"

"我们聊个事，你要一起吗？"

她说："我跟他没什么聊的，他满嘴跑火车。"

孟庆川笑笑："我们聊工作上的事，你不用管他。"

叶梓耸耸肩，表示可以，反正都认识。

孟庆川："顺便带他认识一下我女朋友。"

叶梓："……"

叶梓伸着脖子："怎么这么久，你可别偷看我的聊天记录。"

孟庆川说："没兴趣。"

叶梓伸手去抢，孟庆川顺势把手机还给她，说："弄好了，看看吧。"

什么弄好了？

手机翻转过来，叶梓发现屏幕停留在地图界面。

孟庆川把两人的手机设置了关联，在一张地图上，能同时看到两个人的手机位置。

这会儿，两个人的手机圆点正重合在一起。

"以后就能随时看到我在哪儿。"

叶梓把地图放大又缩小，又新奇，又满意。

盯着她看了一会儿，孟庆川语气认真，叫了声："叶梓。"

叶梓抬眸。

之前关于搬家的事情还没说清说透，他总觉得两个人之间有些隔膜和不愉快。

看他的表情，叶梓就猜到他要说什么，又低下头。

"看我一眼。"

叶梓专心玩筷子，问："怎么了？"

"叶梓，如果我说了让你不高兴的话，或者做了让你不高兴的事，你不要憋着，要跟我说。"

他们两人都知道是什么事。

叶梓点头："嗯，知道了。"

孟庆川耐心地盯着她。

"看我干吗？现在又没有。"

"真的？"

叶梓笑了一下："嗯。"

服务员上了菜，又端来两碗米饭。

孟庆川从前一晚开始就没吃什么东西，饿得厉害，埋头扒了几口菜。

叶梓心不在焉地往嘴里送米粒，眼睛溜着孟庆川，心里不知道做了多少斗争。

对面的人一碗饭都快吃完了，叶梓碗里的饭跟没动似的。

她冷不丁地问："你现在在哪儿住？"

孟庆川答："湖城大境，离单位不远。"

听名字就挺高端的一小区。

又过了一会儿，她盯着餐厅某一处，没头没脑地说："我想等徐茜回北京再说。"

孟庆川的筷子停了一下，明白她在说什么，嘴角往上扬了扬。

原来是在想这个，他心里的结纾解了一些。

看他在笑，叶梓补充解释道："她在这里没亲戚没朋友的，我跟她住一起，帮衬帮衬。"

孟庆川点点头，叫服务员，添了一碗米饭。

他看着她，忍不住笑意，心里划过微波。

她的脸庞干净，眼里永远有那么一股劲儿，有时是委屈，有时是强硬，有时是强装镇定。可不管里面装的是什么，只要让他撞上，就只有心软、心动。

这么多年过去了，她仍然有一种神奇的吸引力，让他心甘情愿地为她做任何事。

吃完饭，就接近下午上班时间了。叶梓下午活儿多，要按时赶回去。结了账，他们就紧赶慢赶地往回走。

孟庆川送她回去，还没到楼下，他忽然说："等我一下。"

孟庆川掏出车钥匙："给你带了礼物。"

叶梓眉毛一动，语气迷茫："礼物？"

她很少收到礼物，自然也没有过期待。

听孟庆川这么说，她还没什么感觉。

孟庆川说："出差的时候看到的，顺手买了。"

他打开副驾那边的车门，座位上放了一个大盒子，盒子上面还摞了个纸袋。

"这么大？"叶梓看了一眼盒子，盒子里是苏式点心。

孟庆川："下班过来接你，点心顺便给你送回家里。"

说完，他把上面的纸袋递给叶梓："这个拿得动。"

叶梓接过纸袋，张开，里面有个方形的盒子，一个扁扁的盒子。

"什么东西啊？"

"上去再看。"

他轻轻握了一下她的手，用下巴蹭了蹭她的头发："快去吧。"

叶梓浑身麻酥酥的。

她承认自己特别想孟庆川，也特别想跟他多抱一抱，亲一亲，可就是不知道怎么主动。

她还没学会怎么做女朋友。

在电梯里，她忍不住拆开那纸盒子。

里面是一个CD机。

CD机？虽然样子特别精致，但这东西确实不是现在常用的。

再打开扁扁的盒子，里面是一张《我的野蛮女友》原声碟。

孟庆川出差行程紧张，只途经了机场、高铁站和那边的音乐厅，想好好逛一逛，挑礼物都没时间。

那边音乐厅周围也是相关产业，琴行、唱片店连了一排。孟庆川习惯性去每家逛了逛，逛到最后一家店，发现了那张唱片。

老板也是有点儿情怀，店里有个顶天立地的架子，放着成千上万张唱片，有很多是绝版的。店里不光卖唱片，还卖CD机，复古的，精致的，各种各样的都有。

孟庆川觉得运气不错，正好将两样都收入囊中。

晚上，叶梓躺在床上，手里举着那张CD，指尖在塑封包装上抚摸着，翻来覆去地看。

又想听，又舍不得拆包装。

还有那个小巧的CD机，沉甸甸的，摸起来特别有质感。

叶梓把它摆在桌子上。

房东留的桌子很旧，CD机又特别新，精致漂亮，搭配起来有种反差感，有点儿滑稽。

叶梓的生活一直很简单，什么摆件啊玩偶啊，女孩子喜欢的小玩意儿，她都没有。

想起来，她以前也是喜欢过那些东西的，只是高考过后，梁燕把她所有的东西都当废品卖了。

从那以后，她好像不再对这些小玩意儿有执念。

后来她在外漂泊，没有自己的家，小玩意儿多了，搬家会很麻烦。她索性什么也不买了。

第一次收到男朋友送的礼物，叶梓上班时总是忍不住，时不时地拨开纸袋看一眼。

一次又一次，一下午不知道看了多少次。

洗漱完，她先打开手机定位，屏幕上代表孟庆川的那个小圆点，正在他家所在的小区里。

她盯着看了好久。

孟庆川跟叶梓吃完午饭就去了单位，但人不是铁打的，出差连轴转，睡眠不足，他实在打不起精神。

孟庆川四点多给叶梓发了消息，就回家补眠了。

叶梓看了眼时间，晚上九点多了。

孟庆川一直没联系她，该不会还没睡醒吧？

她给孟庆川发了条消息：不能再睡了。

过了会儿，孟庆川直接回了个电话过来。

他的声音带着点儿刚睡醒的沙哑。

"还在睡？"

"没有，刚醒。"孟庆川清了清嗓子，"你到家了？"

"嗯，已经躺上床了。"

"CD 听了吗？"

"还没有。"

"喜欢吗？"

"还行。"

其实她喜欢得不得了。

有好多好多理由。

因为很少收礼物，因为喜欢那部电影，因为喜欢那部电影里的音乐……

再往深想想，是因为那部电影是跟孟庆川一起看的，钢琴是孟庆川教的，最重要的是，这些礼物是他送的。

其实他带不带礼物，她一点儿也不在意。

她知道孟庆川的航班和行程，安排得特别紧，根本没有多余的时间。

可现在有人惦记着她，这感觉确实是不一样。

"嘴硬得不行。"孟庆川停顿了一下，又问一次，"喜欢吗？"

"喜欢。"叶梓轻轻地说，"谢谢。"

"你喜欢就好。"

跟叶梓打完电话，孟庆川站在窗前，看着外面的万家灯火。

这一觉睡得沉稳，整个人总算是找回了精神。

他拉伸了一下脖子和背，身体被唤醒了一点儿。

这才抽出时间看手机消息。

失联几个小时，未读消息堆成了山。

成主任的，庄鑫的，王永璞的，还有企业微信上几个需要审批的提醒。

他先点开成主任的对话框。

成主任打了两次微信语音，他都没接。

最后，成主任发来消息说，旅游局的领导下午专门到集团去了一趟，一定要搞那个音乐会，集团已经决定，把春节期间的重点工作放在音乐厅这边。

孟庆川嘴角一弯，回了个"明白，谢谢领导"，又线上审批了几条申请，就把手机扔在沙发上了。

　　这时候，门口传来门禁提醒声。

　　孟庆川看了眼玄关处的小屏幕，王永璞的卷毛大脸正贴着摄像头，对着通话口说："给我开下电梯，我上不来。"

　　不是说过两天吃饭嘛，这人怎么这么快就来了？

　　孟庆川自己住的这套房子坐落在一个高档小区，一百五十平方米的面积，电梯入户，外来的人要经过主人验证才能上电梯。

　　孟庆川不紧不慢地按了解锁，顺便提前把门打开，虚掩着，给王永璞留着门。

　　"磨蹭什么呢，电话不接、信息不回的，再找不到你人就要报警了。"过了会儿，王永璞出现，熟门熟路地找到拖鞋，语气八卦道，"家里有人？"

　　孟庆川手搭着沙发背，姿态放松，无奈地说句："就我自己，睡着了。"

　　"小叶子不在？"王永璞往客厅去，在各个房间门口晃了一晃。

　　"不在。"孟庆川语气无奈，起身打开冰箱，手撑着冰箱门，"开车了吗？"

　　"小赵开我的车，他在楼下等着呢。"

　　"怎么没叫一起上来？这么冷的天。"

　　"他跟女朋友视频呢，不用管他。"

　　"喝什么？"

　　"整个烈的。"

　　"没有。"孟庆川扔给王永璞一罐啤酒。

　　"没有你问什么。"王永璞嘴上埋怨，却顺便打开啤酒喝了一口。

　　孟庆川给自己也取了一罐啤酒："来干吗？"

　　"你给我打的电话，自己都忘了。"

　　孟庆川扯开易拉罐，啜了一口，走过来坐在王永璞旁边："你不是说没那么快嘛。"

　　"是没那么快，不过打听了一点儿，先赶过来给你说一点儿呗。"王永璞拍拍孟庆川的肩，"顺便听你聊聊脱单的感悟。"

　　孟庆川甩掉他的手："先说杨健的事吧。打听到什么了？"

　　"真无情。"王永璞做出心痛的表情，一撩头发，"听你说的那意思，杨健要把剧院业务全部切走？"

　　"集团现在是这个想法，还没决定，没那么快。"

　　"你都做了那么多年了，这么明目张胆空降过来一人，来了就狮子大张口，这人背景够硬啊。"

　　孟庆川看向他："你查到他背景了？"

　　王永璞摇头。

孟庆川蹙眉，以为王永璞在逗他开心。

"你别急，背景还没查出来，有别的料。"王永璞朝孟庆川扬眉，"这人的学历是假的。"

"他不是中戏毕业的？"

"是中戏。"王永璞顿一顿，接着说，"中戏高职的。"

孟庆川一愣，笑了笑。先是出乎意料，之后是无奈。

王永璞："我刚听到也觉得挺搞笑的。谁把他弄进来的？"

孟庆川："张总。"

王永璞挠挠头皮："这老东西怎么还这么爱搞小动作。"

孟庆川点点头："是，我没想到他的手会伸这么长。"

王永璞："说白了还是你弄得好，有人眼红了。"

两人沉默了一会儿。

王永璞说："帮人帮到底，我也打听打听张总吧。今天就这一点儿料，我同学也没跟我多说，其他的再等段时间吧。"

孟庆川："谢了。"

又坐了一会儿，王永璞用手肘撞了撞孟庆川："哎，你跟小叶子什么时候好上的？"

孟庆川想了想："前两天。"

"够快的你。"王永璞坏笑，"直接表白的？"

"嗯。"

"不容易，不容易，恭喜恭喜。"王永璞拍拍他的肩。

孟庆川笑笑，低头把那罐酒喝完。

有小赵在楼下等，王永璞没留多久就走了。

孟庆川先去浴室冲了个澡，冲掉了奔波的疲惫，冲掉了心里的重担，一身轻松。

孟庆川换了件白色短袖和纯棉质地的家居裤，看起来清爽干净。

房子里暖气很足，他头发半干着就从浴室走出来。

下午睡得太久，这会儿也没有困意，他走进书房，随手挑了一张唱片。

音乐声布满书房，孟庆川对着书墙发呆。本来想拿本书看的，眼神又停在了最顶上的紫色盒子上。

孟庆川靠在书桌上，手在脸上搓了一把，又想到了叶梓。

虽然已经在一起了，但叶梓的性格一如从前，她几乎从不主动表达爱。

孟庆川能理解，却也苦恼。

他也不擅长说肉麻的话，可就连"想你"这样普通的情话，在叶梓那里都得不到回应。

孟庆川站在窗前，手机振动一下，叶梓发来一张光盘在 CD 机里飞速旋转的视频，正好在播放《I Believe》。

他嘴角轻轻弯了弯。

新的一周开始，伍拾传媒的两个项目组接到通知，音乐厅项目组恢复正常工作。跟旅游局合作的音乐会要在春节前开展，按原有工作计划继续推进。

自从工作恢复之后，所有人都忙了起来，包括 Fiona。

这场音乐会涉及外景，旅游局和市委宣传部也高度重视，要进行全方位网络直播。

执行时间紧张，Fiona 再也没法儿悠闲度日了，就连元旦假期都在加班。

孟庆川也忙得脚不沾地，要协调宣传团队、拍摄团队和直播团队，工作繁杂，交集也多，光群就拉了七八个。

每周有一两天，孟庆川会来接叶梓下班，即使在车上，也不停有电话找他。

看他累得有些憔悴，叶梓心疼他，让他别再来接她下班了。

叶梓责怪道："有这时间，你还能多休息会儿。"

"没关系，我想接你。"

叶梓觉得他休息好最重要，便说："我坐公交车一样的。公交车能走专用车道，还不堵车呢。"

孟庆川笑笑："堵车也好，还能跟你多待一会儿。"

确实，他们刚在一起，又撞上工作忙碌，这段时间基本都是微信电话联系，能相处的时间很少。

叶梓定定地看着他，欲言又止。

孟庆川趁堵车时，轻轻抱一抱她，吻她的头发。

越临近活动时间，越忙。

一月底，孟庆川召集几个团队同时开会，路过小会议室时，听到杨健慷慨激昂地在说些什么，听起来很愤怒。

但他已经走过了，看不到会议室里的情况。

孟庆川蹙眉，给叶梓发了条消息，询问发生了什么事。

孟庆川走进隔壁会议室，Fiona 一行人已经在等他了。

会议开始前，他看了眼手机，叶梓没回复。

"剧院项目组怎么了？"

底下的人都茫然地摇了摇头。

自从叶梓要回音乐厅的欠款后，Fiona 越发不爽，时刻防着叶梓，工作也分得明明白白。

两个人各自负责各自的项目，Fiona 对接音乐厅，叶梓对接剧院，各忙各的，有时开会时间撞上，也是各走各的。

自然是没什么交集。

下班后，孟庆川在员工食堂碰见负责儿童剧的品牌经理。

看到她的瞬间，孟庆川立刻想到，她是跟叶梓吵过架的那个。

他取了餐盘，自顾自拿了些水果和沙拉。

对方过来跟他打了个招呼："川总，你也来吃饭。"

孟庆川扯了扯嘴角："嗯。"

对方拿完水果，就转去另一边看主食。

"孙晓宁。"孟庆川叫住她，有意无意地问，"今天杨副总怎么了，发那么大的火？"

"今天那会挺重要的，结果乙方的客户经理刚来就走了。"

孟庆川蹙眉："怎么回事？"

"她家里好像出了什么事，接了个电话就跑出去了。"

孟庆川没心思再吃饭，掏出手机给叶梓打电话。

没人接。

孟庆川一连给叶梓打了七八个电话，一开始没人接，后来直接关机了。

搞什么？

孟庆川只觉得一股血冲上头，心急火燎地到停车场就要开车出去。

上车冷静了片刻，他先给叶宸打了个电话。

叶宸很快接起来，背景音很吵。

孟庆川语气急切："你在哪儿？"

叶宸压低声音："我在看电影。怎么了？你等我出去一下。"

孟庆川想了想，忽然说："没事，你接着看吧。"

挂了电话，孟庆川抿嘴思考，手指在方向盘上轻轻地敲。

既然叶宸不知道，说明不是叶家的事。

他发动车子，往叶梓住的老小区开去。

晚高峰还没结束，车子在夜色下行驶缓慢，孟庆川略微烦躁，扯开领口的扣子，每隔几分钟就给叶梓拨个电话。

关机的提示音都听烦了。

开到一半，王永璞的电话又进来了。

他接起来，那头吊儿郎当的声音也一同钻进车里："哥们儿手里拿到大料了，听不听？"

孟庆川语气冷冷道："有点儿忙，先挂了。"

"当时可是你说要请客的，你可别耍赖。还好哥们儿我机灵，我快到小叶子家楼下了，你麻溜儿过来，今天这顿饭说什么也得——"

孟庆川打断他："你还有多久到？"

王永璞突然被打断，不明所以："啊？"

"你还有多久到？"孟庆川又问了一次。

王永璞反而没那么理直气壮了："还、还有不到两千米吧。"

孟庆川："我还堵在和平路，你到了先上去看看她家里有没有人，二单元二楼东户。"

王永璞声音紧张："出什么事了吗？"

"不知道，我联系不上她。"孟庆川面无表情，语气平静，"你先去帮我看看，随时联系。"

"行。"

过了十分钟，王永璞回了个电话过来。

孟庆川："怎么样？"

"人没事。"王永璞顿了下，"家里被偷了，人受了点儿惊吓，她俩正找了个师傅换锁呢。"

孟庆川悬着的心放下了一些，他说："人没事就行，我快到了。"

孟庆川到的时候，王永璞正站在楼下抽烟，配合他那一头日系卷毛，倒有几分清冷的气质。

孟庆川蹙眉："你什么时候开始抽烟了？"

王永璞亮了亮手里的玩意儿："电子烟，抽着玩玩。"

孟庆川看了一眼："那也少抽。"

说完，他就要上楼。

王永璞扯住他的胳膊："有话跟你说。"

孟庆川停下脚步，回头，眼神里都是疑问。

"要不给小叶子换个房子？这里面住的人太杂，刚才听邻居说，每年春节前都有入室盗窃的事情发生。"

天色昏暗，孟庆川垂眼，也不知想了些什么，闷闷地说："嗯。"

"要不也别乱找了，南郊我那套 loft 让她俩住算了，起码二十四小时安保，物业还算负责，就是有点儿远。"

前两年，民宿热的时候，王永璞也跟风搞过。别人都是租公寓，王永璞脑一热，一口气买了三套小户型 loft。

他自认为有点儿创业经验，音乐培训学校也经营得有声有色。可这经验搬到经营民宿上，怎么也不灵。

旺季跟淡季生意一样，淡季跟没有生意一样。民宿做了半年，他就放弃了，老老实实租给了周围的上班族，也不知道猴年马月能回本。

"你那房子不是有人在住吗？"

"元旦有个人退租了。"

"也行。"孟庆川急着上楼，"先上去看看什么情况。"

叶梓开门，脸上呆呆的，没什么表情。看到孟庆川，她明显有些局促和紧张，脸上挂着不安，像做错了事的学生。

孟庆川没多说什么，跨了一步进去。

屋里挺乱的，沙发上堆了很多衣服，地上散落着几本书。

叶梓在客厅忙活，徐茜在自己房间里收拾残局。看到孟庆川，徐茜轻轻点了个头，算是打过招呼了。

王永璞自觉碍事，靠着徐茜卧室的门问："我帮帮你吧。"

徐茜擦了擦脸上的泪痕，红着脸说："谢谢。"

客厅里只剩两个人了。

孟庆川双手轻轻抓着叶梓的手腕："没受伤吧？"

叶梓摇头："没，都没见着人。"

"报警了吗？"

叶梓又点头："报了，笔录也做了。"

"重要物品，有丢的吗？"

叶梓想了想，说："丢了八百现金，还有些衣服。"

说来也巧，徐茜这天生理期，身体不大舒服，下午请了半天假。刚打开门，她就被屋里乱七八糟的场景吓到了，所有柜门和抽屉大开着，都被翻腾过的痕迹。

徐茜慌了神，给叶梓打电话，叶梓赶回来，两个人一起去报警，又叫人换了门锁。

她们两人的房间被翻了个遍，丢了不少衣服和生活用品，小偷一副"不挑"的样子，把护肤品、化妆品全卷走了，就连囤的洗衣液和牙膏都没给她们留。

那贼似乎有些不识货，徐茜的iPad被拿走了，放在一起的充电器和耳机还在，漂亮衣服偷走那么多，唯一的那只名牌包却好端端放着。

问一句，答一句，孟庆川突然觉得有点儿没意思。他都要担心死了、急死了，叶梓却什么都没跟他说。

王永璞了解孟庆川，看出他情绪不大对，赶紧打圆场："她们俩下午去报案了，又换锁，忙活到现在。"

孟庆川环视了一下房间，说："收拾一下东西，今晚去我那儿。"

叶梓迟疑了一下，说："已经换过锁了。"

孟庆川压着脾气，继续说："你在这儿我不放心。"

叶梓看了一眼徐茜："徐茜一个人不行。"

孟庆川沉稳地说："徐茜跟我们一起走，我们楼下有个四星酒店，今晚先住着，明天过来退租。"

叶梓问："退租？"

王永璞大声补充："对对对，我那儿有套loft，空着也是空着，就是位置远点儿，不过附近有地铁站，还算方便。"

看叶梓还在纠结，王永璞直接给徐茜使个眼神，小声说了几句话。

王永璞看出孟庆川和叶梓之间有些将说未说的误会，想给他们两个人留出空间，便说要送徐茜去酒店。

　　徐茜的耳朵发烫发红，像满怀心事的少女。

　　过了会儿，徐茜把叶梓拉到房间里，说："你跟你男朋友走吧，王永璞说要送我。"

　　叶梓警惕："他要干吗？"

　　"就是……好心帮忙吧。"

　　"不行，你还是跟我们走吧。"

　　徐茜抿嘴，想了想说："人家只是送我到酒店，又不会做什么出格的事，你别瞎担心了。"

　　叶梓："我是担心你糊涂。"

　　徐茜："放心吧，什么都不会发生。"

　　好说歹说劝了一会儿，叶梓才答应，说："你到了酒店一定要给我发消息，不要让他上楼。"

　　"知道了。"

　　车子在夜色里疾驰，孟庆川始终一言不发。

　　叶梓怀里抱了个帆布包，里面是些零碎的玩意儿。

　　她看了一眼孟庆川，语气里带着些讨好："还好我的证件和银行卡都随身带着。"

　　孟庆川没说话。

　　她在帆布袋里翻了一阵，取出 CD 机："这个也是。还好我上班的路上在听，不然也被偷走了。"

　　那 CD 机虽小巧，最多是个房间里精致的摆件，并不是适合随身带着的大小。现在手机听歌这么方便，带这个出门实在太麻烦。

　　可她爱不释手，上下班都带着。

　　孟庆川胸口轻轻抽了一下。

　　他严肃的表情松动了点儿，还是没回应。

　　叶梓也不再说话。

　　孟庆川扫了她几眼，只能看到半张脸。她盯着车窗外，撇着嘴，一副受委屈的表情。

　　车子停在一个小区地库里。

　　孟庆川解开安全带，说："下车。"

　　叶梓咬着下唇，沉默着下车，然后一路跟着孟庆川上电梯，上楼。

　　电梯打开只有一户，电梯厅里放着鞋柜。

　　孟庆川打开鞋柜，找了一双拖鞋，放在叶梓面前。

　　孟庆川的家很大，现代简约的装修风格，房子里只有灰、白、黑三种颜色，冷静克制。

他带叶梓到次卧："今晚就住这儿吧。"

叶梓站在门口，说："好。"

他沉着脸问："不进来？"

叶梓走进去，把帆布袋放在床尾。

孟庆川去公卫的镜柜里找了新牙刷和杯子，又拿了一条新毛巾。

过了会儿，孟庆川走进次卧，拿给叶梓一套睡衣，说："睡衣先穿我的，牙刷、毛巾给你放卫生间了，都是蓝色的。"

"谢谢。"叶梓说。

"下午吃饭了吗？我叫点儿外卖？"

"不饿。"

"那你早点儿睡。"

孟庆川退出来，关上门，手还搭在门把手上，突然升起一股火气。

他没法儿淡定了。

他猛地推开门，问："你是不是觉得自己特别能扛？"

叶梓还保持着他出去时的坐姿，被吓了一跳，眼神错愕，没说话。

孟庆川恼怒地问："叶梓，我们已经在一起了，这种事你跟我说一声很难吗？打个电话很难吗？为什么不告诉我？"

叶梓咬着嘴唇，表情没什么变化。

"结果我是最后一个知道的。"孟庆川做了个深呼吸，有点儿想笑，"隔壁一整个会议室都知道你家里有事，你都没跟我透露一点儿，你可以，你真的可以。"

孟庆川的胸口起伏着。

这些天的不满，他全都发泄出来了。

但凡平时叶梓对他热情点儿，他都没这么生气。

可她没有，她还是那么倔。

叶梓抹了一把脸，起身要出去。

孟庆川靠着墙，冷嘲热讽："这次去哪儿？准备几年后再回来？"

叶梓瘦长的身影停顿了一下，走了出去。

叶梓只是去了卫生间。

冷水泼在脸上，她整个人一个激灵。

她双手撑着洗脸池，在镜中看着自己的脸，泛起无尽的心酸。

这些年以来，她已经习惯一个人，什么都是自己解决。她倔，她拗，她那些所谓的坚硬外壳，只是想把自己跟那些亲密关系隔绝开。即使已经跟孟庆川在一起，这个习惯还是没改掉。

她回房间后，孟庆川已经走了，客厅也没人，房间里空荡荡的。

叶梓换上孟庆川的睡衣，关上灯，却怎么也睡不着，只静静地在床上坐着，也不拉窗帘，看着夜空发呆。

也不知过了多久，次卧的门被轻轻推开。

月亮照进房间，打出冷冷的、幽幽的光。

看到叶梓坐着的背影，孟庆川愣了一瞬，心狠狠疼了一下。

他轻轻走到叶梓身边坐下，借着冷白的月光，转头看她，她脸颊挂着未干的泪迹。

叶梓没什么反应，他又伸出手，握住她冰凉的手。

许久。

"对不起。"

夜静静的，孟庆川的说话声也轻轻的。

"对不起，叶子，我不应该跟你发那么大的火。"

他摩挲着她的手，轻轻把她揽入怀里。

眼泪大颗大颗地夺眶而出，叶梓甩开孟庆川的手，想要擦眼泪，却被他抱得更紧。

他帮她拭去泪，又吻了吻她的双颊，喃喃："我只是想知道你心里到底是怎么想的，你是我女朋友，我想保护你，想什么事都跟你一起经历，不要把我推开……"

孟庆川的唇触到一片冰凉。

叶梓忽然再也忍不住，伤心地哭起来。

叶梓靠着他坚实的肩膀，越哭越凶，泣不成声。

到后来几乎控制不住自己的身体，边哭边抽，好像要把所有的委屈都宣泄出来。

孟庆川轻轻地、一下一下地拍着她的背。

止住泪后，叶梓小声说了句什么。

"什么？"孟庆川俯下身，去看她的脸。

"你之前让我换房子，我说没什么不安全的，结果没过多久就被偷了。"叶梓吸了吸鼻子，"我怕你怪我……怪我没听你的话……"

孟庆川半起身，从床头柜拿过抽纸，递给她。他抱着她，下巴在她头顶蹭了蹭，又柔声说了一次："对不起……不哭了，乖。"

叶梓说："我今天想给你打电话的，又听见 Fiona 说你们也要开会。"

"不用想那么多，有事就联系我。"

"嗯。"叶梓点点头。

"跟我在一起，什么也不用顾忌，心里想什么就说什么、想做什么就做什么，让我照顾你，好吗？"

"嗯。"

孟庆川轻轻帮她把几根碎发别在耳后，顺手摸她的耳郭，摩挲了一会儿，问她："给你买的礼物，这么喜欢吗？上班都带着。"

"喜欢。"

"说实话。"

叶梓头埋在他胸前："特别喜欢，特别特别喜欢。"

孟庆川听见她一句真话，嘴角弯了个弧度，随后就去寻她的唇。

叶梓满脸都是泪，他先轻轻地、一下一下地点着，吻得动了情，舌尖划过她柔软的嘴唇，最后触到她的舌尖。

他捧着她的脸，深深吻起来。

这个场景，这个气氛，还有这个深深的吻，两个人之间很快变得柔情蜜意。

吻着吻着，两个人微微喘着倒在床上，孟庆川压在叶梓身上，两个人透过月光对视着。

光线不算亮，彼此却看得清楚。

他们的眼睛都干净透彻。

孟庆川亲她的眼睛。

她总算是露出一点儿笑意。

他又亲她的嘴巴。

"嘴最硬，要多亲几下。"

亲着亲着，两个人都笑起来。

孟庆川盯着她，脑子里闪过镜柜里的包装盒。

他深吸一口气，语气认真："想要吗？"

叶梓早就感觉到他身体的变化，她的心跳得特别快，像擂鼓，像坐过山车，控制不住一样。

她咬着嘴唇，点点头。

冬夜寂静，房间里气氛却灼热。

月光冷清，他们没有开灯，却看得清彼此的脸和表情。

孟庆川的胳膊撑在叶梓头两边，人悬在她正上方，静静地看着她。可能因为刚哭过，她的眼如浸了水般，湿漉漉、黑漆漆的。她乌黑的头发散落在脸侧，勾勒出她的脸庞弧线。

十年了，女孩儿长大了，她的面庞一如从前，干净、美丽、倔强。

叶梓被他看得不好意思，眼神闪躲，头歪到一边。

他笑笑，声音哑哑地说："躲什么。"

叶梓的视线又转回来，跟他对视。

他忽然想起第一次见面的场景，在昏暗的楼道里，她也是这样，像头受惊的小鹿，胡乱逃窜。

她那么倔，他总是拿她没办法，可每次，最终她还是会听他的。

一切好像变了许多，又好像什么都没变。

她伸出一根手指，轻轻戳了戳他的胳膊，像钢板一样结实。

她又轻轻摸了摸他的左手手腕，问："累不累？"

孟庆川愣了一愣，摇头笑："要不健身都白健了。"

叶梓的手一路往下，停在他的小腹上："那你有腹肌吗？"

太要命了。

孟庆川闷哼一声，抓住她的手："别皮。"

叶梓的指尖不安分，在他的小腹上来回动："腹肌好像不明显。"

"这段时间太忙，练练就有了。"孟庆川被她折磨得难受，在她耳边呼热气边问，"想看吗？"

叶梓无辜地看了他一眼，嘴硬道："不想。"

孟庆川的眼神有些变化："我刚才说什么来着？"

叶梓还坚持："那也不想。"

又破坏气氛。孟庆川蓦地吻上她的嘴唇，彻底堵上，不许她再说话。

舌尖缠绕，浓情蜜意地亲了一会儿，孟庆川又轻轻吻叶梓的眼睛、鼻头，再到脸颊，最后轻轻含住她的耳垂，在她耳边吐热气。

她浑身像过电一般，抖了一下，轻哼一声。

一直以来，叶梓都不肯发出声音，因为难为情。可直到这一刻，她才明白，有些感觉是忍不住的。她嘴硬，性子倔，身体到底是软的。

这一声哼出了孟庆川的反应，让他受不了。

她只记得他们都没有再说话。

叶梓眼眶里猛地窜出些泪花，紧紧蹙眉。

"对不起。"孟庆川吻吻她的睫毛。

自始至终，孟庆川都是温柔的。

他一直温柔地拢着她的头，手指轻轻撩拨着她的发。于是，好像没有她想象的那么难受，如同交响乐情绪逐渐饱满，渐入佳境。

孟庆川又说了一次："对不起。"

她小声说："没关系，我好多了。"

手机振动了几下，她试图伸手往床头柜摸索，孟庆川突然发了力，让她无暇去管。

电闪雷鸣般的冲击之间，她恍惚不清，脑海中出现十年前那个看上去淡漠、实际热心的少年，可蓬勃有力的身体又在提醒她，那个少年已然蜕变成如今成熟的孟庆川。

这么多年，念念不忘，即使远走他乡，即使在那次争吵之后，他们再也没有说过话，她依然把他放在心里最特别的地方。

后来她看《美国往事》时，发现有句台词特别贴切：

"当我对世事厌倦的时候，我就会想到你，想到你在世界的某个地方生活着，存在着，我就愿意忍受一切。你的存在对我很重要。"

命运对她太不公平，把她拥有的一样样夺走，于是她不肯承认，于是她从不表达，于是她口是心非，于是她无法释怀。

可他实在太难忘，她无论如何都没办法从脑中将他剔除。想念他，已经融入她的日常生活。他支撑着她在外漂泊的每一天，只要他存在着，她就愿意忍受一切。

现在她终于正视自己的内心，十年前的她崇拜他、依赖他，如今依旧是。

孟庆川触到她纤细的腰肢，情难自已，看到她动情的脸颊，只觉得更加难耐。

两个人把这么多年未说的话都融到这场缠斗之中。

叶梓试图让自己保持清醒，不要被虚无的感觉淹没。她轻声在孟庆川耳边说了句："这些年，我、我特别想你，特别特别想。"

孟庆川一怔。

也不知他想了什么，局面开始不受控。

然后，是乐曲终结时，强烈震撼的尾音，久久绕梁的余音。

孟庆川紧紧抱着她，头埋在她肩窝里。

世界安静得只剩下彼此的呼吸声。

她总算知道了徐茜说的那些话是什么意思，水到渠成、干柴烈火……这些词的个中滋味，她总算是体会到了。

过了会儿，孟庆川吻了吻她的脸颊。

月光照耀之下，她脸颊上有一抹动人的绯红。

冲了澡，叶梓吹干头发出来后，孟庆川问她："还好吧？困不困？"

叶梓摇头。

这样的夜，这样一折腾，她前所未有地清醒着。

两个人一起坐在沙发上，叶梓挨在孟庆川身边，不太好意思直视他的眼。

孟庆川把她的脑袋拨到自己肩头，问："累吗？"

叶梓摇头："不累。"

他们十指相扣，叶梓的右手握着孟庆川的左手。

叶梓看着他的手腕，问："手腕还会疼吗？"

孟庆川亲她的头发："早就好了，就是这些年没再碰过篮球了。"

叶梓摸了摸他的手腕，骨头好像跟另一只手不大一样。

孟庆川整条胳膊都是放松的，随她摆布。

"那就好。"叶梓把他的手放在脸上磨了磨，"健健康康的最好了，其他都不重要。"

"当年……都怪我不小心。"

叶梓转头看他："怎么能怪你呢？"

孟庆川苦笑："临近高考，跑去打什么篮球。"

叶梓欲言又止："其实……"

他看了她一眼，问："嗯？"

叶梓换了个轻松的语气，摸摸他的脸："别太自责了，真的不怪你。"

提到这个话题，就绕不开当年他们的不愉快。两个人都选择了沉默。

沉默了一阵，孟庆川问："要看一下我家吗？"

已经到这儿好几个小时了，他们不是在较劲儿就是在床上，叶梓还没仔细看过这套房子。

从客厅，到主卧、客房。

全屋风格一致，干净简洁。

"怎么跟没住人一样。"叶梓扒在客房门口评价道。

孟庆川甩甩半干的头，双手插兜跟在她身后，轻轻笑了一声。

最后到了书房，才看出一些生活气息。

孟庆川就知道她会喜欢书房，有一整面的书墙，有数不清的唱片，有各种唱片机，还有一架钢琴。

叶梓四处看着，随后手拂过钢琴，只可惜正值深夜，不能弹。

"喜欢吗？"

叶梓点点头。

孟庆川挑了张唱片，打开他淘来的黑胶唱片机，唱片开始转动，他低头弄了一会儿，专注拨动唱针，音乐开始在房间里缓缓流动。

"你的书好多啊。"叶梓仰着头看，语气羡慕，"我要是有这么个自己的书房就好了。"

"就把这儿当你的书房。有好多乐谱，你想要的在这儿估计都能找到。"

叶梓不好意思地笑笑："算了吧，我水平不行。"

看了一圈。

"你知道吗？我高三的书和所有东西都被梁燕卖给收废品的了。"叶梓笑了笑，笑容里有些落寞，"还是叶宸后来告诉我的。"

叶梓难得对他吐露心声。

孟庆川的视线在书架往上移，落在那个紫色盒子上。那些被扔掉的回忆，都被他捡回来了。她的所有课本教材，包括作业本，都被他码在书架最上方，她的那些小玩意儿，都完好地装在那个紫色盒子里。

只是她看得眼花缭乱，根本没发现。

他正要说点儿什么，叶梓又开口："扔了也好，里面有好多东西挺丢人的。"

孟庆川从来没打开那些书看过，他语气轻松地问里面都有些什么。

"也没什么。"叶梓随便一挥手。

"说说嘛，反正已经丢了，说了也没人看到。"

"就……胡乱写了很多东西。那时候我没有朋友，我就自说自话。"叶梓自嘲道，"你知道吗，我高三毕业的同学录没人给我填，都是我自己模仿不同笔迹写的，其他还好编，只有联系方式那一栏，全都空着。"

孟庆川有些心疼，把她拉进怀里。她那么多无能为力的过去，他想慢慢来补偿她。

孟庆川松开手臂，认认真真地看着叶梓："要搬过来和我住吗？"

叶梓想了想，说："我有些担心徐茜。"

说完，隔了几秒，她猛地回过神来，想出去拿手机："我还没给徐茜发消息！"

孟庆川拽她回来，说："我跟王永璞联系过了，早就送她去酒店了。"

这人办事挺让人踏实的。

就是为什么没跟她说一声？

孟庆川清了清嗓子："刚才太忙了，忘记跟你说了。"

叶梓知道他在说什么，脸唰地红了。

她问："王永璞没什么出格的举动吧。"

"怎么可能。"

"我怕徐茜……"叶梓没说徐茜喜欢王永璞。

"他虽然看起来挺爱玩，但不是胡来的那种人。"孟庆川无奈地笑笑，"我了解他。"

叶梓抬头，下巴抵在他胸口，眼睛眨巴眨巴："好吧……"

"那要搬来和我一起住吗？"

"我思考一下。"

孟庆川又低头看她。

两人这么对视着，配合着书房橘黄的灯光和唱片里的音乐声，气氛又变得旖旎。

孟庆川又忍不住吻她，她也动情地回应。

夜已经很深了，可这一晚注定是个不眠之夜。

吻着吻着，两人跌落在书房角落的单人沙发上。

孟庆川边吻边问她的感受，动作轻柔。

叶梓忽而睁开眼，捧着他的脸，盯着他看。逆着光，他的脸轮廓明了，瞳仁清澈。

孟庆川笑了一下，轻轻抚她的头发说："怎么了？"

"孟庆川，我一点儿也不好。"

叶梓眼里含着泪，闪着夺目的光。

她顿了一下，又接着说："现在的我已经是最好的我了，我愿意把最好的我献给你。"

她眼中干瘦、跟性感毫不沾边的身材，却能激发彼此的欲望。

忙乱之中，孟庆川沉着声音问："思考好了吗？"

叶梓抿着嘴，无暇顾及，轻轻问了句"什么"。

孟庆川说："搬过来的事。"

叶梓忽地语调一扬："现在？"

孟庆川又问一次："嗯，要搬过来吗？"

目光所及，都是蒙眬的，叶梓说不出话，只能点头答应。

失控边缘。

孟庆川又问她："这么多年，真的特别想我吗？"

叶梓咬着嘴唇，带着些气息"嗯"了一声。

是真的，特别特别想。

每一分，每一秒。

第八章
普通·情侣

那一晚过后，两人之间那些隔阂被撕了个一干二净。

那个周末，叶梓和徐茜搬离老小区。

叶梓搬去孟庆川家，徐茜搬去王永璞空的那套 loft 公寓。

王永璞没打算要租金，徐茜坚持要给。

王永璞讲义气，一来觉得对方是叶梓的朋友，二来他也不差那点儿租金。可徐茜不答应，他就说了个特别便宜的价格，比她们俩租的老房子还要便宜。

搬家公司是孟庆川找的，最近很火也很贵的日式搬家，完全不用她们自己动手，她们就那么看着自己的东西被打包好，抬走。

东西全搬完后，房子恢复了原样，除了几件简单家具，空荡荡的。叶梓手里拎着最后一个袋子，里面是毕业证、学位证之类的一些重要证件。

她站在这房子中间，好像还有点儿不舍。

徐茜走过来问她："怎么，还舍不得啦？"

"有点儿。"叶梓笑了笑，"怎么说也住了小半年。"

"我也有点儿舍不得。"徐茜看看这家徒四壁的房子，"不过不是舍不得这房子，是舍不得你。"

"肉麻。"叶梓轻轻拍了徐茜一下，过了会儿又问，"那我搬去跟你一起住？"

"别。"徐茜拒绝，"你们还是过二人世界吧。"

两个人依依不舍的，挽着胳膊下楼。

叶梓没有跟女孩子这么亲昵过，觉得这体验有些新奇。跟徐茜一起住了这么久，好像在这分别的时候，她才找到女生之间亲密的趣味所在。

徐茜说这改变是孟庆川带给叶梓的。

她们锁了门，到楼下，孟庆川就等在那儿，手插口袋，潇洒地站着。

徐茜打招呼："嗨，Q7。"

孟庆川笑了笑，很自然地伸手去接叶梓手上拎的东西。

叶梓看他伸的是左手，没让他提。

"怎么了？"

"没什么。"叶梓笑了笑，"又不重，我自己可以的。"

他们三人先去了孟庆川家，看着搬家公司把叶梓的东西搬上楼，再去送徐茜。

王永璞要给徐茜交钥匙和水电卡，早早就等在公寓楼下。

两个女孩儿的东西不算多，可也跑了一整天。忙活完所有事，已经傍晚了，四个人一起吃了顿饭。

Loft 公寓楼下是个不大不小的商业中心，到了晚上还挺热闹，他们听王永璞的推荐，选了家椰子鸡。

孟庆川跟叶梓坐一边，王永璞和徐茜坐一边。几个人脱掉外套，点完单，王永璞跟徐茜叮嘱："窗帘我昨天换了新的，还添了个新电视，你住进去有什么需要的，随时联系我。"

徐茜红着脸说："谢谢。"

叶梓看了他们俩一眼，这一眼正好被王永璞接住，他问："小叶子，你那台电钢琴怎么办？"

叶梓抬眼："什么怎么办，你想要回去？"

王永璞吃瘪，看向孟庆川，眼神跟受欺负的小媳妇似的，好像在说"你也不管管她"。

孟庆川笑了笑，顺着叶梓的话反问："是啊，你想要回去？"

"我是那种人吗？"王永璞瞪眼，"我意思是你家有钢琴，小叶子的电钢琴要放哪儿。"

"我家那么多房间，她想放哪儿就放哪儿。"

"得得得。"王永璞做个"停"的手势，"我现在就是在自取其辱。"

锅还没上来，服务员先拿来饮料。

孟庆川叫住服务员，让把其中一瓶换成草莓味的。

王永璞不停地"啧啧"。

孟庆川抬眼，怼了句："咂什么嘴，你喂鸡呢？"

"想起你们俩第一次见面的场景了，那时候小叶子特不待见你。"

孟庆川嘴角挂起一点儿小小的弧度，没说话。

"时间过得真快。"王永璞感叹了一句，"谁能想到你们一个个都不讲义气，你也是，叶宸也是。"

孟庆川："我们怎么了？"

王永璞："一个个都谈恋爱了，也不管管兄弟我。"

孟庆川什么也不说，只是笑。

"笑什么。"

孟庆川在笑他装，前两年还游戏人间呢，现在又在感叹寂寞。

孟庆川看他："要不要我帮你把前女友叫出来打牌？"

王永璞赶紧让孟庆川打住。

叶梓瞥见徐茜调整了一下坐姿。

吃完饭，叶梓要跟徐茜上楼，想仔细看看 loft 里面是什么样。

孟庆川和王永璞等在楼下。

看着两个女生的身影消失在电梯里，两个人终于抽出时间聊了些工作上的事。

"杨健那小子还安分吗？"王永璞问。

"不大安分。"孟庆川笑了笑，表情有些无所谓，"估计想尽快把剧院独立出去。"

这些天，杨健也一直在忙春节期间的工作，好像故意要跟孟庆川较劲儿似的。

音乐厅这边做户外音乐会，杨健就宣传剧院的沉浸式互动舞剧，听说还从集团申请了一笔额外的宣传费，专门花大价钱买了市中心购物中心的一块大屏。

原本音乐厅和剧院是一家，现在公司内部都有要分家的传言，人心惶惶，已经有人在站队了。

孟庆川看着别处说："他能进来，说明他跟张总关系不一般，学历造假这一件事，其实不一定能把他弄下来。"

王永璞从口袋里拿了电子烟出来，抽了一口，空气中瞬间飘过一丝果香。

"不然要哥们儿干什么。"王永璞掏出手机，划拉了几下，递给孟庆川。

手机上是十几张照片。

孟庆川蹙眉，仔细查看，有些是饭局照片，有些是公示文件照片，还有几张成本核算表照片。

饭局照片拍得不清楚，但能看出几张里，张总都在场。

"这些合同，都是集团入库的供应商，没什么问题。"孟庆川反反复复地看，"就算已经入库，每次数额比较大的项目，都是要公开招标的。"

王永璞意味深长地盯着他。

孟庆川："你是说，在招标上做手脚？"

王永璞耸耸肩。

"不止这个。我还让一个兄弟去咨询了一下这些供应商，有些成本远低于公示文件上的报价，有些根本不合作，只长期跟你们集团合作，而这些合同的最终审批都是到张总那儿，你想想为什么。"王永璞说。

"可操作空间挺大的。"孟庆川低头把那些照片放大又缩小。

王永璞点头："反正这些供应商和张总，在这些照片里都能找到。这是成主任批的项目，这个是张总批的，同样的项目，前后做两次，第一次成本五十万，第二次过张总的审批，就变成九十万了。他肯定靠这个搞了不少钱，你抓紧时间，去查查最近杨健有没有申请大额费用。"

孟庆川心里有了数，点点头。

王永璞人吊儿郎当的，但办事很靠谱。

孟庆川拍他的肩："谢谢，辛苦你了。"

"多大点儿事。"

王永璞又问："倒是你这段时间，折腾得够呛吧。"

"嗯。"

工作忙，叶梓这边还出了事，弄得他自顾不暇。

"小叶子别的都好，就是……"

孟庆川无奈笑了笑，异口同声地接王永璞的话："脾气太倔。"

两个人默契地笑。

这么多年过去了，她一如既往地让他操心。

可他就是心甘情愿，愿意为了她奔波、忙碌。

好在她虽然倔，但已经在改变了。想到这儿，他又忍不住兀自勾嘴角。

王永璞用手肘撞了撞旁边的人："挺好的，你俩，这么多年也不容易。"

孟庆川看着远处："你又是怎么回事？又是换窗帘，又是装电视的。"

"小叶子的朋友，能照顾就照顾点儿。"

徐茜不敢直视王永璞，动不动就脸红。徐茜喜欢王永璞，桌上所有人都看得出来。

孟庆川提醒王永璞："人家看着挺乖的，还有不到一年就回北京了，你就别招惹了。"

"知道，知道。"王永璞心虚，换了话题，"对了，快过年了，过年你怎么办？"

"今年过年有几场重要演出，估计就除夕回去吃个年夜饭。"

"小叶子呢？她不可能回去吧。"

"应该不回去。"孟庆川摇头，想了想说，"我尽量多陪陪她。"

王永璞忽然说："李思逸跟佟瑶大年初六结婚。"

"关我什么事。"

"前几天李思逸联系我，想让我当伴郎。"

孟庆川没说话。

王永璞挠了挠头，解释说："我可没答应啊，我也不知道他怎么突然联系我。"

孟庆川笑了笑："我又没说什么。"

"咱们父母肯定都要去的。"王永璞顿了下，好像在斟酌。

"有话直说。"

"我担心李思逸会把你和小叶子的事抖出来。"王永璞说，"现在没人知道小叶子回来了，但李思逸知道。你上次打了他，他都没说，你觉得他在等什么。"

"迟早都会知道的。"

王永璞拍了拍他的肩："你做好心理准备。"

看完房子，安顿好徐茜，叶梓下楼，三个人兵分两路。王永璞自己开车回家，叶梓和孟庆川一起回孟庆川的家。

叶梓问："你跟王永璞都聊什么了？"

孟庆川随口答："工作上的事。"

叶梓："哦。"

孟庆川听出她的语气变化，便问："怎么了？"

叶梓想了想，还是说了："他到底怎么回事啊，徐茜有点儿喜欢他，我总觉得他会玩徐茜。"

孟庆川轻轻笑了一下："不会，我提醒过他了。"

"啊……"叶梓怔了一怔，又"噢"了一声。

夜幕下，路两边都有了跟春节相关的装饰，一路开过来，灯火辉煌的。

孟庆川发觉叶梓兴致不高，便问她："心情不好？"

叶梓笑笑，说："没什么，就是跟徐茜已经一起住了这么久，突然分开，感觉有点儿不习惯。"

孟庆川没给出什么回应，还在专心开车。

叶梓又说："也不光是因为这个，还有押金，算是扔了。"

她们俩临时退租，押金要不回来了。

"押金多钱？"

"一千六。"

她每一分钱都赚得不容易，有点儿心疼。

但她愿意主动分享心里话，让孟庆川心情大好。

他说："我给你。"

叶梓看他一眼，说："我不是要你的钱。"

"我知道。"

他们都没有再说话。

等红灯时，孟庆川凑过来，捏着她的下巴，把她的嘴变成了"O"形。

他说："一千六，让我亲十下。"

没等叶梓回答，他便自作主张地吻了一连串。

过了几分钟，叶梓听见他说："挺贵的。"

他嘴角轻轻一弯："但是值。"

搬家奔波一整天太累，叶梓回去倒头就睡，一觉睡到第二天接近中午。

起床，叶梓发现家里只有她一个人。她眯着眼睛在家里绕了一圈，确定孟庆川没在家。

她整个人蒙蒙的，挠了挠头。孟庆川到底是几点起床的，她竟然一点儿声响都没听到。

打开手机，才发现孟庆川早上七点多就给她发了条消息。

他说音乐厅临时有事要加班，让她自己乖乖在家，顺便交代了一下冰箱里有什么，叫了外卖怎么送上来。

虽然身上还是有点儿乏，叶梓没再继续睡。

来到客厅，眼前是一些堆起来的纸箱。

前一天忙着去送徐茜，她的东西都没收拾，一部分堆在孟庆川的客厅里，还有一部分堆在电梯厅。

站在孟庆川家的客厅中央，她还是有种不真实的感觉。

她就这么住进来了？

洗漱时，她站在镜子前，发觉这个家有好些小变化。

前一晚孟庆川给了她一套睡衣，她胡乱套上就睡了，现在才发现这是一套合身的、全新的睡衣。

毛巾架上添了新毛巾，还有新的电动牙刷和水杯。不是给客人用的那种，跟他用的是同一套。

叶梓心里有种说不出的感觉。

洗漱完，叶梓按孟庆川说的，在冰箱里找了吐司和牛奶，吃的时候顺便拍下来，给孟庆川发过去。

过了会儿，孟庆川打了个视频通话过来。

"起床了？"

孟庆川不知道在什么地方，信号不大好，卡得不行，风也呼呼的，几乎听不清他说话。

他走了几步，信号比刚才好了一点儿。

"嗯。"叶梓皱着眉分辨他身后的场景，好像在户外，"你在哪儿啊？"

"在外面，演出要提前调试器材。"孟庆川轻描淡写地说。

"哦。"叶梓顿了下才说，"外面挺冷的，听说降温了。"

"嗯，所以呢？"孟庆川似乎在等她说点儿什么。

叶梓有点儿难为情，反而脾气变得有点儿不好："没什么所以。"

孟庆川无奈地说："你这犟嘴的习惯能不能改改。"

隔着屏幕都能看见他哈出的白气。

叶梓抿了抿嘴，说："你穿得够不够？"

"够。"孟庆川淡淡笑了笑，"你今天打算干吗？"

"收拾东西。"

"嗯。太累的话就等我回来。"

"你什么时候回来？"

孟庆川转头看了一眼，想了想："可能晚上七八点吧。"

"那还是我自己收拾吧。"

孟庆川主卧有个衣帽间，他的衣物整整齐齐地挂在里面，只占了三分之二的空间。

他让叶梓把衣服放过来，这样换衣服不会太麻烦。

叶梓举着手机到主卧，站在衣帽间门口想了一会儿，说："我还是放次卧吧。"

次卧是个四门衣柜，比她在出租屋的衣柜要大得多，放她的衣服完全足够。

孟庆川问："你打算以后住次卧？"

"也行。"

什么叫"也行"？孟庆川被她气笑了，又不是来当合租室友的。

叶梓把手机撑在沙发扶手上，人蹲着叠衣服，嘴里振振有词："万一你这儿来人，看见了不好。"

"谁会来？"孟庆川这个房子除了他自己，来得最多的只有王永璞。

"你爸妈。"

"他们一年也来不了一次。"孟庆川换个手拿手机，"再说你又不是没见过他们，没事的。"

叶梓努力回忆孟子良和戴芳的样子。

见过是见过，可那已经是好多年前的事了。她以前又是烫头、逃学，又是打架的，估计孟子良和戴芳对她的印象也不大好。

或许是看出叶梓的迟疑，孟庆川说："这段时间忙完，带你见见他们。"

"他们还在附中家属院住？"

"嗯。"

叶梓垂下眼，"哦"了一声，没再说什么。

他们所有的共同回忆都是从那个家属院开始的，可她并不愿意回去。

回去就意味着会碰到熟人，也会传到叶峰和梁燕耳朵里，而她并不愿意见他们，他们也不知道她已经回安城了。

孟庆川识趣地没再提这个话题，说："到时候再说，我来安排。"

"算了吧，还是别见了。"

"怎么了。"孟庆川好像没什么不高兴，"迟早都要见的。"

"你爸妈肯定不待见我。"

"怎么会，你别瞎想。"

叶梓本来想说"我知道他们都说我是私生女"，又担心这句话说出口，会搞得这通电话不愉快，便没说。

她盯着那一堆东西，说："算了，再说吧。东西我还是放次卧吧。"

孟庆川没再说什么。他知道叶梓的性子，就算他坚持也拗不过她，便由着她去了。

聊了一会儿，孟庆川那边有人喊他，叶梓让他去忙，匆匆挂了电话。

坐在偌大的客厅地板上，叶梓兀自发呆。她有点儿动摇，不知道搬过来是否正确。

他们是在一起了，可答应他的那个当口，或许是被感动冲昏了头，她没有多余的精力想别的。

后来在一起的这些日子，她只觉得他好，根本没往他们俩的家庭上想，可这是以后不得不面对的。

想着想着，她有点儿迷茫。

叶梓把东西都放在了次卧，包括电钢琴。

有些东西就放在纸箱里，没拆出来，好像做好了随时搬走的准备似的。

她自认为东西不多，可整理起来还是用了大半天。直起身来腰酸背痛，天已经将将要黑了。

她看了眼时间，已经五点半了。她给孟庆川发了条消息，没有回复。

可能在开车。

过了一个小时，叶梓又发了一条，还是没有任何回复。

她突然想起两个人的定位。打开定位，她发现他们两个之间的小圆点相隔了将近一百千米。

她不停地放大地图，发现孟庆川的那个小圆点正在高速上。

手机被偷了吗？

叶梓赶紧打了个电话过去。

"嘟"了一声，就有人接起来，是孟庆川的声音。

"怎么了，叶子？"

叶梓松了口气："你怎么跑到高速上去了？发消息也不回，我还以为你手机丢了。"

孟庆川："开车呢，没看消息。东西收拾完了没，吃饭了吗？"

叶梓点头："收拾完了，吃了。"

孟庆川："嗯，我估计还有一个半小时到家。"

"好吧。"叶梓磨磨蹭蹭的，补了句，"你注意安全。"

挂了电话，她又打开手机，发现孟庆川的位置，离他们一起去过的那个自然森林公园只有不到十千米。

孟庆川说一个半小时，真的很准时。

八点刚过，就听见门口有动静。

叶梓跑过去迎接，打开门，发现孟庆川在门口，肩有些塌，没什么精神。

孟庆川换好拖鞋，进屋后直接摊在沙发上。

他平时总是挺拔潇洒，好像很少像这样，整个人显得特别疲惫。

"你还好吧。"

孟庆川没说话。

"吃饭了吗？"

孟庆川摇摇头。

叶梓准备起身去厨房。她一个人在外生活了这么久，做饭这项技能磨炼得还不错。

动作麻利的话，不到半小时就能端上来两三道快手菜。

孟庆川看出她想做什么，扯着她的胳膊，摇头道："别忙活了，不太想吃。"

叶梓被他手上的力量带的坐下，顺便摸了一下他的额头。并没有发烧，

只是着凉了。

她想起前些日子她生病的时候，便问："要不要去医院？别拖严重了。"

"不用，我心里有数。"孟庆川无力地抬手，指了指电视柜左边的抽屉，"帮我拿一下药箱。"

叶梓没动，皱着眉头，表情怪可爱的。

孟庆川无奈地笑了一下："你以为我跟你一样倔？要真难受我就去了。"

叶梓拿了药箱，又听他的，从里面翻出感冒冲剂。

她在饮水机旁接水，边泡冲剂，边问孟庆川："你今天去哪儿了，是去那个森林公园了？"

孟庆川点点头："嗯，今天一些设备上山，要调试。"

自从叶梓负责剧院项目之后，Fiona就把她从音乐厅的工作群里踢了出来，她并不清楚他们的工作进度。

难怪早上视频的时候，他那边风声那么大。

山里肯定比城市里还要冷几摄氏度。

叶梓心里有些说不出的愧疚感觉。

因为孟庆川的周末并没有很闲。

他明明知道今天要去山上冻一整天，还要来回开两百多千米的高速，可他什么都没说，昨天还是花了一整天，陪着她一起搬家。

她只跑了一天，就已经累散架了，更别说孟庆川的运动强度了。

叶梓把杯子递过去，有些心疼："你今天加班，昨天为什么不说？让搬家公司搬就好了。"

孟庆川接过杯子，抿了一口，语气略嫌弃："万一你那边出了岔子，还不是要折腾我。"

叶梓垂着眼，嗓子堵着，想说点儿什么，又说不出来。

孟庆川难得见她乖顺的时候，嘴角勾起来，用手指梳了梳她的头发，说："我没事，睡一觉就好了。"

这就是孟庆川对她好的方式。

就像十年前，他打着石膏带她坐大巴回渭城，他打那时候起，就是个有主意的少年。

这么多年过去了，还是这样。

不解释，也不摇摆，什么都不说，只是做，用行动带给她安全感。

他捏了捏她的脸颊，说："干吗愁眉苦脸的？我真没事。"

叶梓回想过去，觉得自己有时真的挺浑的。

孟庆川喝完药，她又起身给他接了一杯热水。

回来时，孟庆川随口提道："对了，刚才你打电话的时候，车上还有其他同事。"

叶梓一惊，热水差点儿洒出来。

"怎么回事？"

孟庆川稳住她的手，拿着杯子："今天有不少人去加班了，回来的时候顺道送了庄鑫，还有你们公司的两个人。"

"我们公司的两个人是谁？"

"Fiona 和梁凯。"

孟庆川和叶梓的恋爱就这样公开了。

她觉得有点儿荒唐，翻来覆去睡不着。

一是觉得就这么被别人知道了，实在太草率；二是电话里她跟监视孟庆川似的，也不知道会不会给他带来什么不好的影响。

最让她难受的一点是，Fiona 当时竟然在车上。

就这么瞪着眼睛到后半夜，她又觉得就这样吧，反正别人早晚都会知道。

周一上班时，叶梓觉得好像到处都是别人投过来的目光，看过去又没有人跟她对视。

不用想，全公司的人都知道她恋爱了。

在职场上，八卦的速度比想象中要快很多。

叶梓到工位上，方思哲上下打量了她一番，笑了笑没说话。

"看什么看。"

方思哲摇摇头："看来你是真不给我机会。"

"什么机会？"

"追你的机会呗。"

叶梓瞪眼："别瞎说。"

"谁瞎说了，我真挺喜欢你的。"方思哲撇了撇嘴。

叶梓没说话。

方思哲跟她较上劲儿了："你别不信啊，你进公司第一天我就觉得你不一样。不然我干吗要大半夜的受冻陪你加班，还跟你去甲方要账？我舒舒服服待着不好吗？"

叶梓觉得方思哲也是挺直爽一大男孩，便说："我信，谢谢你。"

"现在想起来那天，你跟川总确实有点儿什么，只是我当时没看出来，哈哈。"方思哲大大咧咧地拍拍她的肩，"我可没什么小人心思，就是想着既然没机会了，还是告诉你一声，以后还是好同事。"

过了会儿，方思哲又凑过来问："哎，你听说了吗？音乐厅和剧院要分家了，杨副总要带着剧院成立新公司。"

叶梓以为他要打探什么消息，嘴很严地说："不知道。"

"别装了，全公司的人都知道。而且你男朋友是川总，你怎么可能不知道。"

叶梓看他："你想说什么？"

方思哲压低声音："杨副总最近给自己团队招人，到处高薪挖人，不光

要带走一部分他们内部的人，还挖到咱们公司了。"

"跟我有什么关系。"

叶梓心想她跟剧院的品牌经理孙晓宁已经吵翻天了，她又是孟庆川的女朋友，杨健总不可能挖她。

叶梓猛然抬头："你不会要去吧？"

"我才不去。"方思哲摇头，"就是提醒你和你男朋友，注意一下那个杨健，听说他挺有背景。"

叶梓眨了眨眼，若有所思。

周一早上孟庆川没去上班。

前一天顶着风在山上跑了那么久，头昏脑涨的，体力都耗尽了，一包感冒冲剂根本不够。

睡到十一点多起床，孟庆川晃了晃头，感冒的症状好像减轻了不少。

身边空荡荡的，只有一套睡衣叠得整整齐齐，放在旁边的枕头上。

打开手机，一连串的未读消息。

他先点开叶梓的头像，她说给他准备了早餐。

叶梓搬过来后，上班距离变得特别近，再也不用早起挤公交车。但她还是保持了早起的习惯，起来做了早餐。

走出房间，看到叶梓留在餐桌上的水煮蛋和包子，还有熬在锅里的粥，都是从他冰箱里找的食材。厨房里已经收拾干净了，没有做过饭的痕迹。

孟庆川挠了挠脖子，兀自笑了笑。

吃完早饭，胃里暖暖的，人也有精神多了。

孟庆川在客厅站了一会儿，总觉得有什么不对劲儿。

叶梓已经搬进来了，怎么房子里还是没有她的东西？

前一晚回来精疲力尽，他也没顾上问她东西收拾得怎么样了。

他扯了张抽纸，去次卧转了一圈。

推开次卧的门，才发现叶梓那些东西都还原封不动，没拿出来。

次卧墙角堆了三个纸箱，还有一个轮子坏掉的行李箱，床尾放着她的电钢琴。

他打开衣柜，里面只挂了几件当季衣服。

好像随时要搬走的样子。

为了迎接她搬进来，他专门买了跟自己配套的电动牙刷、毛巾、杯子、睡衣……她却没把这里当作可以长久住下去的地方。

甚至还不如那个出租屋。

他扒拉了一下头发，在空荡荡的衣柜前站了会儿，突然觉得心里也空荡荡的。

下班的时候，孟庆川开车去接叶梓。

他来之前没提前说，叶梓在办公室忙到晚上八点多。

他就在车里生生等了两个多小时，没打电话，也没发消息。

叶梓跟方思哲一起下楼，看街上春节氛围浓厚热闹，本来打算一路走回去。

方思哲眼尖看见辆灰色的车，便酸溜溜地说："那不是你男朋友的车嘛。"

叶梓顺着他指的方向看过去，表情转为惊喜。

方思哲举着头盔跟叶梓挥手："走咯，骑着我心爱的小摩托，它永远都不会堵车……"

叶梓没管他，小跑着绕到车后面确认了车牌号，才轻轻敲车窗。

孟庆川解了锁。

叶梓带着一身寒气坐上副驾，问身边人："你感冒好了？怎么也过来也没说一声？"

孟庆川淡淡地说："顺路就过来了。"

叶梓："等了多久？"

孟庆川："刚到。"

"真的？"

"嗯。"

他精神比前一天好了许多，只是话很少。他平时话也很少，可今天感觉就是有那么点儿不一样，好像情绪不佳。

叶梓凑近了看他："还难受吗？"

孟庆川摇了摇头，说："安全带系好，咱们走吧。"

车子行驶了一会儿，叶梓忽然问："你是不是心情不好？"

孟庆川似笑非笑："你怎么看出来我心情不好。"

叶梓看着窗外："感觉出来的。"

孟庆川还没说话，叶梓又接着说："是不是因为杨健？我们公司里有很多他的传言。"

孟庆川轻轻抬眉："什么传言？"

这段时间，伍拾传媒的人都很躁动。

杨健私下叫了公司一些人谈话，想挖他们过去，给出的条件很优厚。

从乙方跳到甲方，工作内容也并不陌生，这是个不错的机会。

"他们说，年后音乐厅和剧院会分成两个公司，杨健变成剧院的老大，是真的吗？"

孟庆川反问她："你希望这样吗？"

叶梓摇头。

孟庆川问："为什么？"

"因为他是从你手里抢来的，剧院本来是你的，凭什么就被他抢走。"叶梓答，"听说他还要高薪挖我们公司的人。"

"找你了吗？"

"怎么可能找我。"叶梓干笑了一声，"我跟孙晓宁天天杠，而且他肯定知道我跟你的关系了，我过去不就相当于打入敌人内部。"

"你同事都是什么态度？"

"杨健对我们很刻薄，大家都不喜欢他。"叶梓说，"应该没人去。"

孟庆川笑了笑，没说话，觉得她还是单纯了。

杨健这个人虽然学历造假，但也在专业剧院摸爬滚打过多年，专业度是有的，他提出的一些运营模式孟庆川是认同的，这个人并不完全是个花架子。

只是他有些自高自大，这直接反映到了他的待人接物上，对合作方少了份尊重。

天下往来皆为利，无论杨健这人如何，有优厚的条件诱惑，就必然会有人接受。

叶梓说："这些都是方思哲让我提醒你的。"

孟庆川眼睛始终直视前方，看不出情绪。听到方思哲的名字时，他的表情才动了动。

叶梓强调了一遍："听见没，你要防着点儿杨健。"

良久，他才问："你跟方思哲，平时走得很近？"

叶梓答："一般般，我们的工位是挨着的。"

孟庆川没说话。

叶梓看他一眼，明白了，这也许是他心情不好的真正原因。

她说："方思哲有点儿喜欢我。"

孟庆川抿着嘴，依旧不讲话。

她接着说："不过他也知道我们在一起了。"

也许是她说的"我们"拉近了心理距离，孟庆川表情总算松动了一下。

到地库，停好车子后，叶梓跳下车子，拦住孟庆川的去路。

孟庆川走左边，她也往左边挪；孟庆川换右边，她也追过去。

僵持了一会儿，孟庆川语气冷淡地问："怎么了？"

叶梓拦腰抱住他，有点儿撒娇的意思。

这是她第一次撒娇，还不大熟练。

两双眼睛对视，孟庆川发现，这姑娘是有股古灵精怪的劲儿的。她这么温顺，可不是件常见的事。

孟庆川被她逗笑，却还绷着脸："干吗？"

叶梓仰头看他，下巴抵着他的下巴，语气里带着讨好："还生气吗？"

心里那点儿不愉快好像一下子抽离了。

孟庆川揉了揉她的头发，说："以后离那小子远点儿。"

临近农历新年，交响乐团在森林公园的云顶音乐会也进入倒计时。

这段时间，原本是一年中最能光明正大摸鱼的日子，音乐厅和伍拾传媒的人却忙得四脚朝天。

要协调的事很多，Fiona作为项目经理，每天都很暴躁。自从知道孟庆川和叶梓在一起之后，她的工作积极性就没那么高了。

孟庆川也忙，忙到即使住在一起，叶梓也几乎见不到他。

把交响乐团搬到大自然中，还是森林公园的山顶，从来没人做过这样的音乐会。要保证乐器安全运送，还要搭建舞台，灯光、摄影设备也不能少……挑战很大。

对于孟庆川来说，技术上的难度不算什么，真正难的，是有很多双眼睛在背后盯着。

杨健就不止一次阴阳怪气地提过，说这种形式的音乐会，噱头大于实际的意义，还有安全隐患。

没过多久，杨健也很少提这件事了，他甚至不再在群里说话了。

跟音乐厅项目组对比鲜明，叶梓负责的剧院项目手头所有的工作都逐渐放缓。

叶梓不知道的是，音乐会筹备的过程中，甲方文化集团内部还有另一件事在悄悄进行。

集团内控部和审计部突然调来了一批新人，也不说为什么，突击重新审核过去三年的所有合同和预算，弄得集团内部紧张兮兮的。

剧院项目组的同事乐得自在。

前段时间音乐厅项目组每天没事做，现在换他们清闲了，他们都在感叹风水轮流转，甚至有人上班时间跑出去置办年货。

有天下午上班时间，有人随口提起过年高铁票不好抢，机票又贵，大家开始纷纷附和。叶梓才发现有不少同事都不是安城本地人。

大家都兴致勃勃地提起过年回家的事。

叶梓没有参与讨论。

自从她离开安城，过年不是在学校宿舍，就是在出租屋里，那些全家团聚的热闹跟她没有一点儿关系。

因为她没有家。

大家从春运票难抢聊到禁放鞭炮没年味，又聊到怎么凑年假最划算。

提到这一茬了，叶梓再也无心看电脑，开始认真思考她今年过年该怎么办。

孟庆川肯定是要回家属院过年的，她当然不肯去。可她总不能一个人在孟庆川自己的这个家过年吧，总觉得怪怪的……

想着想着，方思哲突然凑过来，特别神秘地说："你一本地人，跟他们凑什么热闹？我这儿有大瓜，要不要听？"

他总玩这种把戏说一些无聊的话题，叶梓翻了个小小的白眼，没理他。

他压低声音："你没发现杨健最近不在群里说话了吗？孙晓宁发疯的频率也降低了。"

叶梓盯着自己的屏幕："他们拖了我两笔款没回，当然没底气发疯。"

方思哲伸出一根手指："NoNoNo，因为杨健被停职了。"

说完这句他就不说了，吊着叶梓。

叶梓果然忍不住问："你怎么知道？"

"我不光知道这个，我还知道他们上级单位的一个大佬也被停职了。"

叶梓眉头一动："为什么？"

方思哲反问："你不知道？"

叶梓摇头。

她又追问了一句。

方思哲耸肩："有人举报啊。他们内部的审计和内控全都换了一批新人，查以前的流程是不是规范。"

叶梓问："杨健有违规操作？"

"不知道。"方思哲摇头，"不过这个阵仗，感觉像是有。"

叶梓强忍着眉飞色舞的表情，说："多行不义必自毙，谁让他平时那么狂。"

本来是件高兴的事，可偏偏方思哲又补了句："感觉下手挺狠的，你觉得这是谁的手笔？"

叶梓身体往后靠了靠："你什么意思？"

方思哲笑笑："这么防备干吗，聊聊嘛。"

叶梓是拒绝的："有什么好聊的。"

"杨健空降过来，还要把剧院分出去，最损害的是谁的利益？"

方思哲就差说孟庆川的名字了。

"你想说什么？"

"没什么，职场上用手腕很正常。"方思哲别有意味地说，"只是这次波及的人有点儿多。"

还没接着往下聊，华哥推开他的办公室玻璃门，朝叶梓招招手："叶梓，你来一下。"

叶梓看了方思哲一眼，带着疑问走进华哥的办公室。

华哥做了个"请"的手势，让她坐在对面的椅子上。

华哥合上电脑，关切地问："最近工作感觉怎么样？"

"挺好的。"

"我也在群里，虽然没时时刻刻看，但也知道，新来的杨副总不好对付，项目组加了不少班，这段时间辛苦你了。"

叶梓对他这段开场白感到莫名其妙。

总感觉他接下来说的话不会太好。

接着，华哥又说："是这样的，客户那边有变动，公司内部在人员上，相应也会有些调整。我叫你来就是征求一下你的意见，如果调岗到事业三部，去做快消客户，你愿意吗？"

叶梓想了想，问："我听公司安排。不过，我能问问为什么吗？"

华哥其实对叶梓是有些期望的。

这个女孩儿身上有股韧劲，好像什么都豁得出去。她不爱跟同事交际，也不在乎那些所谓的关系，她做事好像只为那一个目标，催回款，催进度，拿工资奖金。

她有工作劲头，却好像缺了点儿上进心。

说白了，她工作似乎只为了"活下去"，而不是为了"爬上去"。

华哥小动作很多，一会儿挠鼻头，一会儿挠耳朵："剧院和音乐厅的项目组年后可能要合并，考虑到你和 Fiona 在工作上的配合，还是觉得给你换个新项目会更好。"

叶梓问："那田兰、海波和亦琦呢？"

这三个人都是她剧院项目组的搭档。

"他们三个……他们三个年后就离职了。"华哥又抓耳挠腮，好像说不出口。

叶梓不爱跟同事交际，跟这三个人处得不好不坏，一起加班骂杨健，是他们仅有的共同话题。

叶梓不可置信："离职？一起离职？"

华哥点点头，没多说什么。

"你不要有什么心理压力。"

如果华哥没说最后一句话，她可能还不会多想。

项目组所有人都离职，就她一个人留下？

从华哥办公室里出来，叶梓看向海波的工位，又想到方思哲说的话。

田兰、海波和亦琦是被孟庆川波及的人吗？

他是那样的人吗？职场剧中才会出现的，拥有手段稳准狠的大佬？

她不是什么菩萨心肠的人，始终都站在孟庆川这边，她也希望杨健走人。

只是如果真的是孟庆川做的，那他大可不必殃及她的同事们。

她犹豫了很久，到楼下找了块没人的地方，给孟庆川打了个电话。

电话那边风声呼呼的，还有人在远处喊些什么，应该又在山上。

孟庆川接起来，说："怎么了，我这边有点儿忙。"

叶梓才想起两天后是云顶音乐会就要开始了，今天是他们往山上运送乐器的日子。

她脚尖在地上来回蹭着，觉得现在也许不是个好时机。

最终她什么都没问，只说："没什么事，你忙你的吧。"

挂掉电话，叶梓双手插在口袋里，在楼下坐了一会儿。

冬日的阳光不刺眼，照得暖洋洋的。

或许是感应到了什么，过了一会儿，孟庆川还是把电话拨了回来。

电话里，两个人都没说话。

沉默了一会儿，孟庆川先问："后天音乐会，你要来现场看吗？如果来的话，我们就早点儿出发。"

原本这场音乐会是要开放给现场游客看的，最终因为担心安全问题，还是清场一个半小时，换成了现场演奏、线上直播的形式。也就是说，音乐会期间，只有工作人员在场。

叶梓想了想说："我还是不去了。"

这段时间，音乐会有很多手续要报批，孟庆川身心都很疲惫，疲惫到他每天回家倒头就睡，甚至没时间和叶梓聊儿什么。

两个人这段时间没讲太多话，也没有吵架，但他知道，他们之间出了问题。

自从他发现叶梓把所有东西堆在次卧的早上开始，一些不好的情绪就在他脑中滋生。

尽管在一起了，叶梓也努力在改变了，可她好像还是没完全把心打开。

但他暂时没精力去管了。

叶梓听见孟庆川的声音夹杂着冷风传过来："好。"

云顶音乐会那天，天气意外地晴朗，天空一碧如洗，风很小，温度也不低。

乐器提前运上山，舞台也已经搭好，一切都进展得很顺利。

文化旅游局和市委宣传部的领导陆续到了现场，孟庆川和下属忙着接待，指引路线。

因为要拍摄和直播，舞台圈定的场地只留给音乐家们，孟庆川跟工作人员都站在山顶的观景台上，那里是看演出的最佳位置。

下午三点，音乐会正式开始。

第一首，小提琴协奏曲《英雄·天下》，跟磅礴的山林景色相呼应。

第二首，《一步之遥》，小提琴的声音仿佛快步穿梭在林荫小道中，大提琴和其他乐器响起时，又仿佛置身浩瀚林海之中。

第三首，维瓦尔第《四季·冬》。

第四首，第五首……

忙碌了这些天，孟庆川终于有时间看看这山上的美景。尽管是冬天，景色却不单调，有冷峻的美。

这个场地是跑了很多趟，才说服领导定下来的。

这是他第二次用心看这里。

上一次，还是跟叶梓一起来的。

最后一首。

帕赫贝尔《D大调卡农》。

这不是最初的选曲，是在孟庆川坚持下改的。

听了《卡农》太多次，也弹了太多次，甚至他闭上眼，都能在脑海中找到每一个琴键的位置，也能感受到指尖落在琴键上的轻重。

婉转交织的音符缓缓流动，再熟悉不过的旋律在耳边响起。

孟庆川自然而然地想到了叶梓。他只能想到叶梓。

冬日的暖阳洒下来，和缓的风从山顶吹过，孟庆川脑海中出现了一辆有些旧的大巴车。而他身边，坐着还是小姑娘模样的叶梓。

他记得车上的乘客都昏昏欲睡，身边的女孩儿虔诚地望着车前方的小电视。在毫无音乐体验感的场景下，在那个混合着汗味、体味的车厢里，满脸胶原蛋白的全智贤在礼堂弹奏着一首她从未听过的钢琴曲。

他永远都忘不了她那时的眼神，还有那张充满稚气的侧脸。她微微张着嘴，整个人都被那个电影片段、那首曲子吸引着。

音乐就是有这样神奇的力量，任何语言和文字不能承载，却能准确地传达到听的人心里。

卡农的音符彼此追赶，彼此迎合，时而悲伤，又充满希望。

就像这么多年，他和叶梓两个人的关系。

他有一瞬心疼。

叶梓人是坚硬的，可此刻落在他脑中，却比任何事物都要柔软。

这是他为她准备的礼物。

却没能让她在现场听到。

抬头是绝美的自然山水，低头是专业交响乐团的动听演奏，庄鑫在旁边小声提醒他，各个平台直播在线观看人数已经突破了百万。本该成就感满满，孟庆川脸上却没什么表情。

他甚至有点儿遗憾。

多美的天空和山水，多美的音乐，我挂念了这么多年的姑娘，我心里怎么都放不下的姑娘，好希望此刻你就在我身边。

同一时间，叶梓正盘着腿在沙发上，盯着手机看直播。

无人机镜头从高空缓缓拉近，在山顶的一汪湖旁，交响乐团的音乐家们围成一个半圆，指挥在这个半圆的圆心。

今天天气真不错。她有点儿后悔没去现场。

她对古典乐不算特别熟悉，所有了解都来自孟庆川的介绍，还有当下的工作需要。听到《天下》时，她分辨出是电影《英雄》的配乐，听到《一步之遥》时，她也会心一笑。

后面有几首曲子她都不太熟悉，她把手机放在旁边，公放着直播，在孟庆川的书房里打转。

孟庆川的书墙通顶，旁边放着梯子，她没打开，便随便在能够到的格子里看了看。

书架除了书和唱片，还有一些小摆件。

面前的格子放了个乐高的钢琴模型，跟他办公室里的一模一样，再看旁边，是一个相框，上面是孟庆川、叶宸和王永璞，看样子应该是他们十六七岁的时候，三个阳光帅气的少年，意气风发地看镜头。

那张照片相框后面，垒了很多相框。叶梓随手拿出一个，才发现里面裱的不是照片，是一张获奖证书。

她仔细看了看，这样的证书有一大摞。

叶梓一个个翻看，这些证书的时间从二十多年前开始，到十年前停下。

自从他手腕骨折后，他就再没有参加过任何钢琴比赛。

叶梓把那些证书一一整理好，又放回原处。

他热爱音乐，从小就爱，从骨子里就爱。

那些获奖证书，是他骄傲的过往。

他有天赋，也努力，是同龄人里弹得最好的一个。

他是附中钢琴班里最有希望上中央音乐学院的，他本来能跟他的父亲一样，成为青年钢琴家，站在更高的舞台上。

就在所有准备都就绪时，一切却戛然而止了。

那样骄傲的他，十八岁那年，失去了人生中最重要的梦想。

后来他选择了跟音乐相关的工作，而又有人试图夺走他苦心经营起来的一切。

而她却怀疑他、冷落他。

叶梓颓然站在他的书柜前，心里是说不出的复杂滋味。

身后的手机里突然响起《卡农》的旋律，她猛然间回头。

音乐会在下午五点就已经全部结束。

叶梓看到 Fiona 在部门群里发了他们庆功聚会的照片，她放大缩小每一张照片，都没找到孟庆川的身影。

孟庆川在群里发了几个红包，之后就一直没说话。

一直到晚上十一点，他们聚餐已经过去好几个小时，叶梓都没有孟庆川的消息。

她看定位，孟庆川的那个小圆点消失了。她打电话过去，关机。

她静静地坐在沙发上，抱着腿，下巴搁在膝盖上。

十二点多，门口终于传来钥匙转动的声音。

叶梓猛地站起来，赶到门口。

两个人迎面撞上。

孟庆川有些错愕，随后摸了摸她的脸，说："还没睡？"

叶梓紧紧地抱住他，头枕在他的肩上。

孟庆川也环抱住她，声音里有些歉意："充电线被同事借走了，没来得及充电。"

叶梓没说话，只是用力把脸往他身上埋。

孟庆川身上有专属于他的味道，闻了特别有安全感。

孟庆川轻轻抚她的头发，问："直播看了吗？"

叶梓点头。

"喜欢吗？"

叶梓继续点头。

孟庆川捧着她的脸，发现她满脸泪痕。

他没问为什么，忍不住开始吻她。

他的嘴唇很柔软，先是轻轻触碰，然后才覆盖住她的唇，用舌尖慢慢探索。

两个人就在玄关处深吻起来，抱得越来越紧。情难自已时，孟庆川一把抱起叶梓，往卧室走去。

叶梓跌在被褥上，眼睛亮晶晶的，看着孟庆川脱外套和毛衣，又解衬衣的扣子。

过了一会儿，他又上来吻她，轻轻吸着她的嘴唇。

"你知道我在气你吗？"

叶梓眼睛看向别处，轻轻说了句："知道。"

他扳过她的脸，认真盯着她："怎么知道的？"

"感觉出来的。"

她不笨，她知道孟庆川这段时间不只是忙，而是故意对她不冷不热。

她被吻得呼吸不稳，还说了句硬话："反正我也在气你。"

孟庆川似笑非笑地问："气我什么？"

他的嘴唇却在她耳边游走。

"你是不是跟华哥打过招呼？"叶梓尽量让自己呼吸平稳，不哼出来，"给我调部门。"

孟庆川摇摇头："我跟朱少华平时没有往来。"

"那为什么我们项目组的人都丢了工作，就我没有？"

孟庆川没有停下动作，边吻边说："其他人丢了工作跟你有什么关系？"

叶梓没有回答。

"你是不是以为，你们项目组的人丢工作跟我有关系？"

叶梓抿着嘴，依旧不说话，表情倔倔的。

孟庆川突然停下，看她的眼睛："告诉我，你听说什么了。"

叶梓垂着眼问："杨健被停职，是不是你举报的？"

"听谁说的？"

"……方思哲。"

孟庆川无奈地笑笑，拨她眼前的几根碎发："不是说让你离那小子远点儿。"

两个人认真对视，孟庆川坦诚地说："是我。"

他说："杨健和集团张总操作入库供应商，拿回扣中饱私囊，涉及金额很大，而且杨健谎报学历，入职流程也不规范，现在审计部和内控部正在重查，会有一个公平的结果。

"你们项目组的那几个人，杨健都找他们聊过，给出的条件很优厚，他们也都接受了杨健的邀请，主动提了离职。但我们内部并没开放招聘名额，杨健招人也没有通过 HR 部门，他的口头承诺是无效的，所以他们几个应该是两头都没捞到好处。"

"至于你被调岗，应该是朱少华自己的意思。我肯定不会干预你的工作。"

孟庆川坦诚地说了很多，叶梓直直盯着他，听他说完，突然主动啄他的唇。

"我说了这么多，你不说点儿什么？"

叶梓主动亲他已经是认错的表现，他逼着叶梓要说点儿什么。

叶梓闪躲着，最终说："我信你，不信方思哲了。"

她又讨好般地补了句："以后都不信他了。"

…………

尽管已经很晚了，但他们都没有睡意。

孟庆川把她搂在怀里，她靠在他的肩头，气息有些虚地问："原来你这么吃方思哲的醋。"

"谁吃他的醋了。"

叶梓反问："那你之前在气什么？"

"气你没把这儿当家。"孟庆川用力箍了箍她，"你安心住着，听见没。"

叶梓这才想起次卧那些没拆封的箱子。她想解释点儿什么，却不知从何解释起。

她从十四岁起就没有家了，潜意识里也没把任何地方当过家，除了那栋她再也不敢上去的破旧的居民楼。

孟庆川好像也没想要个确切答案，而是吻了吻她的额角，说："我都知道的，慢慢来就好。"

她"嗯"了一声，问："你今天去哪儿了？怎么这么晚才回来？"

"去了渭城一趟。"

叶梓用了两秒才反应过来，因为孟庆川语气平静得就好像去了趟楼下的便利店。

她坐直身子问："去渭城干吗？"

孟庆川原本是打算看完音乐会，顺路带她去渭城老家，去果园里看看她养父母。

叶梓没去，他推掉了庆功宴，还是自己去了。

"快过年了，总得去看看他们。"

叶梓脸上的惊讶表情还没有褪去。

孟庆川伸手让她过来，拨她的头到自己肩上："还给他们带了花。"

叶梓忍不住泛出些内疚的泪来，很久都没说话。

孟庆川指尖触到湿湿的一片，用手指轻轻替她擦泪，柔声说："我还跟他们说了会儿话。"

叶梓眨了几下眼睛，问："说什么了？"

"说我肯定对你好。"

一夜安稳。

临近春节，伍拾传媒虽然除夕当天才正式放假，但大家也已经属于"放羊"状态，早上没人准时到公司，都是接近中午来公司晃一晃，下午又早早跑回家。

叶梓也没上闹钟。

一大早迷迷糊糊中，却被不知什么声音吵醒。

仔细分辨了会儿，才发现是手机在振动。

她从床头柜摸过手机，发现是孟庆川的。

皱着眉看了眼屏幕，叶梓一下子就清醒了。

手机上赫然显示着来电人的名字——"戴老师"。

身边的人动了动。

孟庆川太累了，并没有被手机声吵醒，而是翻了个身，在半梦半醒的状态中搂住叶梓，没有意识地亲了亲她的头发。

"醒了吗？"叶梓轻声问。

孟庆川嗓音哑哑地"嗯"了一声，随后又没了动静。

叶梓转过头看他："有你电话。"

孟庆川这才睁眼，懒懒地问了句："谁啊？"

叶梓把手机递给他让他自己看，刚交到他手上，来电挂断了。

孟庆川看见号码，才想起已经有几天没跟家里联系过了。他起身套了件白色T恤和睡裤，边回拨边往外走。

来到客厅，他说："喂，妈。"

叶梓没了睡意，随手打开手机划了划。

主卧的门没关，孟庆川也没刻意避着她。大概是戴芳问孟庆川有没有放假，她听见孟庆川说："还没有，三十当天才放假，今天还得去一趟。"

又是一年春节。

这些年，叶梓刻意避免去在意那些跟节日相关的仪式感，她把每一天都当成平常的日子过。

她以为她真的不在意了，可每每到节日，心里还是有一丝不易察觉的失落。

小时候她也是喜欢过年的，因为可以出去放炮，还有红包收。养父母会给她从头到脚买一身洋气的新衣服，大年初一早上才能换上，说这叫新年新气象。

到叶家后，好像就没有过过一个安生的春节，越接近除夕，家里的氛围越紧张。年夜饭她从没吃完过，每次吃两口就回房间，然后叶峰大发雷霆，说她破坏全家团圆的气氛。

离家之后，有差不多六年的时间，叶梓都是一个人过年的。

她到现在还记得大学在宿舍过的第一个年。

那年春节，全校不回家的只有五个人，宿舍也没有暖气。另外四个人提前打听到叶梓也不回家，邀请她跟他们一起出去吃年夜饭，叶梓拒绝了。

尽管外面满天烟火，尽管被窝里冷冰冰的，尽管她的年夜饭只是一份方便米饭，可那年的春节对她来说，是放松和惬意的。

她一个人窝在宿舍里，平静地重温了《我的野蛮女友》，情不自禁地想到了孟庆川。

回过神来，孟庆川已经打完电话进来。

"想什么呢？"孟庆川看她发愣，探了身子过来，摸了摸她的脸蛋。

"你今天还不放假？"叶梓问。

孟庆川抓了抓脖子，说："嗯，要跟乐务对一下乐器，昨天从山上搬下来运回来的，我没跟着。还有点儿其他事要处理一下。"

叶梓起身穿衣服："我跟你一起走。"

孟庆川疑惑："你们今天必须上班？"

往年这个时候，伍拾传媒的人早就跑光了。

叶梓把睡衣搭在床尾，套上毛衣："应该没什么事，我去转一圈，没事就下班。"

孟庆川"嗯"了一声，走过来，从背后抱住她，亲她的耳朵。

叶梓被丝丝绕绕的热气惹得身上酥麻，听见孟庆川的声音说："叶子，我想好了，明天我回家吃个年夜饭，就赶回来陪你。"

她知道孟庆川、戴芳那通电话说的是什么，她也刻意没提起有关过年的事，可这是没法儿避免的话题。

她声音轻轻的："你还是陪家人吧，我一个人可以的。"

听不出什么情绪。

孟庆川扳着她的身体转过来，两个人面对面。

他问："我不来你怎么办？"

叶梓："我一个人过，或者去徐茜那儿。"

孟庆川："徐茜过年不回家？"

事实上，徐茜已经在回家的高铁上了。

叶梓略微不耐烦地说了句："一个人又不是不能过，反正我也不喜欢过年。"

孟庆川没再继续这个话题，只说："先出发吧。"

叶梓下车进公司大楼，刚准备摁电梯，就接到了叶宸的电话。

叶宸问她有没有来上班。

叶梓警惕地问："你要干吗？"

"我在你公司楼下，你方便的话出来一下。"

叶梓想了想，说："你等一下。"

出了写字楼大门，叶宸在路边站着，板板正正的。

眼镜衬得他文气，身上又穿着呢子大衣，走近了看，这人用发胶搞了个三七分的发型，真跟教书先生似的。

阳光直直打在叶梓的脸上，她不由自主地皱起眉头。

她伸手挡在眼睛上方："你怎么知道我在这儿上班？"

叶宸打量了她一眼，说："跟王永璞打听的。"

她又想王永璞是怎么知道的，正想着，叶宸问："今天怎么还上班？"

"你不上？"

"我们放寒假了。"

叶梓才想起他是老师，呵呵两声："福利真好。"

寒暄过后，叶宸试探性地问："搬家了？"

叶梓的嘴噘着动了半天，说了个"嗯"。

他又问："之前的家里进了小偷怎么也没跟我说一声。"

看样子他都知道了。

叶梓看着远处："已经被偷了，告诉警察比告诉你有用吧。"

叶宸笑了笑，脚底板在地上蹭了几下。

他们兄妹俩相处的时间其实不多，每每碰到一起，他说一句，叶梓杠一句，也没有太多共同话题。

过了会儿，叶宸才重新起了头："叶子，明天过年了。"

叶梓垂着眼说："嗯，我知道。"

叶宸却不好意思继续开口了。

或许是年纪大了，梁燕接连两年在过年的时候提到了叶梓。昨天全家人在一起收拾带鱼的时候，她冷不丁地嘟囔了一句："也不知道叶梓什么时候过年能回来一趟。"

叶宸眉头一动，手上的动作停了下，被梁燕捕捉到，她追问道："你跟她有联系吗？"

叶宸摇了摇头，什么都没说。

…………

叶梓抬头看叶宸："你想说什么？"

叶宸想了想，说："本来想叫你过年回家去，但想想，你可能不大愿意回去。"

叶梓："你知道就好。都没我房间了，我回去住哪儿？还是你想看吃饭时候吵架？"

叶宸说："妈昨天提到你了。"

叶梓自嘲式地笑了笑："她还记得生过我，不容易，替我谢谢她。"

叶宸知道提到父母，叶梓一定会奓毛。他没跟叶梓争辩，走了几步，打开车子后备厢，拎了几个礼盒，几个满满当当的塑料袋，七七八八在脚下堆了一大堆。

叶梓往前挪了几步，问："这是什么？"

"买的年货，给你也备了一份。"叶宸弯着腰把每个袋子都扒开看了看，"这个里面是蒸碗，这个小箱子里是砂糖橘，这里面有枣、枸杞、小米什么的……"

叶梓沉默地看着他。

叶宸担心叶梓一样都不要，结果她什么没说。

都清点完，他拍了拍手说："下午庆川来接你吧？开车拉回去就成，要我帮你搬上楼吗？"

"不用。"

叶宸合上后备厢，双手叉腰，喘了几口粗气。

叶梓眯眼看着他，嫌弃地说："你好歹锻炼锻炼身体吧，搬个东西都喘。"

叶宸憨憨地笑了笑。

叶梓又问："你跟你女朋友还好吧？"

叶宸点点头："好着呢。怎么了？"

叶梓："没事还不能问了？"

叶宸："能问，能问，你再问问。"

叶梓："不问了，你快走吧。"

叶宸点点头，准备绕到车前，被叶梓叫住。

"……新年快乐。"叶梓不情不愿地补了个字，"哥。"

叶宸牵了牵嘴角："新年快乐。"

孟庆川到音乐厅，走廊里比平时安静了许多。

音乐会的大事圆满结束，员工们大多请了假提前回去过年，只剩下几个本地员工还在办公室里。

孟庆川跟乐务和财务的同事对完工作，顺道去各个办公室里走了走，跟大家提前拜年。

路过杨健办公室时，发现里面有人。

孟庆川敲了两下门，里面的人说"请进"。他推门进去，杨健正在里面收拾东西。

杨健有几天没来过了。他被停职，但最终的结果还没下来。

杨健没做发型，头发都松松散在脸两旁，有点儿艺术家的气质。

看到孟庆川进来，他主动问："还没回家过年？"

孟庆川笑了一下："一会儿就走。"

说完，杨健点点头，接着收拾东西。

孟庆川忽然说："我看过你之前做的戏剧节，还有两场沉浸式互动舞台剧。"

杨健没抬头，不以为然地笑笑："是吗？"

孟庆川："去年去上海出差的时候看的，但那时我不知道是你做的。"

杨健："有何评价？"

"概念很新颖，节目引进也大胆。"

杨健眼底划过一丝得意。

孟庆川很认真地说，"我明白你这段时间想做什么，但是可能每个城市有每个城市的基因，安城不是上海，可能不大适合。"

杨健似乎有些意外，他停下手上的事，笑了笑："我还以为你要跟我聊点儿别的。"

"别的自有审计部门出结果。"孟庆川坦诚地说，"这几年我的工作重心确实在交响乐团这边，这跟我的专业更紧密，我也确实需要一个专业人才来一起运营剧院。"

杨健没有听懂："你想说什么。"

"在专业方面，你是有一定实力的。如果你走正常竞聘流程，并不是没有机会的。"

杨健没有正面回应，而是问："对了，你真和乙方那个叶梓在一起了？"

孟庆川有些意外，愣了一下。

"没别的意思，单纯好奇。"

孟庆川点点头："嗯。"

杨健摇了摇头，语气无奈地说："怪不得她处处跟我作对。"

孟庆川从走到停车场，觉得一身轻松。他回头看了一眼音乐厅的建筑，上面挂着最近演出的巨幅海报。

这一年总算是尘埃落定了。

他拨电话给叶梓："还在忙吗？"

叶梓说："没事了，办公室都没什么人了。"

孟庆川："那我过来接你。"

叶梓顿了顿，说："好。回家吗？"

孟庆川："一起去逛超市。"

孟庆川开车到叶梓楼下，远远看见她已经等在路边了。她身上是件白色短款羽绒服，简简单单的牛仔裤和短靴，更显腿长，整个人看上去特别高挑。

她脚下放了一堆东西，孟庆川停好车，放下车窗问："这些都是什么啊？"

叶梓答："叶宸给的年货。"

两个人一起把那堆东西搬上车。

叶梓小声说："他好像知道我们在一起了。"

孟庆川："他说什么了吗？"

叶梓摇摇头，说："只问了我要不要回去过年。"

孟庆川知道她心里什么想法，便没有接着问她。

叶梓赌气般地说："我不想跟他们过年，只想跟你过。"

孟庆川看她，忽然笑了。

他冲她招手："过来。"

她乖乖过去。

她乖乖的样子让他心动。

孟庆川把她拉进怀里，搂着额头亲了一下。

孟庆川单位福利发了不少东西，再加上叶宸拿的这些，后备厢瞬间变得满满当当。

他打趣说："叶宸帮我们省了不少钱。"

超市里人很多，每个人的推车都满满当当，收银处排长长的队。

叶梓从来不知道春节前超市这么热闹。

孟庆川买了很多鱼虾，牛羊肉也拿了不少。

"买这么多干吗？"

"做年夜饭。"孟庆川又拿了几盒草莓和车厘子，"还有过年期间吃的。"

"年夜饭你不是回家吃吗？"

"我家年夜饭六点就开始了，陪他们吃完我就过来。"

"你家人同意吗？"

"没事，我跟他们说。"孟庆川笃定地说。

他的语气让她觉得特别可靠。

孟庆川推着推车，叶梓挽着孟庆川的胳膊，在人群中穿梭。

再平常不过的场景，还有她从来不在意的节日。

可这一刻，她心里甚至有点儿激动，因为这是从来都没有过的幸福感觉。

在超市买完东西，孟庆川和叶梓回到家里，上下楼跑了两趟，才把后备厢的所有东西搬回家。

往年都是父母采购年货，他什么都不管，回家时候带些好酒就行、今年第一次要跟叶梓过年，他也挺兴奋的，看到别人满满当当的购物车，不想认输，碰见什么都想买点儿。

光水果他就扛了好几箱，还买了两盆年宵花，加上单位发的，叶宸送的，玄关都快堆满了。

看着这一堆东西，叶梓有点儿不知所措。

她不知道，正常人家过年就是这个体量吗？

这么多东西，两个人吃得完吗？

"这两个要放哪儿？"她指着砂糖橘和芦柑的箱子问。

"大件你不用管，有什么想吃的，你先拆开吃，我来搬。"孟庆川说。

叶梓没再问他，自己抱起其中一个箱子就往厨房走。

厨房连着一个阳台，温度不高，冰箱里放不下的，放在那儿应该可以。

箱子还挺沉的，叶梓走了两步，抬腿把箱子往上撑了撑。

"说了不用你搬。"

孟庆川过去要抢箱子，叶梓往旁边一闪，他没拿到。

孟庆川无奈地笑了笑："你这是干吗？"

叶梓进了厨房，声音从里面传出来："你手腕有伤，别搬重物了。"

孟庆川愣了愣，下意识地看了一眼左手手腕。

当年他的手腕是粉碎性骨折，一开始恢复得并不理想，进行了二次手术。完全恢复后，感觉手腕有一点儿骨头突出来了，可仔细看，跟右手好像也没什么区别，不知是不是心理作用。

正好叶梓从厨房出来，准备接着搬，他拦住叶梓的去路，手上用点儿劲儿带了带，把叶梓带进怀里："早就好了。"

"……那好吧。"叶梓回头看着那堆东西，"我想和你一起收拾。"

"好。"

两个人把买回来的肉菜水果分别在冰箱里分好类，洗了些水果和瓜子放在茶几上，摆上年宵花，一下子就有了过年的氛围。

忙完这些，叶梓躺倒在沙发上，却听见孟庆川还在厨房里忙活。

她跑过去，扒在厨房门口，问他在干什么。

"炸点丸子，再卤些牛肉。"

叶梓惊奇："你还会做这么高难度的菜？"

孟庆川点头："嗯。"

叶梓在外这么多年，做饭技能虽然有，但也仅限于一些日常的快手菜，高难度的菜从来没尝试过。

孟庆川是主厨，叶梓在他的指挥下递调味料。

看叶梓乖乖端着盘子在旁边等着，孟庆川忽然笑了一下。

他想起好多年前，他在家里煮了三碗面，那时叶宸也是这样，在旁边巴巴地看着。

这兄妹俩啊。

两个人来来回回在厨房里打转，从下午一直忙到深夜。

孟庆川看了眼时间，已经深夜十二点多了。

准确地说，当下已经是除夕了。

站了几个小时，腰有些难受。

这是叶梓近十年来最忙碌的一个年，心里却很充实。

两个人在床上紧紧抱着，叶梓忽然说："对联还没贴。"

"除夕不贴对联，初一才贴对联。"

叶梓还是下意识觉得孟庆川除夕会在回家跨年，便说："我怕我一个人搞不定。"

孟庆川摸着她的头发，轻轻地一拍一拍："我在，我们一起贴。"

除夕当天，孟庆川一直陪叶梓到吃完午饭。吃午饭时，他接了两个电话，回到餐桌上，又跟没事人一样。

"是不是你家人叫你回去过年？"

"让我回家顺路买点儿东西。"

"你别骗我。"

孟庆川笑："骗你干吗，骗你有什么好处？"

"反正你总是骗我。"

"吃完饭我回去，晚上八点左右就回来。"孟庆川夹了口菜，"还能一起看春晚。"

"你就在家过年吧，别过来了，谁大年三十晚上还在外面跑。"

孟庆川看了她一眼："那你怎么办？"

"我一个人过呗，反正这么多年都过了。"

孟庆川轻描淡写地说了句："再说吧。"

其实他心里已经打定了主意。

他这个人就是这样，遇到事了不会多说，他自己认定心里的主意，去做就是。

工作上是这样，感情上也是。

孟庆川下午三点多开车进了家属院大门，正找地方停车，旁边一辆车摁了声喇叭。

他从后视镜里看见那是王永璞的车，没理，准备倒车。

那辆保时捷上的人又摁了声喇叭。

孟庆川停好车，从车上拎了一堆东西下来，才走到王永璞车边，敲了敲窗户。

王永璞放下车窗，一脸没精神的样子："你怎么才回来？"

孟庆川没回答他的问题，反而问他："你这是干吗呢？"

王永璞："我要被我家人烦死了。"

孟庆川："催女朋友？"

"不然呢，还有别的话题吗！"王永璞打开车门下来，从口袋里又拿出电子烟，抽了一口说，"你还有没有相亲对象，分我一个？"

孟庆川轻笑："你找不到女朋友，谁信啊。"

王永璞吐出一口烟："算了，没人信，你们都以为我是撩妹高手，翻篇，不聊了。对了，我能去你家过年吗？"

孟庆川："可以啊，你去我家过年，我正好开溜。"

王永璞："你要干吗去？"

孟庆川没说话。

王永璞懂了："去找小叶子？"

孟庆川："嗯。"

王永璞："可以啊你，还不打算跟家里摊牌？"

"找到合适的时机再说。"说完，孟庆川往前走了两步，"我先上去了。"

孟庆川到门口发现大门虚掩着，他探了探头，客厅里有电视声响，但不见人。

"我回来了。"

戴芳从厨房里出来，斜了他一眼，径直走向另一间房，边走边说："我们还以为你不回来过年了。"

孟庆川换完鞋，脱下外套，冲戴芳笑了笑："我爸呢？"

"在书房里写对联呢。"

这是孟子良坚持多年的习惯，每年亲自写家里的对联。

孟庆川推开书房的门，看见父亲正在书桌前站着研墨。

几个月前，孟庆川打了李思逸，而且拒绝道歉，父子俩就闹了不愉快。

中间孟庆川也回来过几次，全家人都对这件事避而不谈，父子俩的对话也都浮于表面。

听见响动，孟子良缓缓抬眼。

孟子良看了他一眼，又专心做自己的事，嘴上淡淡地说了句："回来了。"

"嗯。"孟庆川踱步进去，"写对联呢，爸。"

孟子良板着脸，没回应他，低头在纸上先试写了个"福"字，找感觉。

手上写顺了，他才接着问孟庆川："工作忙完了？"

孟庆川手插口袋站着，说："忙完了。"

"前天你们在森林公园的音乐会直播我看了。"

"怎么样？"

"创意不错。"孟子良顿了一下，"选曲一般。"

孟庆川没说话，笑了笑，没想跟他杠，便换了话题："爸，给我那边也写副对联呗。"

孟子良看他一眼："写了你又来不及贴。"

"来得及，我吃完饭就过去贴。"

"怎么——"

孟庆川指着外面说："我去看看我妈做了什么好吃的。"

不等父亲询问，他就离开了书房。

他在厨房跟戴老师插科打诨了一会儿，戴老师忽然正色道："初六李思逸跟佟瑶结婚。"

"我知道。"

"你知道？"戴芳有些诧异，"谁跟你说的？"

透过厨房的窗户，他瞧见王永璞还在下面抽烟，朝楼下努了努下巴。

戴芳看了一眼，说："我跟你爸都要去，你要不要也去一下？"

孟庆川往嘴里扔了颗花生米，说："不去。"

戴芳继续游说："王永璞给李思逸当伴郎呢，叶宸没准儿也去。"

孟庆川拍了拍戴芳的肩膀："王永璞没答应，叶宸肯定不去，您放心吧。"

"你们几个，怎么就是跟李思逸玩不到一起呢。"

孟庆川笑："你们怎么没想过是李思逸有问题。"

聊天的间隙，孟庆川给叶梓发了条消息，问她在家无聊不无聊。

叶梓回了条：找了部电影看，不无聊，还调了几个凉菜。

紧接着，进来一张照片。

照片里是一盘凉拌黄瓜、凉拌粉丝，还有切好的卤牛肉，还用油泼了一小碗辣椒蘸汁。

孟庆川：这么棒，晚上回去尝尝你的手艺。

戴芳叫他："忙什么呢，收拾餐桌，准备上菜。"

他放下手机，擦了桌子，又忙着帮忙摆盘，端出来。

"妈，跟您说个事。"孟庆川靠着厨房门，"吃完饭我回我那边，今年就不在家跨年了。"

戴芳一愣："你回那边干吗？"

孟庆川没想好怎么说："嗯……"

"李思逸的婚礼你不想去就算了，不至于连年都不过吧。"

"不是，妈。"

戴芳塞给他一把筷子和勺子："先拿过去，一会儿再说。"

下午六点整，孟家的年夜饭正式开始。

孟家的习惯是大年初一早上吃饺子，年夜饭下午六点开始，晚上八点左右就能结束，然后一家人边看春晚边包饺子。

一家三口围坐在桌子前，十几道菜，很丰盛。

之前的不愉快还没彻底说开，这顿年夜饭，三口人话都很少，心里都揣着事。

孟庆川一直埋头认真吃，孟子良没找到跟他深聊的机会。

这顿饭快结束时，孟子良去柜子里拿了瓶白酒，想跟孟庆川喝几杯。孟庆川摆手："我喝不了，爸。一会儿开车。"

电视里已经在播春晚的预热广告了。

孟子良蹙眉："你还要去哪儿？"

孟庆川嘴里塞着菜，戴芳替他接话："他说要回他那儿去。"

"贴对联？"

孟庆川摇摇头："不是。"

"那你小子要干什么去？"

孟庆川放下筷子，扯了张餐巾纸说："陪女朋友。"

这小子什么时候有女朋友了？

戴芳一愣，无声地放下筷子，有点儿吃不下了。

她看了孟庆川几眼，发现儿子吃得起劲儿，便说："孟庆川，没听说你谈恋爱了。"

孟庆川"嗯"了一声："有几个月了。"

她准备接着问，却被孟子良打断。

孟子良有些生气："大年三十是陪女朋友的时候吗？"

戴芳也附和道："是啊，都在过年。放七天假呢，后面哪天有时间，带她来家里坐坐，一起吃个饭也行。"

孟庆川很认真地跟他们说："爸，妈，没提前跟你们说，确实是我的不对，因为我之前也没想好怎么跟你们说。她今年一个人过年，我答应了要去陪她。初二去爷爷家和舅舅家，到时候我会回来的。"

孟庆川这一摊牌，勾起了父母的好奇心，戴芳一直在问是谁、做什么的、多大了。

孟庆川一概没回答。

他看了眼时间，说："人呢，将来肯定带你们见，但不是现在。"

孟子良盯着儿子，一口菜也吃不下去了。

孟庆川从小就不让父母操心，听话自律、成绩优异、专业过硬，即使高三出了一些意外，孟庆川也及时调整了心态，现在在另一条赛道上也走得风生水起。

可现在，打架、为了女朋友不在家过夜……孟子良发现儿子的叛逆期来得有点儿晚。

孟子良语气里强压着怒意："孟庆川，你现在是越来越过分了。上次的事没解决，又闹出新的事！"

孟庆川平静地说："上次的事没什么好说的，我也不想再提李思逸这个人了。"

手机振动了一下。

像是心灵感应似的，叶梓发来一条消息：外面挺冷的，天也黑了，你吃完年夜饭就在家里吧，别过来了。

电视里响起春晚的开场音乐。

孟子良站起来，啪地关掉电视。

偌大的家里一下子变得特别安静。

一家人都坐着，没人动，无声地对峙。

孟庆川先站起来，打破僵局："爸，妈，我帮你们收拾一下，收拾完再走。"

孟子良把筷子拍在桌上，沉着声说："孟庆川，不把事说清楚，今晚别想出这个家门！"

孟父不让孟庆川出家门，之后便没人说话了。

一家人在餐桌前沉默着，搭配着一桌残羹剩菜，完全没了过年的氛围。

孟子良给自己的酒杯满上，脸垮着，闷声干了几杯白酒。

一时间，酒气弥漫。

孟庆川知道在除夕夜走掉确实不合适，可他不想留叶梓一个人，他们在一起的第一个年，他想他们在一起。

戴芳给了孟庆川一个眼神。

他看懂了，母亲是想让他服个软。

但他没接母亲的招，只说："你们慢慢吃，收拾完我再走。"说完便兀自起身，换到沙发上坐着。

孟子良抬起眼皮，他没醉，但喝了几杯，劲儿上来了。他用关节用力敲了几下桌子，说："你给我过来。"

孟庆川没动，说："爸，少喝点儿。"

孟子良情绪似乎有些激动，重重放下酒杯，用手指着孟庆川："你真是长本事了！不说你谈恋爱的事，就说你跟李思逸打架，上次还是我跟你妈去人家家里赔笑脸。你这是什么？这是把你爹的面子往地上摔！"

戴芳脸色也不好看，但语气还是正常的，她叫他的名字："庆川，你说句话。"

"爸，等我们都心平气和的时候再谈，好吗？"

孟子良又接着说："还有你音乐厅那摊子事，搞那些花里胡哨的东西，还不如好好让乐团出一些高质量的演出。"

父亲说的是在自然森林公园的那场交响音乐会。

孟子良骨子里有音乐家的那点儿傲骨在，也有他自身的固化思维在，总觉得这样的商业化，是一种对音乐的亵渎。

实际上，这场演出线上直播很成功，好评如潮，省上的电视台也有报道，旅游局和市团委的领导都很满意。

这次演出结束，不少客户都带着合作意向来了。只是临近春节，孟庆川让庄鑫给这些客户一一回复，过完年再商讨合作事宜。

"爸，我是有票房压力的。一个交响乐团，还有那么多员工，没有任何宣传的话乐团怎么运营？怎么给员工发工资？"

"你懂得多，现在都说不得了。"孟子良冷笑一声，"我是不是也该学他们叫你一声'川总'？"

孟庆川无奈地笑着，看向父亲："刚才问的时候，您还说创意不错，原来是违心的。不是要谈吗，能说真心话吗？"

孟子良被儿子戳破，有些下不来台，恼羞成怒地说："还想听真心话？真心话就是你现在一塌糊涂！永远在不正确的时间做不正确的事！该懂事的时候打架，过年的时候丢下你爹你妈跑出去谈恋爱——"

戴芳意识到点儿什么，想去拉孟子良，话却已经说了出来。

"在最关键时候掉链子，高三不是你去打篮球，怎么会摔断手，现在只能做不伦不类的工作！"

戴芳有些急地说道："孟子良！别说了。"

他的眼神突然变了，变得不可置信，变得陌生。

他一直知道，自从上次的不愉快之后，他和父母需要心平气和地谈谈。谈一谈他和李思逸的恩怨，顺便把他和叶梓的事告诉他们。

可现在的情境，已经没心平气和的可能性了。

这是这个家十几年来一直没人触及的话题。

也是孟庆川心里不愿回想的痛。

可话说出来了，就收不回了。

家里的氛围瞬间降到了冰点，重归寂静。

孟庆川什么也没说，把碟子和碗筷端回厨房，在水池前沉默地清洗着。

洗的时候，却总是开着水龙头走神。

他到现在才知道父亲内心的真实想法。

如果当初没有骨折，他应该是走在父母预设道路上的，大学上钢琴专业，再出国深造几年，成为国内崭露头角的青年演奏家。

可是，没有如果。

孟庆川那时身体和心理承受的痛苦只有他自己知道。

他曾经一度以为自己要被巨大的崩溃情绪击垮了，甚至自暴自弃过一段时间。

可有个女孩儿对他说"你有很多条路可以走"。

那时起，他才开始想人生的第二种可能。

他手上打石膏的那段时间，父母的心情都很沉重，却很少在他面前表露。父亲一直对他高标准严要求，他跟家人说了自己放弃考音乐类院校后，父亲虽遗憾，但也没反对。

今时今日，原来父亲对他的选择从来都不认可，在父亲眼里，从来都是他的错。

戴芳看着儿子发呆的背影，一时间心疼极了。

洗完碗，孟庆川拿了大衣，淡淡地跟戴芳打了声招呼就去推门。

戴芳就那么愣着，任由他走了。

孟庆川进门时是晚上十点多，家里一片安静。他往客厅里看了一眼，发现叶梓已经在沙发上睡着了。

听见响动，叶梓翻了个身，过了几秒才起了半个身子，眼神蒙眬往这边看了几眼，说："你还真的回来了？"

孟庆川没表露真实情绪，淡淡地笑了笑："嗯，答应你要一起过年。怎么没看春晚？"

"没意思，就关了。"叶梓关切地问，"没跟家里人吵架吧？"

"没有。"孟庆川过去摸了摸她的头，"哪那么容易吵。"

叶梓拉着他的手到餐桌旁，上面除了拍照给他的那几道凉菜，她又添了几道菜，全都一口没动过。

"你没吃？"

叶梓没点头也没摇头，只顾着跟他介绍菜品："还有几个要炒的菜，我切好了，没下锅。"

孟庆川挽起袖口，往厨房里去："我来做。"

叶梓赶紧追过去："都是些简单的菜。"

进厨房一看，案板上整整齐齐码着土豆丝、青椒丝，还有些肉丝。放在年夜饭里面，好像有点儿普通，可她也不知道该准备点儿什么。

"是不是有点儿少……"叶梓盯着案板，似乎有些不知所措，"我还挑了虾线，可以再做个白灼虾。"

"够丰盛了。"孟庆川亲亲她的脸，"我炒菜很快，马上就吃我们俩的年夜饭。"

"你在家没吃饱吗？"

孟庆川看她笑："专门留了肚子，跟你一起吃。"

孟庆川让叶梓去客厅看电视，却赶不走她，她非要留在厨房里陪着他，有一搭没一搭地跟他说着话。

"看！徐茜给我发的。"

叶梓点开一个视频，一打开就是噼里啪啦的声响。

徐茜家在的小县城没有禁燃烟花爆竹，过年的氛围特别足。

孟庆川抽空看了一眼，视频里男女老少都有，热闹非凡。

"我小时候过年也是这样。"叶梓说，"我还买到过劣质的爆竹，盒子上写点燃五秒后才会响，我刚点着不到一秒它就炸了，手黑了一块，我当时吓死了，还以为要没命了……"

叶梓很少像这样健谈，也很少主动提起她在渭城长大的那人生前十四年。

孟庆川微笑地听她讲那些过往。

炒了两个菜，又煮了个虾，用前一天炸的丸子做了个汤。孟庆川和叶梓的年夜饭终于在零点钟声响起之前摆上餐桌。

看上去也挺丰盛的。

叶梓围着餐桌，拍了好多张照片。

徐茜和叶宸都给她发了红包，她炫耀的时候，孟庆川给她发了个更大的。

她又喜滋滋地截屏。

"截屏这个干吗？"

"给今年春节留个纪念。"

孟庆川一瞬心疼。

两个人正吃着，叶梓忽然停了动作。

孟庆川："怎么了？"

叶梓："你听。"

尽管安城过年禁放烟花爆竹，还是能隐约听见从远处传来的鞭炮声。

"到底是哪儿在放烟花啊……"

叶梓放下筷子，跑到阳台上，打开窗户往外看。遥远的地方，烟火的亮光和声音此起彼伏。

孟庆川跟过去，从背后拥着她。

两个人就那么看了一会儿，孟庆川突然说："叶梓。"

叶梓回头看他。

"好像下雪了。"

叶梓看楼下的路灯，在灯光的照射下，确实能看到零零散散的雪花落下。

孟庆川在她额头上轻吻了一下。

叶梓主动亲了他的唇。

两个人情不自禁地抱在一起开始接吻，越吻越动情。

缠绵了一会儿，孟庆川暂时忘记了那些不愉快。

他正吸着叶梓的舌尖，手准备顺着她的领口往下，忽然听见她含混不清地说："外面的人会看到吗？"

孟庆川的阳台外没有遮挡，他说："看不到……吧。"

"可是现在的手机摄像头很厉害，特别远的地方都能拍得很清楚。"

两人的唇这才分开，四目相对，忍不住笑了。

笑了会儿，叶梓的手搭在孟庆川脖子上，鼻尖碰着鼻尖，就那么静静地凝视着他。

他的眸子中，倒映着她的脸。

孟庆川笑："看我干吗。"

叶梓说："你好像没怎么变。"

孟庆川被她撩拨得动心，压着声说："是吗，我以前什么样？"

叶梓说："绝对不会跟我在一起的帅哥样。"

她说的是真心话，那时他们是云泥之别。

她想起很多个下雪的夜晚，她在没有暖气的宿舍里，在北京无人的街头，在兼职回去的路上。那时她的生活千疮百孔，而她孤身一人，像飘摇的树叶，又像单薄的羽毛。

有次在雪天里，她曾倔强地踩着雪走，在雪地留下一长串脚印，像是努力证明她的存在。

却是徒劳。

而如今，窗外是飘雪的冬夜，可她的心是滚烫的。

"新年快乐，叶梓。"

"新年快乐，孟庆川。"

过年了。

过年好像也不错。

春节假期的那几天，孟庆川没有再回家。他和叶梓过得挺充实，做菜，教她弹琴，像所有情侣一样整天都黏在一起。

他好像被叶梓打开了什么开关一样，待在一起就得做点儿什么。

教叶梓弹琴的时候，看见她干净的脖颈，他轻轻咽了下口水。

叶梓对他的心思全然不知，懊恼地说："我是不是有点儿笨，指法总是弹错。"

孟庆川摸摸她的头，说："谁说你笨？你特别有天赋。"

叶梓叹口气："好羡慕你们从小就学的。"

孟庆川听她这么说，忽然心头一动，换了缥缈的语气问她："你觉不觉得，我没有继续弹琴很可惜？"

叶梓想了想，反问他："你自己觉得可惜吗？"

孟庆川想了很久，缓缓点了点头。

当然可惜，他前十八年的人生都是为一个目标，突然间变成泡影，怎么会不可惜？

只是他从未在任何人面前承认过。

他加倍努力地做好乐团，就是想证明自己，在另一条路上，也能走得很好。

"那你的梦想是做钢琴家吗？"

孟庆川轻轻摇头："我的梦想是能一直做跟音乐相关的事，毕竟钢琴家也不是谁都能当，实力、机遇和运气都少不了。那时只是按照父母制订的路线，一路往前，至于能不能成钢琴家，没有具体想过。"

"叶宸和王永璞的小提琴水平怎么样？"

孟庆川不知她为什么会问到那两个人，想了想说："相差不大，如果要细究，叶宸更厉害些，他如果文化课更好点儿，全校第一未必是我。"

"那你也是实现自己的梦想了。"叶梓认真地说，"你们三个都在做跟专业相关的工作，也是打心底爱音乐，这就够了。"

热爱从来都不是用来证明什么的，而是带给人以力量的。

叶梓接着说："不可惜，你这么厉害，怎么会可惜。你弹琴弹得好，乐团也做得好，换了别人，他们可没这个本事。"

她盯着他，眼睛很灵动。

他回看她，有点感动。

孟庆川抚着她的头发，亲她的耳朵，轻声说："谢谢。"

假期最后一天，是大年初六，也是李思逸结婚的日子。

孟庆川把这事抛在脑后，和叶梓睡到中午，下午出门看电影。

车子刚开出车库，拐到街上，叶梓低头在手机上看新上映的电影片单。

这时，迎面过来的一辆车忽然对他的 Q7 闪了两下大灯。

孟庆川皱眉"啧"了一声，定睛一看，发现那辆车他不陌生，车里坐的人也认识。

里面坐的人是孟子良和戴芳。

叶梓也注意到了对面那辆车，多看了两眼："大白天的怎么闪大灯。"

孟庆川把车子靠路边停下，抹了一把脸，说："那是我爸妈的车。"

叶梓整个人傻了一样，过了一两秒才说："啊？他们专门过来的，还是碰见的？"

"应该是专门过来的。"孟庆川握着她的手，"可能要耽误一会儿看电影的时间了。"

"电影无所谓的。"叶梓眼神慌乱，有些不知所措，"那我怎么办？"

除夕一家人闹得不愉快之后，他这几天一直没跟家里联系。

孟庆川放下车玻璃，手搭在车窗上，从后视镜里看着父母的车在路口处掉头。

他明白现在不是让叶梓见他们的好时机，可已经撞上了，让叶梓走也不太合适。

孟庆川笑了笑："一起见见吧。"

叶梓变得有些呆呆的、愣愣的，这事来得猝不及防，她还不知道要怎么面对。

孟父孟母的样子她只有点儿大概的印象，想不大起来。她只记得大家总叫孟庆川的母亲"戴老师"，孟庆川的父亲长得英俊，好像是小有名气的演奏家，经常去外地演出。

叶梓问："他们为什么忽然来啊？"

孟庆川摇摇头，他也不知道父母为什么不打招呼就过来。

孟父孟母的车子停在了他们后面，孟庆川跟叶梓说："别紧张，有我呢。"然后推开了车门。

戴芳看见两个人从前面车上下来，跟孟子良说了句："不管怎么样，你别再跟儿子吵起来。"

孟子良沉声说："嗯。"

孟家这个年过得不怎么样。

除夕那天，父子对峙，话一出口，孟子良就知道说重了，只是一时顾着面子，生生把话题断了。后来戴芳看不下去说了几句，夫妻两人也不大不小地吵了一架。

孟父孟母从车上下来。

孟庆川不紧不慢地锁了车，没有表情地说："爸，妈。"

这对夫妇站在面前，他们在叶梓记忆中的轮廓总算清晰起来。戴芳像是比从前清瘦许多，孟子良则相反，发福了不少。两个人的脸上都有了岁月的痕迹。

叶梓不安地理了理衣服，站在孟庆川身边，有礼貌地打招呼："叔叔阿姨好。"

他们的眼睛都在叶梓的身上，上下打量，甚至是审视。

女孩儿细瘦高挑，头发扎了个松松的马尾，脸庞干干净净的。

一开始，孟子良没有认出叶梓来，是戴芳先说："你好，叶梓。"

孟子良看了自己妻子一眼，仍旧没想起来，戴芳用手肘轻撞他："叶峰家的小女儿，叶宸的妹妹，你忘了？"

孟子良这才想起来。看孟庆川跟叶梓两人并排站着，他的表情从疑问转为不可思议，再到愤怒。

戴芳瞥了一眼丈夫，表情还算镇定，抢先说："叶梓啊，真是好久没见过你了，变成大姑娘了。"

叶梓不好意思地笑了笑。

"什么时候回来的？"

叶梓愣愣的，照实回答："回来有半年了。"

"半年了？"戴芳有些讶异，"我印象里你还在北京上学呢。"

戴芳想了想，说了个大学的名字，是个二本，问："是这个学校吧？"

叶梓点点头："是，已经毕业了，工作两年多了。"

"以后就都在安城了？"

叶梓又点头。

戴芳顺便又问她在哪儿工作。

叶梓回答："一家广告公司。"

"挺好的，挺好的，我们一辈子都在学校里，对这些也不了解。"戴芳笑了笑，悄无声息地聊到下一话题，"回来半年了，阿姨也没听说，也没见着你。"

叶梓不知道要怎么接，眼神下意识地往孟庆川身上飘了一下，正要开口，被孟庆川拦下。

孟庆川似笑非笑地看着戴芳："妈，你们今天过来有什么事？"

"没什么，就是正好路过，想着上去看看你。"

孟庆川点点头，强行结束话题："行，见也见到了，我们俩还有事，就不上去了。"

他在说这些的时候，没有看父亲一眼。

他还记得父亲说的那些伤人的话，还没想好要怎么心平气和地相处。

毕竟都认识，戴芳没让叶梓太难堪。但她显然还有很多话没说，便用商量的语气跟叶梓说："叶梓，阿姨耽误一会儿你们的时间，跟你庆川哥哥说几句话，行吗？"

叶梓听明白了，这是要她避开。

她点头答应，一时间有些手忙脚乱，不知道要往哪儿走。

孟庆川轻轻揽着她的肩，把车钥匙塞到她的手里，低声说："你先去车上等我。"

叶梓听话地接过钥匙，钻进副驾驶。

戴芳的表情立刻变得凝重。

"庆川，怎么回事？"

孟庆川目光停留在空气某处，吊儿郎当地说："这话应该我问你们吧。"

"你严肃一点儿。"戴芳有些生气，还是伸出手给他理了理衣领，"你跟叶梓，怎么回事？"

孟庆川的声音轻飘飘的："什么怎么回事。"

"孟庆川，你别跟我装。"戴芳真的生气时，就会叫他的全名。

"不是您天天催着我找女朋友么，我现在找了，您又不乐意了？"孟庆川嗤笑一声，"都看到了，还用问吗？"

戴芳略带自嘲地说了句："怎么偏偏就是她呢。"

"什么意思？"

戴芳冷哼了一声。

孟庆川第一次听母亲用这种语气讲话，很严肃地回了句："妈，叶梓是我女朋友，您别说得这么难听行吗？"

戴芳长长地叹了口气："你先别跟我犟，我问你，她回来她家人知道吗？"

孟庆川似笑非笑："来安城需要签证吗，人家还不能回来了？"

"不明不白的，你就跟人家先扯上关系了？"

"什么叫不明不白的。"

戴芳双手盘在胸前："他们家的事你了解多少？"

孟庆川挑了挑眉毛："那是她父母的问题，跟她没关……"

戴芳打断他："儿子，你怎么就这么天真？我瞧不上叶峰跟梁燕那两口子的做派，他们家那些破事我是沾都不想沾。你跟叶宸玩可以，跟叶梓谈恋爱，想都别想。"

孟庆川淡淡地哼了一声："看不上他们家，倒是能看上李思逸一家，妈您挺有意思。"

"你不说我都忘了。"戴芳轻轻推了儿子一下，"今天李思逸结婚，要不是他跟我们说，我们到现在都被蒙在鼓里！"

孟庆川皱眉："李思逸跟你们说什么了？"

戴芳："说你女朋友我们认识，还怎么都不说是谁，我们这才跑过来看看。"

李思逸原来在这儿等着他呢。

孟庆川冷冷地哼了一声。

"不看不知道。"戴芳往前车方向看了一眼，放低声音说，"那丫头以前什么样，你不记得？"

孟庆川双手插进裤兜，不以为意："这都多少年过去了。"

叶梓在车上坐着，心里惴惴不安。从她这边的后视镜里能看到孟庆川一家，可她还是忍不住回头看。

孟父孟母脸上的表情很难看，不加掩饰。短短几分钟里，她不记得自己回了多少次头，手上也被指甲抠出了深深浅浅的月牙印。

戴芳跟她说"你庆川哥哥"，这明摆着就是不认可他们的恋爱关系。

在戴芳眼里，自己的儿子只是她小时候同个院子的哥哥，仅此而已。

漫长的时间过去后，孟庆川回来了。

从他表情上根本看不出什么。

坐上车，他压根儿没提这一茬，系上安全带，掏出手机开始划拉："你刚看的哪场时间比较合适？我来买票。"

叶梓没说话，她依旧紧盯着后视镜，看着后面的车子发动，经过他们，驶离他们。

孟庆川伸出右手摸她的脸，她躲开，没摸上。

孟庆川笑了笑，指尖追过去蹭了蹭，说："我也不知道他们要过来。"

"你爸妈不同意，对吗？"

"没有。"孟庆川说。

"我不瞎，看出来了。"

他目视前方，像在说一件平常的事："除夕我跟他们吵了一架。"

叶梓看向他。

孟庆川说："跟你没关系。"

叶梓自然不信。

孟庆川不急着开车了，双手拉着她的双手，看着她的眼睛说："真跟你没关系，是我工作上的事。当时话赶话，我们都说得有点儿难听，闹得不太好看。"

叶梓有些烦躁。

她压根儿就没想过孟庆川父母会不会同意。

或许因为独自生活太久，她几乎忽略了家庭，以为谈恋爱只是她和孟庆川两个人之间的事。

可孟父孟母的表情和眼神刺痛了她。

短短这么一会儿时间里，她想了很多。现在谈恋爱，那一年两年后呢，他们要结婚吗？结婚的话，他父母不同意怎么办，她这边又要怎么办？她不想让叶峰挽着她的手走进婚礼现场。

他们连婚礼都没法儿办。

"想什么呢？"

孟庆川的声音让她回过神来。

"没想什么。"叶梓烦躁地说。

叶梓转脸看着窗外。

孟庆川叫了她两声，她都没反应。

孟庆川知道她的倔劲儿又上来了。

他语气认真跟她说："你别担心，你是我女朋友，不管怎么着，肯定不让你为难。"

她还是没说话。

他看见她的侧脸，她睫毛忽闪忽闪几下。

原本说好的电影是看不成了，他打算先开车带她兜一圈。

刚开出去一小段路，手机响了。

"帮我摁一下。"

叶梓还板着脸，还是帮他摁了中控屏上的接听键。

"有事？"

叶宸问："你跟叶梓在一起吗？"

孟庆川："嗯，在呢。"

叶宸又问："你爸妈是不是刚去你那儿了？"

孟庆川："是啊，怎么了？"

叶宸："他们是不是见到叶梓了？你爸妈给我妈打电话，说叶梓回安城了。"

孟庆川一时没反应过来，问了句："什么？"

叶宸说："他们问我了，我这边还没松口，但我不知道你爸妈讲了多少。"

叶梓眼神空洞地望着外面。

她有些泄气地靠在椅子上，心烦意乱。

生活好像一点儿也见不得她好。

每次稍微有点儿起色的时候，总会给她当头一棒。

第九章
现实·沮丧

春节假期结束，城市重新恢复了忙碌。

刚开工两天，叶梓就收到了岗位调动的邮件，被调去事业三部。

新客户是一个做果酒的品牌，跟音乐厅的工作有很大不同。带她的人自然也换了，是个三十岁出头的资深客户经理，叫蔡志洲。

蔡志洲性格有点儿冷，跟同事们打交道不多，只专注工作，叶梓常常看见他在楼下边抽烟边跟客户打电话。

蔡志洲对叶梓不冷不热的，不多说一句工作以外的废话。

这点倒是跟叶梓挺像的。所以叶梓很适应，没有闹出跟 Fiona 之间的那种不快。

新客户的专业度很高，工作虽然繁杂，只是身体上的疲惫，心理上并没有太多压力。

叶梓是故意让自己这么忙的。

她逼迫自己不去想孟父孟母的态度。

天气热得很快。都说安城没有春天和秋天，前一天还裹着羽绒服，第二天的气温就能飙升到二十多摄氏度。

有一天下班，孟庆川去了集团开会，完了之后还有饭局，抽不出空来接叶梓。

叶梓吹着春末的晚风，一个人从公司慢悠悠晃回去。刚到小区门口，孟庆川就像掐准了时间似的，打了个语音电话过来。

叶梓看了一眼，没接。

看到孟庆川，就不由自主地联想到他父母的态度，尽管孟庆川让她什么都不要操心，他来解决。

她也不知道自己怎么了，就是不想接。

过了半分钟，孟庆川又打了过来。

叶梓迟疑了一会儿，还是接了。

孟庆川上来就问她到家了吗，有点儿哄着她的语气。

"刚到小区门口，你怎么这么准时准点？"

"我有特异功能。"孟庆川闷闷地笑了一声，"走回去的？"

"嗯。"

"我这边结束得晚，回去可能十一点了。"

"嗯。"叶梓听见背景里有人说话的声音，便问，"跟集团的人吃饭？"

孟庆川答了句"是"。

"集团的人不会为难你吗？"

孟庆川说："不会。"

"真的？"

"真的，别瞎想。"

集团隶属区管委会，是有国资背景的，张总的事惊动了纪检部门，张总和杨健，还有集团内部相关人员都受了处罚。

"那你快回去吃饭吧，饭局还跑出来打电话。"

孟庆川松松地靠在门边，回头看了一眼热闹的饭桌，说："没事，在集团食堂聚餐。就是问问你到家没。"

"到了到了，你快去吃，挂了。"

孟庆川忽然叫她名字："叶梓。"

"嗯？"

他沉声说："有点儿想你了。"

叶梓这才短促地笑了声："早上出门前才见过。"

孟庆川盯着自己的脚，没急着说话。

叶梓也不说话，静静等着。

孟庆川说："周末天气好，带你进山去玩。"

"进山有什么好玩的。"

"可以看看星星，还可以去农家乐。"

"嗯，再说吧。"

"那我回去吃饭了。"

"好。"

…………

挂了电话，孟庆川有几分失神地站在原地。不远处是几桌围坐在一起的热闹人群，他的心思却融不进那热闹里。

叶梓的情绪不是很高。

他明白叶梓心烦意乱的原因，但不是想解决马上就能解决的。他将手机拿在手里转了两圈，然后装进口袋，回到餐桌旁。

叶梓也有些不痛快。她知道不是孟庆川的错，也不想把这些情绪撒在孟庆川的身上，只是有些控制不住。

因为明明她也没有错，却不知为什么，在别人眼里这么不堪。

她低头在包里找门禁卡，忽然听见有人在背后叫她。她下意识地回头，发现一对中年夫妇在保安岗亭旁边站着。

一开始，她以为是孟父孟母单独来找她，心里紧了一下，结果发现不是。

那两个人是叶峰和梁燕。

看第一眼时，她甚至没有认出他们。

叶梓一时间忘了步子该怎么迈。她应该快步走开，却像没反应过来似的，呆在原地。

"爸、妈"她是叫不出口的，只能扯出一个尴尬的笑。

她发现自己跟孟庆川在一起之后，变得心软了。

离家这些年，她不是没想过再遇到叶峰和梁燕的场景，每次想到这场景，伴随的是无数不愿回忆的过往。

她记得十四岁被强行接回安城时漫长的路程，记得叶峰在大庭广众之下扇她耳光的场面，还记得梁燕把她所有东西卖掉的消息。

她曾经觉得可能一辈子都无法跟自己的亲生父母和解了。

可现在真的碰见了，她竟然没有跟他们硬碰硬，还跟他们笑。

他们朝她走过来。

叶梓下意识地往后退了几步。

三个人保持着一定的距离，相对无言。

叶峰和梁燕上下打量叶梓半天，好像认不出了似的。

过了会儿，梁燕先开口："叶梓，真的是你。"

男人好像在这样的场景之下都没有太多的话能说。更何况叶峰打过叶梓耳光，他应该也没忘记，表情没那么自然。

叶梓有些不自然地拢了拢头发，喉咙里挤出一声"嗯"。

"什么时候回来的？过年怎么也没回家看看？"

叶梓印象中，梁燕讲话是没有这么温柔的。

她回答："回来有一段时间了，工作太忙了。"

梁燕试探："你哥知道你回来吗？"

"可能吧。"

"有时间回来吃个饭，我们一家人。"

叶梓觉得"我们一家人"从梁燕嘴里说出来，挺可笑的，便婉拒："最近比较忙。"

叶峰忽然说："叶梓，这么多年没见了，你不要对妈妈这样说话。"

梁燕回头看了叶峰一眼，讪讪地说："我们也是听你戴阿姨说的，说看见你了，一开始我们还不相信……"

叶梓没什么感情地哼笑了一声。

她不知道这场不伦不类的对话将要去往哪里。

梁燕寒暄了几句，尴尬地笑了笑，回头看了一眼小区大门。

他们就站在小区大门的正中间，"湖城大境"几个字前有微型水景，小瀑布正哗啦啦往下流。

这个小区是高端洋房社区，全都是一梯一户的大面积户型。

"我记得庆川住在这里吧。"

叶梓抬眼看了梁燕一眼，不知她想说什么。

"你跟庆川，以前认识吗？你刚来咱们家属院的时候才初二吧，那时庆川跟你哥哥都高三了。"

叶梓依旧没说话。

"你还小，其实不用急着谈恋爱。"梁燕拐弯抹角地说。

叶梓总算明白了他们来的真正用意。

一阵微风吹过，吹得叶梓想流眼泪。

她没期盼着能有什么合家欢的深情戏码上演，却没想到会是这样的结果。

这一刻她有种孤立无援的感觉。

她没回应，径直往小区里走去。

身后的两人没有追上来。

叶梓气不过，给叶宸打了个电话。

听筒里"嘟"声响起时，眼泪也不受控地流下来。

先是孟庆川父母，接着是叶峰和梁燕。她不知道还会不会有下一次。

叶梓抬头望着夜空，想起她和孟庆川除夕夜看到的夜空，好像并没有什么变化。

只是此刻她有一丝迷茫，有一丝悲凉。

电话接通，还没等叶宸说话，她就劈头盖脸地说："以后能不能别让你爸妈来烦我？"

不等叶宸说话，她就把电话挂了。

叶宸又打了几个电话过来，她都没接。

烦躁的情绪一直没过去。

叶梓进门后没开灯，就那么坐在黑漆漆的客厅里。

手机忽然响了，她下意识地要挂断，才发现是蔡志洲。

蔡志洲通知她第二天下午要去广州出差，跟客户一个片子的拍摄。

蔡志洲用公事公办的语气说："本来是明天上班才要说的事，可天气预报显示广州后面几天有雨，拍摄只能提前一天，后面几天棚拍，我们的人明天下午就得到。"

"我一个人？还是我们俩？"

这个项目的调研、预算和工作报告都是蔡志洲带着叶梓做的，理应他们两个人一起出差。

蔡志洲的声音里有些歉疚："本来应该我和你一起去，可是明后天我要跟华哥见客户，恐怕要你自己去了。"

"嗯，没事。明天下午出发？"

"对。"

"要待几天？"

"拍摄进度赶得上的话，四天。"听筒里传来键盘的声音，"我查了一下，现在可以买到明天下午三点的航班，你抓紧把身份证号发给行政赵珺姐。"

"行，那我明早带着行李箱去公司。"

他没有急着回应，顿了下才说："明早你在家休息吧，中午直接去机场。跟拍摄强度不小，提前养精蓄锐。"

拍片的导演之前跟公司有过合作，脾气挺臭的，他跟叶梓叮嘱了几句注意事项，让叶梓在片场好应付。

蔡志洲原本以为叶梓会比较抗拒，没想到叶梓还挺愿意去的。

她需要离开熟悉的环境，一个人待一段时间。

叶梓把自己的信息发给赵珺后就开始收拾行李，半个小时后，就收到了航空公司发来的短信。

孟庆川回来得很晚，进门时发现家里一片漆黑，以为叶梓已经睡了。

他先在客厅喝了杯水，怕吵到叶梓，便去了公卫洗漱。

洗完脸，找毛巾时，他忽然发现有点儿不对劲，洗脸池上好像少了点儿什么。他双手叉腰。

盯了一会儿，他发现，原本放在这里的一管防晒霜，还有叶梓平时用的一个发箍不见了。

孟庆川心好像空了一拍，他扔下毛巾，赶紧奔回房间看，打开主卧的灯，才发现床上安安静静地躺了个瘦瘦的身影。

孟庆川心里总算是松了一口气。

两个人在一起久了，好像真的有某种心灵感应。

看着叶梓一动不动的背影，他就能猜到她并没有睡着。

他悄无声息地坐在床边，轻声问："睡着了？"

没得到回应，孟庆川一只手在床上撑着，往前探了探，看到叶梓半个侧脸，睫毛在轻轻地一抖一抖。

叶梓醒着，但不想说话。

他从背后顺她的头发，又轻轻亲了亲她。

他知道她为什么不想讲话，就那么静静地看了她一会儿，关上灯，从卧室退出来。

回到客厅，他瞥到沙发上放了个双肩背包，鼓鼓囊囊的，像是装了不少东西。

孟庆川实在是按捺不住心里的疑问，又推门进了卧室。

情侣之间确实有默契存在。

他还没开口，便听见叶梓说："我明天要去广州出差。"

孟庆川手还搭在门把手上，眉毛一挑："广州？临时通知的？"

"嗯。"

"去几天？"

"四天。"

"几个人去？"

"我一个人。"

"一个人？"

"嗯，蔡志洲有事，大后天才能赶过来。"

孟庆川沉思了一会儿，说："要不要我跟你一起去？我也好久没休假了。"

叶梓翻过身来看他："不用。"

像是有心灵感应似的，孟庆川问她："今天没发生什么事吧？"

叶梓反问："发生什么事？"

孟庆川盯着她笑笑："没什么，总感觉你有事没跟我说。"

叶梓平静地答："没有。"

孟庆川又问："酒店、机票都订好了吗？"

叶梓："订好了。"

孟庆川："明天几点的飞机？"

叶梓："下午三点。"

孟庆川挠了挠眉毛："我送你去机场。"

"嗯。"

总觉得卧室里有较劲的气氛在，孟庆川又退了出去。

叶梓的情绪不大对劲儿，但他不知道她为什么不大对劲儿。

他知道叶梓的倔劲儿，只要她不想说，他是无论如何都不会知道的。

他在冰箱前愣站了一会儿，打开一罐啤酒，沉默地喝了几口。

孟庆川出去后，卧室里又回归了黑暗。

在黑暗中，叶梓脸贴着柔软的枕头，想了很多。

她想起叶峰和梁燕的脸。

她住在孟庆川家的事，应该是孟父孟母告诉他们俩的。

他们此行的目的也很清楚，劝她跟孟庆川分手。只是她没给他们把话说完的机会。

几年没见，他们的变化还挺大的，肉眼可见地苍老了，跟她对话也没有那么强硬了。

她又想到跟孟庆川无间的亲密瞬间。

不知道在外人眼里，到底是如何看待她和孟庆川这段感情的。她只知道，这么多年来，只有孟庆川一个人能走进她的心里。

在不堪回首的青春里，她对任何事，都没有任何决定权。如今她长大了，她终于也有机会能自己伸手够一够叫"幸福"的那两个字。

可父母们接二连三地前来造访，让她对未来有点儿迷茫。

她甚至开始回溯自己是如何拥有这一切的。

第二天早上不用去公司，叶梓没有定闹钟，一觉睡到了十点多，醒来时浑身乏力。

前一晚她在繁杂的思绪中沉沉睡去，孟庆川深夜进卧室时，看见她脸上亮亮的泪光。

也不知做了什么难过的梦。

叶梓拧了拧脖子，坐起身来。已经干了的两行泪痕，扯得脸上的皮肤有些紧绷。

餐桌上有热好的包子和豆浆，孟庆川在餐桌前对着电脑工作。

他穿了件浅灰色短袖，很居家很日常。

叶梓轻飘飘地坐在孟庆川对面，面色愧疚。

前一晚她对孟庆川有些冷淡，全是因为叶峰和梁燕，可她又说不出道歉的话。

孟庆川抬眼，在键盘上敲了敲，合上电脑，看她："起来了？吃点儿。"

叶梓盯了面前的豆浆几秒，突然起身跑到对面去，坐到孟庆川的腿上，用胳膊环住他的脖子。

孟庆川被她这突如其来的撒娇惊喜到，笑着问："怎么了？"

叶梓不说话，把脸埋在他的颈窝，吸他身上的味道。

孟庆川身上有股只属于他的味道，特别好闻，也特别能让她安心。

过了会儿，她又抬起脸，凝视孟庆川的眼睛。

他本来还在笑，对上她的眼神，又不笑了，两个人都认真地注视着彼此。

孟庆川有力地拢着她的身子，手落在她纤细的腰上。

这亲昵的动作让他们暂时都放松下来。

叶梓调整了一下坐姿，正好碰到孟庆川下身，很明显地感受到了他身体的变化。

他抚了抚她的头发，在她脸颊落了个吻："别闹，快点儿吃饭，一会儿还要去机场。"

叶梓还缠在他脖子上，鼻子里的气息弄得他浑身都痒痒的。

孟庆川手在她背上一拍一拍，用哄着她的语气说："今天时间来不及，等你出差回来。"

叶梓又紧紧地抱了他一会儿，才回到对面的椅子上。

到了机场，孟庆川陪着叶梓取了登机牌。离登机还有一段时间，他们就在安检口外的椅子上坐着。

"东西都带齐了吗？"

叶梓乖巧地点点头。

"路线查好没？"

叶梓又点头。

"你们有没有晚上的拍摄？"

"好像第三天是晚上的，不过那时候蔡志洲就来了。"

孟庆川皱了皱眉。

叶梓问他："怎么了？"

"晚上不安全。"

"没事，一整个剧组的人呢。"

叶梓听见孟庆川沉沉的呼吸声。

坐了一会儿，孟庆川忽然要她的酒店信息。

伍拾传媒这种小公司，出差住宿标准一般都不高，孟庆川放心不下。他想，如果住的酒店不行，他就给叶梓重新订一个。

叶梓给他看手机上的入住信息，他上网查了一下，竟然是一家不错的酒店，在中山大学校园里，还能看到珠江江景和广州塔。

"你们公司出差住宿标准还挺高的。"

叶梓正在看屏幕上滚动的登记信息，顺口答："广州一线城市，标准是三百五。"

孟庆川又确认了一下叶梓的房型，是江景大床房，尽管现在是淡季，一晚也要将近七百。

"是吗？"叶梓不大相信，又看了一眼。

她以为是行政搞错了，给赵珺发了条消息询问。赵珺说是蔡志洲有些过意不去让她一个人出差，专门去华哥那里给她争取的。

离登机还有二十分钟，叶梓起身去安检。

走到入口处，叶梓忽然转身问："你今天不上班？"

"都安排好了，别操心了。"孟庆川无奈地笑了下，"快进去吧。"

孟庆川就在安检入口处，双手插口袋，放松地站着，看着叶梓递上身份证和登机牌。

叶梓回头看了他一眼，满是不舍地用力挥了挥手。

孟庆川也挥了挥手，用口型催促她赶紧进去。

他继续笔直地站在那里，看着叶梓消失在了安检通道里。

叶梓落地广州之后，第一感觉就是润。安城是北方城市，每年春天都有一场沙尘暴，特别干燥。

还没到夏天，广州气温合适，空气湿湿润润的，她感觉皮肤都舒服多了。

刚坐上酒店的出租车上，孟庆川就发来消息，问她落地了没有。

叶梓挺佩服孟庆川这个的，每次不管她去哪儿，他总能很准确地估算时间，掐着点儿给她发消息。

她回：到了，刚坐上出租车。

过了会儿，孟庆川回复：行，记得吃饭。

在孟庆川那儿好像永远放心不下她似的。

叶梓：知道了。

孟庆川：我开会了，晚上视频。

叶梓怕打扰他，没有再回。

到了酒店后，她发现是间大床房，她扔下包，闭眼躺下去，挺舒服。

睁开眼，发现阳台外面的风景似乎也不错。她又跑到阳台上，正好能看到地标广州塔。

她对着外面拍了张照片，正要发给孟庆川，想起他在开会，便顺手甩给了徐茜。

徐茜：你跟孟公子去广州玩啦？

孟公子？这是什么奇葩称呼。

叶梓：什么啊，出差。

徐茜：好吧……你离"小蛮腰"那么近，去看看？

叶梓本来没打算出门，当天没有拍摄任务，叶梓在群里跟大家把第二天的工作确认好之后，就出门了。

出了酒店是一条沿江路，一路走过去，能到"小蛮腰"广州塔下面。这条路不算短，一路上也热闹，有夜跑的，也有一家子出来玩的。

叶梓身处这热闹中，吹着珠江边温润的风，心情莫名地放松下来，一时间忘了那些不快的事。

走了差不多两千米，还没到广州塔下面，叶梓迎面碰上一个人。

是负责儿童剧的品牌经理孙晓宁。

也算是叶梓的前客户。

怎么就这么巧，在广州都能碰到熟人？

孙晓宁也看到叶梓，眼里闪过一丝惊诧。

要是眼神没对上，叶梓肯定就当没看到，毕竟有工作交集的时候，她们俩经常在群里、在电话会议上杠起来。孙晓宁有点儿大小姐脾气，叶梓不惯着她。她也因为叶梓不好沟通，卡过几次叶梓的费用。

反正互相都看不上。

可她们已经看见了彼此，再走开实在太尴尬，叶梓还是打了声招呼。

孙晓宁挺意外，停下来问："好巧啊，你怎么在这儿？"

叶梓答："出差。"

孙晓宁"噢"了一声："你换客户了？"

叶梓点头："嗯。"

孙晓宁生硬地笑了下："我过来找朋友玩。"

然后就没什么可聊的了。

叶梓说："那我先走了？"

孙晓宁赶紧接上："行，拜拜。"

跟孙晓宁告别后，叶梓边走边出神，回过神来时还是没到"小蛮腰"下面。她突然就没了兴致，干脆掉了个头，原路返回。

快到酒店的时候，很"幸运"地，她又看到孙晓宁了。

不过这次孙晓宁没看到她，她是通过衣服认出来的。

孙晓宁蜷缩在路边的长凳上，捂着肚子，垂着头，长发几乎挨到了地面。

叶梓放慢脚步，多看了她几眼。

引得路人也纷纷驻足看孙晓宁。

叶梓叹了口气，上前问："你没事吧？"

孙晓宁抬头，脸色发白，鼻尖都是细细的汗珠。看到是叶梓，她无力地摆了摆手。

也不知道是不用帮忙，还是没事的意思。

叶梓坐到孙晓宁身边："要去医院吗？"

孙晓宁说："不用，就是突然有点儿痛经。"

"你朋友呢？"

"今天我自己出来的。"

好歹也是孟庆川的员工……再说，她其实也没那么冷漠。

叶梓看孙晓宁实在难受，便说："我订的酒店就在对面，你跟我上去休息一会儿？"

话出口，她自己都有点儿惊讶。她以前明明没有这么热心。

回到酒店房间，叶梓先给孙晓宁倒了一杯热水。

孙晓宁看着面前的纸杯，有气无力地笑了笑："你不觉得你像渣男吗？"

"什么？"

"只会叫我多喝热水。"

"废话真多。"叶梓不由得笑笑，"我又没痛经过。"

孙晓宁也笑了笑。

有点儿一笑泯恩仇的意思。

也许因为叶梓帮了她，两个人之间的气氛还算融洽。

"附近有药店，你帮我买个止痛片。"孙晓宁拿出手机给叶梓看了眼图片。

"止痛片能随便吃吗？"

"我一直吃的就是这个。"

叶梓将信将疑："真的？"

"真的。你怎么这么麻烦？"

"行了行了，你在这儿待着吧。"叶梓不耐烦地说，"我下去买。"

叶梓转身准备出去，听见孙晓宁问："你真跟我们川总在一起了？"

都疼成这样了还不忘八卦。

叶梓愣了一下，点点头。

"行吧。"孙晓宁哼笑了一声，"他眼光还算不错。"

出了房门，叶梓掏出手机给孟庆川发消息：我刚碰见孙晓宁了。

孟庆川回她：嗯，她好像是休年假了。

叶梓：杨健走了，她没走？

孟庆川：她为什么走？她又不是杨健的人。

叶梓有点梗住了，也不知道回点儿什么。

她有点儿意外。她原来一直以为孙晓宁是杨健的人。

这么说，孙晓宁是站在孟庆川这边的？

她边下楼，边跟孟庆川讲她碰见孙晓宁的经过。

孟庆川笑她：她如果是杨健的人，你就不帮她了？

叶梓回：都是女孩儿，帮肯定还是要帮的，就是态度不会这么好。

孟庆川回：那你对她态度这么好，是因为我吗？

叶梓想了想回：算是吧。

心里喜滋滋的。

叶梓给孙晓宁买了止痛药，回来后盯着孙晓宁吃下。

药效没那么快，孙晓宁还虚弱地躺在窗边的单人沙发上。

两个人不算熟，其实没什么可聊的。

叶梓打开电视，正好在播一个跟广州美食有关的纪录片，她靠在床头看，时不时看工作群里有没有跳出什么新信息。

孙晓宁一口一口抿着热水，快喝完的时候，她回头看了叶梓一眼。

"她们说，你跟我们川总小时候就认识，是真的吗？"孙晓宁忽然就起了话题。

"你怎么那么八卦。"

孙晓宁一摆手："算了，爱说不说。"

好像她们俩碰到一块儿就必须得杠起来似的。

叶梓接着看她的电视。

过了会儿，孙晓宁又忍不住了："你说说又不会掉块肉。"

叶梓觉得孙晓宁这人还挺有意思，犹疑了片刻，便点了点头："嗯。"

"那你是不是也认识王老板和大学帅老师？"

叶梓有点摸不着头脑："谁？"

"川总的两个好哥们儿啊，好像是跟他一起长大的。"孙晓宁好像忽然就有很多话说，头也凑过来，"王老板之前在乐团，拉小提琴，特别有王子气质，人也有意思，不过后来自己出去创业了。川总还有个哥们儿在音乐学院当老师，像斯文败类，特别有禁欲的气质，我们不少同事都垂涎他的身子。"

这……说的是王永璞和叶宸？

叶梓咽了下口水："不认识。"

"他们俩你都不认识，那你跟川总也不算是青梅竹马啊。"

空气中流动着尴尬。

孙晓宁大概是为了缓解气氛，又开口了："对了，春节前有次开会，你着急忙慌地跑了，当时是出什么事了？"

"那次啊，家里进小偷了。"

叶梓回想了一下那个出租屋，好像已经是很遥远的事了。

"怪不得。"孙晓宁拉长了语调说。

"怎么了？"

孙晓宁懒懒地把脸扭过来："那天我们本来都在食堂吃饭，川总突然过来套我话，听说你家出事之后，扔下餐盘就跑了。"

叶梓回想那天的具体情形，那天孟庆川发了很大的火，她家里进了小偷，却什么都没跟他说。他是真的生气了。

…………

叶梓又听孙晓宁说："我反正从来没见过川总那样，整个人都乱了。他平时是很冷静的一个人，情绪没太大起伏。当时我没多想，现在想起来，原来是因为你。"

叶梓的视线还在电视上，却什么都看不进去了。

孙晓宁待到晚上十点多，那时候她的脸色已经好了很多，她的朋友专门开车过来接她。

走之前，孙晓宁不情不愿地说了声："谢了。"

"不用谢。"叶梓笑了笑，"你那儿还压了我一笔费用。"

"你怎么这么轴啊？"孙晓宁假装生气，"还以为我们关系已经缓和一点儿了呢。"

"是缓和了啊，可费用还是要的。"

"休假结束就给，行了吧？"

叶梓比了个"OK"的手势。

孙晓宁刚走，孟庆川的视频就打了过来。

叶梓再一次震惊了，点了"同意"就问："你怎么知道孙晓宁刚走？"

孟庆川正懒懒地半躺在沙发上，笑了笑说："心有灵犀。"

叶梓"喊"了一声："就扯吧你。"

孟庆川这才说："孙晓宁刚在线上提了一笔流程，我猜是你催的。"

叶梓为自己辩驳："那是她之前故意卡我的，我要回来天经地义。再晚一点儿，我奖金都没了。"

孟庆川被她逗得忍不住笑了声。

叶梓问："笑什么笑？"

孟庆川温柔地说："笑你轴得很。"

叶梓皱眉："你们音乐厅的人是不是都一套话术？孙晓宁也这么说。"

孟庆川故意逗她："你不是说她痛得脸煞白吗，你怎么还顾得上提付款的事？"

叶梓理直气壮地说："我还跑去药店给她买药了，当然要催一催付款流程。"

孟庆川隔着屏幕盯着她，止不住眼里的笑意，他语气认真地说："你做得没错，还做得特别好，回来给你奖励。"

这女孩儿从十四岁起，就一点儿也没变。

她像极了狂风暴雨里一艘颠簸的小船，恶劣的天气肆虐，她咬着牙也要让这艘小船继续驶下去。

轴得很，倔得很，浑身都是刺，起劲儿的时候十头牛都拉不回来。

可这大半年，她也变了很多。

比如，变得听得进去话了，也变得柔软了。

从少女时代就伴随她的那股子倔劲儿，在孟庆川面前悉数收起。

以后的时间，理应是他继续守护她。

叶梓被他说得不好意思，只说："这笔款回了，公司会给我奖励的。"

孟庆川说："公司算公司的，我算我的。"

"这笔款十万呢，你就别出血了。"

"十万在我们每个月走的费用里都算小的。"孟庆川说。

"蚊子腿也是肉啊。"

叶梓工作职责所在，需要催款，可她又心疼孟庆川辛苦。

她觉得自己有点儿矛盾。

她趴在床上，拄着下巴，两个人不说话，就那么呆呆地对视着。

看了一会儿，孟庆川说："明天拍摄时候别穿领口这么大的衣服。"

叶梓低头看一眼，发现早就被他看得清清楚楚。

她赶紧捂上领口，怒视着孟庆川。

孟庆川笑起来："你明天几点去跟拍摄？"

叶梓："你不是心有灵犀吗，自己猜吧。"

孟庆川也没计较，挠了挠脸，叮嘱道："拍完就早点儿回酒店。"

"知道了，我又不是小孩儿。"

孟庆川笑笑，问："想不想我？"

叶梓说："不想。"

虽说身处两个城市，其实中午才分开。

可说实话，叶梓真的特别想他。

孟庆川又问了一遍。

叶梓说："好吧，有一点儿。"

孟庆川："嘴硬。"

挂断视频，叶梓收到孟庆川发的五千红包。

转账备注：给小叶子的奖励。

他已经送了她几次礼物，她也想送孟庆川点儿什么。

她翻开手机日历，算了算孟庆川的生日，还有一个多月。

他们俩的生日只差了五天，大概率会交换礼物。

送个什么好呢。

次日一早，叶梓正式投入工作。

她还没跟拍片的剧组，对她来说很陌生，听说这个导演脾气不大好，又多了几分谨慎。

这个广告脚本是伍拾传媒的策划写的，叶梓在现场相当于监制，跟一跟流程，替甲方把控片子，控制预算。

蔡志洲生怕她这边出问题，开会间隙给她打了好几个电话，问她进度。

结果工作一切都异常顺利，剧组的人都对她挺好的，导演也没发脾气。

休息间隙，叶梓跟所有工作人员一起挤在化妆间里。

他们这是个小成本剧组，大家都挤在一起，有人吃盒饭，有人对工作流程，还有演员在化妆。人生嘈杂，叶梓只好塞着耳机跟孟庆川打语音。

场务是个短发女孩儿，她早上跟叶梓简单说过几句话，就记住叶梓了，看见叶梓在角落里站着，挤过来递给叶梓一杯咖啡。

叶梓接过杯子："谢谢。"

女孩儿应该是常年在剧组，打扮得很利落，背着个斜挎包，塞得鼓鼓囊囊，里面跟哆啦A梦的口袋似的，什么都有。

女孩儿没看到叶梓塞着耳机，便在叶梓身边站定了，跟她搭话："你看他。"

叶梓朝那女孩儿说的方向看了一眼，两个造型师正围着一个男演员化妆，做发型。

下午要拍这个男演员的镜头。

他不是明星，应该是职业的广告片演员，鼻梁高挺，面色白净，腿蜷着，但能看出来很修长，大概有将近一米九。

女孩儿饶有兴致地问她："哎，你觉得他帅吗？"

耳机那边的孟庆川也不说话，好像在等她的答案。

叶梓摇头："帅，但是好像有点儿……"

她没把"油腻"两个字说出口。

"你想不想要他的微信？"场务女孩儿撞她的胳膊。

叶梓认真地说："我有男朋友。"

场务女孩儿一副无所谓的样子："先加好友，以后再说呗，我觉得你俩还挺搭的。"

叶梓蹙眉："为什么？"

场务女孩儿笑了笑，说："之前组里有女孩儿追他，他说他喜欢个儿高还漂亮的。这间屋子里，我觉得也就你有戏了。"

耳机里，孟庆川懒懒地说了句："有多帅，给我拍照看看。"

叶梓吐了吐舌头，赶紧从场务女孩儿身边逃开。

那个男演员应该跟导演合作过，对现场的流程熟悉，下午和第二天的拍摄都很顺利。

第二天收工后，场务女孩儿还在怂恿叶梓："你要不要微信啊？他刚拍摄的时候看了你好几眼呢，我觉着有戏。明儿转棚内，他可就不来了。"

叶梓摇头："不要。"

女孩儿为她可惜："你男朋友有他帅吗？他好歹还是个小网红呢，粉丝十几万。"

叶梓没搭腔，心想，我男朋友可比他强太多了。

现场收拾得差不多了，剧组的人商量着去哪里吃饭。叶梓走到人少的地方，电话跟蔡志洲汇报工作情况。

低着头打完了电话，她往回走，走了几步，她的脚步突然定住了。

几步之外，孟庆川正潇洒地站在那里。他穿件松松的卫衣，像个大男孩。

叶梓瞪着眼睛，她不知道孟庆川怎么突然出现在了这里，但无疑是个巨大的惊喜。

场务女孩儿很熟络地叫叶梓去聚餐，叶梓拒绝说："我不去了，我男朋友来了。"然后就朝孟庆川跑过去。

孟庆川提前朝她伸胳膊，她刚过来，就被他揽进怀里。

"你怎么来了？"

孟庆川说："路过。"

"你就扯吧。"

孟庆川笑了笑，搂着她的那只手在她胳膊上搓了搓："想吃什么，带你去吃。"

叶梓看他的眼睛，语气中不乏惊喜："什么时候来的？"

"四点多到的，从机场过来就现在了。"

"不对。"叶梓停下脚步，"你不会是吃那个帅哥演员的醋吧？"

"吃什么醋。"孟庆川催着她，"赶紧去吃饭，我饿死了。"

两个人在附近的一家粤菜馆吃了饭，一起回酒店。

叶梓又带着孟庆川在那条沿江路上走了一圈，这次，两个人一起走到了"小蛮腰"下面的广场。

回到酒店的时候，已经不早了。

"好神奇，我自己走那条路的时候，觉得又累又远，走一半就回来了，跟你一起好像就没那么远。"叶梓有些兴奋，跟孟庆川说了很多话。

孟庆川握着她的腰，往洗手间推："赶紧洗澡去，早点儿睡，明晚你还要熬大夜。"

叶梓回头问他："对了，你要跟我一起回吗？后天拍摄完，大后天可以玩半天再走。"

"等你明晚工作结束，我后天最早一班机先走。"孟庆川说，"后天中午有个会，下午还要回家一趟，处理点儿事。"

叶梓才明白过来孟庆川来的真正目的，他是放心不下她晚上工作。回酒店的路上，她还以为他是为了在酒店做点儿别的事。

她的心轻轻动了一下，嘴角勾了勾。

大半天的舟车劳顿让孟庆川精疲力竭，叶梓冲完澡出来，发现孟庆川趴在床上，呼吸均匀，好像已经睡着了。

她轻手轻脚地侧趴在他身旁，他感觉到旁边有人，迷蒙地抬起眼皮，嘴角泛起一抹笑，然后把她搂过来。

叶梓问："我们现在算是公费恋爱吗？"

孟庆川用了点儿力气，把她箍在怀里，笑说："已经是下班时间了，算什么公费，明明是自费恋爱。"

叶梓动了动，用手拄着脸，悄无声息地盯着他。

眼前的男人五官锋利，有棱有角的，眼睛深邃，鼻梁也高高挺挺的，又有男人味，又有清爽的感觉。

同样的五官特征，孟庆川不知道比那个男演员帅多少倍。

看了一会儿，她忍不住伸出一根手指，沿着他的脸颊轻轻游走。

孟庆川说："叶宸跟我打电话了。"

叶梓的手指停在了他鼻尖上。

他应该已经知道叶峰和梁燕来找过她，但她现在不想聊这个话题。

孟庆川看懂她心思似的，没接着往下说。

过了会儿，叶梓做了个深呼吸，似乎才比刚才多了些勇气。

她凝视着他："孟庆川，其实我……"

孟庆川哑哑地"嗯"了一声，带着些疑问。

其实我很爱很爱你。

如果我是一个普通家庭的女孩儿就好了。我的要求也不是太高，家庭和睦就好。那样我就可以毫无顾忌地跟你走下去。

她顿住语气，忽然有些沮丧。

她最终什么都没有说。

"算了。"她捧着他的脸，"回去再说吧。"

好像已经习惯了两个人一起睡，孟庆川这一觉睡得悠长又安稳。

第二天早晨，他一睁眼，发现叶梓已经醒了。窗帘拉着，房间里昏昏暗暗的，叶梓侧躺着，黑漆漆的眸子直勾勾地盯着他。

孟庆川轻轻笑了一声，声音里带着刚睡醒的低哑，有点儿小性感。他转过身，跟叶梓脸对着脸。很自然地，他勾着她的后脑勺儿，在她的脸上轻轻落了个吻。

昨晚他睡了，看他的脸觉得英俊，现在他睁开眼，眼神深邃而深情，叶梓怎么都看不够。

孟庆川伸手去够手机，叶梓却拉住他的手，放在自己的腰上，说："我看过了，还不到七点。"

他轻轻摸她的脸，然后搂住她。

他胳膊紧了紧，问："怎么醒得这么早？"

"睡不着了。"

"睡好了吗？"

叶梓点点头。

他奖励似的，用指尖蹭她的脸。

叶梓把下巴抵在孟庆川手臂上，触感硬邦邦的。也不见这人去健身房，到底是什么时候练的？

她往前拱了拱，又把下巴搁在他的肩上，呼吸正正好擦过他的鼻尖，弄得他痒痒的。

孟庆川用手指帮她梳着头发，又问："几点去摄影棚里？"

"十点到就好，离这儿不远。"

叶梓一边说话，手一边在被子里乱动。

孟庆川伸进被子里，捉住她的手，问："使坏呢？"

"不让？"叶梓眼睛亮晶晶的，主动去寻他的唇，"时间又不是不够。"

孟庆川闷闷地笑了一声："你跟谁学的这一套？"

叶梓转过身去，这是她第一次在这事上主动，还被他嘲笑。

她不陪他玩了。

孟庆川撑起半个身子，探头看她的表情。

不说话生闷气，是她的拿手好戏。

看了一会儿，孟庆川的手伸进被子里，兜头脱下身上的短袖 T，故意弄出很大响动，下床往洗手间走去。

叶梓听见声音，转头看了一眼，发现这人裸着上身，在洗手间门口站着坏笑。

她委屈地喊了句："干吗老是耍我。"

孟庆川无奈："谁耍你了。"

叶梓又重新躺下，头钻进被子里。

脾气怎么就那么大。

像头闹脾气的小兽。

孟庆川摇头笑了笑，走过来扒开被子，摁着她的头用力亲了一口："我去冲个澡。"

前一晚他太累，没洗澡就睡着了。

十分钟后，洗手间响起吹风机的声音。

叶梓赶紧躺好。

过了会儿，孟庆川甩着半干的头发出来，看到叶梓还在床上，裹得跟粽子一样。

他无声笑了笑。

看叶梓还在装睡，他也不着急，不紧不慢地套好上衣，半躺在床头划手机。

过了会儿，叶梓果然不装了，瞪着圆圆的眼，怒视着他。

他装作无辜地看过去，问："怎么了？"

叶梓抿着嘴唇，气鼓鼓的样子。

孟庆川放下手机，压在她身上，叶梓脚下乱蹬，孟庆川用腿钳着她，三两下就制住了她。

他用鼻尖抵着她的鼻尖问："还皮吗？"

叶梓被他看得心里酥酥麻麻的，中了蛊似的，摇了摇头。

明明是她先招惹他的，怎么就又跟着他的节奏走了呢。

两个人的肌肤贴在一起，四肢缠绕，身上滚烫。

…………

叶梓拿手机看了眼时间，还早，便重新躺好，头枕在孟庆川胳膊上，手指在他手臂上像按琴键一样，来来回回地弹着。

孟庆川垂眼，饶有兴趣地看她。

对上眼神，她问："你猜我弹的什么？"

孟庆川："《卡农》？"

她眼睛一亮："你怎么知道？"

"节奏这么明显。"孟庆川轻抚她的脸，"会弹吗？"

叶梓摇头，又点头，不好意思地说："其实会一点儿。我照着谱子弹过一点儿，不过只能右手弹，两只手配合就不会了。"

"回去教你。"

叶梓"嗯"了一声，抬头看他："在北京的时候，你知道我最常想的是什么？"

孟庆川怜惜地看着她，等她的答案。

"徐茜经常给我看她喜欢的装修风格，她想在北京买房。"叶梓自嘲般笑了笑，"我就想，如果将来我有家了，不管别的，要先在家摆一架钢琴。"

她脸上闪过一瞬遗憾的表情。

孟庆川没说话，心却拧了一下。

这是她的真心话，从来没跟别人说过，也没打算跟孟庆川说，只是聊着聊着，不知怎么就说了出来。

她意识到孟庆川的表情有点变化，赶紧说："随便说说的，也没有那么想。你今天干吗？"

孟庆川："陪你工作。"

叶梓："你就在酒店待着，去棚里人特别多，还无聊。"

孟庆川："不无聊。"

"也不知道蔡志洲今天来不来，我感觉他不来了。"叶梓摆弄着他的胳膊，

"不过他不来我一个人也搞得定。"

孟庆川笑问："这么自信？"

"这两天我对片场都熟悉了好不好。而且蔡志洲那人虽然看着老派，但人其实挺好的，情商很高，还教我怎么协调客户和导演之间的分歧，最主要他挺信任我的，不会像 Fiona 一样冷嘲热讽。"

叶梓絮絮叨叨说了许多，她在蔡志洲那儿学到的东西，还有对新客户的认知。

孟庆川特别喜欢这时候的她，愿意敞开心扉说些心里话。

他刮刮她的脸，夸她："进步这么大。"

叶梓斜了他一眼："我以前有那么差吗？"

孟庆川："以前劲儿都用在吵架上了。"

叶梓其实也认同，她刚进公司的时候，沟通技巧确实欠佳。她虽然认同，嘴上还是硬："吵架怎么了，那也把款要回来了，奖金也到手了。"

孟庆川笑笑："我是在夸你。"

"夸我什么？"

"夸你厉害。"

"你懂什么。"她用拳头在他胸口捶了一下。

她觉得他不懂，因为他从小家境优越，衣食无忧，不缺钱也不缺爱。

而她只能靠自己，每一分都得自己拼了命赚，拼了命攒。

孟庆川伸手抱她。

她推他，他也用力箍得更紧。几个回合之后，她的劲儿没他大，较量不过，便放弃了。

"不高兴了？"孟庆川低头看她。

叶梓摇摇头。

过了会儿，孟庆川顺着她的头发，在她唇上落了个吻："知道你这些年不容易，辛苦啦。"

原来她想什么他都知道。

她满脸通红地推他："干吗你，肉麻。"

孟庆川认真地说："你会做得越来越好的。"

"那当然。"

"哎，昨晚睡前你要跟我说什么来着？"孟庆川忽然问她。

叶梓顿了顿，说："忘了。"

"是不是要说你特别爱我。"

"谁爱你，脸真大。"叶梓杠了一句，又倏地坐起来摸衣服，脸背着孟庆川，"我要准备出发了，快迟到了。"

孟庆川低低地笑了两声。

录影棚附近是一条影视产业链，录影棚、录音棚，有各种搭好的影视场景，叶梓觉得还挺新奇的。

孟庆川陪叶梓在录影棚里待了一整天。

叶梓忙的时候，他就坐在一旁用手机对工作。

场务女孩儿见孟庆川一直扎在这儿，便抽空跟叶梓八卦："你男朋友挺帅的，难怪你不愿意找那个男演员要微信。"

叶梓皮笑肉不笑："还好吧。"

"他是不是很闲啊？一整天都在这儿。"

相反，孟庆川工作很忙，这一天时间是他硬挤出来的。但他就是不想让叶梓一个人在不熟悉的城市，还要熬大夜。

叶梓听不得外人说孟庆川，便反驳："我男朋友忙得很，他专门抽时间来陪我的。"

"他是做什么的？"

"运营交响乐团和剧院的，你知道前段时间有个特别厉害的交响乐演出吗……"

场务女孩儿朝孟庆川的方向看去："厉害哦。"

傍晚休息的时候，孟庆川带叶梓去附近的馆子吃饭。

点了菜，两人面对面坐着，叶梓不怎么高兴地说："你明明有工作要忙，还要跑来。"

孟庆川抬头问她："你怎么知道我忙工作？"

"看出来的，你聊工作时候的表情跟打别的电话不一样。"叶梓用手撑着脸颊，"你在忙什么？"

孟庆川笑得特别欣慰："市里天文台看了春节前在森林公园的云顶音乐会，也想找我们做场演出。"

叶梓对他点头："这次我要去看。"

孟庆川嘴角扬起小小的弧度："好，带你去。"

吃完饭，返回影棚里，所有人都投入晚上的工作中。本来预计要用一整夜的拍摄，在深夜四点的时候收工了。

孟庆川早上七点的飞机，回酒店简单收拾了一下，又要赶往机场。

叶梓看他疲惫的样子，心疼极了，可在房间里转了一圈，也没什么能给他带的。

孟庆川从带的包里抽了件衬衫换上："你别忙活了，快睡吧，不用管我。"

他低头系扣子的时候，叶梓突然从身后抱住他。

也不知怎的，她突然从心底生出深深的委屈和不舍。

孟庆川唇边泛起一个浅浅的笑："又不是不见面了。"

有几分钟，他们都没有说话。

房间里安静得只剩下心跳声。

她想说"我好爱你"，可是话到嘴边，总觉得别扭。

因为没人教过她要怎么表达爱。

孟庆川转过身抱她："乖乖的，后天回来带你吃好吃的。"

孟庆川走之后，叶梓一觉睡到了中午十一点，被蔡志洲的电话吵醒。

蔡志洲果然不来了，叶梓倒没为此感到意外。

他跟她交代了一下需要收尾的工作，一直只聊工作的他，最后说："华哥说，这几天跟组表现不错。"

这是她第一次在工作中收到来自自己人的肯定。

挂了电话，又看到孟庆川发来的落地信息。打报告似的，到机场发了一条，到公司又发了一条，午餐吃什么，也拍了个照。

叶梓忽然间就心情大好。

当天只剩一些补拍和收尾工作，很快就结束了。

工作结束时是傍晚，第二天就要回安城，叶梓专门去了趟商场，想给孟庆川挑个生日礼物。

她先去乐高逛了一圈。

孟庆川家里和办公室里都摆了个钢琴模型，可乐高里的钢琴只有那一种，她再买就没什么意思。

逛了一圈，贵的她买不起，又不想随便买一个，太敷衍了事。

坐在商场里的椅子上，她有点儿发愁。

苦恼了一会儿，她给孟庆川发了条消息，问他在干吗，顺便打算套一套话。

却久久没有得到回复。

叶梓逛了一圈，没挑到礼物，也没收到孟庆川的消息，她只好先回了酒店。

她第二天下午的飞机回安城，还有半天时间给孟庆川挑礼物。

洗漱过后，她躺在床上继续划拉手机。划到通讯录，发现这几天工作需要，她存了不少人的电话。

她突然想起点儿什么，拨了场务女孩儿的电话："李岩，咱们今天录影棚旁边，是不是有个录音棚？对外租吗？"

安城。

孟庆川开车回到附中家属院。天气热了些，院子里有不少人散步、聊天，基本都是互相认识的叔叔阿姨。

院子里的人都知道叶家走了很多年的小女儿回来了，也知道她跟孟庆川谈恋爱了。

孟庆川一出现，立刻成了话题，所有人的目光都跟着他走。

孟庆川抬头看了一眼楼上，自己家的客厅的灯亮着。父母应该在家。

他谁也没理，径直回了自己家。

孟子良和戴芳正在客厅看电视，听到门锁转动的声音，都愣了一秒。

门打开又关上，孟庆川沉默地在玄关换鞋。走到客厅，他发现父母有些吃惊地盯着他。

从春节假期结束后他就没回过家，也没跟父母联系过。

足足有两个月的时间。

戴芳嘴动了动，但什么都没说，再看看身旁的丈夫，更是一副阴沉的表情。

这段时间，他们碰见叶峰和梁燕两口子，总是有说不出的尴尬和烦躁。

从小就不需要操心的儿子，突然就变了个人一样。他们心头像堵了一块东西。

他们心里气愤，却也知道，除夕那天，说的一些话伤到儿子的心了。

孟庆川把车钥匙放在茶几上，语气平静地说："爸，妈，我们谈谈吧。"

第十章
分手·风波

夜色朦胧。

孟庆川从餐桌边拉了把椅子，坐在父母对面。

孟父孟母默不作声，屋里只剩下电视的声音，电视的荧光倒映在他们的脸上，他们的眼神都落在别处，也不知是不想跟他谈，还是在等他开口。

静默了一会儿，孟庆川起身摁了遥控器关上电视，先开口："爸、妈，你们是不是觉得我混成现在这样，挺丢人的？"

孟父从茶几上抓起烟盒，走到阳台上，无声地对着窗外抽烟。

戴芳试图调和："儿子，其实你爸他……不是那个意思。"

"我知道，你们都为我可惜。"孟庆川顿了下，接着说，"我也可惜，一件事埋头做了十几年，功亏一篑，我也恨我自己。"

叶梓曾经问过他，梦想是不是当钢琴家。

他说谎了。

他热爱钢琴，热爱这条路，他曾经梦想着能在未来的职业道路上比父亲做得更出色。

人人都说他是天之骄子，羡慕他出众的才华样貌，人们把他捧得太高，可摔下来的时候，没有谁会去接住他。

手腕骨折的那段时间，身边的哥们儿王永璞、叶宸陆续参加了一些学校的校考，拿到了入场券，而最有天赋才华的他，却成了门外徘徊的那一个。

他开始不去学校上课，也厌恶看到钢琴，整日到处晃荡，看不清未来该怎么办。遇到的所有人都对报以同情的目光，转身却又以他为话题，猜想他的人生会是怎样急转直下。

他不想见任何人，不想听见任何关于考试的消息。

然后叶梓就顶着那一头非主流头发出现了。

她不像其他人一样看他笑话或背后议论，带着她独有的单纯和莽撞，靠近他。她对什么都是好奇的，又好像对什么都是防备的。

叶梓的出现，像给他暗无天日的日子里凿了个洞，透进来一束光。

在所有人都等着看他笑话，和假惺惺怜悯他的时候，她对他说，看，我比你更惨。她还对他说，一个梦想破灭了，还可以有新的梦想。

她不懂他，却开导了他。

他怜惜她，然后爱上了她。

"艺术追求，还有梦想，不是我不想坚持，手腕断掉的是我，没有人比我更绝望。"孟庆川平静地讲述，好像在说别人的故事。

"爸，您还记不记得，您当时问过我一个问题，还想不想在这条路上走下去。我知道你们想让我再等一等，等手腕好了继续考。"

孟子良僵了一下，犹豫地转了半边身。

刚出事时，孟庆川还不知道手腕恢复得不好，他想着，那年艺考赶不上，他可以再等一年，可后来手腕恢复得不如预期，要二次手术。这意味着他的康复期又拉长了，而他又要错过第二年艺考的集训时间。

"我想，特别想。不是我不听你们的话，可是爸、妈，我有几年时间可以浪费？一条路死磕到底，就要错过两年高考，谁又能保证到第三年我的手腕能不受影响，到那时候，我又要去哪里？"

孟子良站在窗前，若有所思。

孟庆川从未这样坦诚、敞开心扉地聊过当年那件事。

这件事就像一根红线，全家人都不去触碰。不触碰，就其乐融融。

孟庆川的唇扬了扬："那时候有个人跟我说，一条路走不通了，还有别的路可以选。因为她，我才有了新的梦想。"

那年高考结束后，孟庆川的文化课成绩很高，他把自己关在房间半个月，毅然决然地放弃了艺术生身份，搏第二年更高的分数。

那是一个特别、特别、特别艰难的决定。

意味着他要放弃一切，去往一条新的路。

但不代表他就放弃了他曾经的梦想。

戴芳凝望着儿子，嘴唇嗫嚅着："这些话你从没说过。"

孟庆川说："我没说过，是因为我觉得我的选择没有错，我到大二的时候手腕还是会痛，如果当初就那么等下去，第三年依旧没有结果。

"我以为你们能理解我的选择，也能看到我所做的努力。虽然不能上台演出了，但我有专业经历，也有管理能力，这是很多演奏家做不到的，乐团是我想做的，也是我有信心能做好的。只是，我不知道，在你们眼里，我从那时候起就是失败的。"

确实，孟庆川不再弹琴，确实让很多不明实际情况的人都很惊诧，孟子良也一度脸面上挂不住，但时间久了，儿子在另一个赛道跑得出色，他也欣慰。上次那些伤人的话出口后，他当时就后悔了，想等一个机会跟孟庆川心平气和地聊一聊。

孟子良沉思了许久，说："儿子，当初是怕你后悔。"

"我也怕，但我更怕没有结果的等待。"

"事实证明，你成功了。你们年轻人更懂得变通，我们这些陈旧顽固的想法，也许也该改变一下了。"孟子良把烟头摁在烟灰缸里，"儿子，是我们没有真正了解你。"

孟庆川心里有温暖的情绪在涌动，但他没说话。

接着就聊到叶梓。

他很欣慰，一家人都没有情绪激动。

戴芳说："儿子，我不是反对你谈恋爱，我特别希望你谈恋爱。可是你跟叶梓谈下去，能有什么结果？"

孟庆川喉结动了动，说："我想跟她结婚。"

此话一出，孟父孟母都有些震惊。

他们没想到孟庆川跟叶梓发展得这么快。

孟庆川其实跟叶梓完全没聊过这个话题。他们的感情好像慢慢进入稳定期了，再谈下去自然而然就是结婚。

孟子良的表情变了，但还是控制了情绪，没说什么重话："你不要想当然。"

"我没有想当然。"孟庆川说，"我真的想跟她结婚。"

戴芳赶紧说："八字还没一撇的事，你别急着就想这些。"

大家都克制着，这次谈话并没有以争吵结束，但隐约又有点儿不愉快的味道。

孟庆川晚上住在家里。

他冲澡的时候，心里总算是完全放松了一次。

跟叶梓的事，家里还是持反对态度，他都知道，只是没有吵起来，就是个好的开始。

来日方长。

第二天，叶梓很早就爬起来，跑去前一天工作的地方，找到录音棚。

录音棚的老板很年轻，身穿潮牌扎着头巾，好像用全身在告诉别人他是玩音乐的。

老板好像刚起床，打着哈欠问："想录什么？"

叶梓说："我先看看你的录音棚可以吗？"

老板起身带她过去，边走边说："我这边呢，可以录歌、录乐器，录好之后可以给你制作成专辑。"

第一间录音室不大，跟电视剧里看到的一样，里面是录歌的小屋子，外面有各种各样的设备，中间用厚厚的隔音玻璃隔开。

"有钢琴吗？我想录弹琴。"

"早说啊，跟我来。"

第二间录音室墙上挂了些吉他和贝斯，角落里有鼓，还有一架钢琴。

叶梓上前，在琴键上摁了几下。

老板又指了指外面的书架，上面有很多乐谱。

叶梓去外面书架上挑了一会儿，拿了几本谱子过来。

"行吗妹妹？"老板靠在门上，"行的话咱就准备准备，我开始算时间了。"

叶梓做了个"OK"的手势。

老板在外面一堆录音设备前守着，本来以为叶梓是个王者，没想到一开始弹，差点儿惊掉下巴。

叶梓弹了三首。每首弹得都挺流畅的，只是过于简单了，都是钢琴初学者才会弹的曲目。

老板不明白这女孩儿花钱来这儿录这些小儿科的曲子是为了什么。

最后一首，是《D大调卡农》。

其实她还不算真正会弹，孟庆川还没有教过她，她只会用右手弹基础的调子，还不怎么熟练。

磕磕绊绊，总算是弹下来了。

她又录了几遍，最后一遍比之前的都要顺畅一些。

"妹妹，你最后一首都没练熟呢，不删掉吗？"

叶梓用力摇头："不删。"

最后可以制作成一张光盘，印制成CD。

叶梓选了一张她随手偷拍的孟庆川的照片，只有半个侧脸，鼻梁高挺，特别英俊。

老板给她看了几种封面排版样式，敲定之后，她反复提醒老板一定要写上"生日快乐"。

老板说："做好要两周时间，你留个地址，到时候给你寄过去。"

从录音室出来，还不到正午，阳光明媚，天空蓝蓝的，厚重的云在天边堆着。

叶梓脸上喜滋滋的，想象孟庆川收到那份礼物时候的表情。

她心情特别好地拍了一张天空照片，正准备给孟庆川发，有个电话进来了。

是个陌生的号码，归属地是安城。

叶梓接起来，语气疑惑："喂？"

"是叶梓吗？"

一个陌生的女人声音。

叶梓眉毛拧了拧："你是……"

"我是庆川的妈妈。"

叶梓把手机拿到眼前，看了一遍号码，又回到耳边，木木地叫了声"戴阿姨"。

"你现在说话方便吗？"

她的心怦怦跳，却还是点点头："方便。"

戴芳的声音很温柔，吐字很慢："我是从庆川手机里找到号码的。阿姨有些冒昧，上次见面也没跟你好好打招呼。"

"戴阿姨，有什么事吗？"

"我就不兜圈子了，我知道你跟庆川在谈恋爱，今天想找你聊聊这个事。"

叶梓停下脚步，静静地等戴芳后面的话。

"庆川很执拗，我们做父母的，也不好说什么。阿姨想说，你们现在谈恋爱，可能头脑一热没想那么多，那以后呢？你们想没想过，谈一两年恋爱之后，要怎么办，是不是就该谈婚论嫁了？"

叶梓没说话，也不知道说什么。他们在一起时，她确实没想未来的事。

戴芳顿了下，又说，"就算真的要结婚，我们和你父母做邻居做同事几十年了，这个结婚典礼，他们是参加还是不参加？"

这话真真是戳到叶梓的痛处。

叶峰当众打过几次叶梓的巴掌，叶梓从没管叶峰和梁燕叫过一声"爸、妈"，这是众人皆知的。

她高考后直接消失，这两口子也从没去找过，梁燕甚至把女儿的东西都卖给收破烂的了。

前些年大家还都猜叶梓不是亲生的，可叶梓的五官神态，几乎跟叶宸是一个模子里刻出来的。

其实就是从小没养在身边，再加上叶梓的性子不讨喜，自然不亲近，不喜欢。

叶梓是长大后才懂得，原来真的有父母不喜欢自己的孩子。

反正她也不喜欢他们，不吃亏。

戴芳的每句话都戳在她的心窝上，可她无力反驳，因为都是事实。

她连家属院都不愿意再踏进去一步，更何况让叶峰和梁燕坐在父母席见证她的婚礼？

她跟孟庆川会结婚吗？她好像真的没想过这个问题。

她喉咙里像堵着一块东西似的，说不出话。

她还能说些什么呢？说她刚为孟庆川准备了生日礼物，她是爱他的？这些在戴芳看来，不可笑吗？

"阿姨也算是看着你长大的，也不是打电话来劝你们分手，你们年轻人头脑发热，我知道劝你们也没用。我只是希望你们能看长远一点儿，多想想实际问题，不要只考虑当下。"

叶梓抹了抹眼角，说："我知道了，戴阿姨。"

一片厚重的云遮住了太阳，收回了洒在地上的阳光。

她不太记得她是怎么挂掉电话，又是怎么到机场的。

孟庆川给她发了好几条信息，她坐在候机厅，眼睛模糊了又模糊，始终看不清他发的是什么。

孟庆川打电话给她。

"怎么不回消息？"

叶梓声音冷淡："手机在口袋里，没看见。"

"哦……"孟庆川停了停，"到机场了吧？"

"嗯，到了。"

"下午去接你。"孟庆川闷闷地笑了一声，"想我吗？"

"要登机了，我先挂了。"

孟庆川站在窗前，挠了挠头，不知叶梓为何心情不好。

反正还有两个多小时就见面了，到时候再问也不迟。

下午，飞机落地安城。

孟庆川早早就开车等在机场停车场，却怎么也联系不上叶梓。

一下飞机，叶梓就给徐茜打了个电话："徐茜，你晚上在家吗……我能去你那儿住一晚吗？"

四月的天已经很热了，太阳直射下来，竟有点儿夏天的错觉。

孟庆川的车停在露天停车位上，担心叶梓出来时找不到，他已经在车外站了很久，额上都是细细的汗。

手机上，代表叶梓的那个定位圆点已经在回城的机场高速上了。

孟庆川拧着眉，搞不清状况。

明明分开时还好好的，现在又不知道怎么了。

叶梓从来都是这样，有了事什么都不说，总是把她倔牛那一套搬出来。

孟庆川看了一会儿不远处的航站楼，心里有种说不出的失落感。

他抿了抿嘴，坐进车里。

叶梓从机场大巴上下来，又转地铁，赶到了徐茜那里。

徐茜没下班，叶梓就在公寓大堂里等着，直到晚上七点多，徐茜才背着电脑包匆匆赶来。徐茜素颜，戴了大框眼镜，额头上有几颗痘，看样子最近又熬夜加班了。

"怎么了这是？"徐茜一眼就看到了她背着的大包。

叶梓疲惫地笑了笑："刚出差回来。"

"吓死我了，还当你离家出走了。"徐茜带着她往电梯间走，"你出差这么久啊，我以为你早回来了。"

"嗯。"

"我还得加会儿班，家里有菜，一会儿随便做点儿，或者叫个外卖。"

"没事，不饿。"

徐茜回头看了她一眼，问了句："心情不好？"

叶梓没说话。

徐茜没再问。

这阴沉的情绪明明白白地写在脸上。

徐茜的直觉，叶梓情绪不对跟孟庆川有关。

进了屋子，叶梓放下包，就直接去沙发上躺着。

她累坏了。

徐茜则停在玄关处，犹疑着，踌躇着。

她自从住进来，只跟王永璞联系过一次，还是因为冰箱坏了。

那次，她斟酌着词句跟王永璞发了条消息，王永璞什么都没多说，那个周末直接有人送来一台新冰箱。

他自始至终没有出现过。

而这样洒脱的行为却让徐茜更加心动。

徐茜手握手机，给王永璞发了条消息，说叶梓在她这儿。

很快，王永璞回了个"知道了"。

这句话没有给徐茜再回复的余地。她想了想，发了个可爱的微笑表情过去。

发完许久，徐茜一直盯着手机，王永璞没有再回消息。

她时不时地看一眼手机，忽然觉得身上好像有点儿重。她这才发现自己身上还背着电脑包，拖鞋也没换。

她心虚地划走微信界面，问叶梓："你想吃什么，我给咱们点。"

没得到回应。

她往里探头，发现叶梓也在发呆。

徐茜放下包，轻轻走到叶梓的身边："发生什么事了？"

孟庆川在街上漫无目地开了几个小时。

没有着急要回的家，也没有着急要接的人。他一直开到夜幕降临。

等红灯时，电话响了。

是王永璞打来的。王永璞在电话里问他在哪儿，他说在街上，王永璞说自己的音乐学校装修好了，让他过去看看。

其实这个时间点比较晚了，但孟庆川心里一直有东西堵着，也不想回家去，便答应下来。

绿灯亮起，他换了路线，直接往王永璞那边开去。

熟悉的老地方，孟庆川站在路边，抬头看了看全新的门脸。

泰格少儿音乐学校。

装修过后比之前气派许多，这次王永璞专门找人画了可爱风格的画，放在外立面上，整体氛围轻松又童趣。

画里面小兔子在弹钢琴，老虎拉小提琴，小熊吹单簧管……孟庆川自然而然地想到了叶梓。

王永璞搞这些是为了吸引小孩儿的。

叶梓早就不是小孩儿了，可他莫名其妙地觉得叶梓会很喜欢。

因为他知道，她小孩儿时候的愿望好像从来都没实现过。

心情晴了片刻，想到叶梓的举动，表情又冷了下来。

他走进去，小赵正在一楼前台忙活着什么，看见孟庆川，小赵眼睛一亮，招了招手。

"孟哥，好久不见。"小赵手指楼梯，"王哥在楼上。"

孟庆川冲小赵点点头："好。"

孟庆川熟门熟路上了二楼。这里格局大改，他转了一圈才找到王永璞的新办公室。

他礼貌地敲了两下门，进去才发现王永璞和叶宸都在。

"你怎么在？"孟庆川打量了叶宸两眼，径直走到里面坐下。

叶宸似笑非笑的："我怎么不能在。"

王永璞亮出自己的手机聊天界面："叶梓在徐茜那儿，你放心吧。"

其实，孟庆川知道。

他一直盯着叶梓的定位，看到她从机场离开，最后停留在王永璞租给徐茜的那个 loft 公寓社区。

他"嗯"了一声。

"嗯什么嗯。"王永璞随意踢了他鞋尖一脚，"你们是不是吵架了？"

"没有。"孟庆川闷闷地说。

王永璞跟叶宸互看一眼，都没说话。

过了会儿，孟庆川问："你叫我来，就为说这个？"

两个男人语塞。

孟庆川忽然很烦躁，想冲去叶梓那里，当面问个清楚。

他费心挤出来一天时间飞去广州，他找父母谈话，解开心中的结，好能规划他们的未来。

可她呢？他兴冲冲跑去机场接她，她一声不响地离开。

衬托得他像个傻子。

这次她要去哪里，又要走多久？六年？十年？

孟庆川起身要走。

王永璞赶紧堵住他的去路，像是有什么话要跟他说。

孟庆川抬眼，眉毛拧在一起。

王永璞摁着他的肩膀，说："你先答应我，听了别冲动。"

王永璞的举动迫使他停了下来。

孟庆川奇怪地看了王永璞一眼，这话里好像有什么不好的预兆似的。

"今天早上，你妈好像给叶梓打电话了。"王永璞说。

孟庆川怔住，以为自己听错了："谁？"

今天早上他明明还在父母家。

王永璞盯着自己脚尖："我妈买早点的时候，戴阿姨在家属院门口打电话，她路过时听见叶梓的名字了。"

王永璞："庆川，你是不是跟你爸妈说什么了？"

他不知道戴芳怎么会有叶梓的手机号。

孟庆川长时间地沉默着，回想前一晚跟父母促膝长谈的内容。想到他自己说"我想跟她结婚"，又想到父母慌张的眼神。

他猛地抬起头，眼眶有点儿发红。

徐茜的公寓里只有一张床，本来叶梓打算在楼下打地铺，临睡前却又改了主意，抱着枕头、被子挤在徐茜身边。

晚上，在一片漆黑中，叶梓一直睁着眼。

眼睛适应了黑暗，便能看清房间里的种种。

"你也睡不着？"徐茜歪头看她。

"嗯。"

从傍晚到深夜，叶梓一直坐在沙发上发呆，心事重重的样子，却最终什么都没跟徐茜说。

"你是不是跟孟庆川吵架了？"

"没有。"

"是不是闹了点儿不愉快？"

好像是，又好像不是。

叶梓不知从何说起。

徐茜也很有分寸地，没有再问。

过了会儿，她问徐茜："你是不是只待到年底？"

徐茜："嗯，农历年过完，年后就回北京了。"

这句话说完，两个人心思各异。

徐茜在想王永璞。

她暗恋他有半年时间了，她也不知道自己怎么了，面对王永璞的时候，就变得像个高中生一样，会脸红，会患得患失。

可她最终还是要离开的。她苦恼在离开前，要不要跟王永璞表白自己的心意，尽管已经知道答案会是什么。

叶梓在想徐茜走之后她还能住哪里。

戴芳在电话里说的很多话，是她以前都没有考虑过的，也是事实。跟孟庆川到底能走到哪一步，她也开始迷茫。

叶梓说："到时候又要找房子了。"

在说徐茜，也在说自己。

徐茜："是啊，总是在换房子住。你还记得我们在北京住的那个房子吗？"

叶梓轻笑一声："才半年，我又没失忆。"

"现在想起来，那房子多破啊，我们居然能住两年。再回北京，碰到那样的房子，我可能都不想租了，由俭入奢易，由奢入俭难啊。"徐茜叹了口气，"也不知道我什么时候能买上写着我名字的房子。"

徐茜在互联网公司，薪水不算低，但在北京买房安家仍然是一个遥远的梦。

叶梓望着天花板，说："人都是贪婪的吗？一旦得到一点儿，就想要更多。"

"可能吧。"

叶梓想起那些在一个人在外漂泊的日子。

每年生日和节日，她身边总是很冷清，她许的愿望永远只有一个愿望，就是她挂念的那个人能健康平安。

那时候，她没有什么得寸进尺的念头。

而现在，她知道前路茫茫，却贪恋在他身边的每一分每一秒。

孟庆川其实不需要费力找叶梓。

她的工作地点他知道，手机上又有互相的定位，找她再容易不过，但他不想逼她。

他可以等。

等她给他机会道歉。

每天下班后，孟庆川都在叶梓公司楼下，叶梓认得他的车，但从来没有走近过。

她远远看到他，然后目不斜视地拐去地铁站。

有时他会开得很慢，一路跟着她，等她进了地铁站，他再离开。有时他只是看到她出来，然后在车里慢慢等，等到她的那个定位小圆点到了徐茜家，他才放心。

这样的日子过了二十多天。

五月的某一天，孟庆川如常打开手机，突然发现，他手机上叶梓的那个小圆点消失了。

她把她的定位删了。

手机上叶梓的定位突然消失了，孟庆川没由来地心慌。

这种感觉在很多年前也出现过一次，那次是他遇到梁燕卖掉了叶梓所有的东西，得知叶梓一个人离开西安城，去了北京。

她总是这样，遇到事想自己扛。

他给叶梓打了几通电话，没有人接。

微信他没发过，因为他知道，大概也是同样的结果。

这些天，孟庆川每天都习惯性地打开定位很多次，习惯性每天远远看叶梓一眼，但手机上一直没有联系过。

如果不是他每天都跑去她楼下，能远远看到她的人，看到她的定位，其实都可以默认他们分手了。

接近下班时间，孟庆川赶到叶梓公司楼下，看到她的同事陆陆续续下楼，却不见叶梓的身影。

难道她没来上班？

晚上九点多的时候，他看到方思哲拎着头盔下楼，他想拦住方思哲问一问，手已经放在车门把手上，最终还是作罢。

这是他和叶梓之间的事，他不想让无关的人知道。

又过了会儿，整栋写字楼都黑了。

孟庆川立刻发动车子，从饭局上揪走王永璞，往徐茜家开去。

"徐茜没接电话，可能没听到，也可能睡着了。你别急，小叶子肯定没事。"王永璞看了孟庆川一眼，试图稳住他。

孟庆川一言不发地开车，一路上车速很快，不知在想些什么。

他们快到时，徐茜才回了电话。

一接通，徐茜语速很快："我刚才在开电话会，抱歉没看到你打过电话……"

王永璞说："我们快到你楼下了，方便下来一下吗？"

那边显然愣了一下，空了几秒才说："什么？"

王永璞："我跟孟庆川一起过来的。"

徐茜："嗯？哦，找叶梓是吧？她不在，我知道，方便的，马上下来。"

王永璞："还有十分钟左右，不用着急。"

车里依旧沉默着。

他们都听出来，徐茜有些语无伦次。

如果是平时，孟庆川大概会调侃几句，只是他现在没心情。

他们到时，徐茜已经在楼下等着了。

孟庆川甩上车门，大步朝徐茜走过去。

尽管着急，他还是很礼貌地说："这么晚叫你下来，麻烦你了。"

王永璞在他身后，也向徐茜展露了个笑。

"别客气。"徐茜仰头看着眼前两个男人，也明白他们的来意，便全跟他们说了，"叶梓出差了，去深圳，后天下午回来。"

叶梓没有向徐茜隐瞒自己的行程。她没打算像上次一样直接消失，而是慢慢淡出孟庆川的生活。

她不愿意承认的是，她爱上他了，她下不了决心。

孟庆川还想问些什么，却无从问起。

"这些天她什么都没跟我说。"徐茜接着说道，"我不知道你们之间发生了什么事，不过我看出她心情不是很好。如果见到她，跟她好好谈谈吧。"

孟庆川喉咙发痒，点点头，只说了句："谢谢你，徐茜。"

只过了两天，孟庆川觉得他的心都要等碎了。

叶梓回来的那天，他又去了机场。

这次他没在停车场，直接等在接机口。

深圳落地安城的航班有好几趟，孟庆川从早上一直等到中午。下午两点多，在人群中看到叶梓的身影。

叶梓个子很高，在人群中很显眼，她穿了件简单的白T和牛仔裤，看上去干练清纯。她松松地扎了个马尾，脸和脖子都露出来，孟庆川看到她消瘦的脸颊，心揪了一下。

他直接过去拽住她的胳膊就走。

叶梓没防备，惊呼了一声，惹得周围人看过来。

孟庆川也不在乎，拉着她就往停车场走。他用了很大的力气，好像要把她的骨头捏碎。

她怎么也甩不开。

车子疾驰在路上，叶梓低头看着胳膊上的红痕，搓了搓，问："我们现在要去哪儿？"

问了半天，没有回应，叶梓觉得尴尬。

她往左扭头，看了眼身边的人。

"分手吧，我们。"

孟庆川戴着墨镜，她看不清他的情绪。

"你把我放在路边吧，我自己走。"

孟庆川仍然一言不发地开车，专注而沉默。

叶梓看不懂他是什么操作，又说了一遍："停车，我要下去。"

"不分手。"

"什么？"

"我说不分手。"孟庆川沉声又强调了一遍，"不可能。"

叶梓颓然靠在椅背上，望着窗外倒退的风景。

她知道这辆车要开往哪里，只是有些茫然，不知道自己的心该去往哪里。

车子一路回市里，开进了孟庆川家的地库。

叶梓坐在副驾上不肯下来，孟庆川从车前绕了一下，打开副驾车门，说："下车。"

叶梓憋着一口气，不说话。

孟庆川直接覆盖过她的身子，帮她解安全带。见叶梓仍然不动，他准备打腿弯抱她下来。

叶梓见状，只好下车。

孟庆川扯着她的手腕，防止她再逃跑。

两个人都暗暗用劲儿，一前一后进了电梯。

回到熟悉的家中，叶梓站在玄关不愿意往里走。

孟庆川如常换拖鞋，去岛台拿水杯接水。一系列事做完，看叶梓还僵站在门口，他问了句："不进来？"

叶梓抿着嘴，跟他僵持着。

"不是你说分手吗？不进来怎么收拾你那些东西？"孟庆川故意朝次卧扬了扬下巴。

他在激她。

她真的就往次卧走去。

孟庆川一把抱住她，用身体抵住她，在耳边问："你还真的要走？"

叶梓语气里都是委屈："你让我收拾的。"

"我反悔了。"孟庆川用手扣着她的脑袋，缓缓说了句，"对不起。"

叶梓愤愤然挣脱，眼底湿漉漉的："我要分手。"

"不分手。"

"不行，就是要分。"

"为什么？"孟庆川盯着她，"你给我个理由。"

"不想在一块儿了。"叶梓的视线停留在地板上。

"不喜欢了吗？"孟庆川反问她。

她头发有些乱糟糟的，匆忙地点点头，好像急着结束这一切，逃离这一切。

"那这又是什么？"

孟庆川手里拿着个棕色的纸盒，朝叶梓晃了晃。

叶梓看到一个小小的快递盒，方方正正，扁平的。

她皱着眉看了几秒，好像猛然间就知道了那是什么。

她想起来，这是她在广州录的那张光盘，是她为孟庆川准备的生日礼物。

她当时还没接到孟庆川妈妈的电话，填的地址还是孟庆川的这个家。

这些天过得太煎熬，她早就把这件事抛之脑后。

竟然已经寄来了。

叶梓下意识地去抢那个纸盒。

没费什么力气，她就拿到了那个纸盒，她藏在身后，不想让里面的东西被他看到。

孟庆川说："你不打开看看里面是什么吗？"

叶梓听到这话，愣了愣。

她晃了晃手上的盒子，轻飘飘的，里面好像什么都没有。她手忙脚乱地拆开，才发现这早就被打开过了。

而她的注意力都在抢纸盒上，完全没注意到。

她手上捧着被拆解的纸盒，眼眶里忽然就蓄满了泪。她不想在孟庆川面前哭，徒劳地睁大了眼。

"我已经听过了，叶梓。"孟庆川说，"是你专门准备的，是吗？"

叶梓倔强地看看别处，抹了一把脸。

委屈、不甘、哀怨……那些复杂的情绪混在一起，都化成一股一股的泪，刚擦完，又不听话地涌出来。

孟庆川上前，用拇指为她拭去泪，顺势把她揽进怀里。

叶梓推着他的胸口，想挣脱开，却抵不过他有劲儿的臂膀，最终没了力气，靠在他肩头，任由他抱着。

她无声地流着泪，手就那么垂下来，有些不知所措。

孟庆川感受到脖子的凉意和湿意，不由得心疼又愧疚。

过了会儿，他轻轻亲了亲叶梓的头发，唤了声叶梓的名字。

叶梓靠着他，感觉到声带的震动，心里酥酥麻麻的。

她"嗯"了一声。

孟庆川说："我妈给你打过电话，你怎么不跟我说？"

叶梓离开他的肩膀，跟他拉开一些距离，含着泪的眼疑惑地盯着他，仿佛在问他怎么知道。

"是的，我知道了。我们在一起了，就是要一起面对问题、解决问题，我答应你的事，什么时候没做到过？不能随随便便走，也不能单方面说分手，知道吗？"

叶梓盯着他，没点头也没摇头。

孟庆川握着她的胳膊，轻轻摸了摸红痕："今天对不起，弄疼你了。"

他轻轻握着她的双，盯着她的眼，认真地说："叶梓，我以前就喜欢你，想保护你，现在也是，这些你都知道的。那时候还小，没有张口跟你表白过，现在我有能力了，我不想跟你再错过，也不想让你受委屈。

"我那天高高兴兴地去接你，最后扑了个空，这些天都没睡好觉。你又把定位删掉了，我更着急。"他轻轻帮叶梓把碎发弄到耳后，用拇指摩挲着她的脸，"我知道我妈为什么给你打电话，也知道你担心什么害怕什么。这次是我的错，我会跟他们谈的，我家里的问题，我来解决。答应我，不要再走了，也不要随便说分手了，好吗？"

他吻了吻叶梓脸上的泪痕。

许久，叶梓终于轻轻点了点头。

"我真的害怕你对我失望了，不给我机会解释了，真的要跟我分手。"孟庆川顿了顿。

"不是的，我……"叶梓急着想要解释。

孟庆川又亲了她一下，说："我知道的，因为我收到了这个。"

孟庆川收到那个快递时，是有些疑惑的。

因为最近他烦心事太多，并没有买什么东西。

他打开那个小纸盒时，表情由疑惑变成了诧异。

那是一张制作不怎么精美的 CD，封面是他一张侧脸照片，上面还印着一行小字：*祝最亲爱的川川，29 岁生日快乐，我爱你。*

还没听这里面的内容，他的眼角竟然已经湿了。

这些话让叶梓当面讲，她肯定是说不出口的，她不愿意，也不擅长表达爱。

听了里面的内容之后，他更震惊。

里面一共有四首曲子，前三首都是很基础的钢琴曲。

都是他教过她的。

她弹得不算特别熟练，但也没太大的瑕疵。

这些年她辗转在异乡，鲜有机会摸到钢琴，可孟庆川教给她的那些曲子，她都没有忘记过。

最后一首，是《D大调卡农》，弹得不熟练，断断续续的。

几首不算娴熟的钢琴曲，串起了他们少年时代共同的记忆。

最后也不知是录音师的失误还是故意剪辑，几句人声也录了进去。

一个男声说："妹妹，你最后一首都没练熟呢，不删吗？"

接着是叶梓坚定的声音："不删。"

那个男声说："弹成这样，你还要录了送人？"

叶梓又说："我乐意。"

然后这张碟就播放结束了。

听着这两句对话，孟庆川没发现自己早就牵起了嘴角。

他佩服她惊人的记忆力，也低估了她对自己的感情。

"这个生日礼物我特别喜欢，特别特别喜欢。"

叶梓说："可是还没到你生日。"

"没关系。"

孟庆川亲了亲叶梓的耳朵，最后捧着她的脸，寻到她的唇，深深地吻起来。

孟庆川手上也不闲着，边吻边问她："想在哪儿？"

叶梓轻哼了一声，没有回答。

"卧室、沙发，还是书房？"

叶梓闭着眼，说了句什么，但他没听清。

"去书房吧，我正好也有东西要给你看。"

叶梓想起之前在钢琴上那次失控的经历，不禁红了脸。

孟庆川拉着她去书房。

打开书房的门，叶梓愣住了。

孟庆川的书桌上一直都是干干净净、空空荡荡的，可此刻上面堆满了书，还有一些小玩意儿。

好像是一些课本和练习册，足足有好几摞。

叶梓迟疑了片刻，上前拿起一本翻了翻。

课本扉页，写着"高三（6）班叶梓"。

叶梓有些不可思议，再翻开一本，还是写着同样的字。

她脑袋里仿佛有什么在敲打一样，突突突的。尽管笔迹熟悉，她还是觉得不大真实。

连续翻了四五本，她才敢确定，这些就是她高中时代用过的课本。

除了课本和练习册，还有一些造型可爱、颜色各异的文具和小玩意儿。

只是现在看上去确实有些年月了。

曾经她也跟别的女孩子一样，喜欢那些毛茸茸的小挂件，喜欢用五颜六色的笔在书上做笔记。

叶梓愣愣地回头看了一眼孟庆川。

他正双手环抱在胸前，身体放松靠在门框上，笑看着她，仿佛那个俊朗的少年。

她问他："这、这些，你从哪儿弄的？"

孟庆川淡淡地笑了笑："买的。"

"买的？"叶梓诧异，随之而来是半信半疑的表情，"你骗人。"

"东西不都在你面前放着吗，怎么骗你。"孟庆川笑了笑。

这些确实是他买的，梁燕五十块卖给收废品的老太太，他花了十倍价格又买了回来。

"对了，还有这个。"孟庆川从书架上取下一个紫色的盒子。

打开，里面躺了一个硬壳的本子。

那是一本旧时的同学录。

那时叶梓在班里不跟同学来往，毕业时同学录找不到人给她填，她便模仿不同笔迹，给自己写满了整整一本。

叶梓缓缓翻看着每一页，没有心痛遗憾，只有涌动的暖流。

到最后一页，夹了几张她亲手抄录的钢琴曲五线谱。

"这个还在！"她惊呼一声，声音里满是惊喜。

她只记得那时没有多余的钱买乐谱书，就算买了也没有琴给她弹，她就自己用尺子打格子，打出五线谱，再凭记忆把自己仅会的那几首画上去。

她的少女时代，原来从来没有遗失。

这是她羞于启齿的过去，她曾经自嘲般地跟孟庆川提起过，不承想，孟庆川竟然替她保存着这一切。

那些不堪回首的过往她已经不在意，她更感动的是孟庆川为她守护的这份心意。

收到那张叶梓录的 CD 时，孟庆川大脑一片空白，又惊又喜又愧疚。

彼时叶梓还在徐茜那里住着，他联系不上她。

他冲到书房，拿出书架里叶梓曾经的所有课本，还有书架顶层的那个盒子。他买回了梁燕扔掉的叶梓所有的东西，却从来没打开看过。

那些书里，有叶梓的课本，有她自己模仿全班同学笔记给自己的同学录。

祝你天天开心，不要被困难打倒！

希望你未来都顺遂。

祝你将来能做自己想做的事，爱想爱的人，有一个温暖的家。

…………

看到那些"不同人"写的祝福语时，孟庆川觉得心被什么拧成了一块儿，说不出的痛。

同学录最后一页，夹了几张对折的 A4 纸。

他打开，是几张乐谱。不是打印的，是自己手画的。

叶梓把他教给她的那些曲子的五线谱，都抄录了下来。

"谢谢。"叶梓眼里亮晶晶的，"这是你给我的礼物吗？"

孟庆川摇头，摸了摸她的头发："这是你的东西，现在我物归原主。"

叶梓扑进他怀里，声音飔飔的："你怎么这么好。"

孟庆川牵起嘴角，从背后抱着她的腰说："知道我好，以后别走了。"

叶梓用力地摇头。

不走了，再也不走了。

从今往后，她只需要百分之百相信他，就好了。

他们久久地抱在一起，孟庆川忽然叫她："叶子。"

"嗯？"

孟庆川顿了顿，问出心中多年的疑问："当年，你为什么走？"

叶梓没有回答那个问题，孟庆川也没有追问她。

傍晚，孟庆川陪着叶梓一起去徐茜那里取回一些生活用品。

两个女生在楼上收拾，孟庆川出于礼貌，在门外等。

徐茜低声问："你们和好了？"

叶梓点点头。

"挺好的。"徐茜笑了笑，"真为你高兴。"

叶梓听出徐茜这话里有祝福，有羡慕，也有失落。

两个人各自忙活了会儿，徐茜忽然说："对了，叶梓，我有个事要跟你说。我可能要提前回北京了。"

叶梓停下手上的动作，回头看着她，显然是一时间没反应过来。

徐茜接着说："我调过来支援的项目基本已经正常运营了，总部那边有了新的项目，问我要不要提前回去。如果还按原计划时间回去，可能会给我调部门，我还挺喜欢我现在的领导的，已经答应了。"

"什么时候走？"

"也没有那么急，七月底回总部报到就行。"徐茜停了一下说，"我想七月中旬提前回去找房子。"

七月，离现在只剩一个多月了。

叶梓愣站着，没说话。

"你干吗这样。"徐茜笑了笑，"现在交通这么方便，见面挺容易的。"

话是这么说，可她们都知道，两人的生活重心已然在两个城市，见面不是难事，怕也没有那么容易。

这些年叶梓没什么朋友，徐茜算是一个。她心里空落落的。

叶梓手上握着一件T恤，叠好又摊开。几个来回后，她终于开口："那……你跟王永璞呢？"

"我跟他？没什么可能了。"

跟徐茜一起住的这些天，叶梓观察出一些情况。

徐茜手机和电脑桌面都是王永璞的微信头像，重复着铺满了整个屏幕。

徐茜在家的时间不多，除了加班，就是盯着电脑发呆。

叶梓试着问过几次，徐茜的答案都是他们之间没可能。

王永璞对她很好，可徐茜很清楚，他们连朋友都算不上。如果不是因为叶梓和孟庆川的关系，王永璞不可能把自己的公寓低价租给她。

而她也知道，王永璞家境优渥，之前有过好几任女朋友，都是同一个圈子的美女，他们并不是同路人。

她总有一天要离开安城，隔着毫不相干的人生轨迹，她就算把暗恋说出口，也是徒劳。

她对叶梓说："叶梓，我真高兴你找到自己的幸福了，我可能还要等一等，我跟他的缘分，跟安城的缘分可能就到这儿了，但我还是觉得很幸运。我要继续向前了。"

一股惆怅的情绪突然爬上叶梓的心头，一直延续到回家的路上。

孟庆川扫她一眼，问："怎么了，闷闷不乐的？"

"徐茜要回北京了。"

孟庆川也有些诧异："不是要待一年半吗？"

"她的公司有新的安排了。"

"这样啊。"孟庆川看了眼后视镜，打灯变道，"什么时候走？"

叶梓叹了口气，答："七月中旬。"

"她走之前，我们请她吃个饭吧，给她饯行，也谢谢她照顾你。"

叶梓"嗯"了一声，头便抵着车窗不再说话。

徐茜是她这几年唯一的朋友，前两年，她们同在一个屋檐下，交流并不多，这大半年她们总算熟悉起来，却又要离彼此远去了。

过了会儿，孟庆川问她："徐茜在哪儿上班？"

"望京。"

孟庆川顺手拨了个号码。

还没接通的时候，叶梓问他给谁打电话。

"这个朋友在北京，他有几处房子，我问问看他那儿还有空房没。"

"你还有北京的朋友？"

"嗯，之前附中的同学，现在在北京做游戏音乐。"

那边接了，一个疲倦的男声传来，像是刚睡醒："喂？"

"是我，你又通宵了？"他们之间好像很熟的样子，"注意身体啊。"

"是川川啊……"那边拖了老长的音，"没办法，今早赶着交demo。"

孟庆川开门见山："我有个朋友七月要租房，你房子还有空着的吗？"

"不巧，都租出去了。"电话那头说，"男的女的？我帮你留意留意。"

孟庆川："女孩，在望京上班，七月中旬住。"

"是你之前找的那谁——"

孟庆川赶紧打断他："不是，其他朋友。"

那边的人很爽快地答应了。

挂了电话，孟庆川专心开了会车，发现叶梓饶有兴趣盯着他。

"川川？"

孟庆川说："别闹。"

叶梓执拗地说："他能叫我不能叫？川川、川川、川川……"

孟庆川只好求饶："好了好了，我认输。"

叶梓不逗他了。

安静了一会儿，她很认真地说："川川，谢谢你。"

孟庆川勾了勾嘴角："徐茜是你朋友，一个人在外不容易，能帮就帮，应该的。"

叶梓问他："会不会太麻烦你朋友了？"

"反正已经不是第一次麻烦他了。"孟庆川停了停，"这几年一直拜托他在北京找你。"

晚上躺在床上，叶梓有种久违的熟悉感觉。

熟悉的床品触感，熟悉的味道。

过了一会儿，主卫的门被打开，又有轻轻关门的声音。

孟庆川头发黑黑湿湿的，从里面走出来。

主卧只开了一盏床头灯，金黄金黄的，叶梓侧躺在床上。

孟庆川过去从背后抱着她。

叶梓本想装睡，闻到他身上清新的味道，瞬间就破了功。

孟庆川在她脸颊上啄了一下："就知道你没睡着。"

叶梓转过身来，两个人面对面。

"川川。"叶梓捧着他的脸，声音轻轻的。

孟庆川忍不住笑了一下，把自己的脸往前凑了凑，两个人鼻尖抵着鼻尖，久久互相凝望。

叶梓望着孟庆川的清澈的瞳仁，里面有深情厚意，看得她内心灼热。

叶梓往他怀里拱了拱，说："你今天问我，当初为什么走。"

孟庆川点点头："嗯。"

"那你能先告诉我，你当时是怎么受伤的吗？"

孟庆川的手是怎么受伤的呢？

他回想那天下午，其实挺意想不到的。

高三压力太大，他抽空想放松放松，跑去篮球场，一个人打了会儿球。

几个看起来年纪比他大的男生，不知从哪里走到球场上，上来几步截了他的球，笑着看他，有点儿挑衅的意味。

那几个人问他要不要二对二。

孟庆川本来只想一个人投会儿篮，看周围场子都满着，他觉得自己一个人占场子不大好，便答应了那几个人。

几个男生上来就攻势凶猛，就算运球，手肘也会撞到他，力道不算小。

看孟庆川揉了揉肩膀，三人中的大个子笑笑："我打球比较野，不好意思啊兄弟。"

说完，他把球传给孟庆川，朝孟庆川扬了扬下巴。孟庆川拍了两下球，虚晃一下，一个漂亮的转身，换方向朝篮筐跑了几步。

几个人扑了个空，孟庆川原地跳起，抬手投篮。

球应声进入篮筐，孟庆川还保持着投篮的姿势，突然被人从背后撞倒，没有任何反应时间，直直往前倒下。

落地瞬间，孟庆川的左手被压在了身体下面。

他感觉到有点儿恍惚。鼻子先触到地面，变得热热的，好像流鼻血了。过了好大一会儿，他缓过劲来，才发觉左手钻心地疼。

孟庆川用右手撑着地面，勉勉强强地爬起来，才发现那三个人已经无影无踪。

他眼前天旋地转。

最后是声乐班的同学路过，认出了孟庆川，才叫人把他紧急送到了医院。

那时他的手腕已经肿得老高。

叶梓听他说完，看着他的脸，满是心疼。

"都过去了，没事。"孟庆川转了转左手手腕，"你看，现在不是好好的吗？"

叶梓摇了摇头。

"那你帮我亲亲。"

叶梓用嘴唇贴了贴孟庆川的左手。

孟庆川顺势捧住她的脸，揉了揉："怎么想起问这个了？"

高二的某一天，叶梓从学校回来，刚走进院子，就听见几道陌生的男声说说笑笑，里面还夹杂着李思逸的声音。

她知道这会儿走过去，必然会被李思逸讥讽嘲笑。孟庆川跟她说过，碰见李思逸，最好的办法就是无视他，离他远点儿。

她放慢脚步，听了一会儿。

一个很低沉的男声说："这两年明显感觉体力下降。"

另外几道男声吃吃笑着，开了几句黄腔。

李思逸的声音传来："超哥还是猛的。"

另外一个男声问："前年超哥打球弄骨折的那小子呢？还跟你是同学吗？"

李思逸的声音响起："不弹琴了，手都成那样了，还弹什么弹。那次谢谢你们了。"

那个被叫"超哥"的人说："这倒不用。只是当时我们三对一，回想起来，有点儿不地道。"

李思逸"喊"了一声："你还想当菩萨？这事要怪就只能怪他不小心，都临高考了，跑去打什么球啊。"

那个瞬间，叶梓脑子彻底乱掉了。

孟庆川骨折是李思逸找人故意弄的？

叶梓心里一紧，她伸出半个脑袋看了眼，那几个男的个个人高马大，痞里痞气的。

等那几个人走了之后，她脑子一热，趁李思逸不备，从他身后冲过去，用力给了他裤裆一脚。

李思逸一个趔趄，倒地不起。

叶梓那一脚蓄了很大力，只是踢歪了，落在李思逸身上没造成太大伤害，她自己也没站稳，摔倒了。

后来去医院检查，李思逸身体没有什么大碍，但他还是在医院里躺了两周。

他要叶家赔偿医药费精神损失费，还要叶梓跪在他面前道歉。

邻里邻居的，又是同事，自己女儿打了人家儿子，叶峰和梁燕满心愧疚。他们好声好气去医院看了李思逸几次，又往李家跑了好多趟。

李思逸最终松口，让叶梓亲自来道歉就好。

叶梓自然不肯，便有了被叶峰当众打耳光的一幕。

后来，孟庆川从学校赶回来，问叶梓为什么要踢李思逸，两个人大吵一架。

再后来，他们没有再讲过话。

最后，叶梓就离开了安城。

…………

"当时你误会我了，在我看来比任何事都伤心。我以为我们吵完那一架，可能永远也没机会讲话了，正好我也不想再在那个家里待下去，就走了。"

她那时还小，没有人教她应该怎么做，她只有逃离。

孟庆川听完，久久不能平静。

时隔多年，他总算是听到这个故事真实版本。

原来一切都是李思逸。从头到尾都是李思逸。

各种情绪涌上心头，翻江倒海。有对李思逸的恨，也有对叶梓的愧疚。

可对李思逸的恨意，远远赶不上对叶梓的心疼和愧疚。

叶梓为他挨了耳光，他还不知好歹地跑去指责了她一通。

他抱紧叶梓，说："对不起。"

"受伤的是你，你不要跟我说对不起，我只后悔当时没有踢得更狠。"

叶梓使劲儿往他怀里钻，"我恨李思逸，不是因为他叫我'村姑'，他说我什么，我从来都不在意。"

孟庆川轻轻摸着她的背，很长时间都没有说话。

叶梓抬眼："你在想什么？"

孟庆川："上次在商场碰见他，下手太轻了。"

叶梓："可以告他吗？"

孟庆川摇摇头："应该已经过了追究时效了，估计不能立案了。"

叶梓略失望，靠在孟庆川的胸膛上。

"叶子。"

"嗯？"

"以后不要为我做这种傻事了。"

"嗯。"

"答应我。"

"嗯。"

"好好说。"

"好，答应你。"

孟庆川紧了紧手臂："叶梓，我好爱你。"

这是孟庆川第一次跟叶梓说"我爱你"。

叶梓心尖一颤，往他怀里钻了钻。

两个人静静抱在一起，什么也没说，但叶梓感觉无比安心。

只不过一个月的时间没在一起，她却觉得这时间特别漫长，发了疯似的想念他。

孟庆川说："我代我爸妈跟你道个歉，我妈是拿我手机试密码拿到你电话的，我已经跟他们聊过了。以后我来跟他们沟通，你也不用担心了。"

叶梓轻声说："其实戴阿姨说的有些话，挺有道理的……"

"什么话？"

"就是……"叶梓哽着，这些话让她自己说出来，还是有些困难。

孟庆川看她："你家里的问题？"

叶梓点点头："你不怕别人说什么吗？"

"过我们自己的生活就好了，管他们说什么。"孟庆川笑笑，"他们当初还说我完了呢，我不照样过得很好？"

"可是他们抬头不见低头见的……"叶梓小声说。

"这个不是什么问题，跟你在一起之前我就想好了。"孟庆川用手指顺着她的头发说，"叶叔叔和梁阿姨，你不想认就不认，不要勉强自己，反正以后也是我和你一起生活。

"我爸妈在意的无非是面子问题，我们可以领证旅行结婚，如果你想要婚礼，我们就办个小型的典礼，只请最亲近的亲朋好友。

"叶梓，以后有什么事，你不要怕，一定要跟我说，我们一起解决。"

孟庆川说这些话时，神情很认真、很诚恳。

叶梓望着他，抿了抿嘴，眼眶变得微微红了。尽管结婚对于她来说，还是很遥远、不可触摸的事，可那一刻她觉得，在这个世界上找到了最值得依靠和信赖的人。

"好不好？"

叶梓用力地点了点头。

四目相对，温情流动。

"总算是回来了。"孟庆川长舒一口气，轻笑了一声，给她拉上被子，"这些天我都没睡好。"

"我也是。"

孟庆川在她鼻尖上啄一下："不听话。"

过了会儿，枕边传来浅浅的呼吸声。

叶梓在他怀里，他温热的气息喷在她额头上。

孟庆川的睡眠习惯很好，不打呼噜也不说梦话。床头灯还亮着，叶梓就那么直直地盯着他的脸。

又英俊，又干净，怎么都看不够。

她生怕吵醒他，缓缓动了动身子，从侧躺换成平躺。孟庆川追着她抱紧，又摸到她的手握着。她以为吵到他了，结果发现他并没醒，只是习惯性地抱着她。

很快，夜归于平静。

从那天起，叶梓跟孟庆川恢复了从前的状态，上下班接送，甜甜蜜蜜。

关于家里的事情，叶梓也不再多想，她只需要相信他、依靠他。

五月底，孟庆川忽然忙了起来。

听孟庆川说，六月中下旬会有流星雨，交响乐团的演出也定在那一天。

孟庆川说好这次带她去看。

安城的天文台在山上，在星空下表演交响乐，肯定特别浪漫。

还有几天就是孟庆川的生日，叶梓虽然送了那张自己录的CD，但早早就送了，临近她又觉得没什么仪式感，就想再买个什么，生日当天送给他。

不过也快到她的生日了，孟庆川完全没提起过。

每年五月到七月，音乐厅都会请一批世界级的艺术大师来安城演出。最近第一批国外的艺术家刚落地安城，孟庆川又要忙内部的接待和演出，又要忙天文台音乐会的筹备宣传，一直在加班。

她想他可能是忙忘了，也一直没好意思提。

有一天在外面吃晚饭时，孟庆川忽然说："等这阵子忙完，我能休十天年假。"

"嗯，你这段时间是辛苦了，好好休息休息。"

"你应该也能休年假了吧。"

叶梓想了想，点头道："不过我只有五天假。"

"到时候提前问问你们人事，时间能对上的话，我带你出去玩。"

叶梓抿嘴："去哪儿玩？"

"想去国外吗？"

叶梓还没出过国，她先摇摇头，又点头。

孟庆川笑了笑，又问："你户口现在在哪儿呢？"

"人才市场的集体户。"叶梓抬眼，"怎么了？"

"明天你请个假，去把户口卡借出来一下。"不等叶梓问，他先说，"先把护照办了。"

这难道就是孟庆川给她的生日礼物？她嘴上没问，但心里已经收下了。

那天晚上，叶梓特别开心，在网上搜了好些游记，很兴奋地跟孟庆川讨论要去哪个国家。

她是西北姑娘，对海特别向往，搜的全是有关泰国和巴厘岛的。孟庆川问她怎么没搜马尔代夫，她说太贵。孟庆川宠溺地笑了笑，没说什么。

孟庆川让她别考虑价格，放开了看，她便在各种旅游软件上看到大半夜。

第二天一早，叶梓顶着黑眼圈爬起来，化了个清爽的妆，想把护照照片拍得好看点儿。

两个人先去人才中心取了户口卡，路过公安局的出入境大厅时，孟庆川却没停车。

"开过了！开过了！"叶梓扒着车窗往后看，焦急地说。

"下午再过来，我先去取个东西。"

叶梓闷闷不乐地"哦"了一声，没再说话。

她期待了一晚上，明明可以把她放下，他自己去取东西，非要她一起，效率还变低了。她不知道孟庆川搞什么名堂。

孟庆川往右边扫一眼，嘴角泛起浅浅的笑。

叶梓一路低头刷手机，等她抬头时，他们已经到了，有保安小跑过来指挥倒车。

她朝外望过去，面前是个特别艺术的建筑，周围好像是个公园，有大片的草坪。

她本来不打算进去，孟庆川说外面太热，里面有空调。她才不情不愿地跟着走进去。

进去才发现这是个售楼处。

"你来这儿取什么？"叶梓快步跟在孟庆川身后问。

孟庆川装模作样地说："取个文件，很快。"

一个高个子男人孟庆川上前打招呼，看样子像是早早就等在那里，之后便带他们去了 VIP 室。

刚坐下，就有人端了矿泉水和甜品来，放在他们面前的小圆桌上。

"孟先生，还需要给您再介绍一遍吗？"

孟庆川摇头："不用了，宣传页和合同一起拿给我吧。"

叶梓才觉出有些不对劲儿。

"你要买房？"

孟庆川还在装。

他笑笑不说话，拧开一瓶水，递给叶梓。

过了会儿，那男人回来，手里多了厚厚一摞纸。

一张印制精美的广告彩页铺在叶梓面前。

孟庆川指着户型图说："你看着三种户型，一百八十平方米的这个比较合适，户型不错，比咱们现在住的那套大一点儿。我最近跑了不少楼盘，这个小区都是洋房，园林绿化也很好，明年交房，时间也正好。"

叶梓的目光变得有些木木的，看了看彩页上精致豪华的小区模型图，又看向孟庆川。

感觉有那么点儿不真实。

孟庆川被她傻傻的眼神逗笑，轻轻揉揉她的头说："你要觉得没什么问题，就签合同吧。"

"我签？"叶梓的声音不自觉抬高了一些。

"嗯，给你买的。"孟庆川打开笔帽，把笔递给叶梓，"我现在的钱付二百平方米以上的户型有点儿紧张，先买这套，等到以后赚了钱再换。"

她这才彻底明白，孟庆川从昨晚开始就在套路她。

什么拿户口办护照，什么带她出国玩，都是幌子。

她刚看过户型图，心里粗算了一下这套房子的总价。她可能一辈子也买不起。

她抿了抿嘴，不接笔，也不说话。

拿合同的男人识趣地退出去。

小小的房间里只剩下他们两个人。

叶梓说："我不要，太贵了。"

这比出国玩一趟贵太多了。

从小到大，叶梓最大的愿望就是能有一个家。她不在乎那个家有多大，只要温暖窝心就好，有爱的人就好，哪怕只是在小县城的旧居民楼里。

她缓慢增长的银行余额一直在提醒她，只是这个愿望对她来说，从来都是奢望。

"你听我说。"孟庆川握着她的双手，注视着她的眼睛，"这房子是送你的生日礼物，也是我们俩的婚房，以后我们一起住。"

孟庆川现在住的那套房子，一半的钱是父母出的，他想让叶梓有一个完完整整属于她自己的家，让她不再是飘着的。

叶梓脑子里却只有"婚房"两个字。

孟庆川抱住她，亲了亲她的头发："要是我能替你签字，我就直接送你房产证了，还不用费尽心思骗你过来。"

叶梓把头抵在他的肩膀上，沉默着。

"等这边房子交房了，你就把户口迁过来，就不用有事还要跑去借户口卡了。"孟庆川扳着她的脸，擦上面的泪痕，"好吗？"

擦掉的泪又涌上来，叶梓眼前一片模糊，连精心化好的妆都花了。

孟庆川抽了张纸巾给她沾："下午还要去拍护照照片，妆花了还怎么拍？"

"还拍吗？"

"户口卡都借出来了，当然要拍。买房跟出去玩又不冲突。"

叶梓轻轻捶了他一下："你就知道骗我。"

孟庆川笑了两声。

不知道什么时候，高个子男人已经进来候着了。

收拾好情绪，她像个机器人一样，指哪儿打哪儿。那个高个子男人娴熟地替她翻合同，说在哪儿签字她就在哪儿签字，说在哪儿按手印就在哪儿按手印。

她才发现原来孟庆川把所有东西都准备好了，包括她的姓名章。

签完所有东西，孟庆川跟高个子男人去刷了卡。

望着孟庆川的背影，叶梓心里有一股暖流在涌动。

回来时，高个子男人拿了两张购物卡给她，还有一个文件袋，里面装着收款凭证和一些票据。

她右手拿着文件袋，左手握着孟庆川的手，从售楼部出来。

外面天气晴朗，她脑子里仍然是晕晕乎乎的，像做梦一样。

孟庆川认真地跟她说："生日快乐，叶梓。"

一瞬间，她感动得想落泪，紧紧抱住眼前的男人。

这些年，她很少收到过命运的礼物，而他，就是她最欣喜的馈赠。

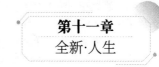

第十一章
全新·人生

那天其实不是叶梓的生日，孟庆川只有那天有空，就陪她签了房子的合同、办了护照，晚上又带她去吃了饭，提前庆祝生日。

这段时间孟庆川忙工作，忙看房，没来得及订餐厅，就随便找了家馆子，服务员听到他们对话，本来要送个蛋糕，最终因为跟身份证上的日期不符也没送成。

叶梓并不在意这些所谓的仪式感，她反而有些不好意思，毕竟她白天还跟孟庆川生了个不大不小的气。

"怎么了？"孟庆川笑看着她，满眼温柔。

"你怎么对我这么好？"

孟庆川夹了口菜，平静地说："不对你好对谁好。"

叶梓："可这礼物也太贵重了。"

孟庆川看她还在纠结这个，问她："喜欢吗？"

她点了点头。

孟庆川很欣慰，说："礼物就是心意，我的心意就是想送你一个自己的家，跟你送我 CD 是一样的。我喜欢你录的曲子，这不是正好吗？"

叶梓故意说："弹成那样你还喜欢，审美有问题。"

"没办法，弹成那样也是我教的。我照单全收。"

叶梓哼了一声，眼神又落在那个大文件袋上。

顶嘴的心情立刻又被那种不真实的感觉盖过了。她还是觉得不可思议，自己就这样有了家？

她又把文件袋打开，翻来覆去地看。

其实文件袋轻飘飘的，只装了收据。合同一式三份，要统一去房管局盖章，她那份要过几天才能给她。

"这个要收好，别弄丢了。将来收房要用的。"

"哦。"叶梓小心翼翼地装好，又心疼地问，"你还有钱吗？"

孟庆川逗她："不多了。"

"那以后生活开销我来，我马上要涨薪了。"叶梓打开手机银行，算她的存款，"后面用钱的地方多着呢，装修买家具就是一大笔钱……"

说着说着，她又突然沉默了。她那点儿存款，好像什么也做不了。

孟庆川发现她情绪低落下来，大概猜到她在想什么。他越过桌子捏了捏她的脸："行了，你该花花，其他事就别操心了，我又不是不赚了。"

吃完饭，在回去的路上，叶梓忽然闻到一股花香。她四下寻找，看见这条小路两边的墙上铺满了不知名的花。

孟庆川降下车速，好让她慢慢欣赏。

微风拂面，她二十五岁的人生，就这样来了。

叶梓生日当天是个工作日，她提前知道孟庆川要加班，下了班便一个人埋头往回赶。

走了几步，接到叶宸的电话。

"走那么快干吗？回头。"

叶梓回头，看见叶宸站在马路对面，身边还站着相蕊。

她愣了片刻，那两个人看了看两边的车，手拉着手走过来。

有段时间没见叶宸了，他穿着衬衫西裤，剪了新发型，换了新眼镜，整个人看起来很精神。她从前没太仔细看过叶宸，这么看，确实挺一表人才的……

两人靠近她，她还在胡思乱想。

叶宸逗了下她的下巴："发什么愣呢？"

叶梓嫌弃地躲开。

相蕊被这对兄妹逗笑，温柔地跟她打招呼："叶梓，生日快乐。"

叶梓瞥见她手里拎着一个精致的生日蛋糕，木木地说："谢谢。"

叶宸跟叶梓没什么需要客气的，说："叫了你好几声，都听不见，急着干吗去？"

"管得着吗你。"叶梓翻了个小小的白眼。

叶宸没计较，接着拿出手机划拉："一起吃个饭吧，给你庆祝生日。"

叶梓没说什么，随他安排。

到时她才发现这家馆子她来过，她刚从北京回来时，叶宸和孟庆川带她来吃过一次。

第二次坐在这里，叶梓心中有些感慨。

依旧是隐私性极强的包厢，相蕊看着文静含蓄，其实很懂得照顾叶梓的感受，主动跟叶梓聊天。

她跟叶梓讲叶宸的一些奇葩的习惯，听得叶梓连连赞同。两个女生说几句就咯咯笑几声，氛围温馨融洽。

三个人吃到一半，叶宸忽然跟叶梓说："叶梓，有个事要跟你说。"

叶梓正低头啃带鱼，随口"嗯"了一声。

"我跟相蕊要订婚了。"

听到这话，叶梓一愣，抬眼看了看叶宸，又看了眼相蕊。

相蕊冲叶梓亮出戒指，钻石在灯光下折射出动人的光。

这么快？

叶宸说："我们觉得挺合适的，就先订婚。"

叶梓赶紧放下筷子，说："恭喜你们。"

叶宸笑了笑："下个周末是订婚宴，就两家人一起吃个饭，你……要不要来？"

答案所有人都心知肚明。

只是叶宸把叶梓当家人，当最疼爱的妹妹，自然还是要问一问她。

叶宸说："我知道爸妈前段时间擅自去找你了，我替他们跟你道个歉。这事确实是他们做得不对，我已经跟他们聊过了。一切都以你的意愿为主。"

"我就不去了。"叶梓认真地看着叶宸和相蕊，解释道，"我不去不是因为你们俩，我还是祝福你们的。"

叶宸点点头："我知道的。"

快吃完的时候，叶宸去前台结账，看见等待区沙发上坐了个熟悉的身影。

身形修长，坐姿放松，但人还是端正的，骨节分明的手搭在扶手上，一下一下敲打着。

他走过去，拍拍那人的肩。

孟庆川回头，浅浅地勾了勾唇。

叶宸问："怎么不进去？"

孟庆川起身，跟叶宸面对面站着："叶梓说你们快吃完了。"

叶宸无奈道："你们还单线联系？"

孟庆川挑了挑眉："我跟我女朋友联系，管得着吗你。"

叶宸摇头："你俩还真是越来越像了。"

孟庆川只当是句夸奖，心情很好地说："恭喜啊，修成正果了。"

"还得谢谢你。"叶宸笑着说，"今天这顿是赶不上了，改天请你吃饭。"

"谢我什么？你们俩这是缘分。"

叶宸："不光是这个。相蕊朋友的舞团在你们剧院演出，听说你也照顾了不少，多谢。"

孟庆川给了叶宸胳膊一拳："这应该的啊，你什么时候变得这么客气了。"

他们两人站在窗边，向下望着这城市的夜景。这是一整面的玻璃幕墙，下面车水马龙，人间烟火。

"订婚宴在什么时候？"

"下周六。本来我爸妈还想叫上七大姑八大姨，叫四五桌人，被我摁住了。"叶宸叹了口气，"唉，我爸妈在叶梓的事上太不地道了。"

孟庆川轻轻哼笑了一声，表示赞同。

在这样的家庭里，这兄妹俩没走歪路，已经是莫大的幸运了。

"你跟叶梓的事，现在家里是什么态度？"

孟庆川说："跟我爸妈又聊了一次，话都说到了，他们没太激动，不同意也不反对。"

叶宸："房子的事，他们知道吗？"

孟庆川点头："应该知道。"

叶宸："他们没说什么？"

孟庆川笑笑："钱都是我自己赚的，他们说什么。"

孟庆川刚工作那几年，放了些闲钱在戴芳那儿，前段时间他让戴芳把那些钱都转给他了。

戴芳猜到了几分，但最终什么都没问。

叶宸拍着孟庆川的肩膀："谢谢你照顾叶梓。"

孟庆川斜他一眼："又来？今天怎么这么肉麻。"

叶宸笑了笑："我是真的谢谢你。"

孟庆川也跟着笑。

他们一起长大，彼此了解，叶宸对原生家庭的无奈，对妹妹的愧疚，他都懂。

叶宸说："你们俩结婚的时候，我爸妈肯定不会拿钱，我这几年给叶梓攒了十万，到时候给她。"

孟庆川似是有些意外。

"我工资就那么点儿，接下来用钱的地方也不少，暂时只能拿这么多。"

孟庆川说："叶梓应该会挺高兴。"

因为有这么多人爱着她。

"最近总是会想起我们以前。感觉明明都还是什么都不懂的浑小子呢，突然就要成家立业了，时间过得太快。"叶宸自顾自笑了一下。

孟庆川接话："王永璞不还浑着呢嘛。"

"咱们几个里，我最羡慕你。就你是按自己想法活着的，不像我们，从小听父母的话练琴，长大听父母的话考编制，到现在都不知道自己真正想要什么。"

孟庆川望着外面，若有所思。

他想要的，这么多年，兜兜转转，好像全都得到了。

这时，叶宸的手机振动了一下，打开看，是相蕊问他去哪儿了，结个账怎么用了这么长时间。

他把手搭在孟庆川的肩上："没其他要说的了，对叶梓好点儿就行。"

孟庆川认真道："那肯定。"

进入六月，天气越来越热。

对于孟庆川来说，最重要的一件事就是天文台的星空音乐会。

这次有主流媒体来跟组，把这一整场音乐会拍成纪录片，对安城音乐厅是一次很好的曝光机会。孟庆川不光对筹备工作上心，还会抽时间看乐队排练。

因为演出地点变成了天文台，上次山河磅礴的曲目显然不太适合。选曲增加了弦乐版的贝多芬《月光奏鸣曲》，孟庆川跟乐团作曲家交流后，决定大胆创新，为更年轻的观众带去新的体验，又加了一首韩剧《来自星星的你》

的插曲进行改编。

据说演出当天有牧夫座流星雨，同事们都摩拳擦掌的，特别期待。

演出当天，叶梓跟孟庆川一起坐提前安排好的大巴去天文台。

Fiona和方思哲是项目组工作人员，也跟他们一辆车。看到孟庆川和叶梓坐在一起时，Fiona愣了一下，之后又恢复了寻常表情。

叶梓没避嫌，反而紧紧靠在孟庆川身边。

远离城市，这里抬头就是漫天星河。所有工作人员都席地而坐，听得有些忘我。

叶梓也歪头靠在孟庆川肩上，静静在星空下欣赏这浪漫的一刻。

最后一首仍旧是《D大调卡农》，第一个音符起，她就听出来了。

上次她是在家用手机看直播的，而现场的感觉完全不同，更震撼、更感人。

她看了一眼身边的男人，被他感动得一塌糊涂。

孟庆川紧盯着乐队，生怕出现什么纰漏。过了一会儿，他感觉到了她的目光，默契地握紧她的手。

他仍看着前面，嘴上却问："喜欢吗？"

"喜欢。"叶梓轻声说，"怎么办，我好崇拜你。"

孟庆川轻轻勾了勾嘴角："上次就该带你来的。"

其实那晚最后并没有看到流星雨，也许有，但叶梓完全没注意天空，她已经够满足了。

演出结束后，孟庆川忙着协调各方工作，忙完所有要到后半夜。

清点完工作人员人数，所有人跟来时一样，分成四辆大巴返回市里。

夜里还是有点儿凉，孟庆川不想让叶梓干等着，送叶梓跟伍拾的其他同事先上了前面一辆大巴。

回去的大巴车上，大家都很疲惫，昏昏欲睡，叶梓却特别兴奋、特别清醒。

今晚的一幕幕不断在脑海中回放，她忍不住把现场拍的几张照片发给徐茜炫耀。

到家后，叶梓问孟庆川有没有出发。

左等右等，也不见孟庆川回消息，她给孟庆川打了个电话："你忙完了吗？"

孟庆川的声音疲惫而焦灼："你先睡，我晚点儿回来。"

叶梓听出他语气不对劲儿，不安地问："出什么事了吗？"

"没什么，你快睡吧，乖。"

说完，孟庆川直接挂断了电话。

叶梓自然睡不着。

听孟庆川的声音她就觉得好像出了什么事，但她怕打扰到孟庆川，没再继续打电话给他。

叶梓抱着腿坐在沙发上，不安地刷着手机。刷着刷着，她突然想到，方思哲负责媒介渠道，平时公关稿件和高清照片总是会在活动结束后第一时间发到内部群里，让大家积极转发，可到现在，内部群里静悄悄的，没有任何动静。

她盯着手机，拨通了方思哲的电话。

方思哲显然在睡觉，许久才接起来，声音飀飀的："喂？"

"你已经睡了吗？"

"谁啊？"方思哲没了声，随后听到清嗓子的声音，"叶梓？有事吗？"

"你没加班盯媒体吗？我想问下晚上的音乐会，怎么没见有现场照片和公关稿转到群里？"

方思哲那边一阵窸窸窣窣，他有些无奈："姐，你知不知道现在几点？"

叶梓看了眼手机，已经深夜四点多，她一时语塞："抱歉，我……"

"你怎么不问川总？"

叶梓有些火大，但没说话，毕竟她不占理。

方思哲意识到自己说话有些不客气，换了语气说："我们回来的时候，突然接到甲方通知，说有紧急情况，所有渠道先不发稿，照片也不对外发布。"

"没说为什么？"

"没说。我回来在电脑前守到两点，好不容易睡着，你电话又进来了。"

叶梓拿出诚意："你接着睡吧，下周请你咖啡和午饭。"

"好吧，原谅你了。"方思哲顿了下，"太困了，挂了。"

半夜的医院异常寂静。

孟庆川赶到时，乐团的一些同事已经提前到了，他们在医院门口分散站着，有的在抽烟，有的低声聊天，面色凝重。

看到孟庆川，他们都不约而同地看过来。

孟庆川皱眉问："情况怎么样？"

有人回答："在抢救。"

孟庆川点点头，还要问点儿什么，手机又响了，他边接边往空旷的地方走。

天文台跟市区有七十多千米的距离，这次演出，统一包了四辆大巴车。

合作方和媒体乘坐第一辆车回去，中间两辆是乐团的演奏家们。

孟庆川没开车，盯完现场的工作后，跟音乐厅的其他员工一起乘坐最后一辆回市里。

他们刚出发没多久，孟庆川突然接到乐团指挥的电话，语无伦次的，说乐团的两个人在路上发生严重车祸，被一辆大车追尾了。

孟庆川听得云里雾里："你别着急，慢点儿说，谁和谁？你们所有人不都在一辆车上吗？"

"章楠和胖发，他们、他们自己下车了，我们都没发现……"

孟庆川心里咯噔了一下。

章楠和胖发是团里的低音提琴首席和单簧管首席，也是一对情侣。

大巴在服务区加油时，章楠和胖发两人偷偷下了车。一整天的舟车劳顿，再加上演出，大家都很累，都在座位上睡觉，没人发现他们下车。

孟庆川沉默了一瞬，问："叫急救了吗？报警了吗？"

指挥老师答："已经送去最近的医院抢救了，我们这辆车正在往医院赶。"

孟庆川又问："伤得严重吗？谁给你打的电话？"

指挥老师："章楠妈妈打的。交警第一时间就通知她了，她也在赶过去的路上。"

孟庆川想起来，乐团指挥跟章楠、胖发关系很好。

孟庆川说："医院地址发我，我马上到。让司机师傅千万要安全驾驶。"

"好。"

孟庆川跟他们这辆车的司机师傅商量了一下，也临时改变路线，就近下高速，赶去抢救的医院。

在医院，孟庆川刚挂一个电话，马上下一个电话就跟着进来，手机要被打爆了。

集团领导、媒体、合作方……无数人等着找他，他嗓子几乎要冒出火来。

他人已经到了医院门口，却还要通过电话才知道章楠和胖发的状况。

领导先他一步知道了具体情况，告诉他章楠和胖发乘坐的那辆车被一辆货车追尾，司机当场死亡，胖发没系安全带，被甩了出去，不太乐观。章楠伤得也很严重，但神志清醒，是她打电话报的警。

领导嘱咐孟庆川，先抢救员工、安抚家属，所有媒体渠道都暂停发布音乐会的所有稿件和照片，稳定其他员工情绪，等事故认定出来之后再做处理。

"知道了，领导。"

挂掉最后一个电话，手机电量告急，孟庆川条件反射般地看了一眼手机，没有人打来。

他有了片刻的安静。

他露出疲惫不堪的眼神，正想给叶梓发条消息，手机自动关机了。

叶梓靠在沙发上睡着了。

第二天早上，叶梓腰酸背痛地从沙发上爬起来时，发现房子里空荡荡的，只有她的衣服与皮质沙发摩擦发出的涩声。

孟庆川根本没回来。

她看了眼手机，八点四十分。

她急急忙忙洗漱完，踩上鞋要出门时，才想起今天是周六。

身体一下子松懈下来，她又回到沙发上。

从昨晚到现在，她一直绕在这几平方米的范围内打转，干着急。

内部群依旧静悄悄。她不在音乐厅的项目组了，什么消息都得不到。

但她觉得蹊跷。

有些媒体是提前付过款的，怎么突然间什么都不发了？

手机磕在下巴上考虑了半天，她发了条微信给孟庆川。

自然没有收到回复。

一直到下午，叶梓终于忍不住，给孟庆川打了个电话，回应她的只有关机提示音。

她想联系孙晓宁，毕竟孙晓宁是内部人，应该知道点儿什么吧？

可她手指放在那串数字上方，又觉得不妥。在通讯录上划拉了半天，整个人像无头苍蝇般，不知该如何是好。

过了会儿，她给叶宸打了个电话。

"叶梓，怎么了？"

叶梓问："你知道孟庆川在哪儿吗？"

叶宸顿了顿，反问："他没跟你在一起？"

叶宸演技拙劣，隔着听筒叶梓都听出他讲话不自然。

"你知道他在哪儿是吗？"叶梓没意识到自己语气有多急，"昨晚他给我打了个电话，好像出了什么事，他也不肯说，弄得我心里慌慌的。"

"我不知道，叶梓。"

"你骗我。"

"我真的不知道，叶梓。"叶宸停了停，说，"我只知道，乐团的两个乐手好像出了车祸，挺严重的，他应该在处理这件事吧。"

"他们不是在一辆车上吗？怎么会出车祸？"

叶宸安慰她："具体我不清楚。叶梓，你也别太着急。"

叶梓吼了一句："我能不着急吗？车祸这么大的事在你看来就轻描淡写一下？"

叶宸等她发泄完，耐心地安慰她："庆川昨晚能联系你，他本人肯定没事。昨晚到现在这么久了，手机没电也不是不可能。他忙完肯定会联系你，没准儿一会儿就回来了。"

叶梓收了收脾气，心不在焉地"嗯"了声。

叶宸看她没刚才那么激动了，又哄了她几句，才挂断电话。

当天晚上，叶梓很久之前加的一个买卖闲置的群，突然活跃了起来，聊得热火朝天。

她往上翻了翻聊天记录，看到大家都在转发一篇自媒体文章——《安城交响乐团为博眼球上山顶演奏，酿成乐手一死一伤》。

封面图用的是一张孟庆川作为音乐厅代表领奖的照片，点开看，洋洋洒洒几千字，拉到最底部，阅读量已经好几万。

她的心情变得比之前更焦灼。

整整一个周末，叶梓都联系不上孟庆川。

她无助地坐在家里，整整两天，睡不着，也没精神做其他事。

车祸？怎么会发生车祸？发生车祸为什么只有两人受伤？

…………

这些她统统无从得知。

她安慰自己，孟庆川现在应该是安全的。

朋友圈有人在转发那篇文章，叶梓只点看了大致看了看，里面主要在痛诉交响乐团的管理层，让乐手去危险的地方演出，结果遭遇不测。

后面叶梓没有再看了。朋友圈有人转发，她也不看是谁，立刻点进头像删除好友。

她固执地认为肯定不是孟庆川的错。

周一上班时，她从方思哲和孙晓宁那儿又得到一些零碎的消息，总算把整件事拼拼凑凑，知道了个大概。

乐团里两位年轻的演奏家没跟大部队一起在大巴上，其中一人浑身多处骨折，另一人至今昏迷。集团领导连夜到医院慰问家属，并停掉了所有有关天文台音乐会的宣传。

事情的发展却出乎所有人的意料。

那篇文章完全没提那两人是擅自跑下大巴的，文章不断发酵，一时间有嘲讽，有指责，有谩骂……所有矛头瞬间指向了音乐厅的管理层。

有人翻出春节前乐团在森林公园的演出，挑了一张拍摄角度看起来像在悬崖边上的照片，说这是乐团管理层惯用噱头。

甚至有人说一个城市的交响乐团，不注重音乐和演出质量，只会用演奏家的生命安全去冒险。

叶梓盯着那张照片发呆。

她知道，这两次室外演出，孟庆川都提前考察了很多次场地，也做了万全的准备。自然森林公园的演出场地虽然是在山顶，但山顶平坦，平时游玩的旅客众多，演出舞台也做了很好的保护措施，演出现场并不存在安全隐患。

她也知道，孟庆川热爱古典乐，想做人文与自然的互动，想把音乐的文化内涵融入山水之中，让更多人感受古典乐的魅力。

可情绪被利用的人们只剩下愤怒，眼里看不到别的东西。

她不敢想，如果孟庆川看到这些评论，会是怎样的心情。

当天傍晚，叶梓满腹心事地走在回家的路上，手机接连振动了几下。

看到孟庆川名字的瞬间，她怔了一下，赶紧接起来。

她急切地讲话："喂？孟庆川？"

"叶子，下班了吗？"

孟庆川的声音有些沙哑，也有些疲惫，但仍然是温柔的。听到这熟悉的声音，叶梓有点儿心疼。

"下班了，你在哪儿？"

"我在集团这边，有些事要处理。"孟庆川顿了下，解释道，"昨天手机没电了，今天又忙了一天，才看到你的消息。"

叶梓："没关系。"

叶梓身边走过去一对情侣，手拉着手，步伐一致。叶梓停下脚步，回望他们的身影。

或许是听到了她这边的环境声，孟庆川问："你还在外面？"

"嗯，在回家的路上。"叶梓鼻子忽然有点儿酸，"你什么时候回来？"

孟庆川说："今晚可能还不行。"

两个人不约而同地沉默了五六秒。

叶梓小心翼翼地问："你没有受伤吧？"

孟庆川："没有。"

叶梓："哦……那就好。"

她还有很多问题想要问，又不知从何问起，她把话都咽了下去，最终问出口的，只是一句平常的"你好好吃饭了吗"。

孟庆川含糊地"嗯"了一声，然后清了清嗓子说："不用操心我，你照顾好自己。"

"那你晚上住哪儿？"

"今晚回我爸妈家，拿点儿东西。"

又沉默了一会儿，叶梓脚在地上来回轻轻晃动："有点儿想你。"

孟庆川说："我知道。"

"那你忙完了，尽快回来。"

"好。"

说完，两个人都默契地没挂电话。

叶梓记不清这是第几次沉默了。她看不到孟庆川的表情，也不知道他现在是怎样的心情。

"你都知道了吧？"孟庆川忽然问，声音有些缥缈。

叶梓眼角有一滴泪落下来，她轻轻抹掉，说："嗯。"

"叶子，我……"孟庆川好像要说点儿什么，但还是忍住了，他换了个轻松点儿的语气，"我要忙去了，你早点儿回去。"

"嗯。"叶梓忍着哭腔说，"你忙去吧。"

挂了电话，叶梓仍然停留在原地，怅然若失。

孟庆川疲惫的声音还回响在耳边，牵动着她的心。那种什么忙也帮不到的感觉，太糟糕了。

第二天上班，叶梓刚进公司，就看到方思哲靠在她办公桌上，朝她勾勾手。

叶梓想起她还欠他一顿饭和咖啡，便说："我给你转个红包吧。"

"那个以后再说。"方思哲很洒脱地摆了摆手，"我有新鲜消息，你要不要听？"

叶梓垂着眼，没说话。

她不喜欢这种任何事都要别人告诉她的感觉。

方思哲也不兜圈子，说："早上我跟 Fiona 本来直接去甲方那儿，要开会商量舆情处理的事，结果发现音乐厅被一群人围了。"

叶梓蹙眉："什么人？"

"好像是那两个受伤乐手的家属。"方思哲耸了耸肩说，"那群人把我们也当成音乐厅的员工了，扯着我们不让走，说什么媒体一会儿要来，要我们接受媒体采访，还让我们叫川总出来，给他们一个交代。"

叶梓心里咯噔一下，她问："那两个人伤情很严重吗？"

方思哲摇摇头："听说都脱离生命危险了，但情况也不算太好。"

叶梓皱着眉，不知道在想什么。她抬头，发现方思哲还不走，好像有话要说的样子。

她看向方思哲。

方思哲读出她眼神的意思，不大自在地说："还有一件事，不知道该不该说。"

说完，他自己又补了句："你可能已经知道了。"

叶梓不耐烦地问："什么啊？"

"川总好像被停职了，我听那群人说，他们还有一部分人去川总家里堵着了。"

叶梓不可置信地望着他。

方思哲看她表情困惑，便问："你跟川总没联系？音乐厅同事说川总昨天今天都没来上班。"

叶梓失神地答道："联系了。"

方思哲很会察言观色，发觉叶梓情绪变化，他没再多说，溜回了自己工位上。

叶梓在工位上坐了一上午，她逼着自己投入工作，却总忍不住走神。今天不见太阳，乌云压顶，又阴又沉，像极了她的心情。

中午，她跟蔡志洲请了半天假，打车赶去了音乐学院附中家属院。

她没让司机停在家属院正门口，在距离一百米的地方下了车。

六年没来过了。

尽管离大门还有点儿距离，下车的瞬间，她还是觉得脚软。

那一瞬间，她才明白，这些年她拼命想抹掉的某些记忆，在故地重游的这一刻也卷土而来。

小区翻新过，但整体变化不大。马路、树木、商家，一切还是从前的样子。

她对这里很熟悉，却也有着复杂的感情。

小区门口没什么人，她抬头找到孟庆川家所在的楼，盯着看了一会儿。

她在楼下站了一会儿，给孟庆川打了个电话。

孟庆川接得很快。

叶梓问："你忙吗？"

孟庆川："中午休息，不忙。"

叶梓："是吗？"

孟庆川："嗯。"

叶梓直接问："你是不是被停职了？"

孟庆川沉默了两秒。

短短两秒，叶梓的心一空，然后突然下坠。

两秒过后，孟庆川轻笑了一声："没有，你别瞎想。"

叶梓心情很差，语气也好不到哪儿去："你别骗我。"

孟庆川说："没骗你。"

叶梓："那你为什么没上班？"

孟庆川没回答。

叶梓问："你在哪里？"

还没等孟庆川回答，她又加了句："说实话。"

孟庆川缓声说："在我爸妈家。"

"我知道了。"

叶梓说完就挂了电话。

她走进家属院里。

中午时间，院子里没什么人。

只有三两个年纪大的老头儿老太太，在单元门洞处坐着小板凳聊天。

他们中有人好像认出了叶梓，低声议论着。

叶梓心跳怦怦的，却不是因为害怕。

重新走在这院子里，她心里感慨万千。

她曾经暗暗发过誓，只要离开，就永远也不会踏入这里一步。

可现在，她也说不清是什么改变了她，让她鼓起勇气重新回来。

她可能会碰到从前的熟人，也有可能会碰到叶峰或者梁燕。

但她不在乎了，她只想快点儿见到孟庆川。

她目不斜视地走进孟庆川家那个单元。

上楼，抬手，敲门。

路程不长，但足以勾起她许多记忆。

她和孟庆川的第一次相遇，她跟孟庆川去家里学琴……她曾经很多次走过这一段路，这一段楼梯。

面前的门打开，孟庆川一脸错愕。

天气阴沉，室内也昏暗。

叶梓看到他面容憔悴，突然一阵心疼。

他穿着纯白短袖 T 恤，深色短裤。短短几天，他就瘦了一圈。

她上下打量着他，眼里都是责怪："还说我有事不跟你说，你有事不也照样不跟我说吗？还说我偏，你怎么就不学我点儿好，净学我这些？"说着说着，眼泪不受控地滚下来。

孟庆川的表情从错愕转成淡淡笑意。

他问："你怎么自己来了？"

叶梓胡乱抹了把脸："不欢迎就算了。"

说完，她就转身要走。

孟庆川拉了下她的胳膊，他想把她揽进怀里，被她一把推开。

他又用力抱她，重复了几次，她才不情愿地靠着他。

"对不起。"

孟庆川身上暖暖的，还有熟悉的、好闻的味道。

叶梓双手环绕着孟庆川的脖子，头抵在他肩头，泪水很快在他肩头洇湿一小块。

他们就这样在门口抱在一起。

孟庆川亲了亲她的头发，又想到她不喜欢这里，便说："一会儿回我们自己家，好吗？"

叶梓点点头。

孟庆川又说："我怕你在这儿不自在。"

"没关系，有你在，我不怕。"

回忆回不去了，但和你在一起。

所以我不怕了。

叶梓重新走进孟庆川家里，觉得恍若梦境。

这里变化不大，家具大多换过，但摆放位置一如从前。

看到那架熟悉的钢琴，叶梓感到心底有温暖的东西在涌动。

她仍然能清楚地记起她第一次来这里的场景。

那时她刚从小县城来到安城，不知父母下落，对周围一切都充满戒备。也是在这个昏暗的楼道里，少年沉着的眼望着她，安抚着她不安的心。

那年她十四岁，他十八岁。

后来，她远走他乡，却一直忘不了他的眼神。

在那些一无所有的日子里，在见不到他的漫长岁月里，她曾无数次想起跟他一起的那些日子。她恨这个院子，却不得不承认，这里仍有让她留恋的一隅，时常叩击着她为数不多的温暖记忆。

看她傻愣着站在那里，孟庆川拉她走进客厅。

"请假过来的？"

叶梓点点头，抬眼对上他疲惫的眼，眼泪又不自觉涌出两行。

"我一开始还以为你坐的那辆车出车祸了。"她撇着嘴，说话声也带着哭腔，"吓死我了……"

孟庆川捧着她的脸，笑了一下，用拇指轻轻抹去她的泪痕："哭什么，傻不傻。"

她拨掉他的手："你才傻，都被停职了还笑。"

孟庆川抿着嘴沉默着，表情并没有大的起伏。

叶梓察觉到他情绪的变化，心疼地说："怎么瘦了这么多。"

"没事。"

她又去看他的眼睛："心情是不是不好？"

"现在好多了。"

"真的？"

"真的。"孟庆川认真地说，"我没有被停职，只是让我在家休息。"

叶梓不明白这跟被停职有什么区别："你又骗我。"

"不骗你。事故认定结果还没出来，集团领导让我先在家等消息。"

"那你为什么不回我们的家？"

孟庆川想了想，说："怕影响你心情。"

叶梓生气地说："你什么都不说才影响我——"

话还没说完，门口突然传来钥匙转动的声音。

他们俩不约而同地看向门口。

门被打开，孟父孟母边说话边走进来，抬头看到叶梓，两个人忽然都不说话了。

屋子里变得特别安静。

戴芳有些尴尬，不久前她给叶梓打过电话，旁敲侧击地让他们分手。为此孟庆川几乎一个月没跟他们讲话。

孟庆川下意识地拉了叶梓一把，挡在身后："爸，妈。"

叶梓不自在地把身子转向孟子良和戴芳，打招呼："孟叔叔，戴阿姨。"

夫妻俩直愣愣站在玄关处，戴芳敷衍地点了下头，算是回应叶梓。孟子良的眼神看向孟庆川，满满的质问。

他们不明白，这个叶梓到底有什么好，能让一向听话的儿子三番五次地跟他们大动干戈。

孟庆川推着叶梓进了一个房间，他说："对不起，我不知道他们会回来。"

叶梓摇摇头："没关系。"

她是为了他来的，上楼之前，就做好了面对任何状况的准备。

"你先在这儿等我一会儿。"孟庆川捏了捏她的手。

孟庆川关上房门，留叶梓一个人在这里。

叶梓不去关心他们在外面说了什么，她只要相信孟庆川就好了。

叶梓坐在床尾，环视房间里，才发现这就是孟庆川的房间。

这是她第一次进来。

孟庆川的房间干净利落，东西全都摆放得很整齐。房间里跟他现在自己

的家不太一样，有不少青春期的影子。

面前是孟庆川的书桌，书桌上方整整齐齐地码了很多书，大多数是孟庆川小时候的课本，还有学校要求读的名著，和一些流行歌曲的磁带。

所有东西都有一定的磨损，但都保存完好。

书桌前摆了一排相框，有他小时候的，也有少年时代的。

叶梓俯身认真看那些照片。

相框里的少年有着熟悉的眉眼，分明的棱角，只是还未脱稚气，但眼神坚定、朝气蓬勃。她不禁开始回忆他从前的样子。

看完照片转身，她发现孟庆川床头的墙上满满当当。

墙上贴着篮球明星和国外钢琴演奏家的海报，再一转头，还有《我的野蛮女友》电影海报。

时间过了太久，海报都有些发黄褪色。

这个房间，装着孟庆川的少年时代。这满墙贴的，都是他破碎的梦。

那时那个十八岁的少年，看着这些画面，心里在想什么呢？

叶梓心头像被什么揪着一般。

她无言又颓然地站着。

她不知道孟庆川跟父母说了什么，过了十几分钟，孟庆川推门进来，又关上门。

她转头看他，笑了笑。

他平静地说："我收拾一下东西，我们就回去。"

叶梓点头。

孟庆川走过来问她，手自然地搭在她肩上："看什么呢？"

叶梓指了指墙上的海报。

孟庆川也随着她的手，久久盯着那些颇有年代感的画面，脸色渐渐变得严肃，眼里有很多说不清的复杂情绪。

本来说好马上就走的，两个人却又像不着急似的。

叶梓转头看着孟庆川的侧脸，似有千言万语要对他说。

孟庆川察觉到她的眼神，好像知道她要说什么。

他没有看她。

命运好像总是在设置一道一道的坎儿，让他难以迈过去。

叶梓："不是你的错。"

孟庆川摇了摇头。

她又说："都会变好的。"

到底是不是孟庆川的错，她不知道。到底会不会变好，她也不知道。

叶梓轻声说："你还记得我小时候染了头发吗？"

孟庆川不知叶梓为什么突然提起这件事，还是点了点头。

"那时候老师不让我坐在座位上，每节课都被罚站，其他学生也讨厌我，经常拿我开玩笑。其实我也不知道我做错了什么，我只是染了个头发，想让自己看起来没那么好欺负而已。"叶梓平静地说，"那时候，只有你一个人跟我好好说话。"

叶梓："孟庆川，不管怎么样，我都站会在你这边。"

她相信他。

哪怕全世界都对他口诛笔伐。

她也愿意对抗全世界站在他身边。

孟庆川把叶梓拉进怀里，许久，她听见他说："叶梓，谢谢你愿意来。"

两个人久久地抱在一起，感受着彼此身上的温度。

过了一会儿，突然有人来敲孟庆川房间的门。

两个人一愣，身体分开。孟庆川安慰她说没事，跨了一步去开门。

戴芳端了盘水果，站在门口。

孟庆川挡在门前："有事吗，妈。"

戴芳的语气有些不自在："洗了些提子，你……跟叶梓一起吃吧。"

孟庆川接过水果盘："嗯，我们一会儿回我那边去。"

戴芳迟疑了片刻，又说："端午学校发了米和油，我跟你爸平时吃食堂，你们走的时候带上。"

孟庆川点点头。

戴芳又沉默地看了叶梓一眼，转身回了客厅。

见戴芳对她没有那么排斥和抵触，叶梓觉得意外，便问孟庆川："你跟你爸妈说什么了？"

孟庆川往她嘴里塞了颗提子："该说的都说了。"

两个人回到自己家，又像从前一样，回到了二人世界。不同的是，孟庆川暂时不用去上班了。

孟庆川在家做饭，下班去接她，也不开车，两个人慢慢走回去。

他们像什么事都没有发生过一样，谁也不提工作上的事和那起意外事故。

一个礼拜后的某天，叶梓下班回来，听见孟庆川在书房打电话，讲了很长时间。好像是集团领导打的，他的声音平静而客气。

出来后，她发现孟庆川的心情明显比之前要轻松。

叶梓忍着没问。

两个人在客厅默默坐着看了会儿电视，孟庆川忽然开口说："我明天回去上班了。"

叶梓吃惊，却没有表现出来。

她说了声"嗯"，眼神继续停留在电视上。

"你不想问点儿什么吗？"

叶梓想了想，学着他的语气说："怕影响你心情。"

其实她每天都很着急，却只能从别人口中听到故事的不同版本。

孟庆川笑了笑，缓声说道："章楠和胖发两个人都是乐团的乐手，那天演出完，在我们前面那辆大巴上。司机在服务区加油的时候，他们下车了，换了辆车，他们出发没多久就被大车追尾了。两个人现在都脱离生命危险了，但都伤得很重，恢复期要很久，将来还能不能继续演奏，也是个未知数。

"刚才集团领导给我打电话，说事故认定结果出来了，他们乘坐的那辆车是胖发朋友开的，事故发生时司机属于酒驾。他们都是很优秀的青年演奏家，发生这样的事谁都不愿意看到……"

叶梓："那你们音乐厅要赔偿吗？"

孟庆川坚定点头："赔偿是要赔偿的，该承担的责任一定要承担，毕竟这也算我们工作的疏漏。"

"嗯。"叶梓握着他的手把玩着，她猛然抬头，"那篇文章你看了吗？"

孟庆川知道她在说什么，点头道："看了。"

叶梓愤愤不平道："他们都在瞎写，根本没说那两个人是擅自跑下车的，还把责任全推到你身上。"

"是胖发的家人找人写的。"孟庆川挠了挠眉毛，"其实我能理解他们的心情。"

"可是……"

孟庆川无所谓地笑笑："没关系。不是还有你站在我这边吗？"

事情发生的时候，孟庆川的电话被打爆了。

那时他脑子里嗡嗡的，觉得是不是命运不想让他好过，总是在好的时候给他当头一棒。

而在家里打开门看到叶梓的那一刻，其他的什么他都不在乎了。

都过去了，他现在拥有的一切，已经足够珍贵。

当天夜里，孟庆川和叶梓在卧室里缠绵。

结束后，两人身上都混着汗，分不清到底是谁的。

叶梓被弄得浑身没有力气，懒懒地瘫在被褥里。

孟庆川压在叶梓身上，把头埋在她脖颈间，沉重地呼吸着。

"你跟你爸妈到底说什么了？"叶梓的手指插在孟庆川头发里，感受他短发跟手指间的奇妙触感。

孟庆川："嗯？"

"我说，你跟你爸妈到底说什么了？"

"你真的要听？"

叶梓抽出手在孟庆川背上打了一下："你烦不烦。"

孟庆川哼笑了一声。

叶梓："你说不说？不说算了。"

他抬头看着她，说：“我说我要跟你结婚，房子也买了，主意也打定了，谁也改变不了。”

叶梓好像突然间变傻了，木木地直视着他的眼睛。

叶梓的心怦怦地跳，一时间连表情都不会做了，只是傻愣愣地看着孟庆川。

他这是在向她求婚吗？

她抿了抿嘴唇，又紧张地咽了下唾沫。

孟庆川亲她的嘴唇，轻声问：“怎么了？傻了？”

叶梓被他弄得不好意思，捂住脸说：“谁要跟你结婚。”

她是躺着的，孟庆川整个人悬在她上方，想要治住她很容易。

孟庆川偏要拨开她的手，把她的手摁在头两侧，注视着她的眼，问：“你不想跟我结婚吗？”

叶梓左右乱看躲他的眼神，他腾不出手来，干脆堵着她的嘴，深吻了一会儿。

叶梓吻得有些动情，呼吸也变粗了。

孟庆川趁这时候又问了一次：“要跟我结婚吗？”

孟庆川：“好不好？我真的好爱你。”

叶梓狡黠地盯着他：“你这是求婚吗？”

孟庆川想了想，语气不确定地说：“算吧。”

叶梓眼里蓄了点儿泪，怕被孟庆川看到，她赶紧把头偏到一边。

看她半天不说话，孟庆川捏她的脸：“怎么，失望了？”

叶梓摇头。

孟庆川注意到她眼眶湿漉漉的，轻轻亲了亲她的眼睛：“你想要什么样的？都给你弄。”

叶梓噘着嘴：“我不要。”

“布置得很隆重的，偷偷给惊喜的那种求婚吗？”

“不要不要。”叶梓摇头，“千万别在外人面前求婚，我会翻脸。”

孟庆川被她逗得笑得停不下来。

叶梓坐起身来：“我说认真的！别搞那些。就这样吧，我答应了，我答应跟你结婚，行不行？”

七月中旬，临近徐茜要离开安城回北京的日子。

分别之前，叶梓和孟庆川请徐茜吃了顿饭。本来是孟庆川和叶梓坐在一边，叶梓舍不得徐茜，扔下孟庆川，跑去徐茜身边坐着。

叶梓其实有点儿难过。

她好不容易有了一个交心的朋友，现在又要分开，以后不在一个城市生活，再见面也不是件容易的事。

徐茜看叶梓蔫蔫的，便问：“怎么，舍不得我？”

叶梓点点头，挽着她的胳膊。

徐茜跟孟庆川说："她以前可不这样。"

孟庆川耸了耸肩，放肆地看着叶梓，好像在说是我把她变成这样的。

"以前是我陪着她，以后就把叶梓交给你了。"徐茜看了看叶梓，又看了看孟庆川。

孟庆川笑着点头。

孟庆川那个在北京的朋友卡着时间来了消息，房子的事有着落了。

饭吃到一半，孟庆川说："对了，徐茜，我在北京有一朋友，他的租客最近临时退租，房子空出来了。"

徐茜有些意外。

孟庆川接着说："听叶梓说你在望京上班，我看了一下，通勤还算方便。你看看房子环境，如果可以的话，就不用自己找房子了。"

徐茜听了，感激地看了一眼孟庆川。

"那房子是个两居室，另一间他要留给他表妹。"孟庆川说，"两个女孩住一起，也挺安全的，就看你能不能接受了。"

叶梓拿过孟庆川的手机，跟徐茜一起看了看房子的照片。房子看上去干净整洁，装修很新，价格也在徐茜预算范围内。

"谢谢你们。"

"别谢我，我什么也没干，还是谢他吧。"叶梓下巴朝孟庆川扬了扬。

他们三个笑起来。

快吃完的时候，孟庆川接了个电话，王永璞打来的。

孟庆川看了眼号码，接起来："喂，永璞。"

听到王永璞名字的瞬间，徐茜的心紧了一下。

不知道王永璞说了什么，孟庆川说："来不了，我们正跟徐茜吃饭。"

徐茜低头夹菜，筷子在碗里捣来捣去。

过了会儿，孟庆川又说："行，地址发你。"

电话挂断，孟庆川平静地说了句："王永璞一会儿也过来。"

二十多分钟后，王永璞到了。

他好像重新烫了头发，一头小卷毛显得特别新。

看着一桌残羹剩饭，王永璞先是跟平时一样，吊儿郎当地说孟庆川没义气，吃这么贵的馆子不叫他。

叶梓瞪了他一眼，他又立马笑嘻嘻的，做了个在嘴上拉拉链的动作。

孟庆川给叶梓使了个眼色，叶梓赶紧换回他身边。

王永璞挨着徐茜坐下，叫服务员来又加了几道菜。

闹腾完了，他才问徐茜，声音轻飘飘的，好像只是一声随意的问候："什么时候回北京啊？"

徐茜答："下周四。"

他偏头，笑了笑说："怎么没跟我说。"

"打算走之前一两天再跟你说的。"徐茜低着头说，"房租交到七月底了，你也不用退我了，本来你也没要押金，租金也比别人的低，半个月时间应该不影响你找下一任租客。"

王永璞并不在意租金。

他只是笑了笑，说："行。"

他们几个都没说话。

这顿饭的后半段吃得有些沉重。

吃完饭，孟庆川拉着叶梓先走了，留下王永璞和徐茜两个人，

王永璞问徐茜："我送你回去？"

徐茜点头："谢谢。"

坐上王永璞的车，徐茜一直望着窗外。车窗外街景倒退，等红绿灯时，旁边的车主会纷纷注视着这辆颜色夸张、价格不菲的车。

终于在离开的时候，她和王永璞有了一次在单独空间里单独相处的机会，她有点儿想让这辆车永远开下去。

过了很久，徐茜像是鼓起了很大的勇气似的，说："你知道吗？说出来不怕你笑话，我喜欢过你一段时间。"

直到现在，这一刻，她还喜欢着他。

但她没有再往下说，她只能到此为止。

感情这个东西真的奇怪，她明明已经不是十几岁的少女，她觉得能控制自己的感情，却还是不可自拔地陷入了这样一场没有结果的单恋之中。

她知道王永璞并不喜欢她，她也知道王永璞所做的一切都是因为她是叶梓的朋友。

她从一开始就羡慕叶梓，哪怕知道她的身世之后，还是羡慕她。

王永璞："我知道。"

王永璞是多么聪明的人，从一开始就看了出来。

他一直保持着合适的距离，不想给徐茜错觉。

"我没有跟你说我要走，是因为不知道怎么说。"徐茜继续看着窗外说，"我不知道要怎么说再见。"

当你越喜欢一个人，告别就变得格外艰难。

那天傍晚，夕阳很美。

到了公寓楼下，徐茜下车，回头对王永璞说："谢谢你送我回来。"

王永璞熄了火，也走下来，给了徐茜一个拥抱。

"徐茜，谢谢你的喜欢，我很荣幸。"王永璞大方地说，"以后如果有什么事需要帮忙，尽管开口。后会有期。"

"后会有期。"

王永璞呆呆地站在原地，盯着徐茜一袭白裙的背影，心里莫名其妙地有

点儿失落的感觉。

徐茜头也不回地走进公寓里，滚下一行泪。她偷偷揩掉，在心里跟这座城市、这个放不下的人说了再见。

回去的路上，叶梓问孟庆川："你说，徐茜会跟王永璞表白吗？"

孟庆川说："不知道。"

叶梓斜了他一眼："我发现你这人真装。"

孟庆川似笑非笑："我又怎么了。"

"你别装作一点儿都不八卦了，刚才你拉着我走得那么快，你不就是想撮合他俩嘛。"

"我拉你走是因为我们有事要做。"孟庆川下巴朝手机扬了扬，"王永璞给我发消息了，让我带你先走，他要送徐茜回去，跟徐茜好好告个别。不信你可以自己看。"

"我才不看。"叶梓一脸听八卦失败的表情，过了会儿，又奇怪地看向孟庆川，"我们有什么事要做？你提前怎么没说。"

孟庆川说："去听音乐会。"

听音乐会？叶梓诧异。

"什么音乐会？"

"弦乐四重奏。"孟庆川问，"想听吗？"

"……怎么突然要听这个？"

"去了你就知道了。"

到了音乐厅叶梓才发现，他们听的不是售票演出的音乐会，而是在排练厅看乐手们排练。

孟庆川说："我得看他们排练，有个工作报告要写。"

叶梓："……"

原来是来陪他加班。

叶梓被他气得不轻，坐在角落里不再理他。

孟庆川知道她那股劲儿又上来了，便用哄她的语气说："听完这场，可以带你去上次那个交响厅弹琴。我跟乐务的同事打过招呼了。"

叶梓喜欢那地方，来了兴趣，脸上却还绷得紧紧的。

孟庆川被她逗笑，说："你在这儿等我。"

他过去听几个乐手演奏，一直低头在本子上写些什么，几首曲子合完后，他又跟乐团的人交流了一会儿，神情专注。

叶梓托着下巴看他的侧脸，心里感叹认真的男人太帅，弄得她都生不起来气。

看完乐团排练，孟庆川履行承诺，带叶梓到了那个空无一人的交响厅。

台上放了一架三角钢琴，一束追光打在钢琴上。

叶梓站在台下，踟蹰不前。

"怎么了？"

她怯怯地说："你跟我一起。"

孟庆川无奈地笑了笑，带着她走上舞台，并排坐在钢琴前。

"弹个什么呢？"

孟庆川说："《卡农》，这段时间练得差不多了吧，弹一弹？"

叶梓说："我弹得不好。"

"你弹得特别好。"

叶梓警告他："那你不许笑我。"

"不笑你。"孟庆川用手背蹭蹭她的脸颊，"我去给你调灯光。"

这段时间，孟庆川一有空就教她练那首《D大调卡农》。叶梓记得谱子，她凭记忆慢慢地弹着那首听了无数遍的曲子。

过了一会儿，她头顶的追光灭了，周围的灯光亮起来。

整个厅被金色的光笼罩着。

叶梓专注地弹着琴，没发现孟庆川手拿着一枝红色玫瑰，从观众席后排缓缓走下来。

等她用余光发现孟庆川，他已经走到了她身边。

孟庆川微笑地望着她，双手握着那枝鲜艳的红玫瑰。

一时间，她感觉如梦如幻。周围的一切都跟电影里一模一样。

叶梓弹琴的手指停了下来，心怦怦怦快要跳出来了，眼泪不受控地往下掉。擦一次，又涌出来。

她站起身来，面对着孟庆川。她嘴唇嗫嚅着，喉咙却像被堵住一般，什么也说不出来。

孟庆川把玫瑰递给她，她接过来，想说谢谢，却只做了个口型，动作也僵僵的。

她一到这种时候就变得傻傻的。

四目相对。

望着对面干净美丽的女孩儿，孟庆川也不自觉跟着她一起傻笑。

这个女孩儿是他见过的最不讲理、最偏的女孩儿，也是他见过的最善良、最真诚的女孩儿。

她被命运辜负，却还是独立坚强地长大了。

她热爱着这个世界，只是没有人能担得起她这份好。

她为别人着想，却总是得不到应有的回报。

她一人飘摇在这世界上，却独独牵动了他的心。

从十八岁起，他就对这个女孩儿感觉不一样，而他过了整整十年，才把她找回来。

叶梓最喜欢看的电影是《我的野蛮女友》，在叶梓不在的那些日子里，他也把这个电影翻来覆去看了很多次，里面有一句台词，他记得很清楚：命运，就是在相爱的人之间搭一座桥。

这一次，他不会再让她走丢了。

孟庆川单膝跪地，从口袋里拿出一枚钻戒，脑海里如同过电影一般，想着过去十年他们之间的点点滴滴，话也哽在喉咙口。

他望着叶梓，也红了眼："我最近常常在想我们小时候，在我人生最灰暗的时候，你出现了，你鼓励我走出来，我真的觉得我……特别幸运，遇见了你，又重新遇见了你，你还愿意跟我在一起。我不会再让你走丢了，叶梓，你要不要跟我结婚？"

叶梓眼前早就模糊了。

她不在乎所谓的仪式感，也早就把求婚这事抛在脑后了。

她抹了一把泪，泣不成声："干吗又这样……"

孟庆川赶紧掏出纸巾，在她脸上沾了沾。

给她擦完泪，他仍然保持着刚才的姿势："你还没答应我。"

叶梓哭着点了点头。

孟庆川给她戴上戒指，站起来吻她的脸。

他们在空无一人的舞台上拥吻，叶梓睁开眼，眼前是孟庆川紧闭的双眼，和高挺的鼻梁。和少年的孟庆川并无两样。

恍如梦境。

这应该是她人生最幸福的一刻了吧。

求婚成功后，孟庆川找时间，跟父母深聊了一次，说了当年事情的真相。

时间太过久远，孟庆川很轻描淡写，只强调了一点："是叶梓发现的，当年她踢李思逸，也是因为这件事。"

夫妻俩震惊之余，终于认清李思逸是浑球的事实，要找李思逸一家算账。

孟庆川摇头说早就过了时效，没法儿立案了。

他无所谓地说："算了，我跟叶梓加起来，也揍了他好几次了，不算亏。"

孟子良沉默了许久，可能也为过去自己某些言行而懊悔。

他连抽了两根烟，才问："这么多年，你怎么不说？"

孟庆川："我也是前不久才知道的。"

孟子良："你后悔吗？"

孟庆川摇头："后悔过，不过现在更好。"

最后，孟子良追问："儿子，你心里怨不怨我们？"

孟庆川笑了笑，答非所问："对叶梓好点儿就行。"

那年时间过得特别快，转眼间，又要过年了。

临近春节时，戴芳给孟庆川打了个电话："过年带叶梓回来吃年夜饭吧。"

电话那头的孟庆川嘴角浅浅上扬。

一家人就这样吃了一顿年夜饭。

气氛谈不上多融洽，但也不尴尬。

戴芳和孟子良不算全盘接受了叶梓，但已经在心理上和行动上承认了这一事实，只是面子上拉不下来，总有些别扭的氛围在。

怕叶梓不舒服，吃完年夜饭，孟庆川就带叶梓回了他们俩的家。

安城城区内仍旧禁放烟花爆竹，除夕夜他们还是只能趴在阳台上，眼巴巴望着远郊传来的鞭炮和烟花的亮光。

可叶梓觉得特别幸福。

叶梓偏了下头，说："这是我们一起过的第二个年。"

孟庆川问："感觉怎么样？"

叶梓认真地盯着窗外某处，于万家灯火之中，于繁华城市一隅，有她心的落脚点，她已经十分满足。

良久，她才慢慢说："我还要跟你过很多很多个年。"

过完年，春暖花开。

他们的新房子快要交房了，叶梓每天抱着手机在看各种装修案例，看到喜欢的，总要叫孟庆川来讨论一番。

孟庆川一皱眉，叶梓就知道他不喜欢。

她嫌弃地推开他："一边儿去，你审美不行。"

孟庆川无奈地摇头，不发表意见。

自己兴致勃勃地看半天，到关键时候，还是要来找他。小事她要拿捏，大事还是依赖他。

他早就摸透她的脾气了，便也惯着她。

交房的事，孟父孟母也知道，他们也忙得团团转。

孟子良找人看了几个日子，打电话跟孟庆川拐弯抹角地说了半天。

孟庆川："这什么啊？"

"什么什么啊，好日子，看过你俩八字挑出来的日期，你们自己挑一个顺眼的。"

孟庆川才明白，父母给他和叶梓看好了领证的日子。

他笑了笑，把消息又转发给叶梓。

叶梓兴致勃勃地选了一个春光明媚的日子。

婚期就这样定下来了。

领证当天，叶梓醒得特别早，看手机时间，才五点多。

她窸窸窣窣的动静吵醒了孟庆川，他哑着嗓子问："睡不着了？"

房间里拉着窗帘，昏暗的环境里，叶梓的眸子亮晶晶的。

"你能想象，几个小时之后，我们就成夫妻了？"

孟庆川抱紧她，说："是挺奇妙的。"

"那是不是就可以休婚假了？"

孟庆川点头："嗯，想去哪儿玩，带你去。"

叶梓突然从鼻子里哼了一声。

"去年办的护照，到现在还没出去玩过，有些人就会骗人。"

孟庆川轻轻笑了下，说："骗你怎么了，反正老婆是骗到手了。"

叶梓在被子里踹了他一下。

他没躲，反而用腿锁住她，手臂用力箍紧她。

他不顾叶梓的闪躲，在她脸上嘴上一通乱亲，然后说："刚才是骗你的，结了婚想去哪儿玩去哪儿玩，想吃什么就吃什么，想做什么就做什么。我一定一辈子对你好。"

叶梓一动不动，孟庆川伸着脖子看了看，她脸上好像有亮光。

孟庆川说："没骗你。"

叶梓轻声说："我知道的。"

他们登记的那个民政局流程简单，没有宣誓，也没有拍照的地方，两个人填完表，递了照片，不到十分钟，就拿到了红本本。

叶梓把新鲜出炉的红本本拍了个照，发给了给徐茜和叶宸。

徐茜回了一连串感叹号，立刻飘个电话过来，两个人在电话里激动尖叫。

孟庆川在旁边听得一脸无奈。

跟徐茜打完电话，叶梓才发现叶宸只发了两个字"恭喜"。她正吐槽他像个没有感情的祝福机器，手机突然来了短信，显示叶宸给她转账十万。

转账附言：给你的嫁妆，这次别退回了。

叶梓怔住了。

她的大学学费和生活费，都是叶宸从零花钱和工作之初的工资里抠出来的。自从毕业后，叶梓没再要过叶宸一分钱，他每转一次，她就固执地退回一次。

她曾经发誓，赚钱后，要一分不少地还给叶宸。于是她在校期间打零工，大四就出去找实习……最终还是败给了北京的房租和微薄的工资。

叶宸总说，亲人之间，不必计较这些。

可她对那个家的怨念太深，连带也把恨撒到了他身上。

他做到了，他从不计较。

她曾经发过很多誓，后来她慢慢懂得，很多东西都不重要，抓住身边那些重要的就好。

叶梓看了一眼孟庆川，说："我哥给我转了十万块钱。"

"我知道。"

"你知道？"叶梓诧异。

"嗯。"孟庆川搂着她的肩，"他专门给你存的。"

叶梓盯着那条短信，心里五味杂陈。

"为什么？"

"因为我们都很爱你。"

他们想告诉叶梓，这个世界上，有人真心实意地爱着她。

叶梓握着他们的结婚证，边走边看，怎么都看不够。

她回头看孟庆川，发现孟庆川正宠溺地看着她，任她来来回回地翻那两个小本本。

目光相接，她心中有股暖流在涌动。

什么是真正的爱情？

是我在这可笑的命运里百转千回，终于又遇见了你。

是我见过你所有的低谷与不堪，仍然爱着你。

是全世界都不看好我们时，我依然有勇气坚定地走向你。

那些年少破碎的梦已远，还好，我们还能重新找到彼此。

从今往后，她的人，她的心，她的爱情，不再飘摇。

叶梓微微笑，拉着孟庆川的手，走向属于他们的未来。

孟庆川跟叶梓领完证后，找时间叫王永璞和叶宸出来聚。本来提前定好了时间，孟庆川下班去接叶梓。

到了时间，不见叶梓。孟庆川给发了条消息，过了会儿，叶梓背着包慌慌张张地跑过来。

"慢点儿，别跑。"孟庆川看不得她急，降下车窗，跟她说道。

叶梓趴在车窗上，神情兴奋，说她去不了了。

孟庆川让她先上车喘匀气。

"怎么了？"

叶梓顺手拧开他挡位旁放的一瓶水，猛灌了几口，才开口："我要陪我嫂子试婚纱、试妆。"

"哈？"孟庆川一时没反应过来"嫂子"是谁，过了两三秒才想起来相蕊的名字，继而又想起来叶宸跟相蕊已经确定了婚期。

"为什么让你陪她去？"

"要保留惊喜啊，不能让新郎提前看到。"叶梓说，"你们去吃吧，记得给我打包一点儿。"

孟庆川捏捏她的脸颊："好吧，那我去了。"

叶梓很潇洒地摆了摆手："反正我也不想见王永璞。"

孟庆川握着叶梓的手轻轻摩挲："他怎么得罪你了？"

"谁让徐茜被他弄得那么伤感，看到他的脸就生气。"

孟庆川被她弄得哭笑不得，说："感情的事谁都说不准，非凑一块儿也未必有好结果，没准儿徐茜会遇见适合她的。"

"我没想把他俩凑一块儿，但还是看见他生气。"

孟庆川笑笑，揉她的头："哪能都像咱俩一样，两情相悦……"

叶梓翻了个小小的白眼，就要下车。

她的手刚搭在车门把手上，孟庆川问了句："这就走？"

"不然呢？"

车里半天没声音。

叶梓回头看了孟庆川一眼。

孟庆川左手松松搭在方向盘上。

"过来。"

"干吗？"

"抱一个。"孟庆川右臂伸展着，做出"来吧"的姿态，"老婆。"

除了领证当天两个人试着以"老公""老婆"相称之外，他们还没在日常生活中把这一称谓应用起来。

孟庆川冷不丁这么一叫，叶梓脸竟然有点儿发烫，顺手往他身上捶去。她的力道跟孟庆川没法儿比，被他一把揽到怀里。

说起来有点儿好笑，领完证当天，两个人坐在车上，一言不发地看着红本本上的字、照片、钢印，都有些奇妙的感觉。

这就结婚了？

叶梓看一眼结婚证，又看一眼身边的男人，调皮地叫了声"老公"。

不料旁边人正要发动车子，动作突然就僵住了。

叶梓开始还不知怎么回事，看他表情不自在，便视线往下，发现——他竟然起反应了。

叶梓像发现了新大陆一般，头探过去凑热闹："不是吧，你……"

孟庆川抿着唇，挤了句："回去再治你。"

两人中间隔了个挡位，孟庆川探了大半个身子过来。

叶梓在他怀里靠了一会儿，问："难受吗？"

孟庆川摇摇头："不难受。"

叶梓抬眼，正好跟他对上视线。

四目相对，孟庆川就知道她又想使坏。

她正要开口，突然被孟庆川摁着后脑勺儿亲了两下，然后放开，变了个人似的："赶紧去。"

叶梓看着这人装大尾巴狼，便推开车门，故意用甜甜的嗓音说："我走了，老——公！"

孟庆川在车里冷静了一会儿，才独自去会王永璞和叶宸。

他们选了家学生时代经常去吃的烤肉，边撸串边聊。

三个大男人坐在一起，相貌又极出众，免不了吸引其他桌上客人和过往路人的目光。

老板认得他们三个，送了几瓶啤酒。他们都开车，就又换成了汽水。

跟老板寒暄完，他们才进入正题。

叶宸跟王永璞都说："恭喜。"

孟庆川笑了笑："谢谢。"

三个玻璃汽水瓶碰在一起，好像曾经的少年又都回来了。

叶宸对孟庆川说："你跟叶梓结婚了，你得管我叫哥。"

王永璞吃吃地笑了，自己转头抽了几口电子烟。

叶宸不解："怎么了？"

王永璞朝孟庆川扬下巴。

孟庆川咬着吸管说："我早就想好了，咱俩各论各的，我管你叫哥，你管我叫爹。"

"去你的吧。"叶宸骂了句。

三个人笑得直不起腰。

过了会儿，叶宸说："对了，你俩得来给我当伴郎。"

王永璞自然不拒绝，做了个"OK"的手势。

孟庆川没急着答应，先问："在哪儿办？"

"相蕊想在洲际办，那边的厅比较新，我俩打算这段时间去看看。"

"那叶梓呢？"

"我也正愁这个呢。"叶宸挠了挠眉毛，"这么重要的场合，我肯定想让她在。我爸妈现在没什么意见，只是不知道叶梓什么态度。"

孟庆川点点头："我回去问问她。"

孟庆川愁的不只是这件事，是这件事延展出来的一连串事。

比如，他和叶梓的婚礼。

他们领完证之后，没人提过婚礼这回事，好像默认不会办婚礼一样。

可孟庆川觉得一辈子就这一次，还是得办，叶梓生命中缺失了太多，总不能在爱情里也受委屈。

再比如，他要管叶峰和梁燕叫什么。

他跟叶梓结婚，跟叶家自然成了亲戚，只是叶梓跟亲生父母关系特殊，没有提亲订婚的流程，他们就先把证扯了。叶梓理解他，没有提过这件事。

他自己想了挺久，也没想出个两全其美的解决办法。

三个大男人深夜撸完串，各自回家。

孟庆川和叶宸前后车，去同一个地点接媳妇儿。

出来的时候两个窈窕人影，叶梓步伐有点儿飘，一看就累坏了。

叶梓一上车，刚关上车门就打瞌睡了。

孟庆川努力探了探身子，帮她系安全带。她惊醒，两人额头撞到一起，咣的一声，反而撞清醒了。

叶梓反应迟滞似的，看了看车窗外，问："还没到家？"

孟庆川说："还没出发呢。"

叶梓晃了晃头："试衣服试傻了。"

"你也试了吗？"

"没。"叶梓摇摇头，"帮她参谋，又跟客户对了会工作，双重加班。"

孟庆川观察她一下，问："试婚纱好玩吗？"

"还行吧。"叶梓笑了笑，"没想到婚纱那么重。"

"你试了吗？"

"没有，我试那个干吗？"

孟庆川抿了抿嘴，换了个话题："给你带了些烤肉，回家吃。"

"你们去撸串了？"叶梓往后面扫了一眼，看到后排座椅放了个包装完整的保温袋。

"嗯。"

"聊什么了？"

"什么都聊。"孟庆川认真开车，顺便提及，"对了，你哥让我当伴郎。"

"去呗。"

说得这么轻巧。

孟庆川问："那你呢，去不去？"

叶梓沉思了一会儿："得去吧，不去不合适。"

"嗯，看你，你要不愿意去，就算了。"

叶梓说："我当然想去了！我能不能藏在宾客里，只吃酒席？"

孟庆川思考片刻，说："他们会转着圈儿敬酒的。"

"那还是算了。"叶梓赶紧摇头，"我再想想吧。"

过了会儿，孟庆川问："你哥要办婚礼了，有没有什么感想？"

"有什么感想？"

"比如，你也想办一个之类的？"

叶梓的心动了一瞬，但嘴上出来就是违心话："算了吧，我又不喜欢那些少女的、梦幻的东西。"

"不想办？"

"嗯，不想办。"

孟庆川故意说："你好好想想。"

叶梓果然沉默了一会儿，脑子里回放相蕊试过的各种婚纱样式。

试婚纱挺有意思的，婚纱也确实吸引人。

过了会儿，叶梓摆了摆手："相蕊今天跟我说他们备婚要准备什么，听着就麻烦，还是不要了。"

孟庆川深深地呼吸了一口，说："怕你会后悔。"

叶梓看了他一眼："不后悔，有什么后悔的，我们两家这种情况，还是算了。"

孟庆川说："这种情况怎么了。"

叶梓看着窗外说："明知故问。"

孟庆川拍着胸脯说："这你不用操心，婚礼肯定得办，这么多年才娶到你，不能少了你的。"

等红灯时，孟庆川扫了一眼身边人，发现她倔强地盯着外面，脸颊上却有亮光在闪。

这就被感动到了？

孟庆川笑笑，心想，傻姑娘，肯定给你个谁都比不上的浪漫婚礼。

孟庆川拍着胸脯说过少不了婚礼的话后，就再没提过这一茬。

叶梓以为他就那么说说，她也不提，不然太跌份了，显得她上赶着想搞个婚礼似的。

反正证已经领了，人已经是她的了，有没有这个婚礼无所谓。

一开始她确实是这么想的，可自从跟相蕊试过婚纱之后，就有些动摇了。

看到那些洁白闪亮的裙子，没有女孩儿会不动心。当时相蕊劝她试一试，她觉得试了就舍不得脱下来了，便咬了咬牙，还是没试。

叶宸跟相蕊结婚前一晚，本来说好跟朋友们好好聚一聚，被一堆琐碎事打乱了计划。

最后，"三剑客"在熟悉的院子里叙旧，就当是叶宸的低配版单身夜了。

这个场合氛围特别适合来点儿酒，但第二天要早起接亲，他们还是忍住了，从车里取了几瓶饮料，一口一口啜着。

叶宸眼底有淡淡的青色，讲话也心不在焉，随便应付几句。

看他忙碌的样子，王永璞打趣道："你身体还能行吗？都虚成这样了。"

叶宸怼了句："滚一边儿去，我行得很。"

孟庆川跟王永璞吃吃地笑了几声。

临近婚期，两家总是蹦出各种意想不到的问题，小两口从中协调，力不从心。

三人聊天间隙，叶宸又接了几个电话，都是相蕊打来的。

不是婚房装饰的打气筒不见了，就是鞋又丢了。隔了一会儿，又来问第二天一早见哪个小孩儿给多大的红包。

叶宸接完了电话，又跟司仪和婚庆对流程，手和眼就没离开过手机。

手机电量告急，叶宸才急匆匆忙完所有的事。他用手掌抹了把脸，又跟孟庆川和王永璞嘱咐明早接亲事宜。

接亲不只是年轻人自己堵门闹腾一下，礼数也不少。孟庆川和王永璞当伴郎，还得帮叶宸拎烟、酒、糖、茶四样礼什么的。

交代完这些，叶宸在手机备忘录里数了数，确认所有事都安排妥当后，才长出了口气。确实是第一次经历，忙得眼冒金星。

一开始的话题是有关他们朝夕相处的少年时代的，结果又被这些琐事打断，最后什么都没聊成。果然成年后，都会有意无意地被推着走，曾经那些无忧无虑的日子，是无论如何都回不去了。

叶宸有气无力地说了句："结婚太费神。"

王永璞紧接着蹦出一句："后悔了？"

"怎么可能。"叶宸笑了笑，"提前给你俩打样了，到时候可别喊麻烦。"

王永璞摆手道："我就算了吧，还不知道什么时候能用得上呢。说好咱们仨一起单身到三十呢，你们怎么一个比一个快。"

这话好像提醒了叶宸，他打开手机，给伴郎、伴娘提前拉了个群。

孟庆川和王永璞两人是伴郎，伴娘是相蕊的同事，音乐学院的两个美女老师。

群名还没改，王永璞就在群里"骚"起来了，左一个"美女们对新郎、伴郎都好点儿哦"，右一个"到时候红包管够"，看得孟庆川和叶宸作呕。

孟庆川揶揄他："有病就去医院治，别在群里犯病。"

"我这是为叶宸接亲铺平道路，可不是为了撩妹儿！"王永璞愤愤不平地说，"有我这么敬业的伴郎，偷着乐吧。"

王永璞一头栽进群聊里跟伴娘们寒暄，叶宸忽然问孟庆川："你跟叶梓还办婚礼吗？"

孟庆川平静地说："办，肯定要办。"

叶宸"嗯"了一声，问："我家这边有搞不定的，记得叫我帮忙。"

叶梓想避开叶峰和梁燕，又想见证叶宸和相蕊的重要时刻，自己纠结了很长一段时间。

考虑到叶家的特殊情况，相蕊很大度地让叶梓前一晚睡在自己家。

接亲的时候，叶梓变成双面间谍，一会儿堵门跟新郎、伴郎要红包，一会儿又偷偷提醒哥哥婚鞋在哪儿。惹了众怒，她就赶紧躲到孟庆川的身后，众人拿她也没办法。

闹腾接亲结束后，仪式在凯悦举行。

叶梓坐在离舞台最远的一桌，也不知自己身边是男方亲戚还是女方亲戚，隐于其中，埋头吃自己的，打算他们过来敬酒就撤。

仪式结束，有个全家合影的环节。

司仪在台上喊话，叶梓抬头，发现叶宸越过人群，正朝她看过来。

他在用眼神询问她，要不要来拍合影。

叶梓犹犹豫豫地站起来。

忽然耳边一烫，孟庆川不知什么时候出现在她身后，攥住她的手问："想拍吗？"

司仪已经在排队形，叶宸语气有些愠怒地让司仪再等等。

"想拍的话，我陪你。"

两个人手拉手，走到叶宸和相蕊身边，在全家福中留下了身影。

合影环节结束后，孟庆川等人群散开，单独和叶峰、梁燕聊了一会儿。

好在孟庆川顾及叶梓的感受，没拉着她一起。

叶梓在远处看着融洽的聊天场景，只觉得心安。

哪个女孩儿不想办婚礼？

看了叶宸跟相蕊的婚礼，晚上躺上床，想到相蕊穿着浑身的美丽身影，叶梓忍不住不去想。

她思来想去，在床上摊煎饼。

屋子里安静又漆黑，只有叶梓睡裙跟被子床单发出的窸窣摩擦声。

过了会儿，她撑着半个身子起来，看孟庆川醒着没。

孟庆川知道她在想什么，暗自笑了笑，就是不问，装睡。

叶梓看他没动静，有些失望地重新躺下。

孟庆川忽然开口："睡不着？"

叶梓倒吸了一口冷气，顺手在他背上轻捶了下："吓死我了你。"

孟庆川低笑了两声，转了个身，把身边人揽进怀里："想今天的婚礼呢？"

什么都没说就被得看透透的，叶梓沉默了两秒，辩驳了句："没有。"

她不说，孟庆川故意不问，把怀里的人紧了紧，又装睡。

果然，过了会儿，叶梓自己沉不住气了，不好主动开口，先问了个无关紧要的问题："你今天跟叶峰和梁燕说什么了？"

"说咱俩结婚的事。"

"哦……"

孟庆川解释道："他们俩也算是我生物学上的岳父岳母，不论怎样，还是跟他们说一声。邻里邻居的，闹得太难看也不好。"

"什么生物学上的岳父岳母，净会胡说八道。"叶梓嗤笑一声，手在他胸口有意无意地撩拨着。

"今天打过招呼，回头挑个日子我上门去拜访一下，我一个人去就行。"孟庆川摸她的脸，"礼数尽到了，后面就都是我们自己的事了。"

"嗯。"孟庆川想得周到，叶梓也不找事，"今天上台拍合影的时候，我居然没有不自在，还挺奇怪的。"

叶宸为了她让司仪等待，相蕊让她前一晚一起住在出阁的家里，叶峰和梁燕也没有做什么让她不舒服的举动。

…………

最主要的是孟庆川，全程都陪着她。

有种被爱环绕的感觉。想到这儿，叶梓眼眶有点儿湿。

孟庆川往自己身上揽功劳："因为我拉着你的手呢。"

叶梓翻白眼："自恋。"

"我们婚礼的时候，要请他们来吗？"

叶梓在黑暗中抬眼看他："我们真要办婚礼？"

"当然要办。"孟庆川用拇指摸她的脸，"答应你的，为什么不办。"

她又说违心话："算了吧，今天都深度参与过一次了，再搞就没意思了。"

孟庆川不太懂她的逻辑，再深度参与，那也是别人结婚。

他跟她分开一些距离，问："什么没意思？"

叶梓闷着声不说话。

他用手指拨了下她睡裙的肩带，肩带听话地滑落下去。

借着微弱的光线，他看到叶梓反光的皮肤，小半个肩膀露在外面。

孟庆川知道怎么治她。

屏息观察了一会儿，孟庆川对准好看的肩膀就是一口。

下嘴没多重，但吓了叶梓一跳。

叶梓下意识推他，他用了力，两个人翻了个儿，叶梓被他摁在身下，仰面躺着。他双腿钳着她的腿，双手固定着她的手，她气急败坏想打他推他，结果丝毫动弹不得。

孟庆川的鼻尖划过她的脖子："现在有意思吗？"

叶梓稳着自己的气息："没有。"

还嘴硬。

叶梓尽量让自己的语气听起来不以为然："婚礼不就那些流程。"

孟庆川语气认真地说："就算千篇一律的流程，也要我们亲自走一遍。"

这句话好动听，听得叶梓心尖发烫发软。

气氛烘托到这儿了，不往下走也难收场。

孟庆川嫌半身裙也碍事得很，索性全甩到一边去。他用做俯卧撑的姿势，顺势推着叶梓的腿到胸前，两手撑在她头两侧。

两个人的距离又变得近了，四目相对，呼吸可闻。

好像是他刚才的话听着特别顺耳，叶梓也不反抗，乖乖看着他，配合他。

孟庆川一边努力一边承诺："一辈子就结这么一次婚，还是跟初恋，我说了要办，肯定会办，其他你别管了。"

听到"初恋"两个字，叶梓有点儿难为情。想到十几岁时候不堪的自己，她实在是不愿意回首。

过了会儿，叶梓偏头看了看他，气息不太匀地说："如果我们真的要办婚礼，会有人来吗？"

"怎么没人来。"

叶梓垂头丧气地说："你朋友多，我都没什么朋友可以邀请。"

孟庆川抱紧她："那就办个小型的，只请最亲近的人。"

叶梓想了想，说："那就只有你了。"

孟庆川牵了牵嘴角。

嘴怎么就这么甜呢。

孟庆川和叶梓的婚礼日期定在阳光明媚的初秋的一天。

婚礼前几天，孟庆川带叶梓回了一趟渭城，回到那个小小的果园里。

出发前，叶梓问他："要去看我爸妈？"

"是咱爸妈。"

叶梓有点儿感动。

再回到那个果园，叶梓特别惊讶。

这里几乎大变了个样子。

果园换了个门，也换成了用钥匙能打开的锁。再迈进去，乱枝丫都被修剪过了，只是结的苹果大小不一，地上也落了些，跟周边果园的硕果累累对比鲜明。

叶梓回头问他："这是你弄的？"

孟庆川忘不了他跟着叶梓第一次来这里的场景，也忘不了她坐在墓碑前的单薄身影。

广阔天地之间，所有亲近的人都离她而去，留她孤零零一个，只有这么个小小的、凌乱的果园，能让她有片刻安宁。

孟庆川点点头："找人弄的。好多年没人打理过了，结的果子都不大好。以后想长势好，还得雇人好好弄。"

"已经很好了！"叶梓激动得想抹泪。

孟庆川揽着她的肩："进去看看。"

墓碑还是原来的样子，只是很干净，上面还放了几束已经干了的花束。

"你经常来？"

孟庆川说："来过几次。"

叶梓眼眶一热："你怎么这么好。"

两人静静地矗立在墓碑前。

孟庆川把一束鲜花放下，缓声道："爸、妈，今天就当是改口。今天来告诉你们一声，我跟叶梓领证了，再过几天办婚礼，以后就是一家人了。叶梓交给我，你们放心，我会对她好一辈子。果园我找人收拾过了，我也不懂该怎么打理，只能让它比以前规整一些，以后我们过来也方便，我们会常来看你们的。"

秋风很温柔，却吹得叶梓眼睛酸涩。

她抹了把眼睛，说："谢谢你。"

孟庆川揉着她的发，把她的头拨到自己肩上。

婚礼地点是孟庆川选的，他包了个带草坪的度假民宿。

这间民宿背靠着群山，碰上这样的秋日，景色尤其美。即使婚礼没开始，宾客们也可以自由活动，拍照聊天。

讨论婚礼现场布置时，叶梓兴奋地打开某个社交软件，给孟庆川看她收藏的婚礼现场。

无一不是粉粉嫩嫩，充斥着少女心的婚礼主题。

她最喜欢的是一场办成游园会的婚礼，也是最近流行的。

大大的草坪上，分成很多个小区域，有游戏区，有甜品区，还有发放喜糖的区域。看照片，新郎新娘和宾客们玩得很开心。

叶梓内心深处其实是喜欢这些东西的，只是想要的从来的都得不到，便渐渐隐藏了自己真实想法。看这些梦幻的婚礼现场，她自己也没意识到，是在弥补她从来没拥有过的少女时代。

她把手机伸到孟庆川面前。

可孟庆川迟迟没有表态。

从他脸上的表情就能判断出他的态度。

叶梓试探着问："你不喜欢？"

"你喜欢的这些都太幼稚了。"孟庆川接过她的手机划拉了下，"而且这种游园会婚礼，人多了容易乱。"

叶梓嘴角下垂："我们的宾客不是不多吗？"

"只是相较于酒席不多，还是有上百人的，弄太乱还要给人家清理。"

"哦。"

孟庆川注意到她情绪的变化，抬眼问："不高兴了？"

明知故问。

叶梓说："那你说你想弄成什么样？"

"简单大气就好。"

孟庆川顺手翻出几张照片，给她看了看。都是简约风格的婚礼现场，好看是好看，可是太现代了，跟音乐厅的装修风格没什么两样。

确实是孟庆川会喜欢的风格。

叶梓一气之下不管了。

跟孟庆川在一起后，她的倔脾气有所收敛，但时不时还是会放出来。

她觉得既然看不上她的方案，那她就彻底不管，后来连试婚纱、试妆都懒得去了。

孟庆川好说歹说，才把她哄着去了礼服馆。

叶梓身材高挑，穿什么款式都好看，她不喜欢那些过于夸张华丽的，选了件露肩的，背后带有大蝴蝶结的缎面婚纱，有少女的感觉，还不重，方便走动。

她穿好出来，又在店里试了妆发，赫本的发型，又加了珍珠小皇冠，整个人的气质拔了一截。

全部都弄好后，帮叶梓试衣服的店员大叫"迪士尼在逃公主"。

孟庆川围着她看了好久，也满意。

就这么定下了。

相蕊试婚纱时特意让叶宸避开，而到了她，孟庆川就坐在外面等着。

好吧，她认了，她的婚礼就是这么毫无惊喜。

叶梓的朋友不多，婚礼她请了徐茜、方思哲、蔡志洲和华哥。

虽然蔡志洲平时跟她只聊工作，但她拿着喜糖去邀请他时，他还是很爽快地答应了。

婚礼前一晚，婚庆的人来搭台子，宾客陆续入住。

徐茜从北京飞回来，叶梓算着时间在民宿门口等她。

等了二十多分钟，徐茜拖着行李箱的身影终于出现在长长的石板路尽头。

"徐茜！"叶梓喊了一声，快跑几步，帮徐茜拿东西。

"箱子不重。"徐茜说，但还是不如叶梓手快。

叶梓挽着她的胳膊，问："这地方挺偏的吧，路上累不累？"

这个民宿离机场不算近，打车过来也要一个多小时。

"不累。"徐茜四下看了看，"这地方环境真不错。"

叶梓用胳膊肘撞了撞徐茜："我给你转的钱，你怎么一直没收啊，都退回来了。"

几个同事都是自己开车过来，需要她照顾的只有徐茜一个人。她提前给徐茜转了几百，让徐茜下了飞机打车过来。

"我没打车，是孟庆川安排朋友送我过来的。"

叶梓往里面看了一眼。

孟庆川正站在前台，帮他朋友办入住，跟亲戚寒暄。

目光转过来，孟庆川看到叶梓和徐茜站在一起。

他跟身边人说了几句，朝她们俩直直走过来。

孟庆川笑笑："欢迎，徐茜。"

徐茜也笑："新婚快乐，Q7。"

前台要登机身份信息，孟庆川接过叶梓手里拎着的行李箱，带徐茜去前台办理入住。

徐茜录入身份信息的时候，叶梓问道："你给徐茜安排车了？怎么没告诉我？"

孟庆川揉她的头："事情太多，忘记告诉你了。"

他总是这样，一如既往地周到。

"那你好好想想，还有什么没告诉我的。"

孟庆川认真想了想，耸耸肩："应该没有了。"

徐茜的房间正对着草坪。

傍晚，婚庆搭台的人弄得差不多了，徐茜趴在窗台上看了一会儿，给叶梓发了条消息：你们的婚礼也太好看了吧。

叶梓没回。

一分钟后，叶梓咚咚过来敲门。

打开门，叶梓冲到窗台边。

今天一整天，她都在忙各种事，根本没时间去看搭建的情况。

天已经黑了，底下也不算很亮。草坪边上有串灯，影影绰绰勾勒出整个婚礼现场的样子。

叶梓一愣，撇起了嘴。

他们的婚礼取消了早起接亲的流程，所以时间完全够用。

孟庆川选的这个地点有天然优势，有网红秋千，还有躺椅和吊床，根本不用担心宾客们没事做，他们去用了自助早餐，在民宿的各个角落拍照留念。

化妆师不紧不慢地给叶梓化了妆，化妆的时候，叶梓听到有小孩儿的嬉戏声，还有众人的欢呼声，她忍不住想去看看发生了什么，却被化妆师摁在椅子上。

阳光明媚，天高气爽。

中午时分，婚礼正式开始。

没有父亲的搀扶，叶梓在宾客的注视下，自己一个人出场。

她身形苗条高挑，脸上是最干净真挚的笑。

孟庆川在草坪尽头，微笑着等待她。

首先映入眼帘的，是一道可爱的拱门，上面写着"欢迎来到孟先生和孟太太的婚礼游园会"。

叶梓眼眶一热，努力控制着自己的表情。

她穿过那道拱门，耳边有音乐声响起。

音乐厅的员工组成了一个弦乐四重奏乐团，缓缓奏着《我的野蛮女友》主题曲《I believe》。叶梓仔细一看，其中拉小提琴的竟然是王永璞和叶宸。

王永璞平时总是不正经，这么正经一回，竟然帅得不成样子。

他们两人跟叶梓用眼神打了声招呼，又重新投入演奏中。

整个婚礼现场都是粉粉的色调，卡通元素和鲜花相呼应，跟叶梓想要的一模一样。

左手边是套圈圈的游戏区，右手边是跳房子的游戏区。

孟庆川还让婚庆弄来了一台抓娃娃机，里面是各种各样可爱的玩偶，上面贴了个条写着"新娘特供"。

再往前走两步，是甜品区。

叶梓喜欢吃草莓味的所有东西，甜品区几乎是用粉红色的点心堆起来的。

走到一半，叶梓再也忍不住泪，边哭边往前走。

孟庆川也朝她迈过来，像是提前预知到了一样，他先拿出一张纸巾，掀起她的头纱，轻轻在她眼角和脸颊沾了沾。

两个人低头说了几句话，孟庆川俯身认真听着，只见叶梓嗔怪似的，在他胸前轻捶了一下。他盯着叶梓，等她不哭了，才把捧花递给她。

不明真相的围观群众哇哇乱叫，直呼好浪漫好浪漫，婚礼现场打情骂俏。

殊不知他们两个人说的是："怎么哭鼻子了，不漂亮了。"

叶梓撇撇嘴："你骗人，我怎么样都漂亮。"

孟庆川哭笑不得地握着她的手："是，你怎么样都漂亮。"

叶梓打了他一下："你怎么总骗我，总是逗我，你不是说这个幼稚。"

孟庆川："这不是想给你惊喜嘛。大家都看着呢，笑一个。"

叶梓止住抽泣，扯出一个笑。

孟庆川帮她理了理裙子，两个人十指相扣，走到台上。

一对新婚夫妇站在台上，从身高到样貌都般配极了。

司仪按流程进行完前面的每一项，之后把话筒交到孟庆川的手中。

孟庆川握着话筒说："谢谢各位舟车劳顿赶来，参加我和我太太叶梓的婚礼，我代替我们这个小家庭，感谢大家的到来。"

他看了叶梓一眼，接着说："我和我的太太十一年前就认识了，那时候我十八岁，她十四岁。"

底下王永璞带头"哇哦"了一声，其他宾客跟着爆发出笑声和掌声。

很多熟人只知道孟庆川是个不谈恋爱的人，介绍给他的女孩儿最后全都没了结果，主动追他的女孩儿，也在他这里得不到回应。

大家曾经猜测，他是不是有什么问题。

在这一刻，谜底终于揭晓。

这个少年，只是在十年如一日地，寻找和等待他的女孩儿。

"说起来也有缘分，她是我最好哥们儿的妹妹，从见到她第一眼，我就喜欢上了她。直到现在，我才追到了她，娶到了她。在我眼里，她是全世界最好的女孩儿，我也会用一辈子的时间对她好。"

在温暖的阳光下，在众人的祝福下，叶梓和孟庆川幸福地相拥。

叶梓靠在他肩头，眼泪又忍不住涌出来："孟庆川，你怎么这么好。"

孟庆川勾了勾嘴角："你现在才知道？"

他怜惜她，保护她。

他教她弹钢琴。

他保留她所有被扔掉的回忆。

记忆勾勒出叶梓那些残破缺损的时光。还好有个少年出现了，让她那些难挨的日子变得有了些温度。

也是那个少年，跨越时光而来，帮她把那些缺失的，从来不曾实现过的愿望，慢慢描上。

叶宸三岁的时候，梁燕在学校一个副校长那儿听了一件事，回家就说给叶峰听。

一家人晚上吃饺子。

叶峰在厨房擀皮，梁燕在外面包，小叶宸在旁边拿了一团面，捏小面人。

虽然叶宸浑身都沾了面粉，好歹是不闹腾了，梁燕就由着他玩。

坐在餐桌前，梁燕边包饺子边说："杨副校长家的事，你知道吗？"

"我怎么会知道。"叶峰皱眉，只当是几个嘴闲的邻里聊家常，"什么事？"

"杨副校长生了个儿子。"

"嗯，怎么了？"叶峰并没当回事。

梁燕停下动作，招招手，神秘道："你过来。"

叶峰觉得麻烦："就剩一点儿了，你就直接说呗。"

梁燕无奈，看了叶宸一眼，压低了声音："听说她到生之前一直喝什么汤，才生的儿子。"

叶峰擀完最后几张饺子皮，一起端出来，抽了把椅子，跟妻子面对面坐下："人家跟你什么都聊，你可别得意忘了形，什么都抖出来。"

"我当然不会。"梁燕拿了张饺子皮，"但感觉这法子还挺靠谱的。"

叶峰用眼神制止梁燕说下去，接着看了叶宸一眼。

叶峰觉得叶宸虽然只有三岁，但也不是听不懂话的年纪了，在孩子面前说话要注意点儿。

见叶宸十根手指都糊着面，玩得忘我，还跟面团团对话。

叶峰这才放心地说道："这种话你也信？你什么都没喝，不也生出宸宸来了？"

梁燕用手肘搡他，说："你不知道，她家的姐妹几个都用那个方子，家家生了男孩儿。"

叶峰眉头一动。

梁燕就知道这话叶峰听进去了，又说起自己小时候的事："我妈以前就跟我说，我这辈子有两个儿子的话，就能顺风顺水。你这职称一直评不上，我也一直怀不上，说不定跟这有关。"

叶峰觉得她越说越邪乎，想到半仙一样整天神神道道的丈母娘，语气已经明显不悦："你妈那么能预料，怎么就没料到她——"

丈母娘已经去世，叶峰还是打住，怕伤妻子的心，没有继续说。

他平复了下心情："职称这事又不是我一个人评不上，你就别咋咋呼呼到处抱怨了。至于孩子的事，就他一个还不够？老梁因为超生连工作都丢了，你还想干吗？"

"可是杨副校长……"

"你别跟杨副校长比较，她已经是副校长了，她丈夫是做生意的，他们家几个孩子都交得起罚款，咱们呢？我跟你都是拿死工资的，一个人丢工作，这家就塌一半，你父母去世得早，我家里忙起来就没人管果园了，经济和人都没做好准备。"

夫妻俩因此拌了几句嘴。这些现实问题都摆出来，梁燕一下子也没话反驳。

一扭头，发现叶宸不知什么时候已经不玩面团了，睁着懵懂的眼睛，望着父母。

叶峰瞪了梁燕一眼，两人没再说话。

梁燕并没有因此罢休。

她找杨副校长要来了那方子，喝了一段时间。

过了大半个月，叶峰都要把这件事忘记的时候，梁燕又突然提起来了。

叶峰有些生气，不知梁燕怎么就跟着了魔似的。

梁燕没跟他急，只说："我就问你一件事，我妈以前跟我说的，我从来没跟你提起过。你十七岁的时候，有没有遇到大事，差点儿死掉的那种？"

叶峰心里一紧。

还真有。

他十七岁那年，跟几个伙伴进山里去玩，在一条河里游泳。那条河看着不深，他们几个脱了上衣跳进去，游了一会儿才发现河水越来越深，越来越急。

偏偏这时候，他腿抽筋了，脚触不到底，整个人开始不受控制。更要命的是，他挣扎时发现，自己的伙伴不知什么时候都不见了，只留他一个人在河里漂着。

就在他浑身无力，觉得死亡离自己特别近的时候，看见一棵从山缝里伸出的树，他抓住树，这才没被淹没。他在那棵树上吊了半个多小时后，他的伙伴才浑身湿透、连滚带爬地从别处赶来，合力拉他上岸。

看叶峰的表情，梁燕觉得这事是真的。

叶峰跟梁燕如实说了当年的事，听后，梁燕更觉得生第二个儿子的事势在必行。

"反正现在就两个解决办法，要么当时生的是双胞胎儿子，要么今年生二胎。"梁燕直接说，"我反正隐隐觉得，今年有生儿子的缘分。你说说这些年，除了分到这套房，什么好事跟咱们沾边了？"

双胞胎是不可能了。叶宸已经三岁了。

再生一个……叶峰眉头动了动。

梁燕一直想再要个儿子，这他知道，听她说了这么多，他也不免心动。

夫妻俩便悄悄开始备孕。

说来也挺神的，梁燕这次怀孕，一切都顺顺利利的。

备孕没多久，就怀孕了。头胎怀叶宸出现的那些反应，二胎时完全没出现。听人说二胎显怀，可这些在梁燕身上完全没体现，五个月时，还没被人发现过。

梁燕为了给以后请假做铺垫，前几个月就经常装不舒服。

头几个月还能瞒得过去，眼看着肚子一天天大起来，再去正常上班，就露馅儿了。

梁燕跟领导说要做个大手术，请了几个月病假，然后回老家待产。学校没人怀疑她，领导准了假，还让她好好养病。

那段时间叶峰安城、老家两头跑，边上班边照顾妻子，还要提防着被人发现。

人一忙，就会有疏忽。叶峰忙得昏天黑地，偏偏忘了捂叶宸的嘴。

有天在院子里，同事拉住叶峰，说叶宸跟别的小朋友说自己妈妈的肚子有这么大。说完，同事还用手势比了比。

这种事，一个人知道，就相当于一群人知道。

同事问："嫂子又怀了？"

叶峰尴尬地扯了扯嘴角："小孩儿瞎说，在家也经常胡说八道。"

"那嫂子这段时间，怎么请假了？"同事一笑，"产假？"

"怎么可能。就算我们想生，也没那个胆，现在都是独生子女，挺好的。"叶峰赶紧否认，"她前几个月就不舒服，治疗没治好，反而腹积水了，还挺麻烦的。"

"这样啊。"

叶峰笑笑，淡定地说："你们这些小年轻，一看就没经验。怀孕变化可大了，她走之前你又不是没见，肚子平平的。再说了，咱们前段时间不是集体体检了嘛，报告都统一送到单位了，要是怀孕，学校还能不知道？"

体检是叶峰在医院辗转找了熟人，提前打过招呼，才把梁燕怀孕的事瞒了下来。

同事默默算了算时间，好像确实对不上。

梁燕走之前细胳膊细腿的，没浮肿，也没见肚子有变化。

"你们可别再传了，传着传着我们有嘴都说不清了。"叶峰笑笑，"过两个月她就回来上班了，到时候你们看，看她像不像生过孩子。"

同事讪讪笑了笑，便没再多说什么。

那天回家后，叶峰赶紧拉着叶宸，严厉地说了一顿，让他在幼儿园别乱说话。

叶宸被爸爸的架势吓到了，只得点点头。

在一个下雨天，叶峰和梁燕的预产期到了。

整个孕期，梁燕的检查都是回渭城做的。他们当然也想在安城生，更稳妥一些，但保险起见，还是放弃了。

那天，叶峰带着叶宸等在渭城县医院的产房外，反反复复对叶宸说："你马上就要有弟弟了。"

叶宸眨巴着眼睛问："为什么不能是妹妹呢？我想要个妹妹。"

叶峰尴尬一笑："也行，也行。"

生产过程其实没有那么漫长，叶峰却很急。他迫不及待地想告诉梁燕，领导才找他谈过，教学能手的评选，学校准备选他去市里，让他准备材料。

在这个艺术为主的音乐学院附中，文化课老师不常被重视，这个机会确实难得。

一切真的如她所说，冥冥之中顺利了起来。

孩子生出来怎么养，他们两人也商量过了，出了月子马上就到暑假，前几个月算是能蒙混过关。开学之后，先放在渭城的农村老家，他们平时课程不忙，两头多跑跑就好。

等孩子长到一岁，再接到安城。

可当护士说是个女儿的时候，叶峰愣住了。

叶宸在产房门口的走廊里激动得跑来跑去，嘴里喊着"妹妹妹妹"，而叶峰半天也回不过神来。

怎么可能呢？不是儿子吗？

直到护士抱着孩子到他面前，他才不得不接受二胎是女儿的事实。

不知怎的，叶峰有种被欺骗的愤怒，而这愤怒，他又无处可发泄。

孩子已经生出来了，是个女儿。他曾信誓旦旦跟老人说肯定是个儿子，这一刻，像被打了耳光一样。

这一年时间，他也跟梁燕一起着了魔，对她的话深信不疑，导致了现在无法挽回的局面。

这个孩子带不回安城，老人听是儿子，才勉强答应帮他带一带。

一瞬间，叶峰只觉得头大，低头看着激动的叶宸，低吼了声："别说话了！"

等梁燕被推回病房，体力恢复了一些之后，两口子相对无言。

刚生过孩子，叶峰张不开口去怪梁燕。

梁燕自己，脸色也难看极了。

正好叶宸喊着困，叶峰哄着叶宸在旁边的病床上睡觉。

叶宸睡着后，叶峰问："孩子起什么名字？刚才宸宸就在问。"

梁燕白了他一眼，没说话，现在哪有心情起名字。

东躲西藏、瞒天过海地怀了个孩子，这大半年受的委屈突然爆发了，梁燕的眼泪默默往下淌。

叶峰任她发泄情绪，坐在旁边一言不发，隔一会儿，就给妻子擦擦脸。

到了后半夜，叶峰怕她身体吃不消，让她先别想了，赶紧睡。

梁燕哭得没了力气，便问："现在怎么办？跟你妈说了没？"

叶峰点点头："打电话说了。"

"他们不带？"

叶峰努力找补："也没说不带……"

梁燕冷笑一声："还是想想别的办法吧。"

还能想什么办法？哪里有别的办法？

正苦恼，叶峰忽然想起点什么，说着便往外走。

约莫过了一个小时，他才回来。

"你干什么去了？"梁燕不悦。

"还没睡？"叶峰压低声音，说，"刚跟我爸打了个电话，打听了个亲戚，跟我家关系比较远，两口子一直没孩子。"

梁燕陷入沉默，过了会儿问："送给他们？"

叶峰搞不懂梁燕这句话里的意味。她从知道是女孩儿开始，就失望至极，现在这么问，好像又有些舍不得。

"舍不得？"

"也不是……"梁燕体力透支，又心烦意乱，话说到一半，竟睡了过去。

后面几天，梁燕一直忧心忡忡。她看着婴儿的小脸，明明跟叶宸小时候如出一辙，可她就是产生不了一点儿爱意。

这个孩子出生前，承载了太多希望，可一出生，就代表着希望落空。梁燕想到回去上班之后要面对的一切，她只希望这一切都没发生过。

半个月后，夫妻俩决定，跟那个远房亲戚见见面。

据叶峰说，那对夫妇是他四叔的儿子和儿媳，现在在县里果汁厂上班，两个人结婚好几年了，一直怀不上孩子。

"你四叔？怎么没听你说过？"

叶峰点头："四叔不是我爸的亲兄弟，是我爷爷亲兄弟的儿子，在他们那一辈里排行老四，就这么叫了，平时来往不是很密切。四叔的儿子，跟咱们更是没什么交集。"

"他们也姓叶？"

"当然了。"叶峰说，"听说那人叫叶公社，咱们应该叫哥。"

梁燕无力地笑了笑："名字真土。"

"老一辈起名字都这样，听说他出生那年，人民公社成立的。"

"人民公社……"梁燕皱眉一想，"58年的？年纪怎么这么大？"

"现在这种情况，就别嫌人家年纪大了。"

叶公社和妻子当天就赶来县医院，还带了些营养品。

梁燕上下打量，觉得这两个人不光名字土，打扮也土。明明是有工作，不是在家务农，穿的衣服一点也不讲究。

寒暄过后，几个大人沉默着。

叶公社两口子为什么来，大家都心知肚明。

叶峰打破尴尬，问了问他们的家庭情况和工作情况。

"我们俩平时都在县里果汁厂上班，家里还有几亩果园，还得经常回村里干活。"

怪不得，皮肤也黑黑的。梁燕心想。

叶峰看梁燕的眼神，就知道她在想什么，便带两口子去看了小宝宝。

两个人喜欢得不得了。

"那个……"回到病房，叶峰清了清嗓子，"你们也知道现在的情况，两个孩子……我们有同事因为这个丢了工作……"

叶公社点点头："理解的，理解的。"

叶峰又说："这个孩子，可能得你们帮忙照顾一段时间。"

帮忙照顾，将来还会不会要回来，一段时间到底是多久，他说得含糊其词。

这其实是梁燕的授意。直接把孩子就这么给别人，她不愿意，毕竟是她费了大力气生下来的。

梁燕这个人精明又利己，她不想把话说死。

她不是舍不得这个女儿，只是不知道将来会不会发生什么，不把事情说死好些。

叶公社跟妻子是老实人，听他们这么说，以为叶峰和梁燕没想好，便说："这是个大事，你们慢慢考虑。"

叶峰看向妻子。

梁燕想了一会儿，说："考虑好了，我们确实没法儿带这个孩子。"

"你们要是不放心，可以经常来看看孩子。"叶公社憨厚地笑笑，"我们没这个福气，也没有那么多想法，等孩子大了，都告诉她也可以。"

梁燕默不作声。

叶公社夫妻又说，他们会出所有的生产住院费用。

梁燕这才点点头。

等孩子过了满月，叶公社夫妻来抱孩子回家。

叶峰望着已经长开一点的小婴儿，又有些心软，说："咱们给孩子把名字起了吧。"

梁燕本以为这一对土土的夫妻，也想不出什么有文化有意境的名字，没想到，这两个人提前认真翻了字典。

"我们这段时间一直在想这个事，还翻了翻字典，叫叶静雅，怎么样？"叶公社不大好意思地说，"文静优雅，适合女孩儿的名字。"

梁静没作声。

叶峰赶紧说："我其实也做了点儿功课，'叶梓'这个名字怎么样？'梓'是树木的意思，有成才和茁壮成长的寓意在里面，小名也可以顺便叫叶子，听着也顺耳。"

梁燕知道叶峰是在给自己宽慰，"梓"音同"子"，想弥补她没得到儿子的遗憾。

就算这样，也不是儿子，也化解不了她没得儿子的这个心结。

叶公社夫妻没明白其中弯弯绕绕，直接说："挺好，就叫叶梓，叫起来也顺口。"

叶梓就这样，被抱走了。

梁燕久久地发呆。叶峰来到她身边，她都没察觉。

她仰起脸问丈夫："你说，我们会不会遭报应？"

音乐学院附中院子里。

初夏来临，附近树上开始有蝉鸣。

叶宸跟自己两个小伙伴在院子里玩。

三个小脑袋凑在一起，一人拿一样玩具乐器，像模像样地拉着弹着。

乐队玩累了，玩具被丢在一旁，三个人一字排开，坐在花坛边沿。花坛上方有树荫遮挡，很凉快，六条小腿晃啊晃的。

王永璞提议每人说一个秘密。

王永璞抢先说："我前天和昨天都拉了三次屎！"

孟庆川皱眉："你这算什么秘密。"

王永璞说："我妈不让我到处讲，这还不算秘密？"

另外两个小伙伴无法反驳，只能通过。

王永璞越过叶宸，打了孟庆川一下："该你了。"

孟庆川不愿意了："按顺序来啊，为什么是我？"

王永璞无奈，摆摆手说："真烦人，那叶宸先吧。"

叶宸托着下巴："秘密……"

他实在很想把妹妹的事分享给自己的小伙伴。

话到嘴边，他又想起爸爸说过的话。

叶峰和梁燕最近总是互相不说话，偶尔说话，也都带着脾气。

他问过一次自己的小妹妹去哪里了，被爸爸狠狠地骂了一顿。

看叶宸想了这么久，孟庆川先说了。

他说幼儿园有个小姑娘想跟他结婚，被他拒绝了。

王永璞羡慕得要死："为什么不答应？"

孟庆川义正词严："我才不是随便的人。"

孟庆川说完，又绕回到叶宸身上。

叶宸小声说了句："我有个东西不见了。"

孟庆川和王永璞异口同声地问："什么啊？"

叶宸不肯说。

他的妹妹丢了。

一开始，孟庆川和王永璞还逼问，可叶宸不肯说，怎么都问不出个结果。

到了饭点，各个家长都在窗户上喊自家孩子回去吃饭。

王永璞先回家，孟庆川悄悄跟叶宸说："你丢的东西，我可以帮你找。"

叶宸正要开口，听见孟庆川又说："不过找到了要分我一半。"

叶宸望着孟庆川鸡贼的眼神，只好答应。

他想，如果找到了，也让妹妹叫孟庆川一声哥就好了，不然，还能怎么样呢？

　　叶梓在渭城这个小县城长大，童年跟黄土高原相亲相近。

　　一家三口平时在渭城住，老家有几亩果园，每逢农忙时节，父母会带着她回老家的村子里，和雇来的果客在果园里忙活。

　　果客是渭城独有的季节性职业，每到果树剪枝、套袋或者成熟的时候，他们会成群结队地来找活干。

　　叶梓喜欢在果园里看着他们忙活，她在其中来回穿梭，给大人递个篮子递个水什么的，不亦乐乎。

　　在她眼中，那些果客都是走南闯北的大侠，身上有很多有趣的事。那时的叶梓性格不算活泼，但也不内向，小孩子脑袋里装了数不清的问题，想要得到解答。

　　比如，她问那些果客，如果不在农忙时间，他们都会去哪里。

　　有个四十多岁的大姐告诉叶梓，有活干的时候，他们就会成群结队地骑着摩托车来渭城，忙完就奔赴安城，打零工，等待下一个农忙时节。

　　叶梓想了想，说："安城？我去过。"

　　那个大姐跟叶梓说："我们这辈子就这样了，只能干干农活打打零工，一大把年纪还是飘着的。我就想着，能在渭城县城有套房子就不错了。你好好念书，将来到大城市去闯。"

　　叶梓嘿嘿一笑："我觉得渭城就挺好的。"

　　这里有父母，有属于他们三口的家，尽管有些挤有些小，但足够温馨。

　　大姐也笑了笑："你还小，不懂大城市的好。"

　　叶梓从小到大去过大城市的次数，可以用两只手数得过来。

　　因为父母在果汁厂是技术员，可以享受员工旅游的福利。

　　第一次是跟果汁厂的所有员工一起去北京旅游，第二次去的是上海。这些都是她小时候发生的事，她只能通过景点的照片去了解。

　　后来果汁厂的效益不大好了，便取消了员工旅游。

　　长大一些，父母带叶梓去了几次安城。

　　安城是省会城市，离渭城不算远，那里有小县城里没有的肯德基，还有动物园、游乐场。

　　那时叶梓还是小孩子心态，只顾着玩，完全没注意到每次去安城时，父母都忧心忡忡的。

　　周围不少同学在小学毕业后，都被家里送去安城的学校读书。

想去安城的学校读书，要么成绩特别拔尖，要么得掏高昂的借读费。

叶公社的同事也提过，安城一所初中在招生，每年要三万的借读费。如果中考考得好，高中就不用再掏这个钱了。

叶公社回家跟妻子商量，要不要把叶梓送到安城去上学。

他们知道叶峰和梁燕就在安城的音乐学院附中教书，解决叶梓的上学问题，应该不难。只是叶梓小时候，叶峰和梁燕还来看过几次，叶梓长大后，渐渐懂事了，他们就再也没来过。

叶公社夫妇犹豫再三后，还是觉得不好开这个口。

叶梓成绩中游，家庭普通，她从没动过这样的心思。在她心里，安城虽好，也只是个偶尔去游玩的城市，她知道，尽兴之后，还是要回家的。

十四岁那年，家中突发变故，叶梓被接到了安城。

从那时起，小县城成了再也回不去的故乡。

她来到一个完全不熟悉的家，这个家里有小时候经常来看她的中年夫妇，还有一个比她大几岁的男孩儿。

初到这个家，叶梓自己待在一个小房间里，不肯说话，也不肯出去。

她试图逃出去，回到渭城，却发现这个城市超乎她的想象，比渭城大，比渭城复杂，她出了小区大门，往哪儿走都不知道。

直到她遇到孟庆川。

她一直记得遇见孟庆川时的场景，狭窄的楼道里，少年纯净的眼看过来，让她彷徨的心忽然安静下来。

他告诉她，他会带她回渭城，只要她听话。

她信了。

于是她不再闹腾，听话乖乖地去上学。

她没有音乐基础，没法儿上音乐学院附中，叶峰和梁燕给她联系了一所附近的普通中学，做了插班生。

初到安城的学校，叶梓不适应。

首先是老师。在渭城时，大多数老师上课都使用方言，或者不标准的普通话，同学之间全都说的是方言。

可在安城，老师上课讲普通话，下了课同学们之间交流也用普通话。

叶梓第一天自我介绍的时候闹了笑话，口音土不土洋不洋的，匆匆说了两句就打住了。

课间，有人围在她座位旁，问她是哪里人，怎么讲话口音怪怪的。她趴在桌子上，头埋起来，一概不理。

那时她刚知道父母已经去世，而她又强行被叶峰和梁燕带离成长的环境，融入一个不熟悉的家庭，一个不熟悉的班级。

她不想跟任何人讲话。

以至于老师上课叫她回答问题，她宁愿被罚站，也不愿意张口，即使她知道答案。

她古怪，不识逗，反而惹得班里一些调皮的男生喜欢来逗她。

一开始，是言语上的挑逗。他们喜欢坐在叶梓身边，问她一些问题，想听她说方言。

后来，他们开始捉弄她，比如趁她不注意，偷偷把她的鞋带跟桌子绑在一起，她下课起身时，就会带得课桌都翻倒在地。

有一次，前排男生用涂改液涂了她一整只白鞋后，她终于忍无可忍，用方言骂了几句脏话。

老师把叶梓和那个男生叫到办公室，男生说叶梓对他出言不逊。

叶梓没有辩驳，她懒得辩驳。

老师和稀泥，两个人都挨了批评，但只有叶梓要写检查。叶梓笑了一声，眼神带着狠劲儿，离开了办公室。

那些日子里，她常常会想起从前的生活。

她有很多玩得来的朋友，也有个不算富有，但也称得上幸福的家，她从不觉得自己缺什么。父母毫无保留地对她，即使她并不是他们亲生的女儿。

在安城，她比任何时候都要孤单。

有时候，她也会想起孟庆川。

尽管他们只见过一次，可他认认真真地对她说过，会带她回渭城。

说过这话之后，她就没再见过她。

现在想来，可能也是玩笑话。

日子就这么孤单地过着。

叶峰和梁燕会给叶梓零花钱，她每次都毫不客气地收下。攒够两百块，她跑去一家理发店，垫了发根，还把头发染成绿色。

既然所有人都把她当异类，那她干脆就做个异类。

家属院里都是附中的老师，平时为人师表，背后讲起八卦来，战斗力也不弱。

院子里的人传闲话，说十几年前梁燕确实消失过几个月，当时跟学校请的是病假，做了个手术，现在看来，没准儿真的去生了个孩子。

也有人反驳，说从没见梁燕肚子起来过，梁燕手术请假一共也就不到五个月，生个孩子根本不够。

还有人传，叶梓是叶峰跟别人在外面生的，亲生母亲去世，叶峰不得已才把她带到安城来的。

传得有鼻子有眼的。

无论哪种说法，大家都觉得叶梓这孩子有问题。

小小年纪脾气古怪，一看就是从小在小地方没教好，现在还染一头绿毛，弄得跟非主流似的，将来可怎么办？

讲的人多了，自然也传到了叶峰和梁燕的耳朵里。

叶梓被送出去那半年，叶峰和梁燕经常吵架。叶峰眼看着到手的教学能手没评上，梁燕也因为病假时间太长错过了升职机会。

梁燕把这一切都归在叶梓身上。

平平淡淡地过了十四年，时间久了，梁燕有时候会忘记她曾经生过一个女儿。

直到叶公社夫妇突然离世，他们不得不接回叶梓，一起生活。

从来没有长时间相处过，叶梓对叶家人戒备，叶峰和梁燕也对这个小女儿喜欢不起来。

性格不好，成绩一般，见了大人也不知道打招呼，不讨人喜欢。

梁燕有时在外面听了没边的话，回来看见叶梓，总免不了冷言冷语。

叶梓并不在意那些流言蜚语，也不在意叶峰和梁燕对她的态度。

她只在意一个人，孟庆川。

所有人都觉得她没救了，除了孟庆川。

他是唯一一个遇见她会主动打招呼的人，也是唯一一个愿意跟她心平气和地讲话的人。

那时孟庆川手腕骨折，情绪低落，经常不去学校。叶梓也总是迟到早退，或者干脆逃学。

两人有时会相遇在院子里，随口聊上两句，有时会去孟庆川家，他教她弹钢琴。

叶宸是学小提琴的，家里并没有钢琴，叶梓除了偶尔去孟庆川家弹琴之外，并没有机会摸到钢琴。可每次孟庆川教给她的曲子，她总是学得很快，而且能记住。

孟庆川对她说："你很有天分。"

叶梓扯了扯嘴角，没说话。

孟庆川只说了一半，后半句他没有说出口——如果她从小有机会接触到钢琴的话，现在一定很出色。

孟庆川看着她问："不相信？"

孟庆川说过要带她回渭城，果真履行了承诺，说过要教她学钢琴，也没有食言。他没有高中男生那些高高在上的架子，总是平等平和地跟她讲话。

来到安城后，她能相信的，好像只有孟庆川一个人。

她望着他的眼睛，点点头："我信。"

他的眼睛一如既往地真诚干净，就像他的人一样。

她愿意相信他，愿意相信他说的每句话，愿意相信他说这些话的时候都出于真心。

那年她十四岁，周围同学有写情书的，也有偷偷在一起拉手的，躁动的青春期，掩盖不住一颗颗躁动的心。

当她每次见孟庆川前，都会戴一顶帽子遮住那头绿头发时，她意识到，她好像对他有了不一样的感觉。她不在乎别人怎么看他，可她不想让孟庆川觉得她傻。

弹琴时，他就在她右边坐着。她有时会情不自禁地偏头盯着他的侧脸，被他发现，会笑笑说："傻愣着干什么？"

每当这时，她都会收回目光。

十四岁的她已经清楚，那种感觉，叫喜欢一个人。

她同样清楚，尽管有时他们之间离得很近，可实际上，他们的人生拥有无法跨越的鸿沟。

因为孟庆川拥有更光明更广阔的未来。

后来，她无意得知，是李思逸找人弄断了孟庆川的手，于是她怒火上脑，也不管要承担怎样的后果，先踢了李思逸一脚。

这一脚下去，她的世界彻底改变。

所有人都觉得她没救了，就连孟庆川也跑回来质问她，为什么要这么做。

其他人再怎么看她，她都不在乎。她有多信任孟庆川，被他质问时，就有多难过。

于是她离开了。

她不恨他，她只是气他。那时年纪太小，没法儿化解那些情绪。

在后来漫长的岁月中，她仍不否认，孟庆川是她飘摇人生的一份挂念。只要他存在，她就愿意忍受一切。

她时常计算着孟庆川的年纪，想象他当下会拥有怎样的人生。

她也常回忆起跟孟庆川一起的日子，如果不算分别时的不愉快，那些时日也算是她前半生不可多得的温暖时刻。

每每这时，她都会心酸淌泪。

那些回忆如同眼泪一般静默无声，却是她能握住的最后一点儿念想。

年少的往事残破不全，但好歹有些美好的回忆。只要想到他，便足以让她挨过那些孤独的岁月。

　　自从孟庆川和叶梓领完证，他们跟家里的关系缓和了不少。

　　孟子良和戴芳知道了当年事情的真相，对叶梓的态度也不像从前了。只是家里虽然接受了他们，但孟子良和戴芳曾经反对过他们在一起，每每碰面，还是免不了有些尴尬。

　　筹备婚礼之初，孟庆川并没有把很多亲戚列入宾客名单，婚礼规模只能算迷你。

　　还是戴芳主动打电话来要了名单，还问孟庆川为什么没喊这个姨妈、那个姑姑。

　　孟庆川无奈地说道："当初你放狠话说你跟爸都不会来，现在怎么又要加人？"

　　戴芳脸上红一阵白一阵的，说："儿子结婚是大事，藏着掖着怎么行。"

　　按照正常的酒席婚礼，他们的宾客起码有二十桌。只是儿子坚持要在民宿的草坪上办婚礼，宾客也是要掐着指头算的。

　　孟子良跟戴芳埋头研究了两天，又加了三四十号宾客。

　　孟庆川一开始只订了十几间房，后来没办法，把整个民宿包了两天。

　　亲戚们中有人听说叶梓的家庭情况，也会打听几句。

　　孟庆川有次无意间听见戴芳跟人打电话，说："我儿媳妇跟庆川是青梅竹马，知根知底的，担心什么啊。"

　　戴芳气鼓鼓地跟人怼了一通，挂了电话回头，发现儿子正靠着门框笑得一颤一颤。

　　"谁把我们戴老师气成这样？"

　　戴芳把手机重重扣在桌上，说："还不是你小姨，不知道听谁说的闲话，说叶梓家庭不好什么的。"

　　孟庆川轻笑，不以为然："他们爱说，就让他们说去吧，看把你气的。"

　　"说叶梓不就等于说你嘛，让我装聋作哑，我可不受那个气。"戴芳坐在沙发上，表情不痛快，"再说了，人姑娘的家庭又不是自己能选的，谁不想家里和和睦睦的？罪魁祸首还不是叶峰跟梁燕那两口子。"

　　孟庆川给她捏肩："戴老师，您一开始不是也对叶梓有偏见吗，这么快就把她当自己人了？"

　　戴芳被儿子说得不好意思，打掉他的手："过去的事了，提什么提。"

　　说完，戴芳进走进卧室，从衣柜里取出个盒子。

红丝绒的盒子，长方形的，薄薄的，开合的部分是金属色泽的盘扣，看着挺有质感。

孟庆川扬了扬下巴："这什么啊？"

戴芳让他自己打开看看。

孟庆川打开精致的盘扣，发现里面是一整套金首饰。

传统的三金套装，有手镯、项链和耳环。

孟庆川勾了勾嘴角："你买的？"

戴芳点头："跟你爸一起选的，样子还可以吧？我总担心挑得太土。"

为了不出错，戴芳特意选了花纹少的，简洁大方，平时也能戴。

"挺好看的。"孟庆川认可地点点头，"给叶梓的？"

戴芳"嗯"了一声："咱们这儿的讲究是女方家给陪嫁金首饰，叶峰家两口子看样子是不会给叶梓置办了。一辈子就结一次婚，这东西不能少，我跟你爸就给她买了。"

孟庆川笑笑："妈，谢谢你。"

戴芳指着盒子，叮嘱道："你记得把这个带给她。"

孟庆川诧异："您不自己给她吗？"

戴芳干笑了一声："还是你拿给她吧，搞得那么隆重，怪不好意思的。"

孟庆川没让戴芳如意，组了个家庭饭局，让父母自己把话说开。

菜摆了满满一桌子，四个人面对面坐着，双方却都不知道怎么开口。

最终，还是戴芳先拿出那个精致的红丝绒盒，递给叶梓："叶梓，这是叔叔和阿姨给你的。"

叶梓疑惑地接过来，打开看，金光闪闪。

她看一眼孟庆川，又看一眼孟子良和戴芳，突然嗓子发干。

孟庆川用手肘轻碰她，示意她收下。

"这是……"

戴芳又从桌下拿了个红包。看厚度，至少上万。

看妻子动作，孟子良也从底下摸出个同样厚度的红包来。

孟子良对叶梓的态度有些微妙，尽管心里已经接受了儿子和叶梓，见面时却总是顾着面子，大多数时候都沉默，因此场面也容易尴尬。

孟庆川觉得有点儿好笑，不知道父母究竟提前做了多少准备，现在跟变戏法似的，一件一件往外掏。

"刚才给你的是结婚的三金首饰。"戴芳清了清嗓子，"按照正常礼数，我们是应该上门提亲的，鉴于我们两家的特殊情况，这些我们就直接给你了。"

叶梓不知该接什么，只小声说了句"谢谢"。

戴芳接着说："这是四万的红包，算改口费。本来是接亲时候应该给你的，但听庆川说，你们婚礼取消接亲的环节了，既然没那个环节了，红包也提前给你。"

戴芳提前打听过，本地婆媳妇，改口费一般就一万零一，寓意万里挑一。但戴芳觉得叶梓这孩子不容易，孟庆川又刚买了房子，手头大概也不宽裕，思来想去，原本一万的红包就变成了四万。

红包被推到叶梓面前。

孟庆川提前跟她打过预防针，她没有那么抵触，但到了这一刻，心里还是百感交集。

"爸妈"两个字她已经很久没有叫出口了。

孟庆川为了她的付出，她都知道，她不想让孟庆川为难，也不想让自己绊在过去。

只见叶梓咽了咽口水，站起来，郑重其事地说："谢谢爸，谢谢妈。"

空气突然特别安静。

叶梓的眼神不知往哪里落，晃了几下。

孟庆川看着父母，咳了一声，像是在提醒什么。

戴芳生硬地"哎"了一声，孟子良也说："叶梓，以前有些事呢，我们做得不够好，我们向你道歉，今天过后，就是一家人了。"

红包和首饰还都摆在桌上。

孟庆川替叶梓收好，大家开始动筷子。

叶梓感激地看了孟庆川一眼，在桌子下面，轻轻握住他的手。

孟庆川冲她一笑，也回握了她的手，手心的温度传递过来，直抵心里。

说来也挺奇怪的，办完婚礼，孟庆川和叶梓都忙了起来。

音乐厅开始了新的音乐季，孟庆川应酬变得多了，叶梓有了新客户，开始独立负责项目，经常要出差。

方思哲看到叶梓结婚后就一直在忙工作，便问她："你怎么一直在工作？"

叶梓皱眉："我怎么不能工作？"

"你们不度蜜月吗？"

"忙完再去。"

方思哲只是插科打诨，叶梓却上了心。

她原本很期待跟孟庆川一起旅行。办婚礼时，她只用了三天年假，十几天婚假原封不动地留着，她本来是留给蜜月旅行的，结果两个人一忙，说好的蜜月被一推再推。

去年被孟庆川半哄半骗着办的护照，到现在还是个大白本。她有事没事就把护照拿出来翻翻，也不知道什么时候能出去玩一趟。

时间过得很快，秋天没什么感觉，来了又走，转眼又到了冬天。

终于在一个两个人都没有工作的周末，孟庆川和叶梓双双瘫在床上，享受着久违的懒觉。

叶梓睁眼时，发现孟庆川躺在身侧，右手无意识地放在她肚子上，左手正在刷手机。

她生理期时，肚子总是会不舒服，孟庆川便整夜捂着她的肚子，时间久了，这动作都成习惯了。

发觉身边有响动，孟庆川偏过头来，在她脸颊落下一个吻："醒了？"

"嗯。"叶梓点点头，声音沙哑，"你这周末有工作吗？"

孟庆川想了想，说："除了今晚开个线上会，其他没有了。"

"那我们要不要安排点儿什么活动？"叶梓有点兴奋，用手撑着脸颊，侧躺着看着孟庆川。

孟庆川放下手机："这个周末就在家吧，自己做做饭，打打游戏。"

他最近一直在加班，实在是不想再出门了。

叶梓有些失望地"嗯"了一声，重新躺下去，也从床头柜够了手机来刷。

孟庆川感受到她情绪的变化，起身看她的脸："不高兴了？"

"没有不高兴。"

她高不高兴一眼就看得出来，还在这儿嘴硬。

孟庆川笑了两声。

叶梓瞪眼："你笑什么？"

孟庆川说："想出去？"

叶梓知道他最近累，也知道自己再任性耍脾气，就是无理取闹了。

她本来不想说话，但又想到他说过，遇到事情不要自己生闷气，要沟通。

过去她不懂得，她现在也在慢慢改变。

想度蜜月的话到嘴边，又咽了下去。她点点头，说："下周末出去玩也行。"

孟庆川说："这个音乐季结束后，又要到春节期间了，演出很多，估计也不会闲。"

叶梓听这铺垫，就知道下周末可能也没法儿出去了。

"好吧。"

"最近设计师给新房画的图好了，还得抽时间跟他当面沟通。"孟庆川摸摸叶梓的脸，"装修的事你要多操心，我这边时间可能不够多。"

叶梓蹙眉："我也很忙好不好。"

孟庆川说："我接下来比最近还要忙，你多盯着点儿。"

"那你呢？一点儿都不管了吗？"

孟庆川大言不惭："我等着拎包入住。"

叶梓："万一我盯的装修，装毁了呢？"

孟庆川耸耸肩："反正房子写你的名字，你想装成什么样都行。"

叶梓不可思议地看着他，他的表情不像是在开玩笑。

她叹了口气："这也许就是男人吧。"

孟庆川坐起来，整个人压在叶梓身上，钳着她的手，弄得她动弹不得。

"干吗？"

孟庆川的脸凑近她："展开说说，男人怎么了？"

叶梓答："男人都是骗子。"

孟庆川问："我呢？"

叶梓哼了一声："你是最大的骗子。"

说完，她转过身，背对着孟庆川。

"我骗你什么了？"

叶梓掰着手指头算："骗我谈恋爱，骗我跟你结婚，骗我买房子，骗我干苦力……"

孟庆川笑个不停。

过了会儿，她听见他在耳边说："把你骗到手了，也算我有本事。"

听得叶梓心里一阵酥软。

算了，就算她栽了吧。

孟庆川把设计师的联系方式推给了叶梓。

叶梓下载了无数个装修 APP，混迹于各个装修论坛，了解各种装修过程中可能遇到的坑，想象如何跟设计师 Battle。

可真正跟设计师碰面后，听了设计师的讲解，她才发现，这个设计师似乎对她和孟庆川的生活特别了解，生活动线、家具摆放都符合他们的习惯。

再看渲染出的效果图，她盯了半天，也说不出什么修改意见来，便讪讪地笑着，要了份图纸，说回家跟老公商量商量。

可这位老公，最近连面都碰不上。孟庆川果真变得特别忙，有时下班没时间来接她，她就自己走回家。

常常是她下班到家，家里空无一人，她熟睡时，孟庆川回来，她醒来时，孟庆川又走了。

一张床上，竟然生生睡出了时差。

又临近春节，市政给路两边挂起了氛围灯。

叶梓走在路上，收到了行政的提示短信。公司婚假是从领证时起算的，有效期一年。她的婚假快到期了，过完年如果再不休，就只有三天标准婚假，没有多出来的晚婚假了。

刚领证的时候，他们还常常聊起，办完婚礼要去哪里旅行。

出生在西北小县城，叶梓从没看过海，她特别想去热带海边玩，光脚踩一踩沙滩，看夕阳下的海浪。

在北京那些年，她也想去秦皇岛看看，只是经济上不太支持，于是在北京六年，一次也没去过。

所以当他们说起蜜月旅行时，她特别憧憬。

忽然想起来，他们已经很久没有提起过这个话题了。

叶梓边走边想，这难道就是婚姻吗？想了会儿，又觉得自己矫情，孟庆川对自己有多好，她心里一清二楚，不能因为他忙就伤春悲秋。

叶梓这天熬了一会儿，等孟庆川回家。到家后，叶梓本想跟他聊聊装修的事，结果孟庆川没说几句话倒头就睡，好像真的累坏了。

叶梓又心疼又生气，又不知从哪里说起。坐在床沿给他脱衣服和鞋袜的时候，他无意识地环着她，在她腰窝上留下几个吻。

叶梓心软，不再瞎想什么。

春节前几天，孟庆川终于恢复了正常作息。节前最后一个工作日，华哥看大家都无心上班，跟大家提前拜年，就给员工放了假。

叶梓拎着公司发的过节礼下楼，发现孟庆川的车子就等在路边。

她快走了几步，到车子前拍了拍玻璃。

孟庆川放下车窗，冲她笑了笑："接你过年。"

叶梓问："你怎么知道我们提前放假？"

孟庆川："你们公司是我们的乙方，你忘了？"

叶梓一拍脑门儿，才想起来。她远离事业一部太久，她和孟庆川在家里又很少谈起工作，她竟然一时忘了伍拾传媒也是音乐厅的合作方。

"上车。"

叶梓指了指地上的礼盒："开一下后备厢，这些东西放不下。"

孟庆川探身子看了看，下车帮她把东西拎到后座上。

叶梓不解："为什么不放后备厢，放座位上都脏了。"

孟庆川说没事，后备厢满了。

叶梓回头看一眼，后排除了她的那几个盒子，还放了不少年货。

她没再多想。

法定假期加上公司提前放的假，叶梓春节一共十天假期。

十天假期，就算没时间去太远的地方玩，找个附近的城市，自驾游一下也行。

可孟庆川压根儿就没提出去玩的事。

这个春节过得依旧波澜不惊。

年三十晚上，孟庆川和叶梓一起回了附中家属院，跟父母吃了年夜饭，看了春晚。

结婚第一年，孟子良和戴芳给叶梓准备了红包。戴芳最近有两个年纪相当的同事当了外婆和奶奶，自己也心动，话里话外也提醒他们，结婚了，可以考虑下一代的事了。

孟庆川笑笑，没放在心上。

戴老师从前看不上别人催婚催生，可到了自己儿子身上，也不能免俗。

孟庆川挡在叶梓前面，跟父母打哈哈。

他摸摸叶梓的头，说："别有压力。"

过了十二点，戴芳留他们在家里住，孟庆川问叶梓意见，叶梓点头答应。

零点以后的电视节目依旧热闹，孟父孟母熬不住，回了房间，留他们两人在客厅。

叶梓趴在窗口，望着外面说："也不知道叶宸今年有没有回来过年。"

孟庆川说："叶宸跟相蕊去三亚了。"

叶梓若有所思地点点头："那王永璞呢？"

"王永璞一家去广州了，他父母想在南方过一次年。"

叶梓"哦"了一声，再没说话。

别人都出去玩了……

孟庆川从身后环住她，轻声说："新年快乐。"

叶梓掩饰心里的失望，也说了句："新年快乐。"

大年初五那天，音乐厅晚上有场重要的演出，孟庆川一大早就在电脑前，跟员工核对宣传物料。

叶梓突然发现自己随身的小包不见了，她扒在书房门口，小声问孟庆川有没有见，孟庆川摇头。

叶梓随口说："会不会在车里……"

孟庆川正忙，他朝客厅扬了扬下巴，说："车钥匙在茶几上，你下去找找。"

叶梓做了个"OK"的手势。

来到车库，她在车子上翻了一圈，在副驾驶后面的挂钩上发现了她的小包。

还是放假那天挂在上面的，过年这几天哪儿也没去，也没想起来。

关上车门，叶梓回到电梯口。

等电梯时，她回头看了一眼，心里忽然间就冒出个想法来。于是人又折返回去，按了后备厢的按钮。

后备厢打开，里面被塞得满满当当。半边是一些粮油米面，音乐厅年年发的那几样。另一半，有两个崭新的行李箱，上面码了两个小的透明储物箱。

叶梓打开最上面的箱子，发现里面放了几套衣服。她抖开两件，发现是情侣装，都是夏天穿的，花花的，颜色夸张，但还挺好看。

除了衣服，还有墨镜、潜水镜、防晒霜之类的，而且全都是双份的。

怎么看都是一副出远门度假的架势。

回到家，叶梓默不作声地坐回客厅。

孟庆川的声音从书房里传来："找到了吗？"

看他装模作样，叶梓也不拆穿他，便点头："找到了。"

过了会儿，叶梓倚着书房门，直勾勾地盯着孟庆川。

孟庆川抬头，被她吓了一跳，不知道她想干吗。

孟庆川问："有事找我？"

叶梓点点头。

走近几步，她双手撑在书桌上，问："你是不是有事瞒着我？"

孟庆川想了想，认真道："没有啊。"

叶梓嘴角一勾，拿出车钥匙在他眼前晃了晃。

孟庆川瞬间就明白怎么回事了。他拍了拍脑门儿，"哎呀"一声。

瞒了那么久，功亏一篑。

叶梓也不问什么，哼了一声就跑回卧室。

过了会儿，她听见卧室门被打开，又轻轻合上。

然后背后是重重的呼吸压上来。

叶梓不肯转过去，孟庆川的手从她胳膊下穿过，轻轻揉了几下。

她轻嘤了一声，打掉孟庆川的手。

孟庆川没松手，唇也贴了上来，呼出的气弄得她后脖颈滚烫滚烫的。

"你都知道了？"

叶梓撇了撇嘴："谁让你骗我。"

孟庆川把头埋进叶梓的头发里："想给你个惊喜的，没想到最后关头被你发现了。"

叶梓的心情很复杂，感动、惊喜和委屈杂糅在一起，不肯讲话。

孟庆川知道她特别想看海，也知道他们从恋爱到结婚，还从来没有一起出去旅行过，便在忙碌之余，偷偷准备着这次旅行。

"春节假期过完你就去请婚假，再过两周，我们就去度蜜月。"孟庆川说，"签证、路线和通行证都安排好了，先去香港，再从香港去曼谷，再到苏梅岛海边玩几天。"

孟庆川两只手撑起来，悬在她上方，她却不肯跟他对视，头始终埋在枕头里。

孟庆川抱她起来，才发现她满脸都是泪。

他吻她："对不起。"

"你干吗总是这样。"叶梓带着哭腔推了孟庆川一把，"还以为你把蜜月忘了……"

孟庆川给她揩泪："以后什么都提前告诉你，不偷偷准备惊喜了。"

叶梓摇头："不好。"

过了会儿，像想起什么似的，问他："那装修的事，是不是也在糊弄我？"

孟庆川嘴上闲不下来，含混不清地问："怎么糊弄你了？"

"那个设计图，根本就没什么可修改的。"

孟庆川一笑。

当然没什么可修改的，设计师是他的朋友，对他的喜好足够了解，也曾经跟他一起做过音乐厅咖啡馆的室内设计，审美也在线。孟庆川跟设计师磨了很久的设计方案，每个细节都是他对他们未来新家的幻想。

"呵，男人。"

叶梓说完这句话，压在她身上的重量突然抽离，孟庆川撑起身体，静静地望着她。

他饶有玩味地看着她："为什么这么说？"

叶梓撇着嘴说："真不知道你还有多少事瞒着我。"

孟庆川从床头柜扯了个包装，好像故意要治她似的，挺身贯穿。

　　"谁让你动不动就拿护照出来看，我要是不转移一下你的注意力，没准儿就被你发现了。"

　　叶梓才想起来，她确实有段时间没看过护照了。

　　这趟旅途，叶梓几乎什么都没准备。

　　因为每当她兴致勃勃地往购物车里加东西时，孟庆川都会风轻云淡地说一句"这个我已经买了"。

　　从防晒霜到墨镜，从衣服、泳衣到拖鞋，孟庆川全都提前准备好了。

　　叶梓对购物没什么兴趣，他们在香港的两天里，一天走街串巷地吃，一天泡在迪士尼里玩了个够。

　　到苏梅后，她更是兴奋得不行，从早到晚赖在沙滩上。

　　孟庆川选的酒店和海滩都很静，没太多人。

　　叶梓一会儿去海里游一游，一会儿去沙滩上挖一挖，什么都觉得新奇，兴奋得像个小孩儿。

　　孟庆川下水游了会泳，之后就一直追着叶梓补防晒，到了晚上，她背上还是被晒出个泳衣的印子。

　　第二天早上，叶梓是被痛醒的。

　　翻过身来一看，背上晒伤了，被晒得红肿，有的地方还脱皮了。

　　叶梓脱了上衣，趴在床上，孟庆川拿出早就准备好的芦荟胶，仔细地给她涂抹着。

　　"今天还去海滩吗？"

　　芦荟胶冰冰凉凉的触感缓解了疼痛，叶梓说："去！"

　　孟庆川无奈地摇头，说："今天就别去了吧，你自己看看你的背。"

　　叶梓爬起来，在梳妆台的镜子前照了照，后背的皮肤有几条交叉的白线，像纹了件吊带泳衣在身上。

　　孟庆川又问："还去吗？"

　　她嘿嘿一笑，说："去，傍晚再去。"

　　傍晚，叶梓换了件吊带裙，孟庆川换上跟吊带裙颜色搭配的花衬衫短袖。

　　叶梓身材高挑，锁骨明显，头发扎成个可爱俏皮的丸子头，耳朵边别着一朵鸡蛋花，可爱又明艳。

　　两个人情侣装走在路上，一路也吸引了不少目光。

　　他们坐在沙滩上，望着落日晚霞，叶梓忍不住感叹："好美啊。"

　　"你喜欢的话，以后常来海边玩。巴厘岛、大溪地、沙巴，一个一个去。"

　　叶梓仰起脸看他，忍不住吻他。

　　一直从傍晚坐到深夜。

　　叶梓问他："为什么不在春节的时候来呢？"

孟庆川说:"春节来这儿的人太多了,我们错峰出游。旅行可以有很多次,但蜜月就一次,我想让咱们多留下些美好的回忆。"

叶梓"喊"了一声。

孟庆川看她:"怎么了?"

叶梓笑笑:"你又套路我。"

"我怎么套路你了。"

叶梓狡黠地一笑,没说话。

过了会儿,她从随身背的帆布包里,取出个小盒子,递给孟庆川。

孟庆川问:"什么啊?"

"打开看看。"

他打开,是一本叶梓自己做的小相册,从外面看,像是考试时打的小抄,里面却有意思极了。

有叶梓偷拍的孟庆川的丑照,有两个人的合影,有孟庆川送她的礼物,还有一些普通得不能再普通的街景……每一页都手写了照片的日期和地点,点点滴滴,渗透在他们相识相恋的每一天。

孟庆川边翻看边忍不住笑,叶梓又掏出一个包装精美的盒子,里面放着一条奢侈品牌的领带。

孟庆川的工作需要经常穿正装,这个礼物正好适合他。在免税店时,她用孟庆川帮叶宸挑东西的时间,买下了这条领带。

她自己不喜欢奢侈品,为爱人花钱时,却眼睛都没眨一下。

"一周年快乐,孟庆川。"叶梓说。

孟庆川惊奇地看了她一眼,才发现她什么都没忘。

这个女孩总是出其不意,弄得他哭笑不得,他对她的爱却不由自主地加深一些。

叶梓是在请假时,行政对她说:"你总算在满一年之前把婚假休了。"

她那时才意识到,孟庆川为什么一定要在这个时间段出游,还瞒着她计划了一切。

无非是想在领证一周年的时候,给她一个惊喜。

于是她也偷偷给他准备了一份小礼物。

叶梓看着远处漆黑一片的风景,听着海浪的声音,靠在孟庆川的肩头,充满了安心和幸福的感觉。

孟庆川心里温暖甜蜜,揽她入怀,说:"一周年快乐,孟太太。"

10月1日，天气晴。

国庆假期七天假，孟庆川有四天要加班。

放假第一天，两个人躺在床上，享受难得的赖床时光。

叶梓不满地嚷嚷："你什么时候能过个完整假期？"

孟庆川哄她："白天在家陪你，晚上才去。"

叶梓噘嘴："可是我想出去玩。"

朋友圈大家都在晒假期旅行的照片。

也许是结婚后被爱包围着，叶梓也会撒娇了。

孟庆川："等明年三四月份一起休年假，好吗？"

叶梓翻了个小小的白眼："你真烦。"

嘴上说着烦，人却紧紧抱着他。

她知道孟庆川忙，也就过过嘴瘾。

他们从在一起到结婚，一共只旅行过一次，就是蜜月旅行。

其余时候，他们两个都很忙。叶梓还有法定假期可以休息，孟庆川几乎没有完整过过一个节假日。每逢节假日，音乐厅就会有重要演出，孟庆川走不开。

叶梓从来没有因为这个跟他真正生过气。他从心里有点儿愧对她。

孟庆川盯着她，认真地说："对不起。"

叶梓摆了摆手说："算了，我说说而已。"

孟庆川摸着叶梓的头发，问她："你想去哪儿玩？海岛，还是欧洲？"

叶梓蹙眉，她根本没想那么远，她就是想开车出去，吃顿好吃的而已。

她说："你这么有钱？说到出去玩就是出国游？"

孟庆川："你不是喜欢看海吗，想去就提前安排着。"

"我就是想去成都，看熊猫、吃火锅而已。"

孟庆川笑了："成都？"

他没想到是这么近的地方。

叶梓点点头："对啊。"

"还以为你想要蜜月那种规格的呢。"

叶梓扯了扯嘴："哪能天天都过年。"

去成都有什么难的，高铁三个小时就到了，当天去当天回都来得及。

孟庆川拿手机翻了翻日历，嘴里念念有词："今晚加班，明后两天都不用去，明天我们一早出发，可以玩两天。"

叶梓眼睛一亮："真的？"

孟庆川"嗯"了声，已经在看车票和酒店了。

身旁没了声音。

孟庆川看她一眼："怎么了？"

"要不算了吧。"叶梓摸着他的胳膊，"你加班已经够辛苦了，还要出远门。"

孟庆川知道叶梓嘴硬，但是心软。

她其实特别心疼他。

他轻轻亲了下她的脸颊，说："没事儿，出去玩儿也是放松。"

虽说是出行高峰期，但安城到成都的高铁一天有很多趟，孟庆川中午前还是抢到了两张票。

下午出门前，孟庆川说："你在家乖乖等我回来。"

叶梓从沙发上跳起来："今晚你们是什么演出？"

孟庆川想了想："有一场久石让的经典曲目演奏会，一场儿童话剧。"

叶梓说："我跟你一起去。"

孟庆川："去了可能没座位，听不了。"

叶梓："没关系，我陪你加班，不是去听音乐会的。"

孟庆川勾了勾嘴角："这么好？"

叶梓点点头："当然了！"

叶梓快速换上出门的衣服，跟孟庆川一起下楼。

到了音乐厅，孟庆川和叶梓从停车场出来，正好碰上一对熟悉的身影。

相蕊和叶宸正手拉着手一往检票口走。

"哥？"叶梓试着喊了声，前面两个人转过来，还真是他们。

孟庆川一手握着车钥匙，另一手插口袋，潇洒地站着，问："你们来看演出？"

相蕊点点头，说他们来听音乐会。

孟庆川轻轻蹙眉："自己买的票？"

叶宸说："学校同事来不了，给了一张，我们又自己买了一张。"

孟庆川："怎么没提前说一声？"

音乐厅内部员工看演出是免费的，每个季度都有亲友赠票额度。

相蕊赶紧说："这点儿事就不麻烦你了。"

叶宸笑笑："她说来提前来熏陶一下，就当胎教了。"

相蕊怀孕三个多月，目前从外表还看不出什么。

四个人站着聊了会儿，孟庆川担心相蕊久站太累，让他们赶紧进厅里坐着。

就此分开。

孟庆川和叶梓上了办公区。

到了办公室，孟庆川让叶梓先坐，他开电脑对一些工作。

叶梓想起很久前来这里的场景，便感叹了句时间过得真快。

孟庆川看她一眼："瞎感叹什么呢？"

叶梓哼了一声："怎么能叫瞎感叹呢，你不觉得时间过得很快吗？以前相蕊也在你这间办公室里出现过。"

孟庆川清了清嗓子，为自己正名："那时候真的在谈正事。"

"我又没说什么，你干吗慌。"叶梓挑眉毛，"想当年相蕊还是你的相亲对象呢，现在竟然怀了叶宸的宝宝。"

孟庆川哭笑不得。

他跟叶宸和相蕊三人的关系，从叶梓嘴里说出来，就变成了狗血伦理剧。

他无奈道："这事就别强调了。"

只怕叶梓还要说上好几年。

叶梓盯着他："可这是事实呀。"

孟庆川只好岔开话题："刚才叶宸还问我，咱们俩什么计划。"

叶梓愣了一秒："什么计划？"

孟庆川耸耸肩："生宝宝的计划。"

叶梓问："你怎么回答的？"

孟庆川："我说，都看你。"

10月2日，天气晴。

叶梓很早就醒来了。

前一天晚上回到家，她就马不停蹄地收拾东西。

这次只去两天，他们只带了一套换洗衣服和洗漱用品，轻装出行。

装好了所有东西，叶梓双手叉腰站在沙发前，思考有没有东西遗漏。

上了高铁，孟庆川突然一拍脑门儿："忘带东西了。"

"忘带什么了？"

叶梓紧张起来，正要责备他没提醒自己，孟庆川搂着她，凑在她耳朵旁说了三个字："避孕套。"

叶梓瞪了他一眼。

孟庆川故意用无辜的表情看着她："怎么了，不应该带吗？"

叶梓皱眉："就住一晚，你还想着……"

孟庆川叹了口气："忍不住，有什么办法。"

孟庆川正经的时候比谁都正经，不正经的时候比谁都坏。

叶梓推了他一把。

她说："到成都买就是了，这东西还不是到处都是。"

孟庆川笑笑，说："行。"

过了会儿，她又说："不买也行。"

孟庆川的视线停留在她的脸上，露出疑问的表情。

"昨天不是还说到生宝宝的计划吗？"

前一天提到这个话题时，叶梓没有跟孟庆川讨论，但晚上躺着时，她想了很多。

孟庆川眼神里有什么东西动了一下。

"我觉得……我们生一个也不是不行。"

叶梓其实挺喜欢小孩儿的，只是之前没想过自己生会是什么样的体验。

孟庆川说："生小孩儿是大事，不用急，慢慢想。"

到成都后，两个人有些疲惫，在订的民宿附近随便吃了顿火锅，就回去躺着了。

孟庆川定的民宿带了个小院，两个人一觉睡到晚上九点多，起来在院子里一起看星星。

两人仰着头看了一会儿，默契地对视一眼。

眼波流转，身体里涌动出某种欲望来。

不过孟庆川还是先出门，去便利店带了个小盒子回来。

回来时，叶梓问他干什么去了，他把那小方盒在她眼前晃了晃。

"嗯？"叶梓看清那是什么之后，问，"不生孩子了？"

孟庆川笑笑："想好了？"

叶梓紧闭双眼，在床上摊成一个"大"字："想好了，来吧。"

孟庆川最终还是做了措施。

从他们第一次起，他就认真对待，再疯都不会忘记做措施，事后也会认真检查。

原因是，孟庆川觉得就算是生孩子，也不能这么莽撞，得尊重科学。

叶梓无力地趴在床上，身上盖了层薄薄的汗。

"你这还不够莽撞？"叶梓是责怪的语气，但她浑身都软绵绵的，这话也有气无力的，倒成了撒娇。

孟庆川知道她是在说刚才的运动太过激烈。他笑了一声，起身帮她清理，然后重新躺下，从背后搂住她。

"你真想好了？"孟庆川又问了一次。

"这有什么想不好的。"叶梓说，"跟你生我心甘情愿。"

叶梓转过头找孟庆川的眼睛，脸颊正好对上他的唇。两个人抱在一起，浓情蜜意地吻了一会儿，孟庆川说："叶子，我肯定一辈子对你好。"

叶梓在他的肩头轻轻捶了一下："怎么这么肉麻。"

孟庆川："我说的是真的，保证说到做到。"

叶梓故意说："做不到我可会跑，让你找不到。"

孟庆川把她箍得紧了点儿："不可能。"

"试试看呗。"

"以后不许说这话了。"

那天晚上，他们聊了很多有关孩子的话题。

叶梓问："你想要男孩儿还是女孩儿？"

孟庆川："只要是我们生的，我都喜欢。"

叶梓"喊"了一下："从网上看的标准答案？"

孟庆川说："真这么想的。"

叶梓说："可我想要个女儿。"

孟庆川闷闷地"嗯"了一声："为什么？"

"因为我还是小姑娘的时候，没有好好打扮过。"

孟庆川挠了挠鼻头："你那时候不是染发……"

叶梓大喊："不许说不许说！快把那段记忆从你脑子里清除！"

孟庆川回想了一下她绿色爆炸头的样子。

明明挺可爱的。

可能回忆自动上滤镜了。

孟庆川说："不能忘。"

"为什么？"

"那时候我已经喜欢上你了。"

叶梓把脸埋在他胸口，笑了几声，呼出的气全喷在他身上，弄得他心猿意马，只想拎起她再做一次。

叶梓忽然抬眼看他："我们如果有了宝宝，一定要特别特别爱宝宝。"

孟庆川手指插进她的发间，一下一下梳着，说："那当然了。"

"不能把宝宝送给别人，也不能跟宝宝说重话，不能打宝宝，宝宝如果有什么爱好，我们从小就让宝宝学……"

孟庆川心疼地吻了下她的额头，认真道："嗯，肯定好好爱宝宝。"

"那我呢？"

孟庆川："你也是我的宝宝。"

叶梓躲在他怀里偷笑。

话一出口，他也觉得肉麻。但对叶梓，他愿意说。

第二天去看熊猫。

两个人不约而同都说去看熊猫宝宝。

毛茸茸，胖乎乎，每一只都睡得香甜。

"怎么会这么可爱。"叶梓扒着玻璃，注视着两只小熊猫，"是不是幼崽都这样？"

"哪样？"

"吃了睡，睡了吃，还没良心。"

孟庆川笑了声："也不全是。"

叶梓看他一眼。

"你也这样。"

"哼！"

11月6日，多云。

离双十一还有几天，叶梓跟同事组了个猫猫战队，也把孟庆川拉了进去，没日没夜地玩。

他完全不懂那些花里胡哨的玩法，叶梓让他什么时候上线，他就什么时候上线，转发给他什么，他就要帮着助力。

晚上十一点多，叶梓拿过孟庆川的手机，又开始PK。

孟庆川不解："玩这个干吗？"

叶梓专注地盯着手机："能优惠啊！"

"多大的优惠？"

叶梓想了想："如果到双十一之前每天都赢的话，战队每个人应该可以分到四十块的优惠。"

"多少？"孟庆川以为自己听错了。

"四十啊。你四十，我四十，那就是八十。"叶梓认真道，"现在双十一套路太多，八十的优惠已经很难得了……"

"关机，睡觉！"孟庆川把叶梓扑倒，用被子给她裹了个严严实实。

自从两个人决定备孕之后，孟庆川就对他们两个人都高标准严要求。

两个人都提前去医院做了检查，健身、早睡，好好调理身体。从此孟庆川出去应酬，也有了个不喝酒的理由。

叶梓在被子里挣扎："你不要把四十块不当钱！"

孟庆川用胳膊和腿箍得她动弹不得："我给你四百，现在给我乖乖睡觉！"

叶梓哼了一声："你根本就不懂。"

"不懂什么？"

"你给我四百，那还是咱俩的钱，可这四十是我努力PK赚来的。蚊子腿也是肉，你根本就不懂薅羊毛的快乐。"

她还试图去摸手机，被孟庆川提前把手机抽走。

孟庆川翻了个身，双手各拿个手机，眉头紧锁。

她喊了句："你偷看我隐私！"

"乖乖睡觉！"

叶梓用胳膊支起半个身，想看孟庆川在看什么，发现他正在猫猫战队里PK呢。

叶梓嘿嘿笑了两声："你这还不是熬夜了？"

孟庆川无奈地说："那能怎么办？备孕也要保持心情愉快，我怕某些人没薅到羊毛，心情不好。"

12 月 31 日，小雪。

元旦假期前一晚，有跨年音乐会，孟庆川提前跟叶梓打过招呼，要十二点以后才能到家。

叶梓当时正在叶宸家，跟哥哥嫂子吃饭。

她本来是要跟孟庆川去听跨年音乐会的，正好陪他加班。

前几天叶宸忽然问她跨年要不要一起，她正好想问相蕊怀孕相关的问题，就答应了叶宸。

孟庆川在电话那头说："对不起，又不能陪你跨年了。"

叶梓哼了一声："反正已经欠我好多回了，习惯了。"

孟庆川笑笑："今年元旦不加班，我三天都在家，可以补上。"

他说这句话说得很认真。

叶梓知道他是什么意思，但自己亲哥就坐在对面，她也没法儿说孟庆川流氓。

"行了行了，我要接着吃饭了。"

"一会儿我结束后接你。"

"好。"

挂掉电话，相蕊说："别让庆川跑了，一会儿让你哥送你回去。"

叶梓摇头："不行，他要照顾你。"

相蕊的肚子已经很明显了，行动开始不是那么方便了。

相蕊笑笑："没事，他在眼前晃得我心烦，出去一小会儿，我在家能自在点儿。"

"给我留点儿面子……"叶宸无奈地转向叶梓，"激素影响。"

叶梓眨眨眼："激素影响这么大吗？"

叶宸点头："晚上都不让我跟她睡一个屋子，说我身上有奇怪的味道，影响她睡觉。"

"那你怎么办？"

"一开始担心她半夜有事我听不见，在主卧打地铺，可她还说闻我身上的味道难闻，现在在次卧睡，半夜起来一两次过来看看。"

相蕊眼一瞪："明明就是你太烦人，身上味道太大。"

叶宸笑了笑，转移了话题："你吃得差不多了，不能再吃了。"

这顿饭吃得挺温馨的，听叶宸说这句话，相蕊的情绪忽然有点儿低落。她放下筷子，开始抹眼泪。

叶宸抱了抱她。

不抱不要紧，一抱，相蕊哭得更凶了。

"睡也睡不好，吃也吃不好……"

哄了好一会儿才行。

吃完饭，叶梓帮着叶宸收拾完餐桌，两人在厨房里，叶梓低声问为什么要管相蕊吃饭。

叶宸说："她是妊娠糖尿病，要控制碳水摄入，只能吃粗粮，有不少东西都不能吃，每顿也不能吃太多。"

"她以前不是就不吃吗？"

印象中，相蕊身为舞蹈老师，在保持身材上一直很自律。

"以前是能吃，但她可以选择不吃，现在是不能吃。"

叶梓又问："可是吃不饱，孩子怎么吸收呢？"

"她一天吃好多顿，没饿着，只是她觉得委屈了。"叶宸把虾壳全放进垃圾袋，"没事，一阵一阵的，高兴的时候会特别高兴，难过的时候也是，激素会把情绪放大。"

叶梓叹了口气："如果我怀孕了，恐怕会把孟庆川逼疯吧。"

叶宸笑笑："算你有点儿自知之明。"

叶梓甩了叶宸一脸水。

叶宸问："今天问这么多，你们也在备孕了？"

叶梓点头："早就开始了。"

叶宸说："身体一定调养好，让庆川也别喝酒了。"

叶梓："知道。"

叶宸又问："钱够用吗？"

叶梓眉毛拧了拧："怎么问起这个了？"

叶宸说："我怎么说也是你娘家人。"

叶梓说："你还是把所有注意力都放在嫂子身上吧，我有老公疼。"

叶宸："没良心。"

兄妹拌完嘴，又看了会跨年晚会，孟庆川就来接叶梓了。

在车上，孟庆川问："怎么样？都了解了些什么？"

叶梓靠在座椅上："怀孕后激素会影响情绪，影响还挺大的，你做好准备，至于我……尽量控制吧。"

叶梓平时生理期身体就不大舒服，那几天总是蔫蔫的，孟庆川都知道。

他伸手摸她的脸："怀孕太辛苦了，你想做什么就做什么，想说什么就说什么，不用控制。"

叶梓朝他咧了咧嘴，反正她提前打过招呼了，到时候情绪来了可不关她的事，都是激素的"锅"！

过了会儿，她像想起什么似的，说："一会儿到家要不要测一测啊……这个月例假还没来。"

叶梓的生理期不大准，每个月都会推迟三天左右，她都习以为常了。

只是今天是推迟的第四天，还没有要来的迹象。

孟庆川眼睛一亮："有感觉了？"

叶梓笑他："就算怀孕了，也才几天，能有什么感觉？"

孟庆川不好意思地笑笑："你们女人不都有第六感……"

被他这么一说，叶梓好像还真有了点奇奇怪怪的感觉。

到了家里，她快速钻进卫生间。

孟庆川就在门口守着。

叶梓看着门缝下面晃动的人影，喊："你走开！你在外面我尿不出来。"

孟庆川委屈："我这不是想第一个知道消息嘛……"

叶梓郑重其事地拆开验孕棒。

两分钟后，卫生间门打开。

叶梓手里什么也没拿。

孟庆川猜到没中，便冲她笑笑："没关系，我们再努力努力。"

躺在床上，孟庆川知道叶梓心情不大好，便半压在她身上，慢慢吸她的舌尖，手也慢慢往下挪。

叶梓问："几点啦？"

孟庆川没看手机，继续吻她，含混不清地说："不知道。"

叶梓说："谁说的十二点前一定要睡觉？现在已经算熬夜了。"

孟庆川说他预感这次能怀上。

叶梓无奈："你这又是哪儿来的感觉？"

温暖的手掌正覆在她背后解扣，叶梓在孟庆川耳边说了句什么。

孟庆川起初不信，愣了两秒才看着叶梓。

刚才被挑起来的火还烧着，但他已经尽力克制，然后抱着叶梓。

叶梓感觉背后有东西抵着，吃吃地笑："辛苦你了。"

被扔在垃圾桶离得那根验孕棒，上面有两道杠。第二道杠特别浅，若隐若现。

这是怀了还是没怀？叶梓心里有点儿打鼓，又查了查手机，说是早上测准一点儿，才跟孟庆川说了实话。

这一晚两个人好像都睡得不踏实。

孟庆川睁眼时，叶梓正撑着脑袋，盯着他看。

看了眼手机，早上五点多。

孟庆川手搭在她腰上："新年快乐。"

"新年快乐。"叶梓眼睛亮晶晶的，睡衣前的扣子开了，露出锁骨和一小片皮肤。

她说："现在测？"

孟庆川起身："等我呢？"

叶梓点头。

孟庆川问："紧张吗？"

叶梓嘴硬："这有什么紧张的。"

孟庆川："要我陪吗？"

叶梓："不要！"

她笑着跳下床，又进了卫生间。

还说她呢，孟庆川自己都有些紧张。

他做了个深呼吸。

漫长的几分钟。

隔着门传来掩不住喜悦的声音，比平时高了八度："你猜猜中了没！"

孟庆川一愣，然后嘴角的笑再也下不来了。

1月3日，天气晴。

"你说，是哪天中的？"叶梓盯着那两条杠问。

孟庆川："双十一那天晚上？"

叶梓回想了下，那天晚上确实有点儿累，现在想还有点儿腰酸。

十一月十号晚，还有三个小时到双十一，孟庆川冲个澡出来，看见叶梓还在沙发上纹丝不动。

"我今晚要到十二点！不许说我熬夜！"叶梓先发制人。

孟庆川笑笑："我陪你。"

说好要守零点抢东西的，结果两个人守到床上去了。

叶梓仰面躺着，正上方是孟庆川悬着的脸。

他的双手撑在她头两侧，胳膊用了劲，肩膀和手臂的肌肉线条就格外好看。

叶梓用手了戳他的手臂："你怎么这么帅。"

孟庆川笑了下，亲她："犯什么花痴。"

两个人闹了会儿，叶梓在情潮中忽然回过神来，问了句："现在几点了？"

"九点二十。"孟庆川蹙眉，这个时候她怎么还有心思想时间。

一定是他不够努力。

"可千万别错过十二点了。"叶梓说，"我购物车里加了好多东西，都是要拼手速的那种。猫猫战队 PK 了这么多天，我可不想功亏一篑。"

叶梓购物车里不过是些洗衣液、纸巾之类的日常用品，但都是她精确计算过的，过了那个时间点，就没有那么划算了。

"十二点？"孟庆川哼笑了一声，"就怕你撑不到那时候。"

叶梓的嘴不甘示弱："我还怕某人没办法那么久呢。"

"想要久的？"他毫无预兆地加力加速。

"也不是……"叶梓尖叫一声，"我错了，我错了！"

那天晚上，叶梓为她的嘴硬付出了代价。

不知道第几回，她被孟庆川从被褥间捞起来，浑身软绵绵的，无力地靠在他身上。

孟庆川明知故问："怎么了，不舒服？"

"腰特别酸。"叶梓把脸埋在被子里。

孟庆川假正经："肯定是你平时上班久坐，要多起来活动活动。"

叶梓抬头，那双圆眼睛正带着怒意看他。

"烦人！"叶梓捶他，拳头落下来被他握住。

孟庆川轻轻亲她："还嘴硬不？"

叶梓"喊"了一声，换了个话题："十二点了吗？"

正好十一点五十六分。

叶梓笑了声："你还挺会把握时间。"

也不知道是夸他还是损他。

孟庆川那天晚上格外记仇，十二点一过，叶梓刚付款，就被孟庆川压住。

"还要来？"叶梓无力地喊，"我不要熬夜，我要睡觉。"

孟庆川努力把第三场进行到了深夜一点。

管他呢，反正已经这会儿了。

叶梓被他弄得腿酸，说："今天运动量这么大，应该能怀上吧……"

元旦假期过后，叶梓去医院做了怀孕以来第一次检查，孟庆川一路陪着她。

来之前两个人都不知道要做什么，表情一路凝重。抽了血，做了 B 超，一切正常。两个人的表情才舒展了一些。

检查前，两个人把网上的帖子几乎翻了个遍，最终还是决定在公立医院生。

去的是一家省级的妇幼保健院，离他们新家不远，将来检查也方便。

医院里有不少孕妇，大都显怀了，叶梓眼睛全都在这些准妈妈身上，自己的小腹还是平平坦坦的呢。

看得多了，她也不知不觉地把一只手撑在后腰上。

孟庆川看她这样，说："腰难受？你在这儿等着，我去开车。"

她笑笑："好着呢，提前适应一下孕妈的感觉。"

孟庆川被他逗笑："那我是不是也要提前适应一下当爸爸的感觉。"

两个人牵着手往停车场走，叶梓问："要告诉你爸妈吗？"

他们提前约定好，去医院检查前，先不跟家里说。

孟庆川说："要啊，这是好事。"

叶梓想了想："不是说三个月才能说吗？"

孟庆川："自己家人，应该没什么吧。"

叶梓："我听说，三个月胎像稳固了，再说比较保险。"

孟庆川问："听谁说的？"

叶梓一本正经地说："《甄嬛传》。"

孟庆川："……"

4 月 7 日，雨。

华哥特许叶梓可以在家办公，处理合同和款项的时候去公司就好。叶梓觉得不好意思，不想一个人搞特殊，工作日都坚持到岗。

那时她身体没有任何异常，她还跟孟庆川炫耀说自己的竟然一点儿孕期反应都没有。

牛吹得越响，打脸来得就有多快。

三月一过，她就开始孕吐了，恶心得厉害，跟一日三餐似的，准时准点地吐。

孟庆川抽出很多时间陪她，虽然心理上有不少安慰，但身体还是难受。

她整日没什么力气，干脆买了个小板凳，就守在马桶前。

孟庆川看着她单薄的背影，心疼坏了。

暖气停了，又倒春寒，家里有点儿冷。

叶梓裹着珊瑚绒睡衣，又加盖着被子，呆坐在沙发上伤春悲秋。

真是没一件事顺心的。

每天吐的比吃的还多，又饿又吃不下，她委屈到不行，眼泪扑簌簌地掉。

孟庆川基本下班后就直接奔回家。

打开门一看，叶梓眼泪汪汪地坐着呢。

"怎么了这是？"孟庆川过来抱住她。

他靠近的一瞬间，叶梓突然泛起一阵强烈的反胃的感觉，她本能地推开孟庆川。

原来相蕊说的是真的。

她这么快就到了受不了老公气味的阶段了！

她抬头看孟庆川，他脸上先是不可思议，然后露出跟大狗狗一样委屈的表情。

她还来不及解释，先冲到卫生间呕了一阵。

孟庆川追过来，在她背上轻拍着，一下一下。

她不吐了，轻拍又变成了轻抚。

他可真好。

这么好的老公，没法儿晚上抱着睡，想到这里，眼泪花又冒了出来。

主卧有个沙发，孟庆川晚上就睡在那个沙发上。

叶梓心疼他，叫他来床上一起睡，可挨到一起又难受，循环往复几次，他们都放弃了。

孟庆川在沙发上睡了大半个月，叶梓毫无征兆地好了。

两个人重新抱在一起睡的时候，叶梓双腿紧紧缠在他身上，深吸了一口气。

孟庆川躺在久违的床上，觉得浑身都特别舒展。

叶梓像个考拉似的扒着他，问："你知道这些天，我都在想什么吗？"

"什么？"

"吐得太难受了，我都有点儿后悔怀孕了。"

孟庆川用手指磨她的脸："现在还后悔吗？"

叶梓摇头，蹭在他臂弯里："不后悔了。还好是你，跟别人我肯定不愿意。"

说得他有点儿想哭。

抱在一起，两个人都长长出了口气，总算把第一阶段熬过去了。

没过多久，第二阶段的起伏又来了。

闲暇时，叶梓热衷于在网上看一些孕妈分享的帖子。

一开始，她还兴致勃勃地跟着孕妈买这个买那个，孟庆川看她情绪好了，也放下心来。

可随着肚子一天天变大，叶梓忽然开始恐惧。

到十五周时，宝宝的B超结果突然不大好，医生让查染色体，做羊水穿刺。

叶梓听到这四个字都差点儿昏过去。

抽血做术前检查时，她把孟庆川的手抠出一排深深的印子。

孟庆川抱着她，任她使劲儿，毕竟除了这个，他也帮不上别的忙。

尽管最后检查结果是好的，叶梓还是陷入了担心中。

经历了这次担惊受怕，她一心只想"卸货"。

番外六 平凡的浪漫

“为什么我们重要日子都是秋天？”在去医院的路上，叶梓问。

接近预产期，叶梓突然见红，两个人赶紧套上外套就往医院跑。

待产包早就准备好了，孟庆川一直放在车里。

“我从北京回来遇见你那天是秋天，我们婚礼也是秋天。”

孟庆川开车，心里有些焦灼，还是回了老婆的话：“谁说的，春夏秋冬都有。”

“是吗？说说看。”

“我们小时候第一次见面是在春天，我们一起回渭城接近夏天了，秋天重新遇见，冬天……有了小宝宝。”

叶梓低头沉思：“也是哦……什么小时候，第一次见面我是挺小的，你已经十八了，真不要脸。”

孟庆川笑了笑。

叶梓说：“本来我还想给宝宝小名叫秋秋呢，你这么一说，我不知道叫什么好了。”

“秋秋？”

“好听吗？”

“好听。”

叶梓满意地笑笑，看着窗外开始哼歌。她好像特别紧张，只能用多说话和哼歌来缓解。

她忽然转头看孟庆川：“你紧张吗？”

孟庆川说实话：“紧张。”

“这种感觉有点像见网友。”

孟庆川被她新奇的比喻逗笑，问：“见到网友第一面想说什么？”

“先揍一顿再说。”叶梓噘嘴，“谁让这个‘网友’害得我这么辛苦。”

到了医院，虚惊一场。

医生让先回家，有情况再来。

两天后，之前的流程又来一遍。

同样的车，同样的路，叶梓又问了同样的问题：“你紧张吗？”

孟庆川恍惚，以为时间倒流。

叶梓想起来这题问过，换了个题：“你觉得我有变丑吗？”

孟庆川想都没想：“没有。”

叶梓手长腿长，怀孕身材也没走形，看她身形，倒有几分超模辣妈的感觉。

"那有变傻吗？"

孟庆川想了想。

叶梓看他还真在认真思考，垮下脸："刚才那题都没思考，这题怎么想这么久。"

"……变可爱了。"

叶梓吸了口冷气，有这么骂人的嘛！

到了医院，顺利入院。

已经开始宫缩了，只是频率没那么高，疼痛的感觉也还能忍受。

叶梓又假装激动来缓解紧张："今晚就要跟'网友'见面了。"

"没那么快。"医生无情地说。

"那无痛什么时候能打？"

"还早。"

叶梓一腔热血被浇灭。

一会儿更疼了怎么办？她怕她忍不到那时候。

孟子良和戴芳在赶来的路上，老两口激动难耐，早就擅自买了一堆婴儿用品，被孟庆川说了几句，让他俩别擅自做主，一切都以他和叶梓为主。

老两口也不生气，照样喜滋滋的。

越来越疼。

叶梓听说多走动有助于宫颈口扩张，让孟庆川挽着她在楼道里散步。

"梁燕生我的时候也经历了这些吗？"她舒展开五官，发觉脸上发酸发痛，原来刚才那么用力。

"可能吧。"孟庆川以为勾起了她的伤心事，便尽量轻描淡写地回答。

"这么疼，她怎么舍得把我送出去的？"

孟庆川无言以对。

叶梓说："我听说高个子比较好生。"

孟庆川："我们的宝宝出生肯定很顺利。"

叶梓："你要陪产吗？"

孟庆川："刚才护士不都问过了，当然要。"

叶梓耷拉着眼："我怕你被吓到。"

孟庆川："不会的，我要一直陪着你。"

叶梓已经顾不上为这句话感动了，疼痛几乎让她失去了处理语言的能力。

孟庆川叫来护士，护士检查完，语调上扬："可以进产房了。"

稀里糊涂被推进产房，过了会儿，叶梓看见孟庆川换了无菌衣，戴着口罩和帽子进来了。

从头到脚都是蓝色的。

"你怎么成小蓝人了。"

孟庆川心疼地看她："什么时候了还有心思开玩笑。"

叶梓眼神空洞地躺着，肉眼可见地紧张。

只有几米的距离，他特别想握着叶梓的手。

医生不让他靠得太近，但看着叶梓可怜的样子，他只能跟着干着急。

原本以为一两个小时就会结束的生产过程，四个小时才结束。

看叶梓一遍一遍使不上劲儿，孟庆川眼泪都要下来了。

一向犯倔的叶梓，特别听医生的话，没侧切也没撕裂，孩子出来后，浑身一点儿力气都没了，整个人几乎被汗水洗过一遍。

是个女孩儿。还好如他们所愿。

医生清理完宝宝，叫孟庆川进去。

"你哭什么。"叶梓想抬手摸他的脸，却发现连手都抬不起来。

孟庆川泪流满面，心疼坏了。

叶梓看着孟庆川哭得一塌糊涂，帅哥也放弃表情管理了。

"我们有女儿了。"

叶梓犟嘴："我比你先知道。"

"还这么倔。"

"你不去看看你宝贝女儿？"

孟庆川握着她的手，说："先看宝贝，再看女儿。"

身后的护士笑了两声。

孟庆川才不觉得脸红，又问："疼吗？"

"疼，不过现在好多了。"她低头看了眼，"我以为生完肚子立刻就会下去呢，怎么还这么大……"

"老婆，我好爱你。"

"我现在不太爱你。"实在是太疼了。

"以后孩子我来带，你好好休息。"

"好吧，对你的爱回来一点点儿。"

孟庆川眼睛潮潮的："说到做到。"

刚出生的小婴儿被放在叶梓身边。

孟庆川的手裹着她的手，小宝宝的手自己松松攥了个拳头。

突然多了个小婴儿，孟庆川还不能完全适应，他觉得神奇。

他悬在小婴儿上空，以上帝视角打量着这个粉嘟嘟的小东西。第一眼看，是有点儿丑，还有点儿雌雄难辨。

戴芳说，小孩儿出生时都这样，而且别的小孩儿出生时都是红通通的，小秋秋通体粉粉的，将来肯定长得特别白。

小秋秋？孟庆川一时没反应过来。

"你们不是给起的小名儿叫秋秋吗？"

孟庆川一拍脑袋，精神高度紧张了，这茬完全忘了。

对，是定了小名叫秋秋来着。

戴芳还念叨，秋秋遗传了叶梓的白皮肤，身高肯定也能遗传，以后肯定是个长腿美女……孟庆川愤愤，我个子也不低，秋秋以后个子高，也有我的功劳。

戴芳笑他计较，他有点儿不好意思，转而又去看女儿，看着看着，便越看越顺眼。

他也有女儿了……这感觉好奇妙。

这一看，时间像被偷走似的，嗖地就溜走了。再起身时，他甚至有些腰酸背痛。

叶梓笑他，说他已经半个小时没变姿势了。

"有这么久？"孟庆川不大信，可看窗外，确实天已经擦黑。

"哼，果然有了女儿，就不在意我了。"

孟庆川扭了扭脖子，过去抱她："在意的。"

"算啦。"叶梓一摆手，"小婴儿本来就应该得到全部人的爱。"

刚出生就有这么多人围着她团团转，是件多幸福的事。

女儿刚被放到他们身边时，孟庆川拍了张一家三口的拳头照，叶梓一直记着，催促他发过来。无奈事情太多，来来回回打转，转眼就忘了。

他们原本的计划是，叶梓在月子中心住二十多天，之后回家，戴芳和月嫂一起帮忙。

月嫂是戴芳之前联系好的，面试了好几个最终才定下来的。可孩子生出来了，月嫂那边却说，要晚两天下户。

现在找新人又来不及，戴芳急得满嘴泡，又不敢让叶梓知道，她叫孟庆川出来，跟儿子商量。

叶梓不知道发生了什么，现在最悠闲的人是她，小婴儿一直有人照顾，她可以暂时当甩手掌柜。

眼看着孟庆川又要出去，她跟他要手机。孟庆川对她没有防备，顺手就把手机扔下了。

她迅速翻到那张一家三口的合影，传给了自己。

叶梓以前尤其看不得别人发晒孩子晒老公的朋友圈。

可能出于一种天然的疏离感，她对任何亲密关系都挺冷淡的。

她不懂，一个男人一个孩子而已，有什么好广而告之的。她觉得，自己就算有了孩子，也不会咔咔咔对脸拍照、在朋友圈秀个不停。不对，她根本没想过自己会有孩子。

在她眼里，孟庆川也是，好歹是搞艺术的人，那些俗气的朋友圈他应该也不会发。

结果现在，她就打脸了。

那张照片，她越看越喜欢，孟庆川修长的手握着她的手，秋秋的手攥着小拳头，温馨极了。

孟庆川回来时，她正捧着手机，嘴角上扬。

"干吗呢？"他凑过来看。

叶梓把手机屏幕翻过来，一张带着梦幻泡泡和粉色边框的照片出现在眼前。

孟庆川没忍住笑了。

这张充满温情的照片，她恨不得把所有少女滤镜都叠加上去。

"会不会有点儿太过了？"叶梓自我怀疑了一下。

孟庆川摸摸她的脸："不会。"

两人说了一会儿话，她才想起来："妈刚才叫你干吗？"

孟庆川不想影响她心情，说是没事。

"是吗，我看她还挺急的。"

孟庆川反问："她什么时候不急？"月嫂只是晚来两天，她都要焦虑。

叶梓点点头："也是。"

叶梓快生的时候，戴芳就成宿成宿地睡不着觉，孟子良无奈，让她消停点儿，说每次产检都正常，不会有什么大问题。戴芳反而发火，说你们男人没生过孩子，乐观倒是挺有一套。

或许是职业病，戴芳总是有操不完的心，之前买了婴儿用品，被孟庆川说了，结果她不改，照样往家里买，专挑贵的买。

孟庆川回家属院的家里取东西时，发现家里多了个尿布台。

他哭笑不得地问戴芳："买那个东西干吗？"

"小孩儿需要啊！"戴芳看他仿佛看傻子。

"我俩已经买了，您怎么又买一个。"

"那小秋秋来外公外婆家里，怎么换尿布？"戴芳质问他。

孟庆川无奈，只能随了她去。

她这样乐意操心，乐意帮忙，总好过不闻不问。他这几天忙昏了头时会暗自庆幸，还好在结婚时把那些误会都撕了个干净。

孟庆川进进出出打了几个电话，最后沟通的结果是，让叶梓在月子中心多住两天，等月嫂到岗再一起回家。

尘埃落定的结果终于让戴芳平静下来，结果没多久，她又开始操心另一件事——秋秋的大名。

搞出生证明，上户口，都是要用大名的。小名没通知她就定了，大名她想参与参与。她眼皮一抬，落到儿子的身上，他已经靠着沙发睡着了。

戴芳自己拿着手机查了查字，列了几个名字出来。

孟予微，孟楚晗，孟梓沐……

旁边传来一阵急匆匆的脚步声，隔壁病房的产妇被推回来。

孟庆川被惊醒，醒来时，戴芳正跟叶梓拿着一张纸讨论。

他揉揉眼睛，也过去凑热闹，凑近一看，纸上写了七八个名字。

他越看越皱眉："这些……"

戴芳兴致勃勃地介绍每个名字的含义。

"有喜欢的吗？"

孟庆川噎住，他原本是想和叶梓一起定宝宝的大名的，结果戴芳抢先全权代理了。

"这个……"

"都不喜欢？"戴芳问。

"秋秋的大名，还是我们俩来定吧。"他说，"你回去休息休息吧，我爸都没人管了。"

"他好好一个大活人，需要我管什么。"

戴芳脸上闪现失望的神情，但儿子的话不无道理，她把手中的纸对折了一下，准备起身。她本以为孟庆川会服软安慰一下她，没想到他什么都没说。

戴芳离开后，叶梓问孟庆川："妈应该生气了吧。"

"没事，她就气一会儿。"宝宝的名字必须他们来起，"她刚列出来的名字里，我没有很喜欢的。"

本来听说戴芳在给小孩儿起名字，他还隐隐有些期待，结果人年龄一大，也开始被网络蛊惑，起的名儿一个比一个"网红"。

"显得你好没良心。"

他现在这个时间段，只能顾得了媳妇儿。

他揉她的头发："你有想好的字吗？"

"现在就定？"

"不是，就是问问。"他让她躺好，"本来想叫孟听雨或者孟秋雨的。"

"为什么呀？"

孟庆川说，因为他们遇见的那天，下了很大的雨。他听着窗外的雨声，心想到底是什么人会在雨天来拿琴。

然后那个雨天，就成了他们缘分的开始。

"那就叫听雨吧。"

跟小名关联还挺大的。

就这么平平常常地定下名字，她还有点儿不适应。

叶梓看孟庆川实在疲惫，没有再说什么，只是心里反复默念着孟听雨、孟听雨，念多了，觉得真好听，再想想里面的含义，心里又一股暖流。

孟庆川回家去给她拿饭，她发了条朋友圈，附文"听雨小朋友，你好呀"，把老公和小孩儿秀了个遍。

过了会儿，她刷到一条孟庆川刚发的朋友圈。

他直接用了她叠满滤镜的那张照片，也没说什么惊天动地的话，没用什么华丽造作的辞藻，反而是用了"感谢老婆""老婆辛苦了"这句话。

她跟着点了个赞，眼眶热热的，这样俗套的浪漫她也感动，这样平凡的幸福她也愿意。

她的家，现在幸幸福福，美美满满。

1. 普通剧本

徐茜是个小城姑娘。

她在一个四线城市的普通家庭长大，父亲是国企职工，母亲是全职太太，偶尔去小姨店里帮忙，赚点儿零花钱。

徐茜家里不算富裕，但从小也没亏待过她，从小想要的东西，父母基本都会满足。跟城市里的大多数工薪家庭一样，家里很早就分了一套两居室的房子，正好够一家三口住，每年父母也会带她去国内其他城市旅游。

在这样的家庭里，孩子一般会去临近的省会城市上大学，毕业后考个家乡体制内的工作，结婚生子，过着安稳的生活。

无论是外表还是性格，徐茜都是标准的乖乖女，长得温婉周正，身材匀称，化妆打扮一番也清清爽爽。在学校的时候成绩优秀，是那种学习和生活都从不让父母操心的乖孩子。

徐父徐母是典型的中国式父母，即使女儿已经足够乖、足够优秀，他们还是会下意识地去控制她。

徐茜的青春期过得特别寡淡，只有学习和考试。

初中时，她因为心情不好把自己锁在房间，父亲就直接拆掉了她房间的门锁，从此次她的房门再也关不上。高中时，有次母亲接她放学，看她跟班里一个男生一起有说有笑地走出来，当天就打电话给班主任换了座位。事后同桌不再跟她说话，弄得她特别尴尬。

在敏感的年纪，这种事，徐父徐母做了很多次，数都数不清。

这样的事，在父母眼中再普通不过。可这些伤害小孩儿的小事一点点儿累积，在徐茜心里积压了许多不能言说的情绪。

徐茜有一个小本子，每被父亲说一次，她就会在那个小本上画一杠，最后组成一个"正"字，从小到大，她已经几乎写满了一个本子。

徐茜内心是有些叛逆的，但从不表露。

如果问她，是否恨父母，她的答案一定是否定。她知道父母已经尽自己所能，给了她不错的生活，他们非常爱她，只是他们已经把她视作生活的重心，在用他们自己的方式爱她。

于是，她决定逃离。

她不想再过被父母掌控一切的生活。高中毕业后，徐茜不顾父母的意见，把所有志愿都填在了遥远的北京。

父母短暂地埋怨了她一段时间，然后理所当然地跟她聊起毕业后回家的安排。

大学生活像是给她打开了一道新世界的门。

这是她人生第一次独立生活，这种感觉特别新奇。

在大学里，她接触到了完全不一样的人和事物。好的坏的都扑面而来，她有过迷失自我的时间段。

徐茜的大学室友是个特别漂亮的女生，出手也阔绰，一身衣服就上万，有时还开车来上课，室友还有个同样有钱又帅的男朋友。

这让从小感觉良好的徐茜受到了冲击。

有段时间，她也陷入那种对物质的渴求中。父母给的生活费，全用来买化妆品和衣服，甚至还用奖学金买了个入门级的奢侈品包包。只是挪用了生活费，就会有很长的时间过得紧巴巴的。

她也开始向往爱情。

大学里成双成对的男女很多，她也幻想，为什么不能多她一个。

想什么就来什么。

大二时，有个男生喜欢上了她。

男生跟她同一学院，但不是同专业。在上学院内统一的公共课时，男生开始注意这个总是坐在窗边的女生。

男生找同学要了她的手机号，嘘寒问暖了一个月，她有点儿心动。男生又跟她在公共课上同桌了一个月，她觉得也许在一起也很好。

第三个月，男生买了一大束花，用蜡烛摆了心形，在她宿舍楼下表白，路过的很多同学都看到了，在一旁帮着起哄。

徐茜有些不知所措，半推半就着答应了对方。

在一起之后，徐茜才发觉谈恋爱并没有想象中那么开心。

某天晚上，两个人看完电影，两个人手拉手走在路上时，男生提议不要回宿舍了，在外面住。

徐茜当然清楚这意味着什么，她没答应，也没拒绝，只是不说话了。

男生察觉出她的情绪，问她怎么了。

她问："我觉得我们的恋爱有些程式化。"

男生一挑眉毛："什么意思？"

徐茜仰头看着他："就是……你好像不是真的喜欢我，只是想要个女朋友而已。"

男生笑："我喜欢你的啊。"

徐茜盯着他，问："那我今晚不跟你去酒店，你会生气吗？"

男生挠挠脖子，似笑非笑地说："谈个恋爱，你怎么能扯出这么多来，大家不都这样吗？"

徐茜摇摇头："可是我不想这样。"

过了两天，徐茜想清楚之后，想约男生出来说分手，才发现自己已经被对方拉黑。

她的第一段恋爱，连正式的分手都没说，就结束了。

没过多久，她又看到男生在宿舍楼下等别人。

回想起来，那段恋爱经历几乎没什么记忆点，而从来没经历过的她当时竟然感动得一塌糊涂。

她不懂，为什么她的人生剧本总是这么俗套，一点儿新意也没有。

后来，室友不断地换新手机、买化妆品，却从来没有拮据的时候。室友也换了个男朋友，依旧是又高又帅又有钱。

直到有一次，她跟室友去逛街，顺路回家拿东西，才发现室友家住在一个别墅小区。

忽然间，她就释然了。她认识再多大牌，都不会真正属于她。

即使人生剧本俗套，她也想凭借自己的努力，扭转后面的剧情走向。

徐茜没有听父母的建议，大四时，她在校招中被一个互联网大厂看中，一进去就有很高的薪水。

她想在北京安定下来，即使工资很高，她仍省吃俭用，跟四个陌生人合租在一套房子里。

工作第二年，她涨薪了，年终奖也很可观，她准备换套整租的房子。

她想看一居室，却稀里糊涂地被中介带到一套小两居里。

那是个老小区，小区环境不大好，房子里装修老旧。最主要的是，房子里已经住了个女孩儿，而她住隔断房有了阴影，不想跟人合租。

中介再三劝说，说她的预算租一居室不够，附近也没有房源，两个人合租还是可以考虑的。

当时合租的女孩儿正好回来，个子很高，中介跟她打招呼，想问问她住这房子的感受。她淡淡地回应了一声就进了房间，徐茜听见她从里面反锁房间门的声音。

中介尴尬地笑了笑，小声说："她性格有点儿怪，但人挺爽快的，没有那么多事，做室友其实挺合适的。你们上班族平时都忙，在外面租房，不就图个省事么。"

后来又看了几套房，不是价格不合适，就是室友是男生。

兜兜转转，徐茜又回来，租下了这套小二居里的主卧。

徐茜搬进来时，女孩儿没有出来跟她打招呼，连面子工作都懒得做。

住了半个月，徐茜想起来，她还不知道水电费和网费怎么交，去敲新室友的门，却得不到任何回应。

虽然大城市人情味没有那么浓，但她的新室友真的是她接触过的，最冷漠孤僻的人。

几次试图沟通，徐茜有点儿受挫。

最后，她还是从中介那里知道女孩儿叫叶梓，比她小两岁。

她跟中介说好，她先住下，有合适的房子就要立刻搬走。

就在她们做室友的第三个月，徐茜有天下班晚，被马路边的小流氓言语调戏。

徐茜不知如何应对，心都要跳出来了，只得快步往回走。小流氓看她胆小，甚至准备跟着她进小区。

她远远看见叶梓拎着一袋垃圾出来。

叶梓不知是不是看见了她，突然朝这边走过来。

叶梓皱了皱眉，飞起一脚，踹在小流氓裆下，小流氓惨叫了一声，引起了正在跟别人聊天的门卫的注意，门卫大叔喊了几声，把小流氓赶走。

徐茜惊诧于叶梓的这股狠劲。

她别扭地跟叶梓道了谢，叶梓笑笑，说自己也是莽撞，万一碰到个能打的，她这一脚根本顶不了事。

叶梓从上到下打量她："你下班这么晚吗？"

这是徐茜住进来后，她们第一次讲话。

"嗯，经常要九点才下班。"徐茜反问，"你不知道？"

叶梓摇头："我都是十二点后下班。有时候早下班了，回来还是要加班。"

从那天起，徐茜才知道，她以为叶梓在家从不理她，都是误会。

叶梓的工作很忙，经常在她睡着后才到家，周末也会早早出门去兼职。

她觉得，叶梓好像也不是个难相处的人，于是再没有搬走的想法。

她对叶梓充满了好奇。

比如，叶梓很有分寸感，即使客厅时公用的，客厅也见不到任何她的东西。

比如，叶梓很好看，不像是没有桃花的样子，可她没有社交，也不谈恋爱。

比如，她说自己是安城人，可她从没提过自己的家人，春节也不曾回过安城，好像了无牵挂。

徐茜猜想，叶梓也许是个身世坎坷的女孩儿，便生出些心疼来，逢年过节从家里回北京，总会给叶梓多带一份。

久而久之，徐茜成了叶梓在北京唯一的朋友。

两个人一起住了两年，徐茜因为工作调动要去安城外派一年多，叶梓被裁员，她也在那时候选择离开，回到安城。

在安城，他们又租了一套二居室，一人一间，继续做室友。

2. 迟来的青春期

自从她们来到安城，好像一切都开始颠覆。

第一天，就有两个男人送叶梓回来，开了辆 Q7。那两个男人无论是穿衣打扮还是言谈举止，都颇讲究，俨然有钱公子的样子。叶梓似乎跟他们相识，但好像完全不把他们当回事。

开 Q7 的那位有些高冷，脸上始终没什么表情，也没说几句话。

另外一位很热情，一头小卷毛，却很清爽，五官英俊，又带着些少年气。乍一看，还有几分像年轻时的柏原崇。

徐茜的眼睛停留在"柏原崇"身上，直到他开口问她："你是小叶子的室友？"

徐茜回过神来，发觉他是在跟自己说话，木木地点点头。

她抬头看他，发现他眉眼放松，很随意地靠在车上。

"柏原崇"挺自来熟，接着问："你多大？"

"二、二十六岁。"

"比小叶子大两岁。"他笑笑，又补了句，"比我小两岁。"

徐茜也跟着笑了笑。

他就是有这样的本事，一个眼神，一个笑意，就能让人神魂颠倒。

临走前，"柏原崇"朝小区里瞅了一眼，拍拍她的肩，叮嘱道："这种老小区人比较杂，你们两个女孩子住一起，一定要格外小心。"

徐茜肩头一热。

她抬头，又短暂迷失在他深情的双眼里。

她听话地点点头。

回到家，徐茜有些失神。

"柏原崇"那张英俊的脸又出现在她脑中。

他好像天生就是这样热情、多情，颇有浪子和艺术家结合的气质，又不高高在上，特别体贴温柔。

徐茜看着叶梓在屋里来回穿梭的身影，心里积压了一堆问题。

最后，她终于忍不住问叶梓他是谁。

叶梓也没隐瞒，说"柏原崇"叫王永璞，他们只是年少时候认识，不算太熟。

王永璞像一颗耀眼的流星，在徐茜波澜不惊的生活中闪现，激起她心底隐秘的感情。

第二次见王永璞，叶梓依旧在场。

王永璞送叶梓回家，正好在小区门口碰到徐茜下班。

王永璞久不扎在这烟火堆里，就念着夜市这一口，便非要跟两个女孩儿一起吃消夜。

徐茜半推半就着，和王永璞坐在了同一张桌子上。

叶梓埋头吃自己的，王永璞怕冷落了徐茜，便主动递餐具、找话题聊。

他做事从来周到，不会让别人感到不舒服或尴尬。

他问徐茜："你跟小叶子怎么认识的？"

徐茜认真答："在北京认识的，合租。"

王永璞又问："那你怎么也来安城了呢？"

"公司外派过来了，过来支援项目。"

王永璞"嗯"了一声："忙完还要回北京，对吧？"

徐茜点头。

王永璞露出标志笑容："那咱们能碰见，也算是缘分，走一个？"

他举着手里的汽水瓶。

她看了眼叶梓，叶梓无动于衷。

她犹豫地摸了摸自己面前的玻璃瓶。

王永璞开玩笑："小叶子什么都好，就是挺倔，是吧？"

徐茜说："她很好的。"

王永璞勾着嘴角，冲她眨眼，示意要跟她碰杯。

玻璃瓶碰撞在一起，发出清脆的声响。徐茜一声不吭地吸着橙色液体，脸颊有点儿烫。

那顿饭吃完，王永璞算是在徐茜脑子里住下了。

她很清楚，他那样的男人，跟她根本不是一个世界的。跟她聊天时，他轻松而自然，一看就是他擅长的、信手拈来的。也许他面对任何一个女孩儿都是这样。

她猜，他喜欢的女人，要么是绝世美人，要么风情万种，反正……不会是她这样的。

从学生转变为职场人的那几年事也有人向她表达过好感，她也试着跟那些人约会，可最后都无疾而终。

在很多个深夜里，徐茜会想起大学里那段短暂的恋爱，也会想起那些约会过的男生。

他们跟她一样，普通家庭，普通长相，普通工作。

她开始怀疑，爱情这东西，是不是就像她曾经想踮脚够过的奢侈品，有人唾手可得应接不暇，而她从来不会真的拥有。

那时候，徐茜特别羡慕叶梓。

叶梓有种什么都不在乎的洒脱，也一点儿都不虚荣。两个这样绝的男人为她鞍前马后，她却连好脸色都不给他们。

对比起她的那些小心思，显得平庸又俗气。

一颗暗恋的种子在徐茜心里悄悄发芽。她像个青春期的女生，心里有了喜欢的人，做事也开始小心翼翼。

她会有意无意地打听一些事，只要她问，叶梓基本都会如实说。

一段时间下来，她对王永璞也有了一些了解。

王永璞从前是安城交响乐团的第一小提琴，现在开了家少儿音乐学校。他从小就话多，爱开玩笑，只要有他在，场子就不会冷下来。还有，他前女友好像有点儿多。

得知王永璞的学校在音乐学院附近后，徐茜做了件特别傻的事。

她开始护肤、化妆，在穿衣打扮上花心思。每天下班后，她会在音乐学

院下车，从那段路上走过，希望能偶遇王永璞。

只是她不知道，那段时间王永璞的音乐学校在装修，他本人十天半个月才来一次。

从秋到冬，徐茜从那条街上经过那么多次，一次都没碰到过王永璞。

一个初冬的晚上，徐茜最后一次站在泰格少儿音乐学校门前，久久驻足，直到里面一个工作人员出来锁了门。

也许他们两个本来就没有缘分。

3. 不速之客

从那天起，徐茜努力让自己忘记王永璞。

徐茜在的项目组里有八个人，七个都是分公司的员工，只有她是北京总部外派过来的。

有次加班间隙，跟同事一起聊天时，徐茜才得知八个人里只有她是单身。其他人要么已婚，要么准备结婚。

"你也要结婚了？"徐茜惊呼，盯着自己的毛头小子搭档，"你才多大？"

搭档笑了笑："二十三，上周刚订婚。"

徐茜轻轻叹了口气："是我拖大家后腿了。"

徐茜的领导是个四十多岁的中年男人，技术出身。

他说："安城不像北京，压力没那么大，大家基本早早就稳定下来了。咱们公司基本都是内部消化，你要不要也考虑考虑？"

徐茜委婉地表示拒绝，但架不住领导热情，第二天就有人来加她的微信。

对方上来就自我介绍，他叫蒋骁，是财务部的同事。徐茜平时跟财务很少打交道，也不认识对方。

工作间隙聊了几句，对方直接邀请她晚上一起吃饭。

她正琢磨着要怎么回，领导忽然飘到她身后，询问情况。

徐茜干笑了几声，只得答应了对方。

下班后，徐茜和蒋骁面对面坐在公司附近一家粤菜馆。蒋骁边询问徐茜的意见，一边点菜。

"你们女孩子是不是晚上不太吃油腻的？点个白灼菜心怎么样？"

徐茜却显得有点心不在焉，蒋骁又问了她一遍，她才说"可以"。

他们坐的位置挨着半人高的隔断，隔断另一边的桌上，王永璞正在跟人谈事情。

她处心积虑地制造偶遇，一次都没成功过，随意走进一家馆子，他却正正好坐在那里。

那天他穿得比较正式，没了之前的少年气，散发着成熟男人的魅力。

徐茜的心怦怦乱跳。

去掉隔断，他们就是并肩而坐的距离。她听得清王永璞说的每句话，他依旧那么健谈、那么风趣，从对古典乐的理解，聊到对音乐教育的看法。

那些话题徐茜不大懂，但她仍旧沉醉在他的声音里。她认识的任何同年龄段的男人，都不如他有魅力。

耳根子红得爬上了脸颊。

过了一会儿，她才发觉自己在瞎紧张。旁边的王永璞，压根儿就没看见她。

也许他根本不记得她了。

蒋骁关心她："你脸色不太好，不舒服？"

她摇头，轻声说："没有。"

蒋骁就是来相亲的，点完菜后，便直奔主题，问徐茜家在哪里，有没有兄弟姐妹，父母做什么工作。

听徐茜说自己母亲是全职太太，他轻轻皱了皱眉，问："那就是……你妈妈没有养老保险，对吧？"

徐茜："她应该有自己交吧，我不清楚。"

蒋骁说："我家就我一个，父母养老和医疗都有，将来应该不会造成太大负担。你家的情况，比我想象中差点儿，不过这不算太大的问题，我勉强可以接受。"

徐茜扯了扯嘴角。

蒋骁又问："你外派结束后，还要回北京吗？"

徐茜点头。

蒋骁："那你有没有想过未来？"

徐茜直视着他，身体往后靠了靠："你想表达的是……"

他们还没开始，谈什么未来？

蒋骁笑笑："无意冒犯，只是觉得你一个女孩子，恐怕会很辛苦。我之前也在北京，我家离安城不远，我主动申请调动的。北京压力太大，想要留下来比较难，在这边后我买了房子、车子，生活会舒服一些。"

徐茜说："我很喜欢北京，北京让我有找回自己的感觉。"

蒋骁歪头，好像没听懂。

徐茜知道，他不会懂，他大概也不想懂。

蒋骁又说："我觉得我们还挺适合的，可以在一起试试看，不过我不大能接受异地恋，你考虑以后直接调来安城吗？"

徐茜婉拒："跨城调动不大容易吧。"

蒋骁："我在总部有熟人，找找人，没那么麻烦的。两个人在一个城市，以后也会比较好。"

徐茜正想着要怎么拒绝，头顶有声音响起："不好意思，我觉得你们不大合适。"

一男一女抬头，便看到王永璞悠悠地靠着两桌之间的隔档。

蒋骁露出疑问的目光。

王永璞叹了口气："哥们儿，看样子你们俩刚认识吧，你凭什么让人家调来安城工作？离你家倒是近了，让你搬到人家姑娘家的城市，你愿意吗？给个忠告，你放过人家姑娘吧。"

或许是王永璞那一身昂贵的装束震慑住了蒋骁，蒋骁咬了咬牙，只说了句："你是谁啊？"

王永璞没跟徐茜打招呼，只是笑笑，起身走了。

蒋骁从鼻子里哼了一声："神经病。"

徐茜缓缓开口："其实……我也觉得，仅凭这一顿饭，我们对彼此根本了解不了太多，也不能下定论是否合适。"

蒋骁脸上不大好看，但没有再讲什么，还是坚持跟徐茜把这顿饭吃完了。

吃完饭，她主动提出要 AA，蒋骁没拒绝。

蒋骁开车来的，走出餐厅门，他先行离开，没有要送徐茜的打算。

徐茜走到路边打车，身后忽然传来熟悉的声音："吃完了？"

徐茜背后一僵。

她回头，王永璞正靠在餐馆门口，手里握着电子烟，眉眼不似平时那样放松。

他把电子烟收进口袋，朝徐茜走过来。

徐茜问："我还以为你走了。"

王永璞："等你呢。"

徐茜脸上发烫："等我？"

王永璞点点头："刚有点儿莽撞了，跟你道个歉。"

徐茜明白过来，对他说："没关系的，道什么歉啊。"

"我刚才就在你们旁边那一桌，你可能开始没看到我。听他的话有点儿过分，就忍不住说了两句。"王永璞冲她笑了一下，"把你架在那儿了，希望没给你造成困扰。"

徐茜摇头："没有。那些话你不说，我也会自己说的。"

王永璞问："相亲对象？"

徐茜点头说："同事介绍的，不好意思拒绝，就来了。"

"这样啊。"

静静站了会儿，王永璞问她："回家？"

徐茜点头："嗯。"

王永璞朝路边的车位扬了扬下巴："走，我送你。"

徐茜本想客气一下，但她不愿放弃跟他相处的短暂机会，便乖乖地跟在他身后。

到了小区门口，徐茜转向王永璞："谢谢。"

"这么客气干吗。"王永璞笑了笑。

徐茜郑重其事地说："谢谢你送我回来，也谢谢你今天替我解围。"

王永璞：“那人不靠谱，你值得更好的。”

徐茜脸腾地红了：“真的？”

王永璞说：“当然了，自信点儿。”

“要上去坐坐吗？”

王永璞："你们两个女孩子，我上去不太方便。"

徐茜觉得自己的提议有些唐突，不知该继续说点儿什么。

"改天一起吃饭。"王永璞不在意这些细节，对她说，"早点儿休息。"

她下车，站在路边，看着王永璞的车子离开。

心里暖暖的。

那之后没过几天，徐茜和叶梓的房子进了小偷，丢了大几千块钱的东西。两个人报案、换锁，忙活了大半天。当时徐茜正好是生理期，几乎要虚脱。

没想到第一个赶来的竟然是王永璞。

徐茜正在楼道里盯着换锁师傅，就看到一个熟悉的身影跨了几步台阶上来。

徐茜瞪大了眼睛，吃惊道：“你怎么来了？”

王永璞："正好在这附近，孟庆川让我先过来。人没事吧？"

徐茜摇头："没事，回来的时候小偷早就跑了。"

王永璞又问："丢东西多吗？"

徐茜："丢了个平板和一副耳机，还有些生活用品。"

王永璞拍拍她的肩："报案了吗？"

徐茜："报了。"

王永璞："那就好。"

王永璞透过门缝往里望了一眼，跟小叶子说了会儿话，侧身出来，站在徐茜身边。

"吓着了吧？"王永璞发觉徐茜脸色不大好。

徐茜面色惨白，挤出一句："还好。"

王永璞大概明白怎么回事，没说什么，跑去小区门口的便利店，买了杯红糖姜茶回来。

递给她时，王永璞说："小心烫。"

徐茜道了谢，双手捧着杯子。

两人站了会儿，王永璞开口："我在南郊有套公寓，元旦过后有人退租，你跟小叶子搬过去吧？"

徐茜愣了一下。

王永璞接着说："那边物业挺负责的，安保也不错，除了有点儿远，没什么问题。"

徐茜仰头看着这个男人，心动不已。

他好像是出现在她普通人生剧本中的一个不速之客，在她心里掀起一场风暴。自从他出现，以往所有人的面目都变得模糊。

徐茜木木地说："我要问问叶梓……"

"嗯，你们自己决定。"王永璞表示理解，然后掏出手机，点开微信的二维码，"加个微信吧，可以随时联系。"

4. 跳一支舞

徐茜就这样加到了王永璞的好友。

那天晚上，她无数次点开王永璞的头像，放大、缩小，又来来回回把他的朋友圈翻了个遍。

王永璞发朋友圈还算频繁，有不少跟朋友吃饭喝酒的照片，照片拍摄和调色都颇讲究。

徐茜仔细看了那些照片，尽管打眼看上去像个玩咖，但出现在照片里的人，来来回回就那么几个，其中最频繁的，是孟庆川和叶梓的哥哥叶宸。

徐茜从一开始就羡慕叶梓，现在仍旧是。

叶梓跟他们几个从小就认识，可以无条件地被这几个哥哥宠爱，而她，只能眼巴巴地望着，想象着。

后来，叶梓搬去孟庆川那里，徐茜一个人住进了王永璞的公寓。

尽管王永璞没想要房租，她还是坚持付房租给他。

王永璞找来保洁，提前扫了房子，房子里旧了的东西，他也直接换掉。

住进公寓的那天晚上，徐茜在床上翻来覆去，最终给王永璞发了一条消息：**公寓窗外的景色很棒，谢谢你。**

王永璞很快回复：**别客气，谁让你是小叶子的好朋友，应该的。**

周到又保持了恰当的距离。

过了会儿，王永璞又发了条：**有什么需要直接联系我。**

徐茜回了个"好的"之后，两人再无话题。

徐茜经常捧着手机，打一段话，然后再删除，最终什么都不发出去。

他们之间的关系好像只能走到这里了。

他为她所做的一切，都只是因为她是叶梓的朋友而已。

临近春节，徐茜要回总部参加年会，在回北京的飞机上，她意外地碰见了王永璞。

她登机时，王永璞在公务舱，低头翻着一本杂志。

好像是出于某种感应，王永璞抬头，正好撞上徐茜的目光。

四目相对，王永璞嘴角上扬，惊喜道："你这是……"

"我回总部参加年会。"徐茜在他位置旁停下，"你呢？"

"找个朋友，谈事情。"

徐茜侧身站着，仍旧有些挡着后面的乘客，她指了指后面："我先过去了。"

王永璞点头："一会儿联系。"

公司给徐茜订了酒店，下飞机后，王永璞的朋友来接他，他顺便让朋友送徐茜先回酒店。

王永璞坐副驾，徐茜坐在后排。

朋友从后视镜里看了眼，徐茜脸庞清爽白净，穿衣风格休闲不浮夸，总之，特别"乖"。他问："女朋友？"

王永璞答："别瞎说，朋友。"

朋友笑笑："难怪，还以为你换口味了。"

王永璞哼了声："废话怎么那么多，说得我跟渣男似的。"

这几句话听得徐茜心里直犯酸意。她只能做出一副无所谓的表情，看着窗外不断后退的风景，努力不去想王永璞的"口味"到底是什么样的。

到徐茜的酒店后，王永璞也下车，跟她说："我朋友口无遮拦的，你别介意。"

徐茜摇头："没关系。"

王永璞问："待几天？"

"两天，明晚年会，后天一大早直接回老家过年。"

"你们放假这么早？"

徐茜答："我提前请了年假。"

"我要待好几天呢，还说忙完找你吃个饭，可能没机会了。"王永璞叮嘱道，"你自己住酒店注意安全。"

他转身准备拉车门，徐茜在身后叫他："王永璞。"

他回头。

徐茜鼓起勇气问："我们今年年会是酒会，每个人最好带舞伴，你明晚有时间吗？"

王永璞想了想，抱歉地说："我明晚正好约了朋友。"

徐茜赶紧说："没关系，你忙你的，我就随便问问，不一定要带舞伴。"

"对不起。"

徐茜笑着说："真的没关系，你去忙吧。"

王永璞把这事在心里搁下了。

上车后，他问朋友："明晚咱们约的几点来着？"

朋友说："六点。"

"能改时间吗，再早一点儿？"

朋友摇头："怕是早不了。"

王永璞抿着嘴，陷入沉思。

第二天晚上，徐茜公司的年会正式开始。年会从下午开始，分了两场，一场是年终总结表彰会，一场是员工酒会，一直持续到晚上十一点多。

非单身的同事都带男女朋友来，单身的也提前互相凑对，做对方的舞伴。

徐茜外派到安城，年末又忙，她几乎把这事忘记了，到最后，落了单。

在总结表彰会上拿了奖的同事互相碰杯，道贺庆祝。专注享受酒会的同事各个造型浮夸，争奇斗艳，在舞池摇摆。

徐茜游离在人群外，灌了自己一些酒。之前的同事过来，跟她聊了聊她外派之后，部门里的八卦，很快又被自己的舞伴拉走。

接近十二点，喝多的人越来越多，大家三三两两地准备撤。

徐茜也打开叫车软件，显示前面排了两百多位。

这时，她手机震了震。

王永璞的头像上出现一个红色的"①"。

徐茜心里一颤。

王永璞发来一条消息：**定位发我**。

她没问他要干什么，直接把年会酒店的位置发了过去。

十几分钟后，王永璞出现在了徐茜面前。

他似乎是跑过来的，有些气喘吁吁。

那时会场已经凌乱不堪，很多人已经离开，留下的人，也大多喝得东倒西歪。

酒会好像已经结束了，但音乐还在播放。

徐茜一袭颜色素淡的长裙，妆也淡淡的，跟那些喝醉了的人仿佛不在一个世界。

王永璞手心朝上，面向徐茜："现在请你跳舞，应该不算晚吧？"

徐茜心里像有什么化开了。

"你好像很专业。"徐茜被王永璞带着，慢慢挪动舞步。

王永璞笑笑："我们学校可是有舞蹈系，我经常跑去蹭课。"

"舞蹈系还教这个？"

"嗯，老师为调节课堂气氛教的，那堂课正好让我赶上了。"王永璞笑笑，"今天也总算是赶上了。"

在一群醉鬼中间，他们两个静静地跳完了一支舞。

徐茜眼神蒙眬，大胆地往王永璞肩上靠了靠。

徐茜识趣地没有问他为什么要来。

如果不问，她就不会得到那个失望的答案。

那个晚上，她不想自己只是"叶梓的朋友"。

因为没问，她留住了和王永璞之间最浪漫温馨的时刻。

翻过年，徐茜被通知提前结束外派，要回北京了。

临走之前，孟庆川和叶梓给她践行，王永璞也来了。

王永璞最后一次送她回去。

两个人坐在车上，过了很久，徐茜像是鼓起了很大的勇气似的，说："说出来不怕你笑话，我喜欢过你一段时间。我知道，我很普通，你不会对我有什么感觉，我只是把这件事想告诉你，仅此而已。"

说这些话的时候，她没有看王永璞。

她也没有再往下说，她只能到此为止。

十几岁没有发酵的情感，在二十几岁时一一补上，她不可自拔地陷入了这样一场没有结果的单恋之中。

她知道王永璞并不喜欢她，她也知道王永璞所做的一切，都是因为她是叶梓的朋友。

没想到，王永璞："我知道。"

车里的空气都是沉默的。

他对徐茜说："徐茜，谢谢你的喜欢，我很荣幸。我想让你知道，你一点也不普通，你是个闪闪发光的女孩子。"

即使她很想为了他留下，可追求一段没有结果的爱情，她不想再这样了。

她眼里噙泪，在心里跟这座城市、这个放不下的人说了再见。

5. 曾经心动

很久以后，孟庆川和叶梓搬新家，叫了朋友们来家里聚。

王永璞抱着一箱红酒就去了。

进门时，叶梓正在跟徐茜视频，给她看新家的样子。

叶梓把手机凑到王永璞面前，他通过视频，跟徐茜简单地打了个招呼。

那时，他们已经许久未见也没联系。

挂了电话，叶梓忽然提起："徐茜喜欢过你，你知道吗？"

王永璞一愣，随后点点头。

叶梓拦着他，问他是怎么知道的，他什么也没说。

他作势要放东西，手里抱着红酒的箱子，一路冲进厨房。

叶梓在背后喊着"渣男"要冲过来，结果被叶宸提醒要稳重一点儿，小心惊到胎儿。

王永璞对叶宸做了个道谢的眼神，遁去厨房。

孟庆川正在厨房里备菜。

他问孟庆川："红酒放哪儿？"

孟庆川朝地上扬下巴："随便摆，结束了再统一收拾。"

他放下纸箱，有气无力地靠在门框上："小叶子现在怎么这么八卦？"

孟庆川笑："她跟你说什么了？"

王永璞挠头："问了些跟徐茜有关的事。"

孟庆川一本正经地说："可能是激素影响。"

王永璞点头："她现在是家里重点保护动物，我可不敢招惹她，就躲这儿来了。"

孟庆川冷不丁地看了他一眼："所以你跟徐茜……到底有过什么吗？"

王永璞翻了个白眼："你们两口子怎么一模一样！"

"说说吧，我到现在都不大清楚呢。"

他想起，在几年前的一个晚上，他按错，无意点开跟徐茜的微信对话框，发现上面显示"对方正在输入……"，那行字一会儿出现，一会儿消失，持续了近半个小时。最终，他什么也没收到。

他是那个时候知道的。

也是那个时候，心里像有什么挠了一下。

只是那时他觉得徐茜的大本营在北京，如果他贸然开口，也许跟那个相亲男没什么两样。

最终，他没有挑明，他们也没有再进一步。

那个契机一闪，就错过了。

孟庆川回头看了一眼："她知道这些吗？"

王永璞摇头。

孟庆川顿了顿，说："不像你的作风啊。"

他的作风是骁勇善战，活在当下，喜欢就冲，绝不含糊。

王永璞静默了一会儿，才说："嗯，怕耽误人家。"

说完这话，他就在发愣，脑子里浮现他们两人在酒会上的那支舞。

孟庆川笑笑，没再接着问。

还有半句话没说完。

也有点儿后悔没耽误人家。